MATÉRIA EM MOVIMENTO
A ilusão do tempo e o eterno retorno

Regina Schöpke

MATÉRIA EM MOVIMENTO
A ilusão do tempo e o eterno retorno

martins
Martins Fontes

© 2009, Regina Schöpke
© 2009, Martins Editora Livraria Ltda., São Paulo, para a presente edição.

Publisher Evandro Mendonça Martins Fontes
Produção editorial Luciane Helena Gomide
Produção gráfica Sidnei Simonelli
Capa Renata Miyabe Ueda
Projeto gráfico Megaart Design
Preparação Ana Cecília Agua de Melo
Revisão Carolina Hidalgo Castelani
Dinarte Zorzanelli da Silva
Huendel Viana

Dados Internacionais de Catalogação na Publicação (CIP)
(Câmara Brasileira do Livro, SP, Brasil)

Schöpke, Regina
  Matéria em movimento : a ilusão do tempo e o eterno retorno / Regina Schöpke. – São Paulo : Martins Martins Fontes, 2009. – (Coleção Tópicos)

ISBN 978-85-61635-33-6

1. Deleuze, Gilles, 1925-1995 2. Espaço e tempo 3. Física - Filosofia 4. Matéria 5. Nietzsche, Friedrich Wilhelm, 1844-1900 6. Ser e tempo 7. Tempo 8. Tempo - Filosofia I. Título.

09-06924   CDD-115

Índices para catálogo sistemático:
1. Ilusão do tempo e o eterno retorno : Filosofia 115

Todos os direitos desta edição para o Brasil reservados à
Martins Editora Livraria Ltda.
Rua Prof. Laerte Ramos de Carvalho, 163
01325-030 São Paulo SP Brasil
Tel. (11) 3116.0000 Fax (11) 3115.1072
info@martinseditora.com.br
www.martinseditora.com.br

*Ao inestimável filósofo e
amigo Cláudio Ulpiano,
que me ensinou o verdadeiro
amor pelo pensamento.*

Sumário

INTRODUÇÃO................................... 9
   O tempo: um deus que gera e devora os seus filhos?.......... 9

I. EM BUSCA DO TEMPO

1. O TEMPO NA FILOSOFIA........................... 45
   i. Os pré-socráticos e a matéria do mundo 49
   ii. Platão e Aristóteles: o tempo físico 86
   iii. Estoicos e epicuristas: os corpos e o incorporal 115
   iv. Santo Agostinho e a *distentio animi*................. 143
   v. Espinosa e a substância única...................... 161
   vi. Kant e o tempo como forma *a priori* do espírito 180
   vii. Guyau e a gênese da ideia de tempo.................. 199
   viii. Bergson: tempo como duração, consciência e memória..... 221
   ix. Heidegger: ser é tempo e tempo é ser................. 242

2. O TEMPO NA FÍSICA 265

II. O TEMPO DO ETERNO RETORNO

1. NIETZSCHE E O TEMPO TRÁGICO DO ETERNO RETORNO 293

2. GILLES DELEUZE: UNIVOCIDADE DO SER E ETERNO RETORNO DA DIFERENÇA 353

3. A ILUSÃO DO TEMPO EM SI E A DURAÇÃO DA MATÉRIA 407

CONCLUSÃO 455

Referências bibliográficas................................ 461

Introdução

A dor que os homens experimentam pelo mau emprego do tempo que já viveram nem sempre os conduz a fazer melhor uso daquele que lhes resta para viver.

(La Bruyère)

Ó desventurados corações dos homens! Ó inteligências cegas! Em que trevas e em meio a quantos perigos se escoa esse pouco tempo em que vivemos.

(Lucrécio)

Nós somos feitos da mesma matéria que os sonhos.

(Shakespeare)

O tempo: um deus que gera e devora os seus filhos?

Na mitologia grega, Cronos (o deus cruel que gerava e devorava cada um de seus filhos) sempre aparece associado a Khronos (o Tempo) e, ainda que isso se dê mais por razões semânticas, não deixa de ser pertinente a relação que se estabelece entre o terrível pai de Zeus e esse outro tirano que parece reinar absoluto sobre nossas vidas[1]. De fato, é assim que costumamos representar o tempo: como um senhor impiedoso e impassível, um algoz que rouba nossa juventude e nossas alegrias. Mas seria mesmo o tempo apenas um carrasco, um inimigo de todo ser vivo e de tudo o que existe, aquele que sentencia todos à morte inexorável? Seriam, então, verdadeiras as palavras de Shakespeare?

> Tempo disforme, companheiro da horrível noite,
> Veloz e sutil mensageiro de atrozes interesses,
> Devorador da juventude, falso escravo de falsos
> [prazeres,
> Ignóbil sentinela dos infortúnios, cavalo de carga dos
> [pecados, armadilha para a virtude
> Tu alimentas e destróis tudo o que existe:
> Ó, escutai-me, Tempo maldoso e movediço!
> Seja culpado pela minha morte, já que o foi pelo
> [meu crime[2].

Sim... o tempo muitas vezes nos provoca horror; não nos deixa esquecer que tudo passa, que tudo acaba. Mas,

---

1. "Em grego, Saturno é designado pelo nome de Cronos, ou seja, o Tempo. A alegoria é transparente nesta fábula de Saturno. Esse deus que devora seus filhos nada mais é, diz Cícero, que o próprio Tempo, o Tempo insaciável por anos, e que consome todos aqueles que decorrem. A fim de contê-lo, Júpiter o acorrentou, ou seja, submeteu-o ao curso dos astros que são como seus grilhões." (P. Commelin, *Mythologie grecque et romaine*, p. 11).
2. Shakespeare, *The rape of Lucrece*, estrofe 133. Tradução livre.

por outro lado, ele também é considerado o responsável pela geração de todas as coisas e é igualmente aquele que nos liberta das dores e aflições, pois é de sua natureza (segundo se diz) não permitir que nada dure para sempre (nem a alegria nem a tristeza). Nesse caso, ele nos impulsiona sempre para frente, para o porvir (tão aberto e imprevisível quanto os mais sinuosos movimentos da vida).

Ah... o tempo! Quem nunca desejou paralisá-lo? Quem nunca teve vontade de congelar um instante feliz da sua existência para que ele durasse para sempre? Doce e cruel enigma, objeto tão querido dos poetas que cantam as dores dos amores perdidos e as esperanças além do horizonte. Quem sabe, no entanto, dizer o que ele é? Sim... o que é o tempo, afinal? Muitos o acusam de ser o responsável pela nossa degradação (Platão é um deles[3]), outros o chamam de amigo – sobretudo quando, diante de uma grande perda, não podem contar com mais nada. Mas, como já dizia sabiamente Santo Agostinho[4], é só alguém perguntar o que é o tempo para descobrirmos que ninguém sabe a resposta!

---

3. Como veremos com mais profundidade, no primeiro capítulo, o tempo em Platão é definido como "a imagem móvel da eternidade". Associando o eterno à imobilidade, Platão considera que o tempo (ligado ao movimento) é o responsável pela degradação do mundo físico. A tese da morte térmica, defendida por alguns cientistas na termodinâmica – isto é, a ideia de que o mundo é finito, que tende a "morrer" –, poderia ser a base da cosmologia platônica. No entanto, mesmo na ciência, não existe consenso absoluto sobre esse e muitos outros pontos.
4. No capítulo x das *Confissões*: "Se ninguém me pergunta sobre o que é o tempo, eu sei. Se me fazem a pergunta, já não sei".

Sem dúvida, todas as vezes que o tempo foi objeto de uma reflexão mais profunda (e, isso, desde a Antiguidade), ele desconcertou os filósofos, que – em geral – nunca conseguiram dissociá-lo do movimento do mundo. É claro que, se o tempo é entendido como algo que não para de passar, é realmente difícil dizer o que ele é (ou dizer que ele tem um "ser", uma natureza em si). Afinal, pensado como um fluxo contínuo, o tempo tem sua própria "realidade" furtada pelos instantes que se sucedem, isto é, ele só pode "existir" à custa de ser sempre outro, já que a cada presente que passa, um novo se segue e, assim, indefinidamente.

Vejamos o passado, por exemplo... O que ele é, para nós, senão uma coleção de antigos presentes, instantes que já não existem mais, momentos que se foram para sempre? Porém, em si, ele é alguma coisa? Pode-se falar na existência real do passado como uma dimensão que preserva, que condensa de modo puro os acontecimentos que já se deram? O passado existe fora de nossa memória? O filósofo Henri Bergson diz que sim. Para ele, existe um passado em si, puro, uma dimensão que vai se dilatando a cada novo presente que assimila[5].

No entanto, penetrando mais profundamente na noção do tempo como fluxo (como sucessão), não é possível pensar a ideia das três dimensões (o presente, o passado e o

---

5. Explicaremos, no capítulo reservado a Bergson, a concepção do "Passado Puro" como sendo a única dimensão verdadeira do tempo.

futuro) como existindo plenamente e por si mesmas. Afinal, é preciso que um instante deixe de existir para que outro tome o seu lugar. Sem falar, é claro, que a própria noção de "instante" é profundamente problemática para a filosofia (e também para a física), pois não podemos dizer que experimentamos um novo momento (ou seja, um instante futuro) a não ser quando ele já é presente.

Em outras palavras, estamos sempre no presente, no instante presente. Eis o grande paradoxo do tempo (como diziam os estoicos[6]). Ainda que possamos sentir o tempo passar de algum modo – ainda que tenhamos a viva sensação de que o passado vai ficando para trás e de que o futuro está bem à nossa frente – rigorosamente falando, jamais experimentamos o passado ou o futuro a não ser como lembrança ou espera (e, nesse caso, Santo Agostinho e Jean-Marie Guyau[7] parecem estar profundamente corretos). Em suma, segundo pensamos, os estoicos não se enganam quando afirmam que o tempo dos corpos (ou da ação) é sempre o presente.

---

6. Entre os estoicos, como veremos, encontram-se duas formas de pensar o tempo (Aion e Cronos), que Deleuze retomará em suas reflexões, na *Lógica do sentido*. Mas, num sentido mais geral, o tempo é um incorporal, sendo o presente a única dimensão possível para os corpos.
7. Filósofo, sociólogo e poeta francês (1854-1888) muito admirado por Bergson e Nietzsche. Guyau defende – em sua obra *La genèse de l'idée de temps* – uma concepção do tempo que se contrapõe à doutrina kantiana das estruturas *a priori*, embora sem cair também numa concepção física do tempo. Analisaremos suas ideias no segundo capítulo.

Mas, então, o que significa essa nossa sensação do tempo como uma linha reta, como uma sucessão, uma continuidade que nos arrasta sempre para frente? Sem dúvida, o senso comum (e também o próprio Isaac Newton[8]) aceita bem a ideia de um tempo absoluto, que existe por si e independente das coisas. Mas essa ideia nem sempre foi aceita (e continua não sendo) por muitos filósofos e cientistas. Pode-se mesmo dizer que existe uma real defasagem entre o que, em geral, pensamos e aceitamos como óbvio e aquilo que é dito pela ciência. Dessa maneira, ainda que um renomado pesquisador como Ilya Prigogine[9] continue defendendo a existência de um tempo em si, linear e contínuo, o que vemos prevalecer em algumas áreas da física é a noção de "espaço-tempo" de Einstein ou, mais especificamente, a ideia de que o tempo e o espaço não existem à parte nem separadamente. Em outras palavras, o nosso mundo, tão profundamente obcecado pelos relógios e calendários, considera o tempo como intuitivamente natural, mas a verdade é que a ideia que temos dele não resiste a uma simples reflexão.

Voltemos, então, à questão do tempo como fluxo, como algo que corre incessantemente (esse tempo que todos nós consideramos tão evidente). Comecemos a pensar pro-

---

8. Newton defendia a existência do tempo como um fluxo contínuo, preciso e matemático, que existe independente da matéria.
9. Prigogine se opõe à teoria da relatividade de Einstein. Examinaremos melhor essa e outras concepções do tempo na ciência no capítulo "O tempo na física".

fundamente nessa linha reta *in infinitum* (como dizia Locke) e logo veremos que as aporias não tardarão a aparecer. Por exemplo: o que significa dizer que os instantes se sucedem no tempo? Isso quer dizer que os novos instantes vão passando e apagando os anteriores? Se for assim, que sentido há em falar de passado ou futuro, se o que existe é apenas o momento presente? Mas se os instantes não são apagados e se, pelo contrário, eles vão se prolongando (como uma tênue trama que vai aumentando a cada novo presente), onde eles se prolongam e onde eles estão? Haveria mesmo um Passado Puro, como afirma Bergson, um "lugar" onde todos os presentes, todos os acontecimentos se conservam, como uma espécie de Memória do Mundo? Mas, afinal, onde se conservaria essa memória? Para Bergson, as imagens se conservam em si mesmas, como veremos mais adiante. Porém, como isso é possível?

Sim... o tempo nos remete à questão da memória, sem dúvida, seja ela uma "memória" do mundo, seja uma memória individual, humana. É claro que, segundo os nossos sentidos (e nisso eles não parecem nos enganar), o que passou, passou, e é irrecuperável – e, nesse caso, só a memória realmente nos impede de viver na absoluta escuridão das vivências singulares, apagadas e subtraídas do mundo. Aliás, esse é o sentido da noção de *irreversibilidade* (tão defendida por Prigogine como prova da existência da seta do tempo): o fato de que nada pode retornar ao ponto anterior, de que nada pode voltar para trás[10]. O tempo, nesse caso, seria como uma inevitável força (ou um campo de forças) que sempre nos impele para frente (e, portanto, para a morte indesejada), enquanto apaga sem piedade os vestígios de nossa passagem por esse mundo[11].

Mas o que quer dizer "para frente", ou melhor, o que significa dizer que o tempo tem uma direção? Essa não seria uma metáfora carregada de uma noção espacializada do tempo? Obviamente, é um fato inquestionável de que tudo tende a desvanecer-se e, assim, não podemos recuperar o que já passou, o que já vivemos. "Aquilo que *foi* é o nome da pedra que ela não pode rolar [...]", diz Nietzsche[12]. Porém, em que medida isso tem a ver com um tempo que passa?

É claro que, como diz Paul Davies, a ideia do tempo como uma "estrada" é uma descrição apropriada do tempo linear ocidental, mas essa representação que, no fundo, nos leva ao "progresso" (ou à ideia dele) também nos faz olhar a morte de frente, porque é "ela" (a morte) que está inexoravelmente no fim dessa estrada[13]. Mas, então, estaremos con-

---

10. O físico e matemático Henri Poincaré teria provado o contrário, ao mostrar – numa experiência feita com gás, em um recipiente fechado – que, depois de um longo tempo, ou de uma longa espera, as partículas voltariam ao seu estado inicial. Foi quando a noção de recorrência ou retorno passou a interessar também aos físicos. Sobre isso, cf. Paul Davies, *O enigma do tempo*, pp. 45-7.
11. A pergunta é: no que esse "campo de forças" se distingue do próprio devir? Seriam então tempo e devir sinônimos?
12. Nietzsche, *Assim falou Zaratustra*, p. 151.
13. Sobre essa questão, cf. Paul Davies, op. cit., p. 31.

denados pelo tempo a seguir sempre "adiante", a vagar nesta correnteza que parece nos arrastar continuamente de um nada para outro nada (afinal, a própria vida parece se dar entre dois eternos vazios: o do passado que já "passou" e o do futuro que ainda não foi e que só chegará a ser com a condição de se tornar, ele próprio, presente)? Será, então, que Gaston Bachelard está certo ao dizer que o tempo é uma realidade comprimida no instante e suspensa entre dois nadas[14]?

Que estranha condição a do tempo, não? Nem o passado nem o futuro parecem existir efetivamente e o próprio presente não passa de um fugaz ponto luminoso. Será que foi essa constatação que levou Heidegger a dizer que estamos condenados a sempre estar à frente de nós mesmos, mirando o futuro, uma vez que o próprio presente não passa de um instante fugidio? Mas e o próprio futuro...? O que ele é, enquanto não se "presentifica"? Em suma, se existe realmente uma seta do tempo que faz tudo evoluir numa mesma direção, para onde as coisas estão indo e qual a direção que o tempo toma? O futuro fica onde?

Sem dúvida, a ideia da passagem do tempo como um relógio abstrato que está marcando e regulando continuamente as nossas vidas costuma causar horror em todos nós, que sentimos nossa existência esvaindo-se (como a areia caindo de uma ampulheta) enquanto tentamos inutilmente

---

14. Cf. Bachelard, *A intuição do instante*, p. 18.

paralisá-la. Ainda que Voltaire (num de seus contos[15]) tenha feito erigir para o tempo um monumento ao pé do qual estava escrito "Aquele que a tudo consola", a ideia de que ele é o responsável pela nossa degradação e desaparecimento está bastante enraizada em nosso espírito. Assim, o tempo ora é visto como um algoz, ora como um amigo, mas – sem dúvida – o senso comum jamais questiona a sua realidade, pois não percebe quanto a sua definição é vaga, imprecisa e, principalmente, quanto ela depende da noção de espaço.

No entanto, para a filosofia – que (como diz tão precisamente Deleuze) tem a tarefa primordial de "formar, de inventar, de fabricar os conceitos"[16] – é preciso começar por encarar a natureza problemática das coisas. Afinal, o que é o tempo realmente? Como defini-lo ou pensá-lo se não temos dele nenhuma representação sensível? Qual a sua natureza? Ele tem uma origem, um nascimento, ou sempre existiu? Ele é linear ou cíclico (como supunham os antigos hindus e também os gregos)? Enfim, o senso comum e todos nós, no fundo, convivemos com a ideia de um tempo que nunca para de passar. Mas o que isso quer dizer? O tempo é sucessão de instantes ou duração contínua? Sim... estamos, de fato, pisando em terreno pantanoso; estamos no âmago das aporias que a ideia do tempo suscita. Esta-

---

15. O conto chama-se "Os dois consolados" (Voltaire, *Romans et contes*, Paris, Gallimard, 1981).
16. Deleuze e Guattari, *O que é a filosofia?*, p. 10.

mos falando de um dos mais inapreensíveis, intangíveis e fugidios objetos da filosofia.

De fato, as aporias não param de nos atormentar. Aqui, é o pensamento que está aprisionado num vertiginoso movimento. Será o tempo realmente um fluxo, uma pura transitoriedade? Mas o que é um fluxo em si? Pode-se pensar num fluxo puro, um movimento em si, imaterial? Seria o tempo, então, pura imaterialidade? Mas o que significa isso realmente? – eis uma pergunta que nunca nos fazemos. Pode haver algo, então, que, não sendo material, teria uma existência plena e independente da matéria? Seja lá como for, se o tempo passa, passa por onde? De onde para onde? E, se ele dura, dura onde? Como algo pode passar sem cessar e continuar sendo? Isso só poderia ter algum sentido se o tempo se conservasse enquanto passasse. Aliás, como é possível dizer que "tudo está no tempo" sem fazer do tempo um "lugar"? "Estar" no tempo sugere uma ideia de espaço, assim como a tradicional representação do tempo como um rio fluindo sempre numa mesma direção.

Sim... se o tempo passa, ele só pode passar na matéria ou, numa hipótese ainda mais metafísica, num espaço sem matéria. Por metafísica, estamos entendendo aqui a ciência do ser pensado como algo imaterial, imutável e eterno, ou seja, estamos tomando esse conceito no sentido nietzschiano, definido – nesse caso – pela transcendência e pelo dualismo de princípios (matéria e espírito, corpo e alma etc.). É verdade que, tomada num sentido mais amplo, a metafísica se confunde com a própria tarefa da filosofia, como a ciência dos fundamentos e como produtora de conceitos (porque criar conceitos já é ultrapassar o dado sensível; é ir além da própria percepção). Nesse sentido, até a ciência é metafísica, já que também ela lida com os universais. Ou seja, como um criador de conceitos (tal como Deleuze define o filósofo) não há dúvida de que ele "transcende" a realidade, que se lança para lá do que vê e sente. Porém, o sentido que nos interessa aqui é bem mais restrito: é o da metafísica como cisão da realidade e afirmação da existência de seres em si incorporais e imateriais (como é o caso do próprio tempo quando ele é pensado como fluxo ou devir puro, isto é, movimento em si, dissociado da matéria).

Se for verdade que a pergunta "o que é" já é metafísica (porque, em Platão, ao menos, isso consiste numa busca de essências), para nós, essa é uma pergunta propriamente filosófica e cabe ao filósofo dizer "o que é" (mesmo que isso signifique apenas criar novos conceitos, novas definições, novas maneiras de sentir e de existir). Se a filosofia se abstém de definir, de criar parâmetros e valores, de tentar conhecer o mundo, ela deixa aos poderes estabelecidos (ou à mídia, ou aos políticos ou a quem quer que seja) a sua função mais nobre: "dizer" o que são as coisas, produzir o próprio "mundo" (afinal, o mundo humano não é dado, ele é uma construção).

Como defendemos, anteriormente, a filosofia é uma *máquina de guerra*[17] e, nesse sentido, ela deve lutar incansavelmente contra as tolices e a ignorância que fazem dos homens prisioneiros das próprias ideias que criaram. Qualquer outra função, para nós, desvia a atenção da principal tarefa filosófica: que é afirmar esta existência, que é fazer valer esta vida contra todos que tentam envenená-la, que tentam fazer dela algo menor e insignificante. Se Cioran está certo em dizer que ser e não ser são a mesma coisa, que não faz diferença, ou que não há sentido superior algum para a existência e, nesse aspecto, ela é realmente absurda e até inútil, defendemos que esse sentimento diz mais respeito aos nossos sonhos despedaçados, aos nossos sentimentos frustrados (por percebermos que não somos diferentes do resto da natureza) do que à própria vida. Afinal, fora dela nada há. Existir é o sentido superior da existência. A existência é simplesmente tudo, e engloba tudo: *Deus sive Natura*[18].

Enfim, voltemos à nossa questão: a seta do tempo, a linha do tempo, o rio do tempo... Seguir sempre adiante, sempre em frente... Será que alguma vez conseguimos real-

---
17. Tratamos desse e de outros pontos em nosso livro *Por uma filosofia da diferença: Gilles Deleuze, o pensador nômade*.
18. Esse conceito de Espinosa nos é muito caro, como ficará mais visível no final do livro, embora o reativemos com uma certa variação. Tomamos como nossas as belas palavras de Bergson: "todo filósofo tem duas filosofias: a sua e a de Espinosa". (Trecho de uma carta de Henri Bergson a Léon Brunschvicg, datada de 22 de fevereiro de 1927, reproduzida no *Journal des Débats* de 28 de fevereiro do mesmo ano).

mente pensar o tempo físico sem espacializá-lo, sem ligá-lo ao movimento do mundo e das coisas? É possível pensar o tempo sem levar em conta a matéria? Será mesmo possível desligá-lo do movimento das coisas e do mundo, pensá-lo como algo que existe "em si" e "por si"? Se ele não pode mesmo ser dissociado da matéria, talvez Einstein (ou os seus seguidores) esteja certo ao pensá-lo como uma "dimensão" dela. Mas, visto agora sob outro ângulo: será que o tempo existe mesmo como "algo", como coisa, "correndo" por fora ou dentro da matéria? Não poderia ser o tempo apenas uma convenção, uma "ideia" gerada pelo desenvolvimento cerebral de nossa espécie, uma medida criada pelo nosso espírito para organizar e dar conta dos movimentos da matéria, como pensa o filósofo Jean-Marie Guyau? Ou (quem sabe?) uma percepção construída na e pela cultura (pois é certo que a cultura determina a nossa maneira de sentir, pensar e traduzir o mundo a nossa volta)? Há quem diga, de fato, que a cultura determina tudo. E talvez haja aí uma verdade... Porém, isso não quer dizer que o mundo não exista ou que as coisas que "representamos" sejam apenas ilusões.

Antes de continuarmos, queremos deixar claro que nossa pesquisa se alinha com uma perspectiva que chamamos de "ontologia da diferença" (com todas as dificuldades e os problemas que isso possa acarretar). Para nós, é preciso problematizar as ideias partindo do mundo – ao contrário de fazer dele uma ilusão ou algo entrevisto apenas pelas brumas de uma razão pura. O mundo existe e somos parte dele (e não o contrário, apesar do aspecto criativo e criador das ideias).

Enfim, a pergunta é: somos nós que duramos ou é o próprio tempo? O tempo tem uma ontologia, existe de modo puro, tem um *ser*? Ou ele existe apenas como uma ideia, sem qualquer referência no mundo? A questão é complexa, não negamos, mas a crença na existência do tempo como algo "em si", como um *ser* à parte da matéria, faz de todos nós metafísicos (no sentido exato que demos acima). A questão, nesse caso, é mais simples do que parece: para um metafísico, a matéria é algo inerte, existindo algo "além" dela que a coloca em movimento. É contra essa metafísica que nos opomos, como vamos demonstrar no decorrer de nossa exposição.

Numa frase: o tempo existe ou não existe? Será que apenas o mundo realmente existe, com seus devires, seus ciclos, sendo o tempo apenas uma abstração da nossa alma? Seria o tempo, como pensa Plotino, a própria vida da alma[19], embora num sentido bem menos metafísico do que o usado por esse filósofo? Para Guyau, especificamente, o tempo nasce da contemplação do devir. Seja lá como for, nossa alma arde, como a de Agostinho, diante do enigma do tempo, diante do paradoxo de estarmos sempre no pre-

---
19. Cf. Plotino, *Enéadas*, III, 13, 37-38.

sente, ainda que vejamos o mundo e nós mesmos escoando paulatinamente. É indiscutível que estamos sempre no presente (e não no passado ou no futuro). Mas em que medida o próprio "presente" existe como dimensão real, como "o" presente? Dizer que estamos no presente não é apenas constatar que duramos de alguma maneira, que permanecemos no mundo, que simplesmente existimos? Existir não é estar plenamente aqui e agora? Será que as noções de presente, passado e futuro não são realmente apenas convenções, conceitos humanos, demasiado humanos, criados para satisfazer a nossa percepção desse estado de mudança contínua do mundo?

Não é sem razão que a célebre frase de Santo Agostinho, sobre saber e não saber o que é o tempo, sempre inspirou os filósofos que se debruçaram sobre esse tema. Talvez – ainda não sabemos – o tempo não seja mesmo um objeto do conhecimento, mas apenas uma dimensão do nosso ser (como diz Merleau-Ponty, a respeito da tese agostiniana da *distentio animi*[20]). Bergson pensa assim quando coloca o tempo como objeto da intuição filosófica e não da ciên-

---

20. O capítulo sobre Agostinho tratará da dimensão psicológica do tempo, o qual, entendido como *distentio animi*, termina por apontar o devir como a única causa do movimento no mundo físico. O tempo, ao contrário, não está associado ao mundo material, mas apenas à alma que se "distende", criando a memória das coisas e a espera do porvir. Bergson parece bastante influenciado pela ideia agostiniana, mas coloca essa distensão no próprio tempo, num passado que não cessa de crescer.

cia[21]. É claro que Bergson chega a uma conclusão diferente da de Agostinho, e se, para o primeiro, o tempo é ontológico, para o segundo, ele teria uma natureza puramente psicológica. Entretanto, a ideia da *distentio* é equivalente à da duração (que apresenta um passado sempre crescente, sempre distendido). Em suma, as controvérsias são muitas e a discussão segue a todo vapor, inclusive na física, onde Prigogine continua combatendo a tese de Einstein e defendendo incondicionalmente a seta do tempo.

Mas será que a discussão está realmente sendo encaminhada de maneira apropriada? Bergson dizia (aliás, com muita propriedade) que existem verdadeiros e falsos problemas. Seria a busca por uma definição do tempo um falso problema, já que nunca conseguimos verdadeiramente definir sua natureza? Ou será que a forma como orientamos as perguntas sobre ele é que estão sempre viciadas, pois parecemos (e isso se estende a todo estudioso do tempo) já partir de uma posição que ansiamos por defender? Não é isso, afinal, que chamamos de *parti pris*? Nesse caso específico (e em quase todos os outros), parece que o desejo e as paixões acabam sempre antecedendo a reflexão: é preciso que o tempo exista para uns, é preciso que ele não exista

---

21. O tempo não pode ser objeto de análise, tal como os objetos da ciência, pois isso pressupõe um distanciamento do objeto e também recortes e pontos de vista múltiplos. O tempo na ciência é espacializado e é por isso que não se entende bem sua verdadeira natureza, afirma Bergson.

para outros! Isso nos leva, por conseguinte, a uma reflexão sobre o próprio conhecimento e a impossibilidade de existir um indivíduo puro, absolutamente imparcial, ou seja, destituído de ideias preconcebidas.

Percebendo tal *parti pris*, procuramos deixar de lado nossos desejos mais profundos (se é que isso é possível[22]) e resolvemos avaliar em que medida o tempo realmente existe, e se existe. Perguntamo-nos, primeiramente, se não estamos procurando o tempo no "lugar errado" ou se não estamos entendendo essa "passagem" (que também sentimos em nós) de maneira imprópria. No fundo, se pensarmos bem, tudo o que tem sido dito sobre o tempo do mundo (o tempo físico, real, ontológico) ou nos afoga numa metafísica sem retorno (sendo ele uma espécie de "ser" imaterial, uma espécie de deus que comanda a vida e a morte de todas as coisas) ou quase sempre aparece confundido com o conceito de devir. Sim... está claro, para nós, que o tempo em si (esse tempo que existiria fora de nós) é quase sempre confundido com o próprio devir. Afinal, como fluxo, como algo que está sempre passando, ele não difere em nada do movimento incessante das coisas (a não ser quando ele é tomado como uma estrutura à parte, matemática

---

22. Prigogine sustenta que sempre houve, por parte dos filósofos e também dos cientistas, uma necessidade de negar o tempo, pois assim negava-se o movimento e a própria vida. Tal ideia sempre nos seduziu, mas agora também ela será posta em dúvida.

e absolutamente abstrata, como o tempo newtoniano; e aí, sim, ele é ainda mais metafísico).

É claro que a ideia de um "antes" e um "depois" é por demais evidente para nós, mas ela, no fundo, apenas indica que um movimento, um acontecimento qualquer, se deu antes de outro, ou melhor, que os movimentos se dão continuamente (e também simultaneamente). Afinal, tudo está em movimento: eis aí uma verdade incontestável, apesar dos esforços de Parmênides e de Zenão de mostrar o contrário. Isso, no entanto, não nos permite inferir que existe um tempo correndo por si, marcando e medindo tais movimentos. O que sentimos pode ser apenas resultado do próprio movimento das coisas, tanto quanto a nossa sensação de escoamento pode não ser mais do que a percepção de nossa própria duração, como seres materiais, num mundo em contínua transformação.

Que as coisas tenham uma duração, que elas tenham um "tempo de existência", um certo "período" de permanência no mundo, é impossível contestar, mas isso provaria a existência de um tempo absoluto? Antes, porém, que certos conceitos suscitem algum tipo de confusão, deixamos claro que, para lá do uso mais comum do termo "existência", nosso trabalho propõe uma definição de existir que consiste basicamente em estar no mundo, aqui e agora. É ser materialmente presente, é existir como corpo. Essa é a única forma de existência possível no mundo. Tudo o mais (o que chamamos de virtual e mesmo o campo de sentidos e os próprios conceitos) são sempre efeitos, nunca causa em si, não são coisas, seres propriamente ditos. Que se possa dizer que eles existem de algum modo, é verdade, mas desde que não se perca de vista que tudo o que existe é corpo ou efeito dos corpos, ou num sentido ainda mais profundo, apenas planos distintos de organização da própria matéria, o que assinala uma diferença de grau e não de natureza entre as coisas. Existir, nesse caso, é simplesmente estar no mundo, como ser, como matéria[23]. Assim, existir não é ter consciência da existência ou "fazer a pergunta sobre o ser"; é simplesmente estar no mundo.

Voltando à nossa questão inicial, costumamos dizer que as nossas rugas são a prova da ação do tempo sobre nós. Sem dúvida, as rugas não nos deixam mentir sobre nossa própria duração, mas será que o desgaste da matéria diz respeito à ação do tempo ou ao próprio devir? O que, afinal, impede que tudo permaneça em perfeita imobilidade? Aristóteles diz, na *Física*, que o movimento sempre desfaz o que existe[24]. Ele, nesse caso, refere-se ao tempo, mas isso pode ser atribuído ao próprio devir (mesmo porque, em Aristóteles, o tempo é "algo" do movimento, é o seu "número", é aquilo que se depreende dele).

---

23. O conceito de matéria aparecerá continuamente no texto, mas, sem propor ainda uma definição de matéria (algo que será discutido no último capítulo), estamos apenas tomando esse conceito como o elemento genético e genealógico do qual o mundo e todas as coisas são feitos.
24. Aristóteles, *Física*, 221 b.

Falando de outra maneira: ou o tempo é o próprio devir e, assim, em nada difere desse fluxo que não cessa, ou, então, o tempo físico é outra coisa. No fundo, a própria noção de devir – segundo pensamos – também precisa ser repensada. Afinal, o que se entende exatamente por "devir puro"? O que é um "movimento puro", "em si"? Existiria, então, como já perguntamos acima, um movimento dissociado da matéria (como um fluxo vazio, imaterial)? Não seria esse um raciocínio tipicamente metafísico, fruto de uma abstração pura? Mesmo Bergson, que defende claramente a existência da matéria e do espírito[25], nunca os pensou separadamente, o que coloca – de certa forma – seu pensamento como mais imanente do que o de outros metafísicos. Mas, ainda assim, essa diferença de natureza é problemática.

No caso de Espinosa, por exemplo, para quem só existe uma substância no mundo, Deus, tudo o que existe é necessariamente parte dele, ou seja, não existe uma diferença de natureza entre as coisas do mundo, mas apenas diferenças modais (o que, para nós, como já dissemos, resume-se a diferenças de grau). De fato, não é de admirar que o tempo apareça quase sempre associado ao devir, já que ambos se apresentam problemáticos do ponto de vista de sua própria ontologia. É verdade que poucos colocam em dúvida

---

25. Bergson, *Matéria e memória*, Prefácio à sétima edição, p. 1.

a existência de um devir universal, mas, se o desligamos da matéria, o que teremos? Um fantasma, um simulacro, um movimento vazio? O que é um movimento puro senão um objeto de pensamento, uma abstração? Que a matéria apareça sempre em movimento e que a razão os separe, os compreenda como distintos em termos conceituais representativos, não significa que exista verdadeiramente um dualismo, ou seja, dois princípios distintos.

Para Aristóteles, como sabemos, o tempo é inseparável do movimento, embora não se reduza a ele. Diz o Estagirita que "o tempo é o número do movimento, segundo o antes e o depois"[26]. Mas o que quer dizer "número do movimento"? Isso tem algum valor sem um observador para medi-lo? Tem algum sentido sem a "alma"? O próprio Aristóteles diz que não[27]. Afinal, um minuto, dois minutos, uma hora, dez horas, um ano, o que é isso fora do universo humano? A matemática é uma abstração, isso é evidente, embora muitos matemáticos tomem os números por eternos e anteriores às próprias coisas. Platão é um exemplo disso: as formas geométricas existem por si (e, antes dele, já pensava assim Pitágoras). Para resumir, só há uma maneira de separarmos a matéria do movimento: através de um exercício de pensamento e de abstração. É aí que a metafísica se sustenta, quando toma essa abstração por algo real.

---

26. Aristóteles, *Física*, 219, b.
27. Ibid, 233, a.

Sobre a questão do tempo não poder prescindir da abstração, o físico e matemático Henri Poincaré[28] "prova" que a medida do tempo é arbitrária e se faz a partir do movimento celeste, bem como da suposição (equivocada) de que dois movimentos tenham exatamente a mesma duração. É claro que isso não impede, para muitos, que exista um tempo real e independente (que coexistiria com a ideia abstrata que produzimos acerca do tempo). Isto é, nada impede que o tempo exista mesmo que não saibamos bem o que ele é. Afinal, pode-se alegar com certa justificativa que não precisamos compreender as coisas para que elas existam (embora esse seja também um bom argumento para a religião).

Sem dúvida, a questão do tempo está longe de se esgotar, sobretudo depois que ele passou a ser objeto da ciência (o que não se deu sem resistência, dado o caráter ultra-abstrato e inapreensível de seu "ser"). Até então, apenas a metafísica ocupava-se dele. Hoje, um cientista como Prigogine sente-se à vontade para defender a existência ontológica do tempo sem qualquer receio de ser chamado de metafísico. Aliás, Prigogine vai ainda mais longe; ele afirma que "o tempo precede a existência" (sendo, nesse caso, o tempo o responsável direto pela criação do mundo). Em outras palavras, a defesa de um tempo linear, contínuo, existindo por si, é profundamente problemática (não porque seja possível

---

28. Sobre esse ponto, cf. Poincaré, *O valor da ciência*, pp. 27-32.

retornar, caminhar para trás, mas porque não sabemos bem o que quer dizer "seguir sempre em frente"). Como dissemos antes, "para frente" ou "para trás" são noções espaciais e, nesse sentido, o tempo continua sem conseguir escapar de sua ligação com o devir (ou, mais propriamente, com a matéria). O tempo cosmológico, segundo pensamos, continua sendo apresentado por meio de metáforas e imagens associadas ao espaço.

É claro que dizer que o tempo segue em frente é dizer que ele é um *continuum*, isto é, que ele segue (ou, melhor, determina) a direção de nosso desenvolvimento e, assim, todos estariam indo na mesma "direção" (ao encontro de seu próprio crepúsculo, como diria Heidegger). No entanto, repetimos: é mesmo o tempo que não deixa as coisas permanecerem num mesmo estado ou as impede de voltarem para trás? É ele que gera e destrói o mundo? Ele é uma força ativa realmente; é o próprio criador do mundo? Mas e o devir, o que é? Não se pode dizer a mesma coisa dele?

Vejam que é exatamente essa relação tão estreita do tempo com o devir que levou Santo Agostinho (um dos primeiros a tentar decifrar o tempo em profundidade[29]) a negar a sua ontologia. A descrição de Agostinho a respeito do tempo físico não deixa dúvidas: ele é movimento incessante, é fluxo, é algo que não pode ter um "ser", já que tende

---

29. Cf. Santo Agostinho, *Confissões*, cap. XI.

sempre a "não ser", a não permanecer em lugar algum. Passado, presente e futuro não podem ser dimensões de algo que, por natureza, é instantâneo e fugaz. Logo, se eles existem (e a alma diz que sim, para Agostinho), devem ter uma origem diferente da do mundo, que passa sem parar, que se move continuamente.

Porém, o que dizer da nossa experiência concreta do tempo? Sentimos que temos um passado (que carregamos "sobre nossos ombros"), intuímos de algum modo o futuro (o que temos pela frente) e vivemos cada presente como um elo entre essas duas dimensões de nossa vida. Mas onde está a realidade dessa sensação? Se ela existe como sensação (e, como diz Hume, "o pensamento mais vivo é sempre inferior à mais remota sensação"[30]), ela se baseia num dado autêntico? Pode-se dizer mesmo que as sensações são sempre reais, estando o erro ligado apenas ao entendimento e ao juízo? Para Agostinho, a realidade do tempo se reduz à alma tão somente, que se distende, prolongando nela própria o que é, em si, fragmento e esquecimento (ou seja, os instantes fugazes de nossa existência).

Seguindo a linha de Agostinho (mas por outras vias), a fenomenologia também pensará o tempo como algo psicológico, como um fenômeno que diz respeito à nossa percepção da mudança, às nossas impressões do mundo, sendo

---

30. David Hume, *Investigação sobre o entendimento humano*, Seção II (Da origem das ideias).

sua realidade inextricavelmente associada à consciência que o gerou. É claro que não podemos esquecer de Kant e de como a sua obra teve grande influência sobre a visão de um tempo "interior", subjetivo, embora a ideia do tempo psicológico não se confunda com a "forma *a priori*" do sentido interno que Kant julgava inerente à subjetividade humana.

*

Tratando especificamente da questão central de nossa pesquisa, que é propor uma nova leitura do tempo a partir das filosofias de Nietzsche e de Deleuze (ou, mais precisamente, a partir do conceito de eterno retorno), fica ainda mais fácil observar a natureza problemática do tempo (seja ele pensado como sucessão contínua de instantes, ou como duração e prolongamento). Afinal, que papel tem o tempo na tese do eterno retorno? Num certo sentido, é comum ligarmos o retorno inescapável de todas as coisas à ideia de um tempo cíclico, o "Grande Ano" mítico que, como por magia, traz de volta tudo o que já foi vivido, repetindo não só a nossa, mas todas as demais existências. Mas de que maneira o tempo poderia ser cíclico? Como pode o próprio tempo recomeçar? Seria ele como uma ampulheta que é virada, depois de escoada toda a areia, trazendo de volta tudo de novo (*da capo*)? Nietzsche diz, no primeiro aforismo em que o conceito de "eterno retorno" é mencionado, que "cada dor e cada prazer, e cada suspiro e pensamento, e tudo o que é inefavelmente grande e pequeno em sua vida terão de lhe suceder novamente, tudo na mesma sequência e ordem – e, assim, também essa aranha e esse luar entre as árvores e também esse instante, e eu mesmo"[31].

Mas o que significa essa inusitada ideia de que tudo retornará literalmente? Como não nos surpreendermos com a hipótese de um demônio que, de repente, nos apareça e revele que tudo o que vivemos se repetirá *ad infinitum*? Sem dúvida, isso poderia ter algum sentido em outro filósofo (sobretudo, em algum místico), mas para os que conhecem bem a filosofia de Nietzsche – e sua profunda aversão à metafísica – essa concepção causa estranheza e só pode ser plenamente entendida como um enigma que precisa ser decifrado. Além do mais, é o próprio Nietzsche quem diz que "o tempo em si é um absurdo". E completa de forma incisiva: "não existe tempo a não ser para um ser sensitivo. E o mesmo acontece com relação ao espaço"[32]. É claro que isso poderia fazer de Nietzsche um kantiano dos mais radicais, mas certamente não é como forma *a priori* que Nietzsche pensa o tempo.

Em poucas palavras, parece impossível conciliar o teor da filosofia nietzschiana com a concepção do eterno retorno como retorno do "mesmo" ou simplesmente com a

---

31. Nietzsche, *A gaia ciência*, aforismo 341.
32. Tal consideração encontra-se entre as suas anotações de 1872, que foram reunidas em *O livro do filósofo*, I, 121.

concepção mítica de um tempo cíclico. É evidente que poderíamos fazer como Heidegger e tomar ao pé da letra esse primeiro aforismo (ou alguns outros trechos que aparecerão em *Para além do bem e do mal* e, sobretudo, no *Zaratustra*), mas isso certamente nos levaria à falsa conclusão de que Nietzsche é um metafísico – já que ele estaria defendendo a repetição eterna das mesmas coisas e do próprio mundo. Para Deleuze (e também para nós mesmos), é preciso não cair na tentação de escolher o caminho de mais fácil compreensão, mesmo porque esse conceito não chegou a ser plenamente desenvolvido por Nietzsche. Na verdade, a sua intenção era abordá-lo melhor em *A vontade de potência*, mas essa obra também nunca chegou a ser verdadeiramente escrita, sendo apenas – nas edições existentes – a reunião de uma série de apontamentos, aforismos soltos e pequenos textos que o autor do *Zaratustra* certamente pretendia desenvolver melhor. Em outras palavras, esse material foi selecionado e ordenado sem a participação de Nietzsche e sabemos hoje que algumas partes foram adulteradas por sua irmã Elisabeth (depositária de todos os arquivos do filósofo).

Pois bem, a questão, para nós, se resume a uma só: ou Nietzsche é um metafísico e Heidegger está certo em afirmar que se trata de um retorno do "mesmo" ou o eterno retorno nada tem a ver com um tempo em si e menos ainda com a repetição idêntica de todas as coisas. Para Deleuze

– como veremos mais adiante – o eterno retorno de Nietzsche teria duas dimensões: uma ética e outra cosmológica. No que diz respeito ao aforismo 341 de *A gaia ciência*, denominado "O maior dos pesos" (do qual citamos uma parte acima), não há dúvida de que existe, de forma bem contundente, uma perspectiva ética, pois o alvo de Nietzsche parece ser justamente indagar sobre as bases da nossa relação com a vida, já que só é possível desejá-la de novo, tal como ela é (ou mesmo se alegrar com o seu retorno), se a tivermos vivido com intensidade e plenitude, tanto na dor quanto na alegria. Afinal, como diz Nietzsche, quem seria capaz de ouvir que sua vida retornará de forma idêntica e não entender isso como uma condenação, e sim como uma bênção? "Quanto você teria de estar bem consigo mesmo para *não desejar nada* além dessa última eterna confirmação e chancela?"[33]

Mas falaremos, em profundidade, da questão do eterno retorno na segunda parte deste trabalho, deixando claro – desde já – que esse conceito só pode ganhar inteligibilidade se for entendido dentro do contexto da obra nietzschiana e, sobretudo, se desvendarmos o enigma do tempo[34]. É claro que a questão ética parece mesmo incontestável: é preciso eliminar todo meio-querer. É preciso "querer" de tal

---

33. Cf. Nietzsche, op. cit., aforismo 341.
34. A ideia de que o tempo pode resolver o enigma do eterno retorno é encontrada no próprio Deleuze, mas nossa perspectiva é um pouco diferente.

forma que se deseje eternamente aquilo que se quer, pois só então esse "querer" será pleno e poderoso. "Comece por se perguntar se aquilo que queres, queres por toda a vida [...]." Nesse ponto específico, o tempo não parece irromper como uma força motriz, a não ser pela lembrança de que todo querer profundo se liga à "eternidade", não sendo – portanto – passageiro e efêmero. Quanto ao aspecto cosmológico, Deleuze termina por associar o eterno retorno ao devir, fazendo do eterno a própria afirmação de um ser que é pensado como diferença[35].

Em resumo: foi diante da perplexidade que experimentamos ao perceber que o tempo tem um caráter absolutamente problemático no eterno retorno de Nietzsche, que resolvemos sondar, por nós mesmos, o que é o *tempo* (e em que sentido ele está ligado ao eterno retorno). Em outros termos, não se trata apenas de entender esse conceito em Nietzsche ou em Deleuze, mas também (e principalmente) de entender como o tempo, embora tão presente em nossa vida, tão essencial para nossa estrutura psicológica e para nossa organização social, pode não existir da maneira como sempre o imaginamos. Nietzsche, ao levantar a ques-

---

35. Sabemos do quanto é arriscado usar os conceitos de ser, ontologia, matéria, enquanto insistimos em dizer que nosso propósito é escapar da metafísica, mas entendemos – como ficará claro ao longo do trabalho e mais ainda nos últimos capítulos – que, uma vez reativados em outros planos de imanência (como o próprio Deleuze não cansa de dizer), os conceitos ganham novos sentidos e também uma nova potência.

tão do eterno retorno, e Deleuze, ao ligar esse conceito à sua tese da univocidade do *ser*, terminaram por abrir – segundo pensamos – o caminho para o entendimento sobre a natureza mais profunda do tempo e do próprio universo. Devir como "matéria em movimento"[36]: eis a verdadeira realidade do ser.

É claro que outros filósofos trataram do tempo de uma forma mais direta e incisiva. Porém, o fundamental na obra nietzschiana – e, mais ainda, na leitura de Deleuze – é a perspectiva mais abrangente da ideia do eterno retorno como a "essência" profunda do *ser*, entendido como diferença pura, como devir. Sabemos o quanto esse tema é complexo e quais os desafios que enfrentaremos, mas estamos certos

---

36. A ideia de matéria em movimento, como a realidade mais profunda do universo, está presente, de forma contundente, na obra de um dos filósofos iluministas mais radicais do século XVIII, o Barão de Holbach (1723-1789). Embora só tenhamos tido contato com essa ideia depois da conclusão desse estudo, julgamos absolutamente necessário destacar a proximidade entre ela e o nosso próprio conceito de "matéria em movimento". Conhecido por seu ateísmo profundo e por sua luta contra a ignorância e a superstição, Holbach defende que não existe absolutamente nada além da matéria, que está – pela sua essência – em permanente movimento e transformação, ainda que seguindo leis imutáveis e necessárias. Isso quer dizer, em outras palavras, que Holbach defende o devir universal, mas não o caos e o acaso. Para ele, a indeterminação e a desordem são frutos da nossa visão limitada, da nossa incompreensão das leis da natureza. Holbach conjuga de um modo absolutamente original as noções de "fatalismo" e de "devir" e, dessa forma, parece encontrar a justa medida (embora aparentemente paradoxal) entre seu determinismo e sua crença nas reformas sociais. Ao contrário da ideia de Holbach, o conceito de "matéria em movimento" que ora apresentamos (como sinônimo de devir) implica em pensar a natureza como uma zona de indeterminação, como um eterno jogo entre o acaso e a necessidade, a ordem e o caos.

de que uma vez compreendida a realidade do tempo – ou a sua ilusão ontológica (embora, de qualquer forma, trate-se de entender o que é exatamente isso que intuímos como tempo) –, o eterno retorno atinge sua potência máxima não apenas como regra prática para nossas ações, mas como explicação da autêntica "mecânica" do nosso mundo (que, afinal de contas, é o único que existe). O termo "mecânica" é usado aqui apenas como "regras de funcionamento", que não precisam ser entendidas nem como eternas nem como absolutas.

A necessidade de compreensão da natureza do tempo (para que pudéssemos desvendar com mais precisão o enigma do eterno retorno) levou-nos a buscar de que modo ele foi tratado ao longo da história da filosofia, de maneira que ficasse claro o embate de forças que se estabelece entre os que defendem a sua existência ontológica e os que o reduzem apenas à nossa "psique". Nossa tese não se alinha nem com a ideia de que o tempo é plenamente ontológico, existindo por si (ou seja, o grande relógio abstrato e impassível, o deus que gera e devora impiedosamente seus filhos), nem com a concepção de que ele é exclusivamente um fenômeno psicológico, uma pura distensão da alma (ainda que não neguemos a existência do tempo subjetivo como uma criação humana). É isso que quer dizer, em nosso subtítulo, "a ilusão do tempo", pois ainda que o tempo físico, matemático, absoluto, seja uma quimera, ainda que ele não "passe", ou melhor, ainda que não exista um Saturno de prontidão, contando as nossas horas, nem por isso pode-se dizer que o tempo não existe de alguma maneira.

De fato, ele não existe em si, como um ser etéreo, imaterial, como uma forma platônica ou como uma virtualidade pura. Mas existe, sem dúvida, um tempo que é o da "existência". Esse tempo não é o de Bergson nem o de Heidegger, apesar da proximidade com suas ideias. Em todo caso, se há, afinal, uma relação entre o tempo e o que chamamos de matéria em movimento, não é porque o tempo seja matéria em última instância, e sim porque ele não é nada além da duração dessa matéria que, no fundo, é o próprio *élan* vital, o *Deus sive Natura*[37]. Não existir além da matéria significa simplesmente que não se pode falar em tempo puro, em tempo em si. Digamos que, dentro de uma certa perspectiva, pode-se até dizer que tempo é devir (ou devir é tempo), mas isso não explica grande coisa a respeito da natureza de ambos. E, segundo pensamos, assim como o devir é inseparável da matéria, ou seja, não existe independente dela sem se transformar num fantasma, numa forma pura, o mesmo aconteceria com o tempo. Bem, seja como for, só depois de aprofundarmos a questão da matéria pro-

---

37. Tomamos de empréstimo esses dois conceitos, o de Bergson e o de Espinosa, porque julgamos que eles traduzem bem a nossa questão, embora – como diz Deleuze – eles ganhem uma nova feição quando reativados em outro plano de imanência.

priamente dita é que nossa ideia poderá ganhar realmente alguma consistência. Para terminar, o que podemos dizer apenas é que o tempo da existência é o tempo trágico por excelência, e ele só tem sentido quando associado ao eterno retorno. Tudo retorna e nada retorna. O jogo autêntico é o jogo do devir de Heráclito (ou da matéria e das forças de Lucrécio). Em suma, sem antecipar demais as coisas, é preciso, de uma vez por todas, enfrentar e decifrar o que representa a foice de Saturno.

I
Em busca do tempo

Como nem o presente, nem o passado, nem o futuro existem, o tempo tampouco existe, pois o que é formado pela combinação de coisas irreais é irreal.

(Hipóteses pirrônicas)

O tempo na filosofia 1

A célebre frase de Santo Agostinho sobre o tempo (que é citada por todos os estudiosos que mergulham nas águas desse rio caudaloso) continua válida para todos nós: "Se ninguém me perguntar, eu sei; se o quiser explicar para quem me fizer a pergunta, já não sei"[1]. Parece que não existe frase mais adequada para revelar nossa sensação de assombro diante dos paradoxos que não cessam de emergir quando tentamos definir o tempo. Sim... trata-se, de fato, de um conceito problemático. Afinal, como definir algo que não vemos, não tocamos, não experimentamos concretamente, a não ser como mudança física, como passagem de estados ou em função da irreversibilidade dos acontecimentos (ou seja, nunca experimentamos o tempo em si mesmo, mas apenas o que acreditamos serem os seus efeitos). Em

---

1. Santo Agostinho, *Confissões*, cap. XI, p. 306.

outras palavras, o tempo (se ele existe) não é, certamente, objeto da nossa sensibilidade ou percepção. Talvez, por isso, Aristóteles o tenha pensado como um "quase-substrato" (isto é, ele não é um corpo ou um *ser* no sentido mais estrito do termo, embora exista de algum modo). Mas, afinal, o que é o tempo? E por qual razão nos sentimos tão obcecados pela sua compreensão?

Em suma, é mesmo possível ter um conhecimento pleno do tempo? Aliás, seria mesmo Cronos responsável pelo crepúsculo de todos os seres? Existe realmente uma força, uma virtualidade, um devir puro que se chama tempo? Sem dúvida, não se pode negar que o que nos fez senhores do mundo, vitoriosos sobre todas as outras espécies (as quais tratamos como escravas, embora não tratemos melhor a nossa própria), foi a habilidade que temos para nos organizar no espaço e no tempo (entendendo por isso o mundo e os seus movimentos). Em outras palavras, seja lá o que for o tempo (cosmológico, psicológico, forma *a priori*...), nós inventamos uma maneira de medir a duração das coisas – o que permitiu que nos estruturássemos diante das intempéries e dos acasos. A agricultura (e toda a vida civilizada) não seria viável sem o domínio do espaço e do tempo. Ainda assim, nem isso (nem mesmo o fato de termos inventado relógios tão "precisos") nos levou a compreender melhor a natureza de Cronos. Continuamos sem saber exatamente o que é o tempo, ou até se ele é, se ele existe de algum modo.

Que estamos diante de um dos temas mais complexos da filosofia, não temos dúvida. Afinal, ainda que partíssemos do princípio de que o tempo não passa de um conceito, de uma ideia, seria preciso entender em que medida ele é essencial para o nosso próprio conhecimento do mundo. Mesmo que a filosofia de Kant tenha lançado uma névoa sobre o mundo, jogando por terra a crença numa inteligibilidade absoluta, nem por isso negamos a existência dele ou minimizamos a sua força sobre nós. Nossa posição é inversa à de Kant e, tal como os empiristas, não acreditamos numa interioridade que não seja, ela própria, efeito do mundo exterior, desse "fora" que nos constitui. Somos uma "dobra", como diria Deleuze, embora não neguemos que existam disposições ou tendências que norteiam nossa existência. O que negamos, no entanto, é que elas existam de um modo eterno, como um *a priori* em nós. Tudo o que está no mundo traz a marca do devir (esse, sim, eterno[2]) e, assim, os seres se fazem no tempo, no desenrolar de sua existência (seja como espécie, seja como indivíduo). Em poucas palavras: as formas também são passageiras, tanto quanto os indivíduos. O que ocorre é que elas são menos fugazes, ou seja, têm uma duração bem mais longa.

---

2. No capítulo 3 da parte II, "A ilusão do tempo em si e a duração da matéria", iremos mostrar como o devir é estofo do mundo e como não existe, de um lado, a matéria e, de outro, o devir. O que existe é a matéria em movimento, pois o movimento não é um princípio à parte da matéria, mas algo inerente a ela.

Só mesmo um solipsismo muito profundo pode levar à negação do mundo ou de seu valor para o conhecimento. Não sabemos, é verdade, se nossas percepções recobrem com exatidão as coisas que estão fora de nós (é bem provável que não), mas sabemos que essas coisas estão ali, por maiores que sejam as desconfianças que queiram lançar sobre os nossos sentidos. O mundo existe. Não fomos nós que o criamos. Ao contrário, nós é que somos parte dele. Sobre a cultura, Nietzsche diz que o homem cria um mundo à parte e o faz a partir de uma dupla metáfora[3]. A primeira é aquela que transforma uma "excitação nervosa" numa imagem; a segunda transforma a imagem em som. Dessa maneira, o homem se encontra duplamente afastado do mundo real. Nietzsche está falando da linguagem, desse mundo abstrato dos conceitos que, segundo diversos filósofos, é o que nos constitui verdadeiramente. Mas, seja lá como for, a linguagem não nasce do nada, mas de nossa relação com o mundo e com os outros homens.

De certo modo, a relação que mantemos com esse "fora de nós" se compara com a imagem que Freud utiliza para ilustrar o que é o "inconsciente"[4]: ele está logo ali, do outro lado de uma porta que insistimos em manter fechada, para não vermos o que se passa por lá, para não encararmos a verdade sobre nós mesmos e sobre todas as coisas. Um dia,

---
3. Nietzsche, *Verdade e mentira no sentido extramoral*, I.
4. Freud, *Cinco lições sobre a psicanálise*, II.

basta um leve descuido e a porta se abre... E aí... que enorme susto! O mundo nos aparece como um grande desconhecido, e em seu mais profundo silêncio. Silencioso ou ruidoso (dizemos nós), ele perde o sentido que demos a ele. No fundo, "o mundo nos escapa porque volta a ser ele mesmo", como diz sabiamente Albert Camus[5].

Em resumo, é preciso entender que o tempo, existindo ou não em si mesmo, é parte de nossa vida e nos constitui. Mas, para entender isso, é de fundamental importância o diálogo com os filósofos que fizeram dele um objeto de reflexão profunda, da Antiguidade até os dias de hoje. Porém, há uma outra razão para a escolha desses filósofos. É que cada um deles apresenta uma faceta muito original do tempo, contribuindo para nossa própria reflexão acerca de Cronos. Afinal, seja o tempo apresentado como cíclico ou linear, duração ou sucessão de instantes, incorporal, *distentio animi* ou ser do *Dasein*, nem por isso ele deixa de ser um mistério ou um paradoxo para quem tenta decifrá-lo. A questão, portanto, não mudou: o tempo em si existe ou não existe?

I | Os pré-socráticos e a matéria do mundo

Recuando aos primórdios da filosofia – essa primeira e mais bela aurora do pensamento – percebemos que os pré-socrá-

---
5. Albert Camus, *O mito de Sísifo*, p. 29.

ticos não fizeram do tempo um objeto específico de análise (pelo menos, não de um modo muito direto, como farão, posteriormente, Platão e Aristóteles). No entanto, suas reflexões em torno do devir e da concepção do eterno retorno são valiosas para nossa compreensão do papel que ele ocupava em suas doutrinas. De todos, Heráclito foi, certamente, o que levou mais longe a percepção do devir, embora se possa dizer que Anaximandro já aponta para o movimento ininterrupto das coisas quando fala da geração e da corrupção dos seres. No único fragmento integral da obra de Anaximandro que chegou até nós, fica claro que a questão da busca da *physis*, do elemento primordial (busca que também era a de Tales e será igualmente a de Anaxímenes), levou-o a uma reflexão mais profunda sobre a natureza do movimento, que tende a arrastar todo ser para o seu próprio ocaso. Quando Anaximandro diz que "de onde as coisas tiram seu nascimento, para lá também devem afundar-se na perdição, segundo a necessidade, pois elas devem expiar e ser julgadas por sua injustiça, segundo a ordem do tempo"[6], já podemos sentir que o próprio devir (que se conjuga aqui com a ideia do retorno a um estado original) tem

---

6. Anaximandro foi o primeiro filósofo a registrar em um livro as suas ideias acerca da natureza. Infelizmente, o livro se perdeu, mas restou um fragmento inteiro (e talvez mais uma ou duas frases, além das informações doxográficas). Entre as muitas traduções, escolhemos a de Nietzsche, primeiro por ser ele um filólogo, segundo porque sua visão dos pré-socráticos, ao contrário do que diz Heidegger, é profunda e não se perde nas superficialidades da língua.

uma conotação absolutamente moral. É claro que algumas questões só parecem ficar mais claras à luz dos registros doxográficos, mas o tempo já figura aí com um peso indiscutível (pois é "segundo a ordem do tempo" que tudo se passa). O que Anaximandro entendia exatamente por isso nunca deixará de ser uma hipótese, mas alguns estudiosos defendem que já é possível vislumbrar aí, antes mesmo de Heráclito (que, como sabemos, retomou parte da física de Anaximandro), a ideia do eterno retorno.

Vejamos a questão mais de perto: é fato que os gregos antigos herdaram dos orientais a concepção do eterno retorno como um tempo cíclico, tendo ao final do "Grande Ano" o recomeço integral de todas as coisas. Tal doutrina, de origem religiosa (provavelmente caldeia), não será, no entanto, retomada inteiramente pelos pré-socráticos, e pode-se até mesmo dizer que não há sentido em falar em retorno idêntico do mundo. Porém, a ideia de ciclos e repetições está presente em Heráclito e, para Pierre Duhem, é possível deduzir que também estivesse em Anaximandro e Anaxímenes[7]. A questão é que, em Anaximandro, por exemplo, a noção de retorno é clara, mas não a de um retorno absoluto, a não ser que se entenda por isso o eterno nascer e morrer, aparecer e desaparecer – em outras palavras, que se veja aí a própria mecânica da matéria, que se engendra continuamente no

---

7. Cf. Pierre Duhem, *Le système du monde*, tomo I.

eterno jogo da geração e da corrupção. Sem dúvida, tratando-se ou não de um retorno absoluto e, sobretudo, deixando de lado o aspecto moral desse raciocínio (pois, para ele, a morte redime a vida, ou melhor, o "pecado" da existência), Anaximandro parece ter tido uma das mais sublimes intuições a respeito da natureza das coisas e do próprio mundo.

Vejamos o porquê disso: Anaximandro, entre os pré-socráticos, foi o primeiro a usar o termo "princípio" como lei universal e também abordou, antes mesmo de Heráclito, a ideia dos contrários, ainda que não tenha se detido tanto nessa antítese (que considerou o resultado de uma negação no interior da própria natureza). Sua preocupação em compreender como (e a partir do que) os seres são engendrados o levou à ideia de um princípio eterno, indestrutível, infinito e, sobretudo, indeterminado, o *ápeiron*, porque é necessário (como mostra bem Nietzsche[8]) que aquilo que é a origem e princípio de todas as coisas não possua qualidades definidas. Só os corpos possuem qualidades definidas e, por essa razão, tendem a desaparecer, pois tudo o que cai na ordem do tempo (ou na ordem do devir) tende a ser aniquilado. Assim, não seria a água, a terra, o ar ou o fogo (e nem um misto deles) o elemento primeiro de todas as coisas, mas algo anterior, uma matéria indefinida, etérea, imperceptível aos nossos sentidos.

---

8. Cf. Nietzsche, *A filosofia na idade trágica dos gregos*, 4.

É claro que muitos preferem acreditar que se trata, nesse caso, de um princípio espiritual, mas isso nos parece infundado. É verdade que o próprio Anaximandro, segundo os doxógrafos, chama o *ápeiron* de "o divino" no reino da natureza, mas – segundo pensamos – isso se dá por duas razões: 1ª) é necessário que o *ápeiron* seja eterno, quer dizer, que ele não tenha sido criado, ou então que ele deveria sua existência a outra coisa, a um outro "ser"; 2ª) é preciso que ele seja feito de uma matéria mais tênue, porém, indestrutível, já que ela é a base de todas as coisas. Fosse a água, a terra ou qualquer outro corpo o princípio, ele tenderia a desaparecer ou a se tornar outra coisa. Nesse sentido – e somente nesse – entendemos essa concepção do "divino" na natureza em Anaximandro. Em outras palavras, a ideia de que algo sempre tenha existido ou de que sempre existirá remete-nos inexoravelmente às noções de Deus, alma, espírito, mas – no fundo – o que ocorre é que a própria matéria primordial é eterna.

Sem dúvida, Anaximandro não conseguiu escapar completamente da ideia moral e religiosa de que a degradação e a morte fossem formas de expiar o pecado da existência (essa espécie de "emancipação criminosa do ser eterno"[9]), mas isso não torna a sua percepção do devir menos importante nem faz do seu *ápeiron* um princípio absolutamente

---

9. Ibid.

imaterial. Aliás, quantos filósofos não acabaram caindo na tenebrosa escuridão dos raciocínios metafísicos[10]? Também Schopenhauer, apesar de todo o seu brilhantismo, não defenderá, muitos séculos depois, um princípio moral para a existência? O que isso significa para nós, afinal? Significa, simplesmente, que a "metafísica" (essa versão filosófica da religião) é uma espécie de monstro que está sempre pronto para devorar os filósofos. Sartre dizia que "estamos condenados à liberdade" (já que não existem deuses e razões superiores para a vida), mas estamos primeiramente condenados a cair nos falsos raciocínios e na ânsia metafísica de encontrar um porto seguro e um sentido mais profundo para a nossa efêmera e turbulenta existência.

No caso de Heráclito, ainda que ele tenha partido da física de Anaximandro, sua filosofia chegará a resultados bem diferentes. Para começar, o fogo é o princípio de tudo, mas ele não é apenas o elemento primordial para o qual tudo retorna. O próprio universo é um fogo vivo que arde num constante acender e apagar.

---

10. Sabemos que essa afirmação parece estabelecer um limite entre "bons" e "maus" filósofos, entre metafísicos e não metafísicos, mas não é essa a nossa intenção. A verdade é que quase nenhum pensamento está liberto da metafísica ou de alguns conceitos que usamos sem nos dar conta do quanto também eles são devedores de um raciocínio místico ou religioso. Esse é um dos pontos que discutiremos ao longo deste trabalho, pois não abrimos mão de pensar que alguns grandes filósofos caíram nas malhas da metafísica, ainda que suas intuições não devam ser rejeitadas por isso. Há também filósofos, como Heidegger, que fazem questão de se mostrarem libertos da metafísica, mas apenas parecem tê-la reativado por outro viés.

> Este mundo, o mesmo de todos os (seres), nenhum deus, nenhum homem o fez, mas era, é e será sempre um fogo vivo, acendendo-se em medidas e apagando-se em medidas.[11]

"Acendendo-se em medidas e apagando-se em medidas" dá uma ideia de intervalo, mas ainda não sabemos bem o que isso significa. Em todo caso, já existe uma ruptura inicial com relação à física de Anaximandro e à sua ideia dos contrários. Afinal, se tudo é fogo, não pode haver algo que seja em absoluto o seu oposto; assim, o frio passa a ser apenas um grau do quente, não existindo como propriedade. O único oposto do fogo (ou do próprio mundo) é o nada. Quando se diz, portanto, que em Heráclito o ser é e não é ao mesmo tempo, deve-se entender que isso diz respeito ao devir, ou seja, ao fato das coisas estarem sempre se transformando, mas não que exista um *não ser* absoluto. Essa já parece ser mais uma das confusões da metafísica, que tende a "coisificar" o que, em si, é fluxo e puro movimento. A realidade do mundo, para Heráclito, é o devir. O devir "é". O resto não é nada, é coisa nenhuma.

Quanto à ideia do acender e do apagar, podemos cogitar (é claro que se trata apenas de uma hipótese) que Heráclito tenha pressentido uma espécie de "pulsação" contínua do universo (que nos remete hoje aos estudos da matéria em

---
11. Heráclito, Fragmento 30, in *Os Pensadores – Os pré-socráticos*, p. 82.

seus níveis mais elementares). Enfim, todos os que tomaram algum contato com a filosofia de Heráclito já ouviram falar de trechos tais como "é impossível banhar-se no mesmo rio duas vezes" ou "tudo está em movimento", embora realmente poucos pensem nas consequências mais profundas de tais afirmações. Uma dessas consequências é que é impossível tratar do devir (e, nesse caso, também do tempo) sem trazer à tona a questão do *ser* (ou do mundo – para não cairmos na teia da metafísica – isto é, daquilo que existe e que, de algum modo, nos precede). Segundo Jean Wahl, a ideia do *ser* nasceu exatamente da resistência à noção de devir trazida por Heráclito. De certa forma, diz ele, todo o desenvolvimento da metafísica ocidental pode ser explicado por esta resistência ao devir[12], a qual tem no nome de Parmênides o seu grande representante.

Em Heidegger encontramos uma afirmação semelhante, quando ele diz que Parmênides "determinou a essência do pensamento ocidental até hoje, estabelecendo as dimensões de seus alicerces"[13]. Em outras palavras, foi para se opor a Heráclito que Parmênides teria chegado a compor a sua teoria do ser eterno e imóvel, esta esfera inteligível na qual o tempo jamais passa. Afinal, é necessário que o ser seja incorruptível ou, então, ele não seria ser – diria o filósofo de Eleia. Isso porque, seguindo o raciocínio dos filósofos

---

12. Jean Wahl, *Tratado de metafísica*, p. 35.
13. Heidegger, in *Os Pensadores – Os pré-socráticos*, p. 158.

do *ser* (ou, mais propriamente, dos metafísicos), dizer que algo "foi" ou que "será" é o mesmo que dizer que este algo não "é", em si, coisa alguma, pois aquilo que "é" não pode jamais deixar de ser. É preciso que ele seja sempre, invariavelmente, o mesmo. Um trecho do poema de Parmênides, encontrado na *Física* de Simplício (117, 2), expõe bem o seu horror ao devir e à ideia de que nada no mundo permanece idêntico a si mesmo:

> Necessário é dizer e pensar que (o) ente é; pois é ser, e nada não é, isto eu te mando considerar.
> Pois o primeiro desta via de inquérito eu te afasto, mas depois daquela outra, em que mortais que nada sabem erram, duas cabeças, pois o imediato em seus peitos dirige errante pensamento; e assim são levados como surdos e cegos, perplexas, indecisas massas, para os quais ser e não ser é reputado o mesmo e não o mesmo, e de tudo é reversível o caminho.

Em poucas palavras, o que veremos nascer desta longa discussão, que se estenderá a Platão e a Aristóteles, é a própria metafísica. É verdade que Anaximandro já havia colocado a questão da existência de algo eterno, tanto no caso do *ápeiron* quanto no caso do próprio mundo, como um eterno nascer e perecer das coisas. A diferença entre Anaximandro e Heráclito, no entanto, é que o primeiro não conseguiu levar às últimas consequências o que isso representava, ficando enredado nas ideias de expiação e de pecado – ou seja, ele não conseguiu penetrar profundamente na questão do devir universal. Heráclito, ao contrário, aborda a questão sem subterfúgios, sem qualquer aspecto moral, e é isso que certamente horrorizou Parmênides, que, negando seus próprios sentidos, acabou por criar um outro plano de existência.

Vejamos como isso se deu: quando Heráclito fala deste mundo como um fogo eternamente vivo, "que se acende com medida e se apaga com medida", Aristóteles entende (e parece-nos que de um modo bem acertado) que, para o filósofo de Éfeso, o mundo não foi gerado nem perecerá como as demais coisas que existem, mas é eterno em seu movimento de criar-se-a-si-mesmo e destruir-se-a-si-mesmo consecutivamente[14]. Tal afirmação coloca a questão de um movimento incessante das coisas, que não é mais apresentado como uma expiação do *ser* eterno, mas como parte da natureza do próprio fogo. Mas essa ideia do fogo que se cria e se destrói eternamente traz ainda uma outra noção, que agora fica mais clara: a da repetição, a do eterno retorno. Não há muita informação sobre o tema, mas Aristóteles já nos previne de que não se deve pensar que Heráclito retomou inteiramente a concepção religiosa do retorno idên-

---

14. Sobre esse ponto, cf. Aristóteles, *Tratado do céu*, I, 10, 279 b 12.

tico do mundo, pois nele os ciclos retornam sempre com alguma diferença[15].

Voltando à questão do devir incessante, que não se reduz apenas ao nascer e ao perecer, mas à mudança contínua e ininterrupta que faz com que nada seja idêntico a si mesmo, pois sempre é novo a cada instante (ou seria melhor dizer a cada movimento?), podemos afirmar que essa ideia está bem explícita no fragmento 91, em que Heráclito sustenta que "em um rio não se pode entrar duas vezes" e "nem substância mortal tocar duas vezes a mesma condição". E ele completa: "pela intensidade e rapidez da mudança dispersa e de novo reúne... compõe-se e desiste, aproxima-se e afasta-se". É surpreendente tal noção para quem está há séculos de distância da física quântica e da nossa atual percepção da matéria e de seus movimentos mais profundos. Digamos que a afirmação de que "tudo está em movimento" já não parece hoje causar tanto espanto, mas na época de Heráclito rendeu-lhe o título de "o Obscuro".

Platão, que – no fim das contas – não negou o devir da matéria (embora também tenha criado, tal como Parmênides, um lugar seguro para abrigar o *ser*), diz que "Heráclito retira do universo a tranquilidade e a estabilidade"[16], uma vez que o pré-socrático acredita que isso seja "próprio dos mortos". Sem dúvida, se o próprio universo é um fogo

---
15. Ibid.
16. Cf. Platão, *Crátilo*, 402 A.

vivo, e se tudo que está vivo tem movimento, logo não há terra firme nem lugar que esteja livre da mudança e da degradação (ou, melhor dizendo, da agregação e da desagregação da matéria, como uma eterna recriação de si mesma – para dar um sentido menos moral à ideia de mudança).

Na realidade, mesmo num organismo sem vida, pode-se dizer que a matéria entrará em novas relações de forças, decompondo-se, primeiramente, para se compor de novo, de uma outra maneira. A morte do indivíduo não representa o fim ou o desaparecimento absoluto da matéria que o constitui ("na natureza nada se cria, tudo se transforma"). É assim que o atomismo de Leucipo e Demócrito, posteriormente defendido pelos epicuristas, também tem algo de heraclítico, embora a sua noção de "átomo" seja completamente original. Aliás, o atomismo também defende incondicionalmente o movimento do mundo (como provam os sentidos) e, como que contrariando Parmênides, afirma que não apenas o *ser*, mas igualmente o *não ser* existe (e é corpóreo). Surge então a noção de "vazio", onde as partículas indivisíveis dos átomos movem-se incessantemente, sendo que do encontro casual delas nascem todas as coisas. A ideia do vazio é mais uma daquelas que ninguém consegue definir muito bem (ou mesmo provar a existência), mas nesse momento representou um diferencial na compreensão da gênese das coisas. Que a própria matéria, numa perspectiva mais profunda, seja composta de vazio é hoje tema de especulação de alguns físicos.

Mas, a questão de Heráclito não se esgota na defesa do movimento incessante. Também encontramos nele uma ideia de unidade (que se revela no próprio jogo dos contrários que ele retoma de Anaximandro). Como diz Diógenes Laércio, "tudo se origina por oposição e tudo flui como um rio, e limitado é o todo e um só cosmo há [...]"[17]. É preciso que exista um tipo de unidade para que este mundo se conserve assim. Mas essa "harmonia oculta" nasce das forças opostas, é uma unidade que nasce das tensões. Em outras palavras, "o uno é o múltiplo", como afirma Nietzsche. E isso tem um sentido próprio e muito específico, já que Heráclito explica este mundo como um "jogo de Zeus ou, em termos físicos, do fogo consigo mesmo"[18]. Assim, como diz Nietzsche, "as inúmeras qualidades de que podemos aperceber-nos não são essências eternas nem fantasmas dos nossos sentidos [Anaxágoras admitiria a primeira dessas possibilidades e Parmênides a segunda], não são seres rígidos e arbitrários nem a aparência fugidia que atravessa os cérebros humanos"[19]. São apenas e tão somente os devires do fogo, os devires do universo.

Uma só e mesma substância para todas as coisas dá origem, como sabemos, à doutrina monista, mas, quando a própria matéria é pensada em termos de múltiplas forças e

---

17. Cf. Diógenes Laércio, *Vidas e doutrinas dos filósofos ilustres*, ix, 1-17.
18. Cf. Nietzsche, *A filosofia na idade trágica dos gregos*, 5.
19. Ibid.

virtualidades, trata-se de um tipo de monismo inteiramente novo. De fato, em profundidade, todos os seres são feitos da mesma matéria, mas a própria matéria é múltipla e indeterminada (para usar o sentido dado por Anaximandro)[20]. Múltipla, mas não infinita, pois é preciso, em Heráclito, que ela tenha algum limite (ou então não é possível pensar o eterno retorno). Nesse caso, não se trata de um limite espacial, mas de um limite em termos quantitativos. É preciso supor uma mesma quantidade, que nem aumenta nem diminui. Já quanto à questão da unidade, Heráclito afirma que "a harmonia oculta vale mais que a harmonia aparente". E assim, tal como Parmênides, ele também coloca a razão (*logos*) como superior aos sentidos, embora não negue o papel desses últimos na apreensão da verdade.

Sobre o tema do movimento contínuo e a tese dos opostos, o aforismo de Heráclito de número 81 (da edição Bywater) é bem significativo. Ele diz: "Nos mesmos rios entramos e não entramos, somos e não somos". Eis o que, provavelmente, levou Parmênides a escrever e a dedicar a segunda parte de seu poema *Da natureza* aos "mortais de duas cabeças" que – segundo ele – acabam se perdendo nas inúmeras informações vindas dos sentidos, jamais chegando à verdade plena das coisas.

---

20. Voltaremos a essa questão no capítulo reservado à compreensão e definição dos conceitos de matéria e de tempo.

Embora atribuam mais a Zenão de Eleia (considerado o grande discípulo de Parmênides) a negação absoluta do movimento do mundo, reduzindo-o a uma mera ilusão e aparência, é certo dizer que Parmênides criou uma filosofia do repouso, cujo *ser*, sendo retirado do mundo, foi habitar uma esfera absolutamente formal, pura e abstrata. Isso, de certa forma, nos leva a dizer que Heráclito e Parmênides não estão falando da mesma coisa nem olhando para o mesmo lugar quando dizem "tudo é devir" ou "tudo é ser". É claro que, na perspectiva lógica e metafísica de Parmênides, é impossível compatibilizar a ideia do devir e da multiplicidade com a do ser, pois isso seria o mesmo que negar a existência do ser como uno, imutável e pleno, assim como também ter que admitir a existência do não ser (algo que, aliás, Parmênides parecia aceitar inicialmente, desde que o *ser* fosse a síntese de ambos). A conclusão dele é que uma coisa não pode ser e deixar de ser nem ser e não ser ao mesmo tempo, daí por que é preciso que o *ser* não esteja neste mundo e, portanto, não seja objeto dos sentidos.

É evidente que essa ideia de um *ser* imutável e eterno (não mais como algo material, mas como uma realidade lógica e impalpável) complica toda a compreensão do mundo trazida pelos primeiros pré-socráticos. Os tais aspectos míticos e religiosos (de que falamos) continuam, como sempre, rondando a filosofia e fazendo-a descambar para a metafísica. Em suma, o *logos* de Heráclito não é certamente o *logos* de Parmênides. O *logos* heraclítico quer dar conta do mundo e o *logos* parmenídico quer dar conta de algo que não existe (ou, para dizer de outra forma, de algo que só existe como uma abstração pura, formal, como uma palavra sem referente, sem objeto).

Para Parmênides, apenas a razão pode dar conta do *ser* que, por essência, é uno, imutável e eterno, isto é, está fora de toda geração e corrupção (já que é princípio e condição de tudo o que existe). Vemos aqui, com muita clareza, como a *physis* de Anaximandro, inicialmente um princípio material (e igualmente eterno como o *ser* parmenídico), vai se transformando até ganhar a feição de um *ser* em si, puro, abstrato, "espiritual". O que antes era apenas uma matéria imperceptível, de onde o próprio mundo foi engendrado a partir dos movimentos profundos das partículas etéreas que o constituem, começa a ser entendido como algo em si, diferente do mundo, uma espécie de segunda natureza (ou primeira). O que era um princípio material torna-se agora um princípio puramente lógico.

Aliás, já é possível perceber na filosofia de Parmênides os dois grandes princípios da representação (que será, posteriormente, sistematizada por Aristóteles): o princípio de identidade e o princípio de não contradição. Em suma, o que podemos sentir com nitidez é a elaboração de uma esfera totalmente independente, fria e conceitual, onde os sentidos não penetram, somente a razão, "a grande deusa". Eis como nasce a metafísica e eis o que Nietzsche chama de "o momento menos grego de toda a época trágica"[21].

> É necessário agora que a verdade resida exclusivamente nas generalidades e mais abstratas, nas conchas vazias, das palavras mais imprecisas, como num casulo tecido por uma aranha; ao lado de uma tal "verdade", está agora o filósofo tão exangue como uma abstração e completamente enredado na trama das fórmulas. A aranha, no entanto, exige o sangue de sua vítima, mas o filósofo parmenídico odeia precisamente o sangue de sua vítima, o sangue da realidade empírica que ele sacrificou.[22]

Há quem diga, como Hegel, que a filosofia de Heráclito também se assenta (pelo menos em parte) num pressuposto lógico, quando o pré-socrático faz da dialética um princípio universal. Para Hegel, as duas ideias básicas do heraclitismo, a de *unidade* (que se manifesta na oposição dos contrários) e a do *devir*[23], expressam juntas a "essência" do ser. E essa é também a essência do *ser* em Hegel. Dito em outras palavras, a essência do ser é a mudança, ou seja, o *ser* é devir. Vejam que isso levanta um problema crucial em torno do próprio objeto da metafísica; porque se, por um lado, isso não equivale a dizer que existe um *ser* que

---
21. Nietzsche, op. cit., 10.
22. Ibid., 9.
23. Cf. Hegel, *Preleções sobre a história da filosofia*, p. 319.

é sempre o mesmo, também não é igual a afirmar que não existe *ser* algum. É claro que tal afirmação é bastante problemática, porque, em última instância, dizer que o ser é devir é algo muito próximo de dizer que ele não existe (pelo menos em termos formais e lógicos, como uma unidade *a priori*, uma identidade pura). O que ocorre, de fato, é que Hegel procura compatibilizar a ideia do movimento incessante com a do *ser* (nesse caso, a essência do *ser* seria o próprio movimento, algo com o que Bergson também concordará, mas não por um raciocínio lógico). No caso de Hegel, o problema maior que encontramos em sua tese não está na discussão sobre se o *ser* é devir ou imobilidade absoluta, mas na compreensão de como é exatamente este *ser*. Afinal, para ele, o *ser* é inseparável do devir histórico (que se completa no fim de uma longa jornada que se dá através do tempo), mas, apesar do aspecto aparentemente imanente desta filosofia, o *ser* de Hegel é absolutamente imaterial. Trata-se, na verdade, da longa estrada seguida pelo "Espírito" (ou pelo que ele chama de "Razão Universal") em busca de si mesmo.

Eis então a ideia de uma história universal, "que enumeraria as etapas da procissão do Espírito, desfilando pelo mundo no lento caminhar para si mesmo"[24], e que traz um grande inconveniente: a estranha ideia de um *Espíri-*

---

24. Jean Beaufret, in *Os Pensadores – Os pré-socráticos*, p. 156.

to (um *Absoluto*) fazendo seu cortejo no tempo. Metafísica pura e infundada, é o que nos parece essa noção de Hegel. Além disso, a ideia de linearidade e de "progresso" do conhecimento ou do pensamento, que emerge com esta concepção, não poderia ser mais nefasta para a filosofia. O que isso quer dizer, afinal? Que os homens de hoje pensam melhor do que os de ontem? Que o conhecimento evoluiu como uma linha reta e ascendente? Está mais do que claro que muitas das concepções dos pré-socráticos foram retomadas séculos mais tarde, ainda que com diferenças. De nossa parte, vemos mais profundidade e relevância no pensamento dos filósofos gregos do que no do próprio Hegel (ou no de um Heidegger, por exemplo). Não se trata, porém, de um preconceito, mas de uma afinidade na compreensão do mundo. Não negamos que todo filósofo tenha algo a dizer, mas – em geral – os que mais influenciaram os rumos da filosofia foram mesmo (e infelizmente) os "filósofos de batina".

Nesse sentido, a história da filosofia tem sido, ao contrário do que é possível supor sem muita reflexão, uma perda constante de sua intenção mais genuína, uma perda de seu caráter demolidor, transgressor. A sua história (com exceção de alguns filósofos bravos e aguerridos) tem sido a história de uma apoderação. Sempre, quando menos se espera e quando já se julga ter vencido definitivamente o inimigo, eis que o espírito religioso se apodera de novo da "grande deusa". Talvez isso se explique pelo fato de a *razão* ser, ela própria, fruto, em alguma medida, desse mesmo espírito (mas isso é tema para outro estudo).

Enfim, apesar de Hegel apontar em Heráclito um plano lógico e imaterial, ele também não deixa de reconhecer que a questão do devir foi expressa de modo bem real em sua cosmologia. É isso que ainda o coloca, mesmo para Hegel, entre os jônicos, ou seja, entre os investigadores da natureza. De qualquer maneira, quem nunca escondeu sua predileção pelo filósofo de Éfeso foi Nietzsche, que viu nele um raio de luz divina que iluminou o devir de Anaximandro. Ele diz que Heráclito surgiu no meio da noite mística para resgatar a inocência do vir-a-ser e da existência como um todo. Comparando Parmênides a Heráclito, o filósofo alemão diz que o eleata "também representa um profeta da verdade, mas feito por assim dizer em um molde de gelo e não de fogo, espalhando em torno de si uma luz fria e cortante"[25]. Em outras palavras, enquanto Heráclito fala de "uma verdade que ele apreende nas intuições", o outro vai buscá-la na "escada de corda da lógica"[26]. E assim, a discussão sobre o *ser* e o *não-ser* tem início na filosofia. E assim, como diz Nietzsche, o sangue começa a se coagular, porque ninguém pode tocar "impunemente em abstrações tão terríveis"[27].

---

25. Nietzsche, op. cit., 9.
26. Ibid.
27. Ibid., 10.

Em linhas gerais, já é possível observar como a questão do devir e a do próprio tempo levam a uma inevitável reflexão sobre o *ser* (que, no fundo, nada mais é do que uma reflexão sobre a realidade do próprio mundo e de nós mesmos). Desde Heráclito e – sobretudo – depois de Parmênides, a questão começa a ser colocada nos seguintes termos: o ser é mobilidade perpétua ou imobilidade eterna? Ou então: existe um *ser* ou só existe o devir? Há, de fato, alguma contradição (como pensava Aristóteles) em dizer que o *ser* é devir puro, ou seja, que sua essência mais exata é a mudança, o movimento? E onde entra, afinal, o tempo nessa discussão?

Como dissemos anteriormente, Platão e Aristóteles serão os primeiros a formular uma definição específica do tempo. No entanto, o que marca o período clássico da filosofia (que se inicia com Sócrates) é o abandono quase completo das especulações acerca da natureza e da cosmologia. Desde então (com raras exceções), a filosofia voltou-se basicamente para as reflexões morais e éticas. Voltou-se, portanto, inteiramente para o universo humano. Ela não abandonou, no entanto (e nem podia, pois a moral se sustenta aí), a perspectiva metafísica do *ser* em sua forma mais abstrata e lógica, perspectiva essa que herdou, sobretudo, de Parmênides (que, para parafrasearmos Nietzsche, é o menos grego dos pré-socráticos).

Falando em Parmênides, não precisamos fazer grandes reflexões para compreender o lugar que o tempo ocupa em seu pensamento. Na esfera do ser, pode-se dizer que é absolutamente nenhum, uma vez que a eternidade pressupõe (em Parmênides e depois em Platão e Agostinho) a própria ausência do tempo (que, desde o início, como vemos, é associado ao movimento). O *ser* não nasce, não morre, não se modifica, não aumenta nem diminui. Ele é, como dissemos, eterno. E *eterno*, para um metafísico como Parmênides, quer dizer "fora do tempo", "fora da corrupção", fora do devir. O *ser* é imobilidade pura (e ele é imóvel porque é perfeito, ou seja, mudar significa aperfeiçoar-se ou degenerar, e o que é perfeito não poderia ser mais nem menos do que já é). Mas eterno também quer dizer pura presença, instante não fugidio, presente que não passa, que nunca deixa de ser. Eis a esfera do ser parmenídico que Nietzsche chama de "fria" (um eufemismo para falar a respeito de um *ser* congelado, morto). Em suma, pelo que entendemos, o tempo não tem, em Parmênides, qualquer papel no que diz respeito ao *ser*. Mas e quanto ao mundo físico?

Pois bem, sabemos que Parmênides também contemplou o devir antes de virar-lhe as costas definitivamente. Se ele próprio não chegou a dizer que o devir é uma ilusão (como Zenão), nem por isso deixou qualquer outra saída para o mundo, já que "o *ser* é e o *não ser* não é". Tendo o *ser* uma natureza diferente do mundo, não fica difícil concluir que esse mundo não tem uma existência plena (não tem nem aquele mínimo de *ser* que vemos em Platão, já que em

Parmênides não é possível esse tipo de raciocínio). De qualquer forma, o tempo não parece mesmo ter lugar na filosofia parmenídica. Nascer, envelhecer, morrer, nada disso diz respeito ao *ser* e, portanto, nada disso diz respeito ao conhecimento. Aliás, o próprio conhecimento está ameaçado entre os eleatas (e, mais ainda, entre os megáricos, que retomam a tese de Parmênides). Afinal, a própria predicação acaba se tornando impossível, pois outra conclusão ainda mais inevitável de Parmênides é a de que do *ser* verdadeiramente nada se pode dizer a não ser que ele *é*, que ele existe. E sendo ele uno e, portanto, indiferenciado, o conhecimento torna-se assim uma pura tautologia.

Pois bem, procurar em Parmênides uma definição do tempo, mesmo que estivesse implícita na ideia do devir, não acrescenta muita coisa à questão da compreensão de sua natureza, já que o único "tempo" que importa é o do presente eterno que abriga o *ser*. Mesmo que fosse possível captar alguma noção de tempo associado ao *ser*, ele só existiria à custa de estar paralisado, imóvel, o que é o mesmo que dizer que o tempo (como passagem, como sucessão) não existe. Mesmo supondo que o movimento não seja uma ilusão total dos sentidos, em Parmênides, esse mundo não tem, como dissemos, existência plena e, assim, o tempo também não a terá. Como diz Aristóteles: "uns negam absolutamente a geração e a corrupção, pois nenhum dos seres nasce ou perece, a não ser em aparência para nós. Tal é a doutrina da

Escola de Melisso e de Parmênides [...]"[28]. Eis por que esses filósofos desconfiam daqueles que defendem o devir como o princípio de todas as coisas.

Também Platão mostra claramente essa inclinação, ao dizer que "se os partidários do imobilismo do todo parecem dizer mais a verdade, havemos de procurar junto deles nosso refúgio contra os que fazem mover-se o imóvel"[29]. Segundo Platão, Homero e Hesíodo foram os primeiros a defender a ideia do devir universal (Homero, por exemplo, dizia que o oceano é o pai de todas as coisas). Mas é ainda Heráclito quem nos interessa mais. Afinal, se tudo está em perpétuo movimento, o nascimento e a morte são estados transitórios da matéria. A morte é definitiva para o indivíduo, para o organismo, mas não existe para a matéria em seu estado puro (e, nesse caso, quer se trate do *ápeiron*, do fogo ou da água como matéria primordial). Isso não muda, evidentemente, a trágica condição do ser vivo, que existe uma única e derradeira vez, mas explica em termos não morais a sua geração e corrupção. Tudo nasce e morre, eis talvez a única verdade incontestável.

Dissemos "talvez" porque a verdade pode ser ainda mais simples, pode ser "tudo se agrega e se desagrega segundo uma duração determinada"; isso é a vida, isso é o *ser*. Não existe nada além disso. Logo, só a isso está certo chamar de

---
28. Cf. Aristóteles, *Tratado do céu*, III, I, 298 b 14.
29. Cf. Platão, *Teeteto*, 181 a.

ser. E ainda existe o problema de que os próprios seres estão mudando ao longo de sua duração, de sua permanência. É apenas nesse sentido que eles são e não são. De certa forma, também os sentidos nos enganam (mesmo em Heráclito), pois haveria na aparente desordem das coisas uma harmonia oculta (como falamos antes). No entanto, tal harmonia diz respeito às "leis" mais essenciais da matéria, do fogo vivo, que ora se engendra de um modo ora de outro, e nada tem a ver com um *ser* absolutamente imóvel ou com essências eternas. Nada permanece para sempre neste mundo, que – aliás – é o único mundo que existe. Tudo é sempre transitório, mesmo aquilo que parece mais perene aos nossos olhos. Não há porto seguro, não há estabilidade, não há garantias. Tudo é processo, fluir, devir... E é na constante alternância dos contrários, no conflito irremediável entre as forças que a vida se faz presente e soberana.

A mudança é, portanto, a única realidade. Por isso a imagem do rio que flui incessantemente é tão importante para Heráclito. Só na aparência ele é o mesmo, pois suas águas são sempre outras. Em outras palavras, o rio só "é" ele próprio enquanto está em permanente mudança. Uma vez paralisado, ele vira um açude, uma poça (e ainda assim não se poderá parar a mudança nem a eventual deterioração ou transformação da matéria). Esse é o mundo de Heráclito, um mundo onde tudo é "devorado", onde todas as coisas voltam ao seu estado inicial, matéria pura, fogo, caos.

Quanto ao tempo, mesmo sem propor uma definição direta, a filosofia de Heráclito traz em seu bojo, como dissemos, a ideia do retorno. O fogo é a origem e o fim de tudo. "Um dia tudo se tornará fogo", diz ele. Mas, repetimos, a ideia do retorno heraclitiano não é de modo algum aquela professada pelas antigas religiões asiáticas, estando longe de significar o retorno integral e absoluto dos seres. Aristóteles deixa isso bem claro ao afirmar que, para alguns (no caso, Empédocles e Heráclito), o mundo é alternadamente destruído, ora de um modo, ora de outro[30]. E acrescenta: "Também Heráclito assevera que o universo ora se incendeia, ora de novo se compõe do fogo, segundo determinados períodos do tempo"[31]. Tal formulação, em qualquer sentido que se tome, não dá a ideia de um retorno absoluto das coisas, mas simplesmente apresenta o retornar como algo inerente à própria constituição da matéria.

A ideia de que existem certos períodos de tempo entre um mundo e outro (ou entre um ciclo e outro), ou seja, de que há uma duração que os "separa", foi considerada como a defesa de um tempo cíclico (que recomeçaria a cada "Grande Ano"). Mas, apesar do que parece, isso não implica a ideia de que exista um tempo em si correndo, de modo puro, que volta ao seu início de repente, como um relógio que atrasamos. Isso prova apenas que cada mundo du-

---
30. Cf. Aristóteles, op. cit., I, 10, 179 b 12.
31. Ibid.

ra (ou simplesmente existe) por um certo tempo. A medida dessa duração, a sua contagem, é algo demasiado humano. Para a natureza só houve uma certa estabilidade que se seguiu a outra.

No nosso mundo, a questão do tempo quase nunca abrange a possibilidade do eterno retorno, até porque parece que a ciência escolheu a hipótese do universo em expansão (o que torna o retorno um tanto impossível – pelo menos, se o entendemos como retorno do absoluto e do *mesmo*). Continua viva, no entanto, a questão do devir como o responsável pelo ocaso das coisas (e até do próprio mundo). Essa é uma das consequências trazidas pelos avanços, no século XX, da termodinâmica (que, de início, supôs que o universo desapareceria em função da entropia) e também da mecânica quântica (que, como mostra Ilya Prigogine, tem na "irreversibilidade" a sustentação da ideia de um mundo sempre aberto para a diferença e para a novidade[32]).

Mais uma questão – acerca do tempo em Heráclito – foi posta por Nietzsche de um modo bem intrigante. Nietzsche diz que, apesar do espaço e do tempo não terem um conteúdo determinado, eles podem ser percebidos intuitivamente. E, em seguida, ligando a maneira de conhecer de Heráclito à de Schopenhauer, diz que ambos entendem

---

32. Para Prigogine, a irreversibilidade é a prova da existência do tempo, que – para ele – está longe de ser uma ilusão ou algo subjetivo. Veremos melhor essa questão no capítulo reservado ao tempo e à ciência.

que "o instante só existe na medida em que destruiu o instante anterior, seu pai, para bem depressa ser ele próprio destruído"[33]. E completa: "o passado e o futuro são tão vãos quanto qualquer sonho, e o presente é unicamente o limite sem espessura e sem consistência entre ambos"[34]. Vemos aqui a exposição do paradoxo do tempo, tal como o apresentamos em nossa introdução: a ideia do instante que apaga sempre o anterior, mas que também só existe de modo tênue e fugaz. Mal paramos para sentir sua passagem e já estamos à frente dele, embora ainda estejamos no presente. O problema é que isso, ao invés de provar a existência do tempo em si, como deseja Prigogine, só prova realmente a existência do devir.

Aliás, esse tema do presente como o único tempo que existe para os corpos (pois é certo que não existe corpo que não esteja sempre e inexoravelmente no presente) remete-nos aos estoicos e à sua teoria dos incorporais – uma teoria que Deleuze aborda de modo profundo em sua *Lógica do sentido*. Para os estoicos, o vazio, o lugar e o tempo são incorporais, o que quer dizer que eles não existem exatamente como os corpos, mas subsistem, insistem, têm uma espécie de semiexistência.

Em suma, o devir é a pedra de toque do heraclitismo, mas, se ainda assim é possível falar em eterno retorno nes-

---
33. Nietzsche, op. cit., 5.
34. Ibid.

sa filosofia, é porque o retorno não é incompatível com a ideia de um movimento perpétuo e da própria diferença (já que ele sempre retorna como outro e nunca como o mesmo). Afinal, a ideia do retorno parece aqui se aplicar apenas a um estado geral das coisas, à "essência" mesma do fogo, à matéria propriamente dita, o que nada tem a ver com a repetição dos mesmos seres e do mesmo mundo. Como diz Deleuze, acerca do eterno retorno (neste caso, Deleuze refere-se a Nietzsche, mas suas palavras podem ser aplicadas também a Heráclito): ele "não faz o mesmo retornar, mas o retornar constitui o único Mesmo do que devém"[35]. Em outras palavras, é próprio do devir retornar, esse é o único "mesmo" do eterno retorno. Eis uma questão que, posteriormente, abordaremos. Afinal, como e em que medida é possível o devir engendrar o eterno retorno? E o que significa dizer "retornar", se nunca retornam os mesmos mundos? Não haveria um segundo sentido, não metafísico, dessa ideia?

Antes disso, porém, gostaríamos de permanecer um pouco mais no universo dos pré-socráticos. Afinal, segundo pensamos, raríssimas vezes a reflexão filosófica atingiu esse nível de potência. Quase nunca os filósofos (depois desse primeiro despertar do pensamento) retornaram à questão da gênese da matéria e da própria vida (deixando isso, infelizmente, a cargo dos religiosos e dos metafísicos mais orto-

---

35. Deleuze, *Diferença e repetição*, p. 83.

doxos). Com exceção dos físicos, que também tremem diante dessas especulações (tamanho o nível de complexidade e de risco de um possível descambar para o que se convencionou chamar de "sagrado" – e que chamamos, simplesmente, de intangível ou de incognoscível segundo nossos padrões limitados de raciocínio), só pouquíssimos pensadores tiveram coragem de percorrer esse caminho. Isso vale para o tempo também. Quem ousou persegui-lo até o seu último fôlego? Quase ninguém, sem dúvida. Como diz Bergson, acertadamente, nenhuma questão foi mais negligenciada pelos filósofos do que a do tempo, ainda que todos a declarem capital[36].

Eis, portanto, o que nos leva a desejar respirar o ar puro desses primeiros filósofos, ainda que a questão, desde Parmênides, tenha realmente começado a ficar viciada em termos lógicos. Afinal, desde então, parece que toda reflexão sobre o mundo, o movimento, a matéria, o tempo, enfim, tudo o que está ligado à natureza das coisas "tem" que passar pela famigerada dicotomia "*ser* ou *não ser*" (eis a questão, literalmente!). O primeiro veneno havia sido inoculado no pensamento. Quem, afinal, consegue fugir, sem nunca fraquejar uma só vez, diante desses "eternos" dualismos que nossa razão teima em produzir e reproduzir: bem e mal, bom e mau, ser e não ser, matéria e espírito...? Seja como for, vem de longe essa disposição para pensar dual-

---

36. Bergson, *Durée et simultanéité*, p. 10.

mente (mesmo Heráclito não pôde deixar de pensar nos contrários). Sem dúvida, a reflexão sobre a existência do *ser* e do *não-ser* impregnou toda a filosofia, e Zenão de Eleia (como discípulo de Parmênides) não fugiria à regra. No entanto, a filosofia de Zenão não se restringiu à defesa da tese de seu mestre. Zenão, com seus argumentos (ou paradoxos) sobre o movimento, terminou por trazer à tona também as primeiras aporias sobre o tempo. Aporias, essas, que serão retomadas por Aristóteles – que, segundo pensamos, foi o primeiro filósofo a mergulhar mais profundamente na questão. Platão, como já afirmamos, também terá sua própria concepção do tempo, mas não foi tão fundo nas suas consequências quanto seu "rebelde" discípulo.

Os argumentos de Zenão (o da tartaruga e o da flecha, para citarmos apenas dois) nos levam claramente a um impasse lógico, e, nesse aspecto, são profundamente admiráveis. Mas, no fundo, ocultam a verdadeira natureza do movimento e, por isso, podem ser desmontados facilmente (talvez não pelo raciocínio matemático, mas certamente pela realidade sensível). A questão de Aquiles, por exemplo: na prática o mais veloz vencerá o mais lento, ou seja, Aquiles poderá dar "cem" voltas até que a tartaruga chegue ao ponto final, mas, matematicamente falando, ele precisará passar por todos os pontos que ela passou e mais os que tem de vantagem e assim estará sempre atrás dela. O mesmo raciocínio vale para o argumento da flecha (que traz bem mais perceptivelmente a questão do próprio tempo): Zenão diz que cada coisa está parada no espaço que lhe cabe (ou seja, no lugar que ocupa) e assim o movimento nada mais é do que uma sucessão de momentos imóveis. Ele diz: "O móvel nem no espaço em que está se move nem naquele em que não está"[37], logo... No entanto, podemos dizer (como Bergson) que o movimento não está atrelado ao espaço em que estamos, mas é revelado na passagem, quando passamos de um espaço para outro. A sua realidade, dizemos nós, está ligada ao deslocamento, à mudança (de lugar ou de estado, tanto faz). Ainda que o espaço contenha o corpo de modo um tanto fixo (não apenas dois corpos não ocupam o mesmo lugar no espaço, como também um corpo não pode ocupar dois espaços ao mesmo tempo), isso não muda o fato de que as coisas estão se movendo, já que o movimento seria a passagem, o "intervalo" entre os espaços (as palavras, como sempre, são fracas, mas a compreensão parece-nos clara; além do que, a realidade nega esse princípio com facilidade, desde que não a vejamos como um plano repleto de linhas e pontos abstratos espalhados por todos os cantos).

A *reductio ad absurdum*, ou seja, a redução de uma ideia ao absurdo dela mesma pela "evidente" contradição que engloba, é a técnica (segundo Aristóteles) de Zenão, mas esse absurdo está no campo da lógica e não no plano da

---

37. Cf. Diógenes Laércio, op. cit., ix, 72.

existência. Afinal, o paradoxo emerge exatamente em função da limitação de nossos conceitos e axiomas, bem como de nossos raciocínios sedentários[38].

Também a reflexão de Zenão, em torno do espaço, parece-nos excessivamente vivaz. Não importa se o que o movia profundamente era a necessidade de defender a ideia eleática do ser imóvel; o que importa é que ele traz também alguns embaraços no que tange à ideia do espaço (aliás, o espaço, ao contrário do tempo, quase nunca foi objeto de suspeita na física, pelo menos antes de Einstein). Zenão diz "se o lugar é alguma coisa, então ele está em algum lugar"[39], e Aristóteles endossa essa afirmação, dizendo que é claro que, se tudo está em algum lugar, o lugar também deve ter um lugar e assim infinitamente[40]. O interessante é que, de fato, Zenão está certo, a não ser que o lugar (o espaço) exista apenas associado à matéria. Na teoria da relatividade geral, no entanto, não existe tal questão, já que o espaço e o tempo não existem em si, mas são apenas dimensões da matéria (eis o que significa, *grosso modo*, a teoria do espaço-tempo de Einstein[41]).

---

38. Esse conceito está sendo usado como sinônimo de raciocínio lógico, abstrato, formal, em oposição a nômade, isto é, a um pensamento que não só admite o fluxo e o movimento, mas que considera que essa é a realidade do "ser".
39. Cf. Aristóteles, *Física*, IV, 3, 210 b 22.
40. Ibid.
41. Sobre esse ponto, cf. nosso capítulo relativo à ciência. De nossa parte, temos uma percepção um tanto diferente da de Einstein; mas, segundo pensamos, ele chegou bem perto de decifrar o enigma do espaço e do tempo.

Em linhas gerais, a questão é um pouco mais complicada do que o que foi apresentado acima. Afinal, o que querem dizer aqueles que afirmam que não há espaço em si ou que o espaço é indissociável da matéria? Querem dizer que, num nível profundo, não existe o "vazio" como um "receptáculo" sem conteúdo, ou seja, sem corpo ou matéria. O espaço existe (para usar um termo simples) como um "lugar" preenchido, ocupado. Mas o que ele seria sem o corpo, sem a matéria? Se dissermos que o espaço existe independentemente das coisas, estaremos defendendo a existência do vazio como algo em si e, assim, além da matéria, haveria também um espaço preexistente na origem do mundo. Mas o espaço pode mesmo ser alguma coisa em si mesmo, sem a matéria que lhe serve de referência? Zenão diz que não! E o raciocínio dele é bastante coerente, ainda que o seu intuito seja o de negar o movimento (pois uma vez que o espaço não exista, menos ainda existirá o movimento, já que mover consiste em passar de um ponto a outro, ou de um espaço a outro). Já os atomistas dizem que sim. Pelo menos é o que fica claro com a ideia de Leucipo e Demócrito a respeito do vazio como o "meio", como o "lugar" onde os átomos se encontram para formar os mundos. É necessário, segundo os atomistas, que exista o vazio para que os átomos se movimentem. Ou, então, cairíamos na mesma concepção de Zenão, para quem o movimento não passa de uma ilusão, pois, existindo apenas o *ser*, o "espaço" inteiro seria integralmente preenchido por ele, não havendo formas dele se locomover.

Pois bem, no atomismo, fundado por Leucipo (e, posteriormente, retomado e desenvolvido com maestria por Demócrito), os átomos são pequenas substâncias (infinitas em quantidade) que existem num lugar infinito em grandeza (lugar esse chamado de "vazio", "nada" ou simplesmente "infinito"). Esses átomos (imperceptíveis para nós) teriam formas e figuras de toda espécie e também grandezas diferentes[42]. Vejam que estamos falando claramente de matéria (e não de algo imaterial ou espiritual). O fato de não podermos captá-los através de nossos sentidos faz com que muitos confundam a natureza deles (que, repetimos, é essencialmente material). A ciência parece ter se precipitado ao dar o nome de "átomo" a algo que ela supunha ser o elemento mais ínfimo da matéria. Hoje, sabe-se que existem partículas ainda menores do que o átomo. Resumindo: o átomo da física contemporânea não é o mesmo que o dos atomistas da Antiguidade.

Em suma, os atomistas partem (como Zenão) da filosofia de Parmênides, mas apenas para chegar a outras conclusões, tal como a existência de dois princípios (segundo Hegel). Para Hegel, a ideia da existência do vazio (como uma espécie de ente) acaba negando o postulado parmení-

---

42. Cf. Simplício, *Do céu*, 294, 33.

dico de que só *o ser é*. Em outras palavras, para os atomistas existiria algo além do *ser*, algo que o limita, mas que também é a condição de seu movimento. O vazio, assim, seria a negação, o contraponto do *ser*, nesse sentido, é o próprio *não ser*. Tudo o que existe é resultado dessa relação entre o *ser* e o *não ser*. Sem dúvida, Hegel pensa dialeticamente. Mas, para nós, não existe qualquer princípio abstrato e puramente ideal no atomismo. Mesmo no que diz respeito aos átomos, eles não são abstrações puras. É claro que não podemos vê-los, senti-los, tocá-los, mas – para nós – os átomos de Leucipo e Demócrito devem ser entendidos como substâncias materiais (como eles próprios defendem) e não como seres de razão.

Quando Nietzsche se refere ao atomismo materialista, ele o apresenta como o sistema mais refutado de todos, associando a isso a verdadeira guerra que se trava contra os sentidos e o mundo. No que tange à vitória completa sobre a aparência (na luta travada, sobretudo, por religiosos e obscurantistas que preferem se fiar mais naquilo que não vêem do que naquilo que vêem), ele diz que, graças a Copérnico e, principalmente, a Boscovich[43], aprendemos "a abjurar o último artigo de fé que subsistia ainda em nosso domínio,

---

43. Roger Joseph Boscovich, citado por Nietzsche, foi um jesuíta do século XVIII que, durante vinte anos, ensinou matemáticos e cientistas naturais em sua Ordem. Ele era partidário de Newton e Leibniz e chegou a postular a existência dos "átomos imateriais".

a crença nos 'corpos', na 'matéria', no último resíduo, essa partícula ínfima da terra, o átomo"[44].

De certa forma, é verdade que os átomos não são objeto dos nossos sentidos (pelo seu caráter "etéreo" e diminuto), mas há uma clara diferença entre a ideia de uma origem material para o mundo e a de um ser imaterial e lógico. A própria ciência também nunca foi unânime com relação à existência dos átomos e ainda hoje há (dentro dela) uma discussão (que está longe de terminar) sobre a origem da matéria, dos corpos e do mundo. Seja lá como for, os atomistas não têm muito a nos dizer sobre o tempo, pois não parece ter havido por parte deles uma preocupação direta com esse tema. O importante nos atomistas é sua concepção da matéria, que – aliás – muito nos interessa. Vemos aqui a primazia de um materialismo puro, o que é bem raro em toda a filosofia. Como todo materialista digno de ser assim chamado, Demócrito acredita que "o homem é infeliz porque não conhece a Natureza".

Voltaremos a falar do atomismo mais adiante, quando tratarmos de Epicuro e de Lucrécio. Por ora, queremos dizer o seguinte: pensar a gênese do mundo não é, em si, uma busca religiosa, mas é claro que existe sempre um perigo muito grande quando se deseja penetrar no "impenetrável" mundo da matéria. Talvez a questão que minimize

---

44. Nietzsche, *Para além do bem e do mal*, I, 12.

essa ameaça seja "como as coisas se engendram?" e não "por que elas se engendram?". O "porquê" tem sempre uma conotação mais religiosa, estando associado à perigosa ideia de fim último, teleonomia. Mesmo porque não há mesmo uma resposta clara sobre o "porquê" da vida, sobre o seu sentido mais profundo (provavelmente o seu único sentido é mesmo existir). Ou talvez o único sentido da vida (ou, mais propriamente, da matéria) seja criar e recriar continuamente. Talvez ela própria seja uma "Vontade" (como diria Schopenhauer), se entendermos por isso não um *ente* que deseja livremente, mas um simples e espontâneo movimento que agrega e desagrega a matéria, fazendo assim surgir o mundo (ou mundos), tal como o *Deus sive Natura* de Espinosa (que nada tem de religioso em sua "essência" mais profunda) ou a "Vontade de Potência" de Nietzsche. Em outras palavras, o próprio fazer e desfazer é inerente à matéria e, assim, tal como Nietzsche supõe, esse contínuo movimento representa uma grande vontade de potência que tira a matéria de seu caos, de seu estado de "nada" dando a ela um suspiro de existência (ou de permanência). Afinal, o que são os entes senão breves suspiros da eternidade?

II | Platão e Aristóteles: o tempo físico

Como dissemos, a primeira definição clara de tempo aparece com Platão, mais precisamente no *Timeu* (diálogo que pertence à última fase de sua obra). Sem dúvida, para compreendermos profundamente o que Platão queria dizer ao afirmar que o tempo "é a imagem móvel da eternidade", teremos que retomar a sua teoria das Ideias. É claro que já se tornou um lugar-comum, no estudo do platonismo, centrar o foco das atenções na célebre distinção entre o mundo sensível e o mundo inteligível (ou o mundo material e o mundo das formas ou ideias eternas). Mas, apesar de tudo o que já foi dito em torno desse tema (e, sem dúvida, não há tema mais recorrente na história da filosofia), é impossível deixarmos de tocar nesse ponto que representa o fundamento, o alicerce de toda a doutrina platônica.

Primeiramente, já não existe em Platão (e, antes disso, no próprio Sócrates) uma preocupação essencial com o mundo físico e menos ainda com a busca de uma origem ou de um princípio material para as coisas (como vemos nos pré-socráticos). Pelo contrário, o mundo físico (ou o mundo do devir, como o designa Platão) é apenas uma sombra, uma mera aparência de realidade, já que o verdadeiro mundo é o das Ideias (daquilo que "é", que não muda jamais). É para o "alto", para o outro mundo, que o olhar do filósofo deve se dirigir, pois é nele que se encontram o princípio e a essência de todas as coisas. Em outras palavras, o princípio do mundo material é imaterial. E, mais ainda, a única realidade verdadeira é a do "segundo mundo".

Não é sem razão que Aristóteles acusou Platão de não ter estabelecido de forma científica a existência das Ideias, mas, segundo Alfred Fouillée, a prova de sua existência está em sua própria demonstração racional. As ideias provam a si mesmas, através do método dialético. Fouillée diz: "Toda a teoria das Ideias é, pois, uma comprovação das Ideias"[45]. E acrescenta que Platão deseja provar a verdade de sua doutrina e responder a todas as objeções do mesmo modo como Diógenes respondeu a Zenão de Eleia a respeito do movimento (ele respondeu andando). Platão responde mostrando que as Ideias são a própria ciência. Afinal, sem a existência delas, não existe ciência, não existe saber, não existe conhecimento verdadeiro. Estaríamos assim perdidos num mundo onde nada permanece o que *é*, onde tudo é devir e instabilidade. Resumindo: é preciso que as coisas tenham uma existência ideal e que essa existência seja plena e eterna. É preciso que as coisas existam primeiro como Ideias (e primeiro, aqui, não diz respeito apenas à anterioridade, mas à excelência desse existir). O mundo material é uma cópia do mundo verdadeiro e imutável das formas. Afinal, "os sábios são sábios porque existe a sabedoria e todas as coisas boas são boas porque existe o bem"[46].

Pois bem, é verdade que alguns estudiosos colocam em dúvida o caráter suprassensível e transcendente das Ideias de

---
45. Alfred Fouillée, *La philosophie de Platon*, I, p. 9.
46. Platão, *Hípias maior*, 287c.

Platão[47], alegando que a questão da "participação" (*méthexis*) do mundo sensível no inteligível é algo que traria um problema fundamental para a filosofia platônica (algo que, no fim das contas, o próprio filósofo grego não aprofundou). Afinal, o que significa "participar"? O mundo sensível é ou não é uma cópia imperfeita, uma sombra, uma imitação (*mimesis*) do mundo inteligível? "Participação" sugere que os dois mundos se tocam de alguma maneira. Nesse caso, ou o mundo concreto teria, em si, algo do mundo inteligível (e assim ele próprio teria algo de estável) ou a própria Ideia seria ao mesmo tempo Una e Múltipla, já que, ainda que seja sempre a mesma, "participa" de uma multiplicidade de corpos. Quanto à ideia da imitação, é possível supor uma separação absoluta entre os dois mundos.

De fato, o conceito de *méthexis* é usado para descrever a relação entre os *eide* (as Ideias) e os particulares sensíveis[48]. Mas talvez em função dos inúmeros problemas que essa noção poderia trazer, Platão tenha preferido centrar mais sua atenção na *diairesis* (ou seja, no método da divisão), que – em termos de lógica aristotélica – deve ser entendida como uma busca que vai do gênero até a espécie ou das Ideias até chegar aos objetos sensíveis. Melhor dizendo, ela começa

---

47. Algumas vezes o diálogo *Parmênides* é citado como prova de que o próprio Platão chegou a pôr em dúvida o seu mundo das Ideias, mas não existe um consenso sobre isso.
48. Cf. F. E. Peters, *Termos filosóficos gregos*, p. 143.

com a separação dos diversos *eide* (encontrados no interior de um *eido* genérico) e segue descendo até a mais *infima species*[49]. Costuma-se dizer que o Bem, em Platão, é a essência mais genérica, porém, estritamente falando, o Bem não é um *eido*, mas a causa primeira, a razão de ser de todas as coisas. Muitas vezes associado ao Deus cristão, o Bem equivale, no mundo físico, ao Sol, que a tudo ilumina e dá vida. Tudo o que existe, existe por causa dele e tende para ele. Eis o pressuposto moral da filosofia socrático-platônica que se encontra exposta no *Timeu*.

Mas é claro que as questões que envolvem o mundo das essências e o mundo sensível não param por aí. Existe um outro ponto (para o qual Deleuze chamou a atenção de um modo bem preciso) que diz respeito diretamente ao aspecto mimético do mundo material: é a diferença essencial que existe entre as cópias-ícones e os simulacros-fantasmas[50]. Na verdade, os simulacros não são simplesmente cópias das cópias ou cópias malfeitas, mas sim cópias que se furtam à ação dos modelos. Em outras palavras, ainda que o mundo sensível seja um pálido reflexo do mundo transcendente das Ideias, isto é, ainda que ele não passe de uma cópia do mundo inteligível (perfeito, eterno e imutável), existe – além de uma diferença de grau – uma diferença de natureza entre os seres desses dois mundos. É assim

---

49. Cf. Platão, *Sofista*, 253 d-e.
50. Cf. Deleuze, *Lógica do sentido*, apêndice: "Platão e os simulacros".

que Deleuze entende que, longe de fazerem parte da seleção dos pretendentes[51], os simulacros negam em profundidade a relação modelo/cópia. É isso que os torna tão perigosos para Platão, pois não há nada que esteja mais próximo do caos e do devir desse mundo do que o próprio simulacro. E quem são os simulacros senão os sofistas, essas cópias aberrantes e desviantes que insistem em negar a existência da verdade em si, negando com isso a possibilidade de um conhecimento verdadeiro (*episteme*). Imersos inteiramente no mundo sensível, cambiante e sempre outro, eles são os homens da *doxa* (opinião), conhecendo apenas a aparência das coisas e nunca as coisas em si.

Sabemos bem como Platão divide o "seu" mundo. A analogia da linha (apresentada no Livro VI da *República*) nos mostra como, de um lado (ou acima), estão os objetos verdadeiros, as essências, o que existe desde sempre e nunca deixará de ser, de existir. Essas essências compreendem as *noeta* superiores (formas e Ideias) e as *noeta* inferiores (entes matemáticos). Imateriais, elas só podem ser apreendidas pela razão. Já abaixo da linha encontram-se os objetos concretos, materiais, os seres naturais, cópias dessas essências primeiras, e também as imagens ou simulacros. Em suma, um homem concreto nada mais é do que uma cópia da forma Homem (universal e invariável), ou seja, para uma mul-

---

51. Ibid.

tiplicidade de objetos semelhantes, existe uma forma geral (um ser, uma essência, um *eido*) no mundo inteligível e suprassensível de Platão.

Em poucas palavras (e, principalmente, aproximando essa questão daquela que nos diz respeito diretamente), o tempo, na filosofia platônica, está diretamente relacionado ao mundo sensível, ao mundo dos corpos, pois apenas esses mudam, sofrem alterações. Isso quer dizer que, já em Platão, o tempo aparece como algo intimamente ligado ao movimento. As Ideias habitam, por assim dizer, a esfera da eternidade (que, de certa maneira, pode ser definida, como dissemos em outro momento, como um "presente eterno", tal como aparecerá em Plotino e Santo Agostinho). Não há sentido em falar de tempo na eternidade. O tempo está ligado à passagem, à mudança, ele está ligado ao mundo. Ele é físico, portanto. O tempo é "a imagem móvel da eternidade", como veremos mais adiante.

De fato, pode-se dizer que Platão conseguiu unir de modo bem peculiar (e a despeito de seus antagonismos) as filosofias de Parmênides e de Heráclito. E se, do primeiro, ele herdou a ideia de que o *ser* não pode perecer nem se modificar (ou então não é *ser*), do segundo, aceitou a tese de que o mundo está em perpétuo devir e que nada, absolutamente nada, permanece da mesma maneira o tempo inteiro (não podemos nos banhar duas vezes no mesmo rio...). Assim, em termos nietzschianos, podemos dizer que Platão inventou um outro mundo, mais perene e mais estável do que o nosso (e também, é claro, mais irreal). Em linhas gerais, tanto o tempo quanto o devir estão restritos ao que Platão chama de mundo das aparências, de mundo ilusório da matéria, não tendo, portanto, qualquer relação com o *ser* em si mesmo.

Porém, apesar da influência de Parmênides sobre Platão, o mundo das essências não é o da univocidade do *ser*, defendido pelo pré-socrático (que, como sabemos, traz problemas insolúveis no âmbito do conhecimento e da predicação. Afinal, do *ser* só se pode dizer que ele é). O que ficou de fundamental da herança parmenídica é a ideia do *ser* como algo eterno, imutável e perfeito (em outras palavras, fora do tempo e distante do devir do mundo sensível). É claro que o monismo de Parmênides é inviável para Platão. E será com ele (Platão) que será estabelecida, de forma sistemática, a diferença entre o que é eterno e o que é temporal – distinção que influenciará toda a história da filosofia posterior (o eterno como imutável e perene; o temporal como o que está ligado ao movimento e à efemeridade). Isso, sem dúvida, produziu inúmeras confusões na interpretação de filosofias que não atrelam o eterno ao imobilismo, tal como a de Heráclito ou a do próprio Nietzsche. Apenas quando se toma esse conceito do ponto de vista da metafísica socrático-platônica, neoplatônica ou agostiniana (e muitos filósofos o farão) é que o eterno é algo que se opõe ao mundo.

Mas o eterno é o movimento, o devir, o fluir – é o que diriam Heráclito, Lucrécio, Nietzsche, Deleuze... E o mundo é inseparável disso.

É por isso que, em Platão, temos de um lado o mundo sensível, efêmero, transitório, um perpétuo vir-a-ser (lugar da geração e da corrupção dos seres, graças à dupla ação do devir e do tempo – se é que podemos distingui-los nesse caso), de outro, temos a eternidade pura, "lugar" onde o tempo não passa, onde não existe mudança nem degeneração. Santo Agostinho, como sabemos, herdou tal distinção e terminou elaborando uma noção de tempo que influenciou não apenas a doutrina cristã, mas toda a filosofia ocidental. Em todo caso, não é difícil associar o segundo mundo de Platão ao "céu" dos cristãos, morada de Deus e lugar para o qual as almas ascendem (quando isentas de pecado) depois da morte física.

Mas, voltando à questão das essências, pode-se dizer que mesmo Platão teve de admitir um certo movimento em seu mundo inteligível (apesar do aparente contrassenso dessa afirmação). É claro que se trata de um movimento relativo, que ele chama de *koinonia* (combinação, comunhão), introduzido apenas para resolver o problema da predicação e da inter-relação entre as Ideias (afinal, era preciso que as Ideias se comunicassem para que houvesse conhecimento). Foram, na verdade, os impasses trazidos pelos eleatas e pelos megáricos que fizeram Platão desferir um golpe profundo em seu "pai" Parmênides, afirmando, no *Sofista*, que, numa certa medida, o "não ser também é".

Tal manobra ou estratégia, que recebeu o nome de "parricídio teórico"[52], garantia que cada Ideia mantivesse sua essência original, imutável, isto é, fosse sempre a "mesma", ainda que "outra" com relação às demais. Em poucas palavras: uma coisa é igual a si mesma e diferente das demais; o ser *é* alguma coisa e *não é* todas as outras. Nesse caso, *não ser* quer dizer alteridade, quer dizer diferença (o que diverge da ideia de Parmênides, para quem "não ser" é sinônimo absoluto de "nada"). Em resumo: na filosofia de Parmênides, em função de sua univocidade, o não ser é uma negação absoluta da existência, daí nada poder ser dito a respeito dele.

Já em Platão, o *não ser* é relativo, assim como o movimento que ele introduziu no mundo das Ideias. É o mesmo que dizer que somos e não somos alguma coisa, mas não no sentido de ser e deixar de ser continuamente (como em Heráclito), mas no sentido de que cada coisa guarda sua própria identidade e sua diferença com relação às outras coisas. Assim, um cachorro é um cachorro, e também é um "não gato" ou "não é" um pato, um homem etc. Também o cachorro pode ser pardo (e o pardo é pardo, mas também pode ser definido como não branco ou não preto e poderá, graças à possibilidade da predicação, ser atribuído ao cão).

---

52. Cf. Platão, *Sofista*.

Bem, é claro que Platão, mesmo tendo admitido algum movimento no mundo das essências, nem por isso admitia o devir na esfera do inteligível. Afinal, o mundo do vir-a-ser é o mundo sensível (é exatamente por essa razão que é impossível obter dele um conhecimento seguro e estável). A *koinonia*, portanto, não afeta os limites entre o mundo suprassensível e o mundo sensível: a Ideia continua sendo "aquilo que é", e os objetos do mundo material continuam sendo cópias que guardam uma relação de semelhança com seus modelos perfeitos. Aliás, o conceito de perfeição só pode ser aplicado, em Platão, ao que é eterno e imutável (e o mesmo vale para Agostinho), pois aquilo que está sempre em movimento, aquilo que muda sem cessar, jamais poderá atingir o absoluto de si mesmo. O que é perfeito não se modifica, não se transforma, não se degenera, não morre, mas também não pode se aperfeiçoar, pois já atingiu o seu máximo. Além disso, tudo o que está no mundo sensível tende a desaparecer, a desagregar-se (por isso é associado à imperfeição e ao mal). Dessa maneira, não é difícil supor que, estando associado à degradação, o tempo (e mais ainda o devir) é uma espécie de inimigo do *ser* platônico.

Enfim, é no *Timeu* que encontramos a formulação da ideia de tempo em Platão. Aliás, esse diálogo traz muitas outras questões além desta e, de certo modo, é nele que encontramos (mesmo que de uma forma obscura) a filosofia da natureza ou, mais especificamente, a física e a cosmologia do filósofo grego. Também será nesse diálogo que Platão retomará, de modo mais elaborado, a sua teoria das Ideias. Afinal, são elas que servem de modelo para que o Demiurgo "crie" o mundo (na verdade, todas as coisas serão criadas "à imagem e semelhança" das essências eternas). Tudo o que existe será então engendrado a partir da relação entre o "Mesmo" e o "Outro" (essência e matéria, em última instância)[53]. O Demiurgo, segundo Platão, é o artífice do mundo, ou seja, é aquele que obriga a matéria caótica a imitar os modelos inteligíveis, embora tal imitação não passe de um efeito de superfície, uma vez que em profundidade tudo que é material continua sendo caos e devir. Enfim, seja por *mimesis* ou por *méthexis*, o mundo sensível está inexoravelmente ligado ao inteligível, que lhe serve de modelo e de paradigma.

Sem dúvida, o *Timeu* não é um diálogo fácil nem muito claro. A "alma do mundo" tem certamente uma inspiração pitagórica, assim como a teoria dos quatro elementos que formam a matéria vem de Empédocles (igualmente herdeiro de Pitágoras e para o qual todas as coisas têm "quatro raízes"). Mas de onde terá tirado Platão a ideia de que os animais e as mulheres são reencarnações de homens vis? Talvez também de Pitágoras, já que é dele a versão grega da ideia da transmigração das almas. Mas a questão da alma do mundo nos fornece algumas intuições sobre o tempo em Platão e, mais ainda, em Plotino (que vai, diferentemen-

---

53. Sobre esse ponto, cf. Platão, *Timeu*, 37c-38d.

te de Platão, mas partindo dele, entender o tempo como proveniente da eternidade[54]). Afinal, como dissemos, Platão define o tempo como "a imagem móvel da eternidade", uma espécie de imagem eterna que progride segundo a lei dos números. É Timeu quem conta a Sócrates como o pai criador de todas as coisas fez nascer o tempo:

> Então, ele pensou em fazer uma imagem móvel da eternidade e, ao mesmo tempo em que organizava o céu, ele fez da eternidade que permanece na unidade esta imagem eterna que progride segundo o número, e que nós chamamos de tempo.[55]

Passado e futuro são "espécies engendradas do tempo" e, assim, só daquilo que está na ordem do tempo se pode dizer que "era, é e será", denotando ignorância dizer isso das substâncias eternas. O mundo sensível, material, é visto por Platão como um animal, um ser vivo (antes mesmo dos estoicos) e, assim, o tempo, estando associado ao movimento das esferas celestes, é necessariamente único. O movimento, portanto, restringe-se ao mundo sensível, sendo os acidentes "variedades do Tempo, pelo qual ele imita a eternidade, e se desenvolve ciclicamente segundo o Número"[56].

---
54. Falaremos sobre esse ponto no capítulo sobre Santo Agostinho (que, como sabemos, bebeu da fonte de Plotino).
55. Platão, *Timeu*, 37c-38d.
56. Ibid.

O tempo, enfim, nasceu com o céu e com ele deve seguir. Se não há contra ele nenhuma afirmação direta de Platão, nem por isso é possível dizer que ele tenha um valor em si para o conhecimento (no máximo, pode-se dizer que ele tem tanto valor quanto o mundo sensível).

Não é difícil concluir daí que Platão não considera o tempo, e menos ainda o devir, como importantes para o conhecimento. Ao contrário, ele os rejeita, visto que ambos estão restritos ao mundo material. Digamos que, como em Parmênides, o tempo não tem qualquer relação com o ser platônico, que habita a esfera do eterno (do "tempo que não passa"). Passar supõe movimento contínuo, e movimento pressupõe o mundo material, aquele que por definição é impuro, impreciso, variável, instável. Quando Platão define o tempo é ainda pressupondo a distinção essencial entre a eternidade-imóvel e o mundo em movimento, embora sua definição do tempo esteja mais restrita à percepção do movimento dos astros (o único movimento que se aproxima da perfeição, já que é – na cosmologia grega – circular).

> Foi a visão do dia e da noite, dos meses, das revoluções dos anos, dos equinócios, dos solstícios, que nos fez encontrar o número, que nos deu a noção de tempo e a possibilidade de estudar a natureza do todo.[57]

---

57. Ibid., 46b-47b.

Apesar do aspecto mítico da criação do tempo em Platão, não deixa de ser interessante a percepção de sua inexorável ligação com o movimento (o que encontraremos também em Aristóteles). É claro que não podemos deixar de sentir que a ânsia pelo eterno, o pavor do devir, a concepção do mundo suprassensível perfeito e imutável (que serviram tão bem ao cristianismo) transformam o pensamento de Platão numa recusa de nossa existência concreta. Se ele acreditava plenamente no Demiurgo e nas ideias abstratas e eternas que habitam outro mundo, essa é uma outra questão. É fato que Platão era um homem muito inteligente e ele próprio chega a dizer, nas *Leis*, que recorre aos mitos e às fantasmagorias para dar conta, ou melhor, para tornar enunciável o que é, por essência, intangível, inacessível. Mas se pensarmos bem, seja por crença, seja por uma preocupação moral (uma forma de dar aos homens um porto seguro), a verdade é que as suas ideias não se sustentam sem a figura de Deus (ou de um correspondente qualquer: o Demiurgo, o "Bem"...), isto é, não se sustentam sem a ideia de transcendência. Em outras palavras, como toda metafísica, ela não pode se alicerçar senão em ideias vagas e suspeitas. Isso não quer dizer que Platão não tenha tido grandes intuições. Ao contrário, Platão é a base de toda a filosofia e, queiramos ou não, estamos sempre retornando a ele.

O que ocorre é que, embora alguns (entre eles, Michel Foucault) não vejam em Platão uma negação absoluta do corpo ou do nosso mundo (atribuindo essa rejeição mais ao cristianismo), é difícil não ver no *Fédon* uma apologia da morte (apresentada ali como a verdadeira "cura" para a doença da vida). A morte de Sócrates é vista como uma libertação, pois só assim sua alma pode escapar da prisão da existência e, sobretudo, da prisão da matéria, para então contemplar de perto as Ideias eternas, o verdadeiro mundo, enfim, a verdadeira realidade. Vejam que seria quase impossível compreender bem as concepções platônicas sem passar pela sua teoria das Ideias. O mesmo acontece com o tempo, pois é por oposição ao mundo eterno e imutável das formas que ele o define.

Toda mudança, todo movimento (ainda que repetitivo) remete a uma relação imediata e efetiva com uma sucessão temporal (seja o tempo entendido como cíclico, linear ou mesmo psicológico). Por isso, assim como não há transformação sem movimento, não há movimento sem um antes e um depois, já que toda mudança pressupõe algo que seja de uma forma num dado instante e de outra no instante seguinte. Isso não quer dizer, no entanto, que o tempo exista em si – é o que diz o filósofo francês Jean-Marie Guyau, para quem a existência do devir não pressupõe uma sucessão temporal real. Para ele, a sucessão se dá no espírito, sendo apenas o resultado de nossa percepção do movimento das coisas. É como se o devir se completasse em nós, não existindo – portanto – o tempo como um dado universal e ontológico.

Pois bem, se em Platão o tempo é "a imagem móvel da eternidade", estando intimamente ligado ao movimento do mundo – ou, mais especificamente, das esferas celestes –, em Aristóteles a relação entre tempo e movimento é ainda mais estreita, pois diz respeito à duração de todo e qualquer movimento. Quando o Estagirita afirma, na *Física*, que "alguns dizem que o tempo é o movimento do Todo"[58], ele se refere a Platão e ao fato de que seu antigo mestre concebeu o tempo (Cronos) como a imagem móvel de Aion (a eternidade), identificando-o com o movimento do céu. Enquanto "imagem", o tempo imitaria a permanência de Aion, mediante a ordem cíclica do mundo. Em Aristóteles, no entanto, a definição é bem mais simples, mais "física" (ou menos "metafísica"): "o tempo é o número do movimento, segundo o antes e o depois"[59] ou, em outras palavras, o tempo é a parte mensurável do movimento, aquilo que nele pode ser medido, numerado, contado.

É claro que, antes de chegar a essa definição, o próprio Aristóteles não deixa de chamar a atenção para a natureza obscura do tempo, chegando a dizer que "aquilo que é composto de não-seres parece não poder participar da substância"[60]. Ele quer dizer com isso que um ser (ou algo que existe) não pode ser composto de partes que não

---

58. Aristóteles, *Física*, 218 b.
59. Sobre essa questão, cf. Aristóteles, *Física*, IV, 10-14.
60. Ibid., 218 a.

existem. No caso do tempo, o passado já não existe mais, o futuro ainda não existe e o próprio presente não "é" propriamente algo, já que – num certo sentido – ele nunca permanece o mesmo. Eis aqui uma das questões mais fundamentais a respeito do tempo: a natureza do presente, ou seja, do instante, do "agora". Afinal, antes mesmo dos estoicos, Aristóteles já dizia que sob um certo aspecto só o presente existe, embora não haja sentido algum em falar de tempo se não pudermos distinguir um instante do outro, se o presente for entendido como uma duração contínua.

Antes de entrarmos nessa questão, é preciso dizer que foi enfrentando a natureza paradoxal do tempo que Aristóteles formulou a ideia do tempo como "número do movimento, segundo o antes e o depois" – lembrando, no entanto, que esse "antes e depois" não tem exatamente um sentido temporal, mas apenas indica as fases do movimento. Nesse sentido, o tempo é "abstraído" do movimento das coisas e não existe como um "em si". E, de qualquer forma, o tempo não é o número de um movimento qualquer, mas de um movimento contínuo (e, nesse caso, do próprio devir). É por essa razão que o tempo é apenas um e não muitos, pois ele acompanha – como uma "medida imanente" – o devir incessante do mundo e das coisas.

Voltando à realidade do "agora", pode-se dizer que se trata, de fato, de um grande paradoxo. Afinal, é preciso que o agora seja sempre "agora" e não "depois", mas também é preciso que ele seja muitos (ou então o tempo seria uma duração contínua de um único presente e, assim, poder-se-ia dizer, seguindo o raciocínio do Estagirita, que estaríamos no mesmo "agora" ou "instante" em que viveram Platão ou Alexandre). A questão, em tese, se resolve da seguinte maneira: para Aristóteles, o agora é o limite entre o passado e o futuro, ele indica o início de um tempo e o fim de outro. Mas se é da natureza do presente ser presente, estar, permanecer, o que exatamente o presente (ou o agora) limita?

Vejamos a questão bem de perto: para Aristóteles, o instante[61] é para o tempo o que o ponto é para a linha. Na verdade, a linha (mesmo para quem não percebe) é composta de pontos, mas o ponto é sempre o mesmo, sendo o seu movimento o que traça a linha. Aparentemente, os pontos são múltiplos, mas trata-se apenas de um ponto. O "instante" segue o mesmo raciocínio. Ele é sempre o mesmo, embora também seja múltiplo (pois é assim que ele nos aparece). Em poucas palavras: o tempo é o agora, o instante atual, ou melhor, "O instante é a continuidade do tempo, como dizem, porque ele liga o tempo passado com o futuro; e, de um modo geral, ele é efetivamente o limite do tempo, pois é o começo de uma parte e o fim de uma outra"[62].

---

61. Nas traduções espanholas da *Física* de Aristóteles, usa-se "agora" e não "instante" para denominar a menor unidade do tempo.
62. Ibid., IV, 13.

Isso não é nada simples de entender, é claro, já que Aristóteles está colocando a questão de um modo duplo. Por um lado, o tempo não existe sem o movimento, logo é o movimento que garante a sua existência. Mas, por outro lado, sendo ele um número, algo que se numera, ele também depende da alma (embora isso não faça dele algo de subjetivo, já que o tempo é medido pelo movimento concreto e, portanto, está associado à matéria). O "instante" ou o "agora", nesse caso, é um ponto, mas é ele quem traça a linha do tempo. O "agora" existe como "agora", mas é preciso que ele se "desloque", que ele "passe", ainda que seja apenas potencialmente. "É em potência que o instante divide."[63] Porque, na verdade, o presente não passa. Nós o sentimos passar, nós experimentamos novos presentes porque o mundo está em movimento. O tempo em si não passa – aliás, ele nem sequer existe como um *ser em si*. Ele pertence à natureza das coisas, é um aspecto da estrutura do mundo (embora, sem a alma, ele não pudesse ser apreendido). Em suma, o instante é medido pelo movimento: é isso que quer dizer o "antes e depois". O tempo é um só (tanto quanto o devir) e, assim, sua contagem é contínua. É dessa forma que ele será sempre diferente em sua própria identidade (tal como a linha).

Vejamos as palavras do próprio Aristóteles: "O instante divide potencialmente, e enquanto ele divide é sempre distin-

---

63. Ibid.

to, mas enquanto une é sempre o mesmo, como no caso das linhas matemáticas"⁶⁴. E ele acrescenta, sobre a realidade do instante: "Em um sentido, ele é o divisor potencial do tempo; em outro, é o limite e o unificador das duas partes"⁶⁵. Em outras palavras, o tempo é composto de "agoras" ou "instantes" ou "presentes", mas – no fundo – trata-se de um só presente, um só agora que se divide em potência, formando o tempo. O tempo é, portanto, a medida do movimento, mas também do repouso, pois todo ser que está neste mundo está no devir e, portanto, no tempo (esteja ele parado ou se deslocando). Eis o que significa "ser no tempo": é estar aqui e agora, é estar sujeito a mudanças e também à degradação.

De fato, como Aristóteles afirma continuamente que o tempo é medido pelo movimento, a questão do repouso ou, basicamente, da passagem do tempo quando não há percepção de movimento é muito importante. Afinal, a falta de movimento não implica uma paralisação do tempo, já que o movimento do mundo é contínuo. Assim, mesmo em aparente repouso, o mundo está girando e as coisas estão mudando⁶⁶.

Resta-nos agora pensar a relação entre o tempo e a alma. Sabemos que o tempo "passa" para o senso comum,

---
64. Ibid.
65. Ibid.
66. Aristóteles reconhece quatro tipos de movimento: o substancial, o qualitativo, o quantitativo e o espacial. Sobre essa questão, cf. Aristóteles, *Metafísica*, XII, 2.

mas – como vimos – não é assim que Aristóteles pensa a mudança e a passagem. Não é o presente que passa e se transforma em outra coisa nem existe um instante futuro que se torna presente (e depois passado). O que existe, no mundo concreto, material, é o movimento incessante dos corpos ou substâncias (mistos de matéria e forma) e o "instante" existe como a única realidade do tempo. O que ocorre é que, se sentíssemos o instante como único, seria um evidente sinal de que todo movimento cessou, já que é o movimento dos corpos que nos dá a ideia clara da mudança. Não há tempo sem mudança, sem deslocamento, sem alteração de estado. Mas tais coisas ocorrem na matéria, nos corpos, daí por que o tempo só pode ser sentido pela razão ou pela alma. Elas vislumbram o movimento e, consequentemente, o antes e o depois.

Em suma, ainda que a concepção aristotélica seja realista (pois o tempo existe como parte do mundo e de seu movimento), não se pode dizer que ele tenha uma existência plena fora do movimento do mundo. Não são duas coisas distintas – como Bergson pensará posteriormente, acusando Aristóteles de espacializar o tempo. Um não existe sem o outro, pois também não é possível falar em movimento sem tempo. Em poucas palavras: numerar, medir, mensurar, são coisas humanas e, assim, fica evidente a relação que existe entre o tempo e a alma (ou a consciência), pois, se não houvesse aquele que numera, menos ainda poderia existir o tempo (ou, pelo menos, a percepção dele). Isso não faz do tempo, como já dissemos, algo de subjetivo ou psicológico, mas torna a sua natureza ainda mais complexa. Diríamos que o tempo é um "quase substrato", ele não é propriamente uma coisa, uma substância (e sabemos que, em Aristóteles, apenas as substâncias têm plena realidade). Sua determinação depende da alma, embora ele exista fora dela, como um "atributo" do movimento. Restaria-nos perguntar: e o próprio movimento, existe por si mesmo? O que é o devir puro, imaterial? Não responderemos isso aqui, mas é também objetivo de nossa pesquisa mostrar como o movimento e o tempo não podem ser dissociados da matéria, isto é, a *matéria em movimento* é a única e verdadeira realidade do mundo.

Enfim, sobre o tempo em Aristóteles, é preciso entender também em que medida se tomam as várias acepções do instante: "agora", "já", "recentemente", "faz tempo" ou "instantaneamente"; e, para cada um desses sentidos, temos uma sensação clara do tempo, isto é, a percepção de algum acontecimento como mais próximo ou distante de nós. Enfim, o problema da identidade e da diferença dos "agoras" ou dos "instantes" só pode ser entendido através da referência a um movimento contínuo. O interessante, no entanto, é que Aristóteles mantém a ideia de um tempo cíclico, como a que era propagada pela Academia (onde predominavam, com relação a esse tema, as influências órficas, pitagóricas, caldeias...). No fundo, ele toma do senso comum a ideia de que todas as coisas teriam um ciclo – um início e um fim – sendo geradas e destruídas no tempo. Trata-se de um "retorno", é verdade, mas não de um retorno do mesmo[67]. De qualquer modo, para Pierre Aubenque, isso expõe um certo medo de Aristóteles, que, "assustado com a ideia de um progresso linear e irreversível, que manifestaria o poder indefinidamente criador do tempo, a substitui pela de um devir cíclico, imagem débil e imperfeita da eternidade do Cosmos"[68].

Deixando de lado a questão do tempo cíclico (que parece mesmo não se adequar muito bem à ideia de continuidade trazida por Aristóteles), é preciso lembrar que quando ele diz que "o tempo é" isso não implica ele ter uma existência isolada, como posteriormente aparecerá na física newtoniana. Até certo ponto, pode-se dizer que Platão e Aristóteles estão de acordo quanto ao fato do tempo estar associado ao movimento. A diferença é que, no caso de Platão – como nos mostra muito bem Pierre Duhem –, o tempo diz respeito ao movimento das esferas celestes (que é sempre regular e preciso), enquanto, para Aristóteles e os peripatéticos em geral, o tempo é algo relativo ao movimento do mundo sensível[69]. Porém, isso tem uma razão de

---

67. Sobre esse ponto, cf. nosso capítulo dedicado ao eterno retorno em Nietzsche.
68. Pierre Aubenque, *El problema del ser en Aristóteles*, p. 73.
69. Duhem, *Le système du monde*, I, p. 244.

ser. Afinal, como sabemos, Aristóteles inverte a lógica de seu mestre Platão e traz as "essências" para o mundo material, traz o *ser* para "baixo", misturando-o ao devir. Isso, de certa forma, deu à sua filosofia um caráter mais imanente (ainda que não se possa dizer que o *ser* de Aristóteles seja absolutamente material). Em outros termos, para o Estagirita, só existe esse mundo e todo o conhecimento é oriundo da sensibilidade.

Seja lá como for, Platão e Aristóteles (apesar das divergências) não estão em total desarmonia. Um exemplo: é claro que, em Aristóteles, o *ser* – sendo um misto de matéria e forma – não poderia deixar de estar no devir (mesmo porque, como dissemos, o único mundo que existe para Aristóteles é o mundo sensível); porém, para ele, a "forma" escapa ao devir, ela se mantém coesa, imune à degradação e à mudança real. Ela não nasce nem é destruída com os corpos.

> A essência deve ser necessariamente eterna, ou então perecer um objeto, sem que ela pereça por isto; ou produzir-se em um ser, sem estar ela própria sujeita à produção. Provamos e demonstramos acima que ninguém produz a forma, que não nasce e que somente se efetua em um objeto. O que nasce é o conjunto da matéria com a forma.[70]

---

70. Aristóteles, *Metafísica*, VIII, 3.

Em outros termos, só a matéria devém (já que a matéria é a causa do movimento e da mudança). Ou, de um modo ainda mais aristotélico: um ser só muda em seus acidentes, mas nunca essencialmente. O difícil, porém, é explicar como ou onde a forma se mantém (já que não existe um segundo mundo). Isso, por mais que se conteste, faz de Aristóteles mais um pensador do *ser* do que do devir (e, dessa forma, mais próximo de Platão do que desejariam os aristotélicos). Digamos que, na hora de explicar as causas e os princípios de todas as coisas, Aristóteles não conseguiu fugir completamente da ideia de "essência" ou "causa formal", ainda que ela já não estivesse mais sob os auspícios de Platão e do seu segundo mundo.

Vejamos a questão mais de perto: a forma é a essência, é aquilo que não muda, é aquilo que é (em termos aristotélicos, é o atributo essencial, é o que define uma coisa). Os acidentes estão ligados ao devir da matéria (a substância primeira) e não à forma. Isso quer dizer que, apesar do caráter mais substancial do *ser* aristotélico, estamos falando de algo eterno, algo que sobrevive à degradação, estamos falando de uma metafísica (mesmo que se possa alegar a imanência do *ser* aristotélico). Afinal, o que significa dizer que a forma sobrevive à matéria, se o próprio Aristóteles insiste em negar a transcendência platônica? Onde as formas permanecem intactas? No próprio mundo? Trata-se de uma virtualidade, de uma existência imaterial? Mas não é o próprio Aristóteles quem diz que algo que não muda não existe materialmente[71]? Isso é o mesmo que dizer que as formas são imateriais e, ainda assim, são as verdadeiras substâncias, pois sem elas não existem os sujeitos (uma vez que a matéria sem forma é indeterminada[72]). Ou seja, a substância segunda (a forma) é a que dá o ser às coisas. A matéria é substância também (e, num certo sentido, é a primeira e mais imediata), mas se a isolamos no pensamento (pois só assim é possível separar a matéria da forma), percebemos que ela existe apenas como substrato, como suporte; ela é o *ser* em potência, mas não em ato.

Pois bem, sabemos que, em Aristóteles, o *ser* se diz em muitos sentidos e de muitas maneiras. Em sua *Física*, por exemplo, Aristóteles refuta os raciocínios de Parmênides, alegando que "as premissas são falsas porque ele considera o ser no sentido absoluto, enquanto as suas acepções são múltiplas"[73]. O *ser* se diz de um modo essencial e também pelos seus acidentes (eis o que diz a sua "doutrina das categorias"). Os acidentes estão no tempo e podem mudar incessantemente, mas a essência – como vimos – escapa ao devir.

Sem dúvida, a questão da *ousia* em Aristóteles (o termo *ousia* pode ser traduzido tanto por *essência* como por *substância*) é mesmo problemática. As querelas provocadas

---

71. Ibid., VIII, 5.
72. Ibid., VIII, 3.
73. Aristóteles, *Física*, I, 3.

em torno desse tema se arrastaram por toda a Baixa Idade Média (e mesmo depois), dividindo teólogos e outros estudiosos quanto à realidade dos universais. Assim, temos de um lado o nominalismo de Guilherme de Ockham e, de outro, o realismo de Duns Scot. Os nominalistas – ou terministas – foram os primeiros a admitir que nenhuma coisa fora da alma, nem por si mesma nem por algo que lhe seja acrescentado de real ou racional, pode ser universal. Em outras palavras, os universais ("o homem", "o animal" etc.) são apenas termos, sinais dotados de uma capacidade de predicar as coisas, mas não podem existir por si. No mundo real, dizem os nominalistas, a única coisa que existe são os indivíduos; os conceitos nada mais são do que representações, termos, seres de razão.

Para os realistas, no entanto, a questão é um pouco mais complexa. Para eles, o fato de Aristóteles ter dito que os universais são abstraídos das próprias coisas, dos indivíduos reais, é a prova de que o *ser* existe no mundo. Como diz Victor Goldschmidt, a substância é uma espécie de "universal individualizado"[74]. Em outras palavras, a *forma* existe encarnada nas coisas, mas não fora delas, sendo a razão a única capaz (como em Platão) de entrar em contato com ela plenamente. A diferença é que, em Aristóteles, esse contato se dá primeiramente através dos sentidos (pois tu-

---

74. Victor Goldschmidt, *Le sytème stoïcien et l'idée de temps*, p. 23.

do o que está na razão tem sua origem no mundo). É, pois, pela abstração das diferenças individuais que chegamos à forma geral.

Enfim, a nossa questão aqui não é mostrar a herança platônica de Aristóteles, mas entender em que medida o tempo foi pensado por ele e o que pode ser realmente considerado um "avanço" nessa compreensão. O que é mais importante nesta digressão, no entanto, é perceber como o pensamento de Aristóteles trabalha com uma certa ambiguidade, seja no caso do ser, seja no caso do tempo. Vejamos: a matéria é a substância, mas a forma também é, e ambas não existem separadamente; o tempo existe como algo do movimento, mas não é uma coisa em si, pois não existe sem o movimento nem sem a alma. Em suma, Aristóteles nos apresenta a verdadeira natureza do conhecimento humano: o seu aspecto paradoxal, a impossibilidade real de conhecer objetivamente as coisas sem levar em conta a linguagem e a representação do mundo.

Quanto ao tempo, Aristóteles foi o primeiro a fazer uma análise detalhada de sua natureza paradoxal, apresentando o lado subjetivo ou, pelo menos, humano de sua existência. Como vimos anteriormente, o tempo existe como uma espécie de "medida imanente" do movimento e, dessa maneira, tem uma perspectiva realista (tal como em Platão): ele é parte do mundo, parte do movimento das coisas. Por outro lado, o tempo não tem uma existência plena sem a alma, que é a única capaz de "numerar" o movimento, de perceber a mudança (e, como sabemos, só há tempo porque há mudança ou, mais exatamente, só há tempo porque existe um movimento contínuo e ininterrupto). Sem dúvida, Aristóteles abriu um caminho novo para a compreensão do tempo, que está – concomitantemente – ligado à matéria (ou ao mundo) e também ao espírito. Esse caminho será explorado por Santo Agostinho, que chegará a uma concepção diversa da do Estagirita, ao afirmar que o tempo só existe na alma e que fora dela, no mundo, só existe o devir e, consequentemente, a destruição contínua dos instantes vividos e das próprias coisas.

III | Estoicos e epicuristas: os corpos e o incorporal

Apesar de adversárias, a filosofia do Pórtico e a do jardim de Epicuro tem vários pontos em comum (como não se cansa de mostrar Sêneca, em suas *Cartas a Lucílio*). Primeiramente, em função da própria condição da sociedade grega no período helenístico (como é chamada a época em que a Grécia estava sob domínio macedônico), a filosofia volta-se quase que exclusivamente para a busca da felicidade individual. Como diz Émile Bréhier, estando agora bem longe das preocupações políticas (já que a Grécia não é mais senhora de si), a filosofia tem como aspiração conduzir as consciências[75], mostrando o caminho da verdadeira liberdade (aquela que não depende das condições externas, mas da "condição íntima" de cada um). Nesse momento (e isso vale para as duas escolas), já não se trata mais de se problematizar como grego, mas como homem inserido num Todo maior (a natureza, ou o próprio universo). Trata-se, num certo sentido, de pensar o homem como um "cidadão do mundo".

Bem distante do espírito de Platão e de Aristóteles, a moral nascida nesse período de decadência das instituições políticas e de falta de autonomia parece pautar-se no desejo de atingir definitivamente a paz de espírito a despeito das intempéries do mundo. Pode-se falar aqui numa certa negação da cultura ou, mais especificamente, num voltar-se para si mesmo (ainda que, num sentido mais profundo, isso signifique buscar em si aquilo que a sociedade não pode oferecer). É nessa nova atmosfera que o epicurismo, o estoicismo e o ceticismo – as três escolas que marcam o período de transição do domínio macedônico para o domínio romano – irrompem na Grécia, trazendo reflexões absolutamente originais (mesmo quando se apropriam de conceitos mais antigos).

Em suma, para as novas correntes filosóficas do final do século IV e III a.C., a existência passa a ser a meta primordial. O foco passa a estar no mundo concreto, o mun-

---

75. Émile Bréhier, *Histoire de la philosophie*, I, p. 284.

do dos corpos, e não no mundo inteligível das Ideias ou das formas encarnadas. Nesse sentido, o sensível passa a ocupar um espaço outrora desprezado pelos platônicos na teoria do conhecimento. Trata-se de um empirismo absolutamente original, ainda que possa haver nele alguma influência da ideia aristotélica de que tudo o que está na razão tem sua origem no mundo. De qualquer maneira, além dessas escolas reverterem completamente essa proeminência da forma sobre a matéria (que se encontra tanto em Platão quanto em Aristóteles, a despeito das críticas deste último ao mundo das Ideias), a questão fundamental dos estoicos e epicuristas é fazer do aprendizado do mundo a razão da própria felicidade. Nesse caso, a teoria do conhecimento e a moral não podem ser dissociadas. De fato, Sêneca está realmente certo em dizer que há muitos pontos em comum entre o estoicismo e o epicurismo. Em ambas as escolas, a filosofia deve ensinar a viver; deve ensinar a não temer a morte, deve ensinar a virtude e a temperança, deve ensinar a ser feliz. Em ambas, trata-se de buscar a felicidade neste mundo. A diferença, é claro, está naquilo que seria a base dessa felicidade. Para os epicuristas, o prazer é o bem supremo; para os estoicos é o dever, a obediência aos preceitos da natureza.

Ao contrário do ceticismo (que pregava que é preciso suspender o juízo sobre as coisas e viver das impressões mais puras), as duas escolas defendiam que o bom uso da razão leva à felicidade e também que a filosofia é o único caminho possível para quem deseja ser senhor de si mesmo. Apesar das discussões intermináveis sobre prazer e dever e a despeito dos estoicos detestarem a maneira como os epicuristas zombam da divindade e da ideia de destino, não há dúvida de que, em ambos os casos, trata-se de viver segundo a natureza. É claro que eles terão concepções distintas sobre o que é ou como funciona a natureza (o que leva também a diferenças no âmbito da moral), mas – no momento – não é esse tema que mais nos interessa.

Sendo assim, passemos ao objeto de nosso estudo: o tempo. E comecemos pelos estoicos, que produziram uma ideia bastante original de Cronos. Primeiramente, como sabemos, não restou quase nada das obras dos fundadores da escola do Pórtico. O que chegou até nós foram fragmentos que podemos ler em Diógenes Laércio ou nos comentários de alguns estoicos posteriores, como Cícero e Sêneca – sem falar, é claro, nos platônicos e aristotélicos que se opunham à escola. No entanto, é de fundamental importância compreender o espírito desse primeiro estoicismo (antes de sua "degeneração" ou de sua assimilação pelo cristianismo).

Zenão de Cítio é considerado o fundador do estoicismo, tendo seu discípulo Cleantes levado à frente seus ensinamentos. Crisipo, que substituiu Cleantes na direção da escola, é considerado o segundo fundador do estoicismo, o qual modificou alguns aspectos da doutrina e, num certo sentido, abrandou a moral rígida de seu predecessor. Segundo Diógenes Laércio, sem Crisipo, a escola do Pórtico não teria resistido. Mas, em termos mais gerais, uma coisa não se modificou no estoicismo: a unidade de pensamento, o fato de que os três ramos da filosofia estoica (a física, a lógica e a moral) formam um todo que não pode ser fragmentado. Dessa forma, independentemente de se atribuir uma superioridade a um ou a outro ramo, os três estão essencialmente ligados.

Pois bem, a definição de tempo dos estoicos é tão original quanto complexa. Quando Zenão diz que o tempo é o "intervalo do movimento" e Crisipo acrescenta que é o "intervalo do movimento do mundo", há quem associe a primeira definição à de Aristóteles e a segunda à de Platão. Mas, na realidade, o estoicismo pensa o tempo de uma maneira absolutamente nova. Ele não é nem o movimento das esferas celestes, a imagem móvel da eternidade imóvel, nem o número do movimento, ou seja, aquilo que se numera dele. É claro que há uma relação de proximidade com essas teses, já que Zenão considera o intervalo como "a medida da velocidade e da lentidão"[76], estando – portanto – ligado ao movimento das coisas. No caso de Crisipo, "que faz o tempo acompanhar o movimento do mundo", a questão vai ganhar novos contornos e levará à ideia cíclica do eterno retorno, à ideia de um mundo que nasce e morre apenas para

---

76. Id., *La théorie des incorporels dans l'ancien stoïcisme*, p. 54.

que retorne absolutamente idêntico ao que era. Antes, porém, de avançarmos na compreensão do tempo como "intervalo" do movimento, precisamos compreender o que é um incorporal, pois essa é a sua natureza.

A princípio, não há problema algum em definir o tempo como um incorporal, já que – de fato – ele não é algo sensível, palpável. Mas quem conhece o estoicismo sabe que o mais importante ensinamento dessa escola é que apenas os corpos existem plenamente, apenas eles podem ser chamados de *ser* no sentido mais estrito do termo. Eis aí, inclusive, a primeira reversão do platonismo (que coloca o *ser* como imutável, fora do tempo e do mundo). Isso, de fato, confunde um pouco as coisas (embora Deleuze pudesse dizer que se trata apenas de mais um dos muitos paradoxos produzidos pelos estoicos). Afinal, o que significa dizer que o tempo é um incorporal? Será que significa dizer que ele não existe? Ou, então, que ele existe somente no pensamento? O que é exatamente um incorporal?

Sem muito refletir, tenderíamos a crer que – tal como Aristóteles – Crisipo não conseguiu fugir completamente do pensamento de Platão, atribuindo existência a coisas imateriais (é preciso dizer que, antes de aderir ao estoicismo, Crisipo frequentou a Academia). É claro que, nos dois casos (tanto em Aristóteles quanto em Crisipo), a única realidade que existe é a do mundo sensível. No entanto, é impossível não ver no modelo hilemórfico da matéria e da forma uma influência de Platão. Afinal, a forma é a essência das coisas, é aquilo que as define e também é a única coisa que sobrevive ao devir. Mas, em Crisipo (apesar das aparências), o incorporal é algo bem distinto da Ideia platônica.

Vejamos a questão mais de perto: o incorporal é um τι, ou seja, ele é "alguma coisa", embora não seja "a coisa", o corpo. Ele tem uma espécie de semiexistência, isto é, ele está na categoria de "quase-ser", tanto quanto o vazio, o lugar e o exprimível. Num sentido bem profundo, ele é o "efeito" da relação ou do encontro dos corpos, mas também é aquilo que simplesmente "subsiste" no mundo. Em outras palavras, os quatro incorporais dos estoicos podem ser definidos como essa "alguma coisa" que, mesmo sem consistência material, tem um mínimo de existência.

Proclus, por exemplo, entende esse τι como algo próximo do não ser (uma vez que ele não tem materialidade alguma) e, assim, o coloca como existindo apenas no pensamento[77]. Isso, de fato, resolveria a questão. Os corpos teriam uma existência plena no mundo e os incorporais existiriam apenas como ideias (seriam, portanto, objetos do pensamento). De fato, nada seria mais natural de supor, sabendo-se que a filosofia de Zenão, Cleanto e Crisipo é absolutamente imanente (porque ela pensa o mundo como um grande ser vivo e não é maculada por qualquer ideia de transcendên-

---

77. Cf. Victor Goldschmidt, op. cit., p. 13.

cia). No entanto, mais uma vez a questão se complica quando os estoicos afirmam que os incorporais também integram o "gênero supremo", ou seja, integram o *ser*, aquilo que existe realmente. Em outras palavras, isso quer dizer que o τι não é apenas um ser de razão; ele tem uma ontologia.

Tratemos de pisar devagar nesse terreno, pois os conceitos que doravante aparecerão devem ser entendidos no âmbito dessa nova filosofia. Em primeiro lugar, como afirma Victor Goldschmidt, essa tentativa de incluir num mesmo gênero os corpos e os incorporais (ou, num certo sentido, o *ser* e o *não ser*) é algo que será julgado severamente pelos adversários da escola[78]. Citando Plotino, para quem essa "alguma coisa" é incompreensível, Goldschmidt coloca a questão de que ou bem alguma coisa é ou bem ela não é[79]. Se é... é "coisa". Se não é, não é nada e, portanto, não pode estar na mesma categoria do *ser*. Isso tem lógica, é claro, mas – por outro lado – é preciso entender essa filosofia dentro de um novo espírito e não a partir de conceitos aristotélicos ou platônicos.

É preciso ir ao âmago da questão: para o estoicismo de Zenão e Crisipo, o "gênero supremo" abarca tanto os seres corpóreos quanto os incorporais. Mas os incorporais, embora não sejam substâncias no sentido aristotélico, possuem algum grau de existência por sua vinculação com o corpo.

---

78. Ibid., p. 14.
79. Ibid.

Na verdade, são os corpos que lhes garantem algum *ser* (ao contrário do que estabelece o platonismo, segundo o qual a causa do mundo concreto é o mundo imaterial das Ideias). Sem dúvida, isso – por si só – já produz um enorme estranhamento, pois estamos acostumados a pensar que o virtual precede o atual e o ser em potência precede o ser em ato (em outras palavras, que o imaterial é a causa do material e, portanto, lhe é superior). Mas, para os estoicos, a questão se coloca em outros termos; por exemplo: o "vazio" é o intervalo não ocupado por um ser, tanto quanto o "lugar" é definido como o intervalo ocupado por ele, tornando-se igual ao ser que o ocupa (o corpo[80]). Isso quer dizer que é o corpo que o "atualiza" (no sentido de que é ele que o determina e que lhe confere propriedades). Enquanto lugar puro ou espaço vazio, ele basicamente não existe (ou, simplesmente, subsiste de modo infinito e, portanto, inapreensível). É o corpo que lhe dá contornos, que o limita. Como mostra bem Goldschmidt, a natureza do lugar não pode ser determinada senão na sua relação com os corpos[81]. Aliás, acontece o mesmo com o vazio, outro incorporal estoico: ele só existe na sua relação com o mundo como um todo. Ele é aquilo que o circunda, "existe" apenas "fora do mundo". Que se entenda bem esse ponto: não há vazio no interior do mundo... tudo é sempre preenchido pelos cor-

---
80. Ibid., p. 26.
81. Ibid., pp. 26-7.

pos (ou, mais especificamente, pela matéria, seja ela mais densa ou mais sutil). Ou, explicando melhor, o mundo é um ser vivo e não pode haver vazio num ser.

Resumindo: é da natureza dos incorporais serem infinitos ou ilimitados, impassíveis e inativos (afinal, a ação é algo que pertence aos corpos). Eles não podem ser objeto da percepção (pois esta só apreende o que é material). O tempo é um desses incorporais, como sabemos, e isso significa que ele também é infinito, ilimitado, impassível e inativo. Tal como o lugar, ele conhece o limite e a finitude na sua relação com os corpos. Mas deixemos esse ponto um pouco mais para adiante, pois ainda é preciso entender melhor a questão dos incorporais.

Como dissemos antes, os incorporais não são seres nem do ponto de vista aristotélico nem do ponto de vista platônico. Sim... isso é de uma complexidade absurda, já que estamos acostumados a pensar dentro da lógica desses dois filósofos. Os estoicos parecem ter levado à frente o que o próprio Aristóteles tentou, mas não conseguiu, pois – sem dúvida – a ουσια aristotélica é completamente ambígua, *hésitant entre la réalité et l'inteligibilité, la matière et la forme*[82]. O estoicismo joga definitivamente por terra a transcendência e afirma os corpos, a matéria infinita. Ao contrário dos epicuristas, eles não aceitam a ideia atomista de que

---

82. Ibid., p. 16.

todos os seres são formados de átomos indivisíveis. Para eles, a matéria não tem limite e se divide ao infinito (eis aí também a natureza do tempo estoico, que, como veremos, será limitado pelo presente – o único tempo dos corpos).

Com relação ao exprimível – mais um dos incorporais estoicos – fica ainda mais visível a diferença que existe entre a posição platônica e a doutrina estoica. Isso porque, se em Platão as Ideias ou formas têm uma realidade suprema em contraposição aos objetos físicos (que apenas participam, por semelhança, das mesmas), entre os estoicos os incorporais só possuem um mínimo de existência porque são, eles próprios, efeitos ou acontecimentos, que têm a sua origem ou causa no encontro dos corpos. Como diz Peter Pál Pelbart, o incorporal "não tem realidade própria, depende dos corpos ou agentes, e a eles está subordinado. Os incorporais, quando referidos aos corpos, se incorporam, tomam corpo, ganham existência"[83]. Eis por que não se pode dizer que os incorporais existem por si.

É no âmbito da lógica estoica que Deleuze vê a maior e mais significativa reviravolta do platonismo, exatamente porque as relações entre as Ideias e as coisas deixam de ser relações de profundidade para se tornarem relações de superfície. Isso quer dizer que não só é rejeitada a antiga verticalidade platônica (onde os objetos suprassensíveis ser-

---

83. Peter Pál Pelbart, *O tempo não reconciliado*, p. 67.

vem de paradigmas para os objetos físicos), como também as ideias são, elas próprias, efeitos, acontecimentos de superfície que só "existem" em função dos corpos (como um "modo de ser", um atributo deles). Isso porque, entre os estoicos, as ideias não são seres imóveis e perfeitos, mas acontecimentos que variam continuamente. Tudo sobe agora à superfície; não se pode falar aqui em recalcar o devir para a obtenção de um máximo de semelhança entre Ideias e corpos (Platão), mas em liberar o devir e mesmo fazê-lo englobar, em seu cerne, as ideias.

> A quebra da presença de um modelo ideal, que os seres se esforçam para assemelhar-se, para imitar, é a liberação de um devir ilimitado. E este devir que está em Platão também está nos estoicos. No primeiro tudo se dá na distinção entre sensível e inteligível, e a distinção no interior do sensível. Nos segundos, a distinção é entre o ser e o extra-ser...[84]

Infelizmente, não temos condições de nos aprofundar aqui na lógica estoica e no que Deleuze chama de "acontecimento"[85], assim como também não há espaço para analisarmos o dinamismo e o vitalismo dessa filosofia, cuja moral parece refletir o desejo mais profundo do filó-

---
84. Cláudio Ulpiano, *O pensamento de Deleuze*, p. 27.
85. Sobre esse ponto, cf. nosso livro *Por uma filosofia da diferença: Gilles Deleuze, o pensador nômade*, cap. II, 4 ("Os estoicos e a lógica dos incorporais").

sofo de viver em conformidade com as leis da natureza (ou do mundo, ou de Deus, ou da razão, porque – no fundo – trata-se da mesma coisa). Zenão, como diz Bréhier, é o profeta do Logos[86] e a filosofia estoica é a consciência de que tudo faz parte desse Logos. A própria natureza é racional e a alma nada mais é do que uma parte da divindade. A paz é encontrada nessa consonância com o mundo e com a vida. Nem todos concordam com isso, é verdade (com o tal desejo de apatia e de ataraxia dos estoicos), e Deleuze é um dos que veem a questão de modo diferente. Para o filósofo francês (como bem mostra Pelbart[87]), os estoicos são verdadeiros mestres do paradoxo, de modo que, para ele, há mais inquietações do que "paz de espírito" nessa filosofia.

Mas falemos disso em outro momento. Agora é hora de mergulharmos de vez no vertiginoso tempo dos estoicos, acreditando que essa curta introdução servirá de apoio para a compreensão de sua natureza incorporal. De modo breve, a tese estoica sobre o tempo aponta para o paradoxo do presente (assim como a de Aristóteles). Num certo sentido, ou melhor, num sentido absoluto (segundo o próprio Crisipo) só o presente existe e este é o único tempo dos corpos. Não se pode estar no passado ou no futuro. Estar no mundo é estar no presente cósmico. No entanto, por outro lado, é preciso que o passado e o futuro tenham aquela se-

---
86. Émile Bréhier, *Histoire de la philosophie*, I, p. 298.
87. Peter Pál Pelbart, op. cit., pp. 66-7.

miexistência, que eles subsistam, ou então não se pode falar em passagem de tempo, mas apenas em eternidade (no sentido platônico do termo).

Vejamos o que isso quer dizer. O tempo, como incorporal, é infinito (ou ilimitado) em suas duas extremidades (isso significa que ele é infinito em direção ao passado e em direção ao futuro). Diógenes Laércio, numa passagem sobre o estoicismo, afirma que o passado e o futuro são sem limites, mas que o presente é limitado. Existem, portanto, dois "tipos" de tempo ou de temporalidade (ou duas leituras, como diz Deleuze). Um é Cronos, o outro é Aion. Cronos é o presente (que Deleuze ainda divide em bom e mau Cronos, ou seja, o ser presente da superfície e o devir-louco da profundidade[88]). Nesse caso, o presente é a única dimensão do tempo, sendo o passado e o futuro dimensões relativas ao presente. Como afirma Deleuze, "é o mesmo que dizer que o que é futuro ou passado com relação a um certo presente (de uma certa extensão e duração) faz parte de um presente mais vasto"[89]. Sim... é necessário que o presente absorva o passado e o futuro, embora sem deixar de ser presente. É nesse ponto que Deleuze faz uma leitura singular do tempo estoico (diferente da de Bréhier ou de Goldschmidt): "Um encaixamento, um enrolamento de presentes relativos, com Deus por círculo extremo ou envelope exterior,

---

88. Sobre esse tema, cf. Peter Pál Pelbart, op. cit., p. 70.
89. Deleuze, *Lógica do sentido*, p. 167.

tal é Cronos"⁹⁰. No fundo, há mesmo dois presentes ou dois Cronos: aquele ao qual estamos sempre limitados e aquele maior que engloba toda a linha do tempo (que chamamos de presente divino).

Mas Cronos é também o tempo das misturas (já que é o tempo dos corpos) e essas misturas podem ser boas ou más, podem afetar de modo positivo um corpo, mas também podem destruí-lo (eis por que Deleuze fala numa mistura superficial e outra mais profunda). Aion, ao contrário de Cronos, é o tempo infinito, é a linha reta que corre para o passado e para o futuro, traçando uma fronteira entre os corpos e a linguagem, ou entre os corpos e os incorporais. Sempre já passado e eternamente por vir, Aion é a verdade eterna do tempo, afirma Deleuze⁹¹. É essa linha que será percorrida pelo instante, que, no fundo, é o que transforma o presente, dividindo-o continuamente em passado e futuro. O instante é, nessa outra leitura do tempo, o presente sem espessura, e não o presente vasto e profundo de Cronos. Segundo Cláudio Ulpiano, "para dizer a mesma coisa, os estoicos se reportam a duas acepções do tempo: o presente vivo em que Deus é Cronos e o presente como círculo inteiro, o presente eterno, que os homens, por exemplo, captam como passado e futuro"⁹².

---

90. Ibid.
91. Ibid., p. 170.
92. Cláudio Ulpiano, op. cit., p. 21.

É claro que se pode contestar a perspectiva de Deleuze, ou de qualquer outro pensador, sobre Cronos e Aion, mas – sem dúvida – estamos diante de um grande paradoxo (embora essa seja a natureza do tempo em qualquer circunstância). Primeiramente, Crisipo afirma que só o presente existe, e que o passado e o futuro subsistem. Esse presente, no entanto, não pode ser um presente indivisível, uma duração contínua (ou, então, não haveria tempo, mas apenas eternidade – algo de que o próprio Aristóteles já havia tratado na *Física*). Sobre esse ponto, Plutarco conserva a seguinte definição de Crisipo: "No tempo presente, uma parte é futuro, outra é passado"[93]. Isso quer dizer, num certo sentido, que "nenhum tempo é inteiramente presente"[94], pois como presente ele já é, simultaneamente, passado e futuro.

Na visão de Goldschmidt, a questão se assemelha à do vazio e à do lugar. O vazio é infinito como o passado e o futuro; o lugar é limitado pelo corpo, assim como o presente[95]. Crisipo emprega dois termos para designar esses "dois" tempos: Cronos é o presente cósmico; Aion, o infinito, o passado e o futuro que se estendem em duas direções contrárias.

---

93. Plutarco apud Émile Bréhier, *La théorie des incorporels dans l'ancien stoïcisme*, p. 59.
94. Diógenes Laércio, op. cit., VII.
95. Cf. Victor Goldschmidt, op. cit., p. 39.

Seguindo a interpretação de Bréhier, o presente é o tempo dos corpos e, portanto, das ações. Ele não é momentâneo, ele não é um instante fugaz, visto que deve durar tanto quanto o ato, mas é limitado (tanto quanto o ato). O passado é o tempo no qual o ser terminou o ato e é expresso pelo pretérito perfeito. Em outros termos, o presente existe contendo o acontecimento real e o passado subsiste contendo o acontecimento que terminou[96].

De fato, já estamos hoje mais familiarizados com a ideia do passado e do futuro como dimensões temporais (apesar do paradoxo que isso representa), mas naquela época a reflexão sobre a subsistência de ambos era algo profundamente original. Deleuze fala em "forma pura" do tempo (esse passado e futuro que subsistem e se dividem ao infinito), mas – para nós – é realmente o corpo quem define o tempo (como no caso de todos os incorporais). Trata-se, segundo pensamos, de um materialismo profundo; o passado e o futuro só existem em sua relação com o corpo e com esse presente, que não passa de um "agora" dos corpos. Em poucas palavras, o presente é a própria existência. Dizer que o tempo subsiste é como dizer que ele não existe em si. Ou melhor, ele "é" apenas em função dos corpos e também, sem dúvida, do próprio pensamento, pois nos estoicos os acontecimentos têm uma dualidade: eles apon-

---

96. Émile Bréhier, op. cit., p. 58.

tam, ao mesmo tempo, para as proposições (sem as quais eles não seriam passíveis de expressão) e para os corpos (nas suas efetuações espaço-temporais). "O tempo não se aplica diretamente senão aos verbos, isto é, aos predicados que significam para eles os acontecimentos incorporais. O tempo não tem, portanto, nenhum contato verdadeiro com o ser das coisas"[97].

Pelo que podemos deduzir dessas últimas questões, a relação entre o tempo e a ação ou entre o tempo e o término da ação (ou, basicamente, entre o tempo e o movimento) é evidente. Nesse sentido, fica mais fácil compreender por que "o tempo é o intervalo do movimento" e no que essa afirmação difere da de Aristóteles. No caso do passado e do futuro, do que já foi e do que ainda será, a ação ou já findou ou ainda será, sendo o movimento sempre presente e atual. Se Crisipo acrescenta que o tempo é "o intervalo do movimento do mundo", isso apenas reforça ainda mais a ligação profunda que existe entre os seres e o próprio mundo, ele mesmo um ser vivo em contínuo movimento. Que haja também um início e um fim para o mundo, e que depois ele retorne tal como ele é, sugere a existência de um tempo cíclico, mas é preciso ter em mente que, nesse caso, não é o tempo que se inicia (seja porque, em si, ele não existe, seja porque ele é uma linha infinita que segue em duas

---

97. Ibid., p. 59.

direções contrárias), mas o próprio mundo, que depois da grande conflagração volta à sua plena atividade. Em outras palavras, é ainda do corpo que estamos falando.

*

Incansável na sua luta contra as superstições e a ignorância, Epicuro foi (já em seu tempo) alvo de injúrias e injustiças de toda a natureza, a começar pelo próprio termo "epicurismo", que passou para a história como sinônimo de hedonismo vulgar. Ele, que viveu de forma simples e frugal, junto com seus discípulos, foi acusado de produzir uma filosofia que incitava à busca de prazeres vãos. Os estoicos, principais adversários do epicurismo, foram responsáveis por vários dos equívocos produzidos a respeito dessa doutrina (em parte, pela distorção dos conceitos de Epicuro, mas – sobretudo – pelo horror que lhes causava a ideia do homem como senhor de seu próprio destino, livre até mesmo para negar a providência divina).

São muito conhecidas as querelas entre os estoicos e os epicuristas. De um lado, temos a rigidez moral da escola do Pórtico, a ideia de destino e de providência divina (ainda que Deus se confunda com o próprio mundo ou com a razão). De outro, temos a ideia de que o prazer é o bem maior, a negação dos deuses (ou de sua interferência na vida humana) e a necessidade de superar o medo da morte (afinal, "a morte não é nada com relação a nós, já que a dor e o prazer dependem da sensibilidade e a morte nada mais é do que a privação dessa mesma sensibilidade"[98]).

Pois bem, para Epicuro, o temor da morte – que tanto impede os homens de serem felizes – nasce da falta de conhecimento da natureza e das leis do universo. É por essa razão que eles se entregam a fantasias místicas e se tornam reféns da religião e das superstições. Lucrécio – que, alguns séculos depois, imortalizará as ideias de Epicuro em forma de versos – mantém o caráter antiteológico do fundador da "Escola do Jardim" e acrescenta que o inferno real é o que existe aqui, na vida dos insensatos[99].

No início do Livro III de seu *Da natureza*, Lucrécio faz a mais bela homenagem àquele que teria lhe ensinado o caminho da verdade. Ele diz: "Ó tu que pudeste, de tão grandes trevas, fazer sair um tão claro esplendor, esclarecendo-nos sobre os bens da vida, a ti eu sigo, ó glória do povo grego, e ponho agora meus pés sobre os sinais deixados pelos teus [...]". Sim... Lucrécio faz de Epicuro seu mestre e, como ele, também será alvo de ataques e calúnias. São Jerônimo, por exemplo, diz que Lucrécio escreveu seu poema num momento de loucura e que depois se matou (é claro que a intenção desse comentário é desqualificar a sua obra).

Sem dúvida, as injustiças são muitas e uma delas é a acusação de que Epicuro não seria um pensador original, já

---
98. Epicuro, *Carta a Meneceu*.
99. Lucrécio, *Da natureza*, III, v. 1023.

que teria tomado de empréstimo a física dos atomistas sem qualquer modificação. Porém, isso não é verdade, embora o atomismo esteja na base da física epicurista. A ideia do *clinamen*[100], por exemplo, é de Epicuro e representa uma modificação bastante profunda na própria maneira de pensar a matéria. Além desse fato, a originalidade de Epicuro está em ter produzido uma filosofia completamente livre da metafísica e de qualquer ideia suspeita de seres imateriais – sem falar, é claro, nas suas concepções morais ou éticas e nos ensinamentos sobre o valor da filosofia, da amizade e do prazer na produção de uma vida verdadeiramente poderosa e livre de inquietações e necessidades vãs (como ele próprio diz, "a quem pouco não basta, nada basta"[101]).

Entrando na física propriamente dita (pois é o que nos interessa aqui), Epicuro retoma a ideia atomista de que as únicas coisas que existem são os corpos e o vazio. Diferentemente dos estoicos, ele acredita que, se não existisse *a priori* o espaço, os corpos não poderiam se mover (sem falar, é claro, que eles nem poderiam "estar" em algum lugar, se não existisse previamente esse lugar). Os corpos e o vazio são eternos e, portanto, incriados. Existem desde sempre. Em outras palavras, o Todo é eterno e, como não existe na-

---

100. Trata-se de uma ideia muito original que é atribuída a Epicuro (embora apareça apenas com Lucrécio). *Clinamen*, que significa "desvio", quer dizer – em poucas palavras – que os átomos podem mudar sua trajetória e provocar "novos encontros", criando com isso a "diferença".
101. Epicuro, *Os Pensadores*, p. 26.

da fora dele que possa modificá-lo, ele foi e será sempre assim, tal como é agora[102]. Por corpos, Epicuro entende tanto os seres materiais quanto os primeiros elementos que compõem esses seres, ou seja, tanto os corpos que vemos e sentimos (objetos de nossa percepção) quanto os átomos (palavra que, em grego, significa "indivisível"). Isso quer dizer que tudo é matéria e vazio na física epicurista. Os átomos (isto é, as partículas eternas e indivisíveis que compõem todas as coisas) não têm uma origem diferente da matéria. Eles também são corpos, sólidos, embora tão diminutos que não podem ser apreendidos pela sensibilidade[103].

O que isso quer dizer? Quer dizer que no mundo de Epicuro (e, antes dele, no de Leucipo e Demócrito) não há espaço para se pensar um princípio imaterial (algo que exista sem ser corpo). Ou é corpo ou é vazio. Há quem, a respeito do epicurismo, diga que os átomos são postos em movimento pelas leis mecânicas do universo, mas Epicuro fala que os átomos estão em eterno movimento – o movimento é tão eterno quanto os corpos e o vazio. No entanto, pelo que sabemos, o movimento não pode existir por si (já que ele não é nem corpo nem vazio). Isso quer dizer que ele não é um terceiro princípio, mas um atributo da própria matéria, algo inerente a ela. É assim que pensamos a questão, e essa visão se aproxima daquilo que defendemos em

---
102. Ibid., p. 23.
103. Ibid.

nossa própria tese. "Os átomos encontram-se eternamente em movimento contínuo."[104] Não existe movimento puro, todo movimento é deslocamento de matéria – seja de uma matéria mais densa (os corpos), seja de uma matéria mais sutil (os primeiros elementos)[105].

Assim como não se pode conceber o movimento como algo à parte, também não se pode conceber o tempo (como veremos mais adiante). Tudo o que existe é corpo e vazio. A matéria, para Epicuro (ao contrário do que pensam os estoicos), não se divide ao infinito, pois isso seria aproximá-la do nada. Para ele, se fosse verdade que a matéria pode se dividir infinitamente, também seria verdadeiro que ela pode se compor infinitamente e, assim, deveriam existir corpos cuja grandeza seria infinita. Os estoicos, nesse caso, poderiam responder que esse corpo existe e é o próprio mundo. Mas Epicuro, certamente, não acharia válida tal resposta. Afinal, para ele, o infinito é o nada e "nada provém do nada". É preciso que existam os primeiros elementos, pois são eles que compõem (num grau mais profundo) todas as coisas. É preciso também que eles sejam eternos e indestrutíveis – pois, a dissolução de todo corpo (de todo composto) é uma volta à sua origem e o mundo, assim, é uma eterna composição e decomposição desses elementos.

---

104. Ibid., p. 24.
105. Trataremos desse ponto num capítulo à parte, pois ele diz respeito diretamente à tese que sustentamos sobre a matéria e o tempo.

Porém, se falamos acima que o infinito é o nada, o que significa dizer que "o todo é infinito" ou que "toda combinação finita nasce do infinito"? Quer dizer que, para Epicuro, no que diz respeito à matéria, não existe divisão *ad infinitum*, porque é necessário que alguns elementos sejam primeiros e indivisíveis. Mas no que tange à quantidade desses elementos (cujas formas devem ser variadas e inumeráveis, mas nunca infinitas) pode-se dizer que é da ordem do infinito. E, assim, ainda que tais elementos sejam indivisíveis, eles são numericamente infinitos, daí por que Epicuro defende a possibilidade de infinitos mundos (iguais a este, mas também diferentes, em função de outras composições). Vejam que isso é bem diferente do que os estoicos afirmam. Para eles, só existe um mundo e ele se repete eternamente. Para Epicuro, no entanto, trata-se de um Todo que não se totaliza jamais, ele é infinito e, por isso, não pode ser chamado de *ser* no sentido mais absoluto do termo.

No entanto, ainda não respondemos o que significa dizer que o todo é infinito ou que o finito nasce do infinito. Significa que os átomos são finitos na forma, mas infinitos na quantidade, e que também o vazio é infinito (pois se fosse finito teria uma extremidade, e uma extremidade pressupõe uma referência com relação a outra coisa). Além disso, tudo o que nasce, todo corpo, sendo finito e limitado, só pode ter sua origem nesse infinito – o que, para

Epicuro, não é o mesmo que dizer que a matéria se divide infinitamente. É realmente difícil compreender, na filosofia estoica, como, não existindo os elementos primeiros e indivisíveis da matéria, o mundo poderia retornar tal como ele é. Sendo a matéria infinita (e sendo também o vazio, num certo sentido, infinito – mesmo que ele só exista como incorporal), a ideia do eterno retorno não encontra qualquer base ou fundamento material, existindo apenas e tão somente como um elemento metafísico da doutrina.

Por falar em metafísica, é verdade que Epicuro menciona constantemente a alma, o espírito. Mas é preciso considerar que a ideia de alma segue a mesma lógica dos outros existentes. Em poucas palavras, a alma é corpórea, ela é "composta de partículas sutis, difusas por toda a estrutura corporal"[106]. Ela se assemelha a um sopro, diz ele, que se dissipa inteiramente depois que o corpo se dissolve. Isso quer dizer que, ao perder sua coesão, ela também perde sua força e seu movimento particular, tornando-se também insensível. Eis o que significa, portanto, morrer: voltar à origem, dissipar-se no Todo infinito. Não há um além para o homem, não existem castigos se a própria alma nada mais sente. Estamos, de fato, num mundo absolutamente material, onde as ideias de "Ser, Uno e Todo soam absolutamente suspeitas. Esses conceitos são a mania do espírito, as

---

106. Epicuro, in *Os Pensadores*, pp. 24-5.

formas especulativas da crença no *fatum*, as formas teológicas de uma falsa filosofia"[107].

Mas ainda não dissemos de que modo o mundo se torna possível, como os átomos se compõem e se decompõem para Epicuro. Primeiramente, voltando à questão dos atomistas, os átomos teriam tamanhos e pesos variados e isso determinaria a velocidade e a lentidão de suas quedas. Porém, dentro de um esquema completamente geométrico, os átomos cairiam como "gotas de chuva" em direção à terra, paralelos uns aos outros, e, ao chegarem mais rápido ou mais lentamente, determinariam o estado das coisas, a formação delas. Epicuro, embora não se oponha à queda vertical dos átomos, acrescenta a ideia de "desvio" – o *clinamen* – que faria com que certos átomos pudessem, num dado momento, sair de sua trajetória e, em seus encontros ou choques com outros átomos, ir se agenciando e formando o mundo.

E o que muda exatamente nessa perspectiva de Epicuro? Muda, em primeiro lugar, a estrutura do próprio mundo, que deixa de ser radicalmente mecanicista para ganhar uma feição mais autônoma e livre. Afinal, o que está sendo dito é que, por alguma razão desconhecida, alguns átomos teriam a capacidade de mover-se de um modo diferente dos outros. Talvez, por aqui, seja possível explicar a origem da autonomia do vivo que, sendo também material,

---

107. Deleuze, *Lógica do sentido*, p. 274.

não deixa de ser um requinte num mundo de seres brutos e imóveis. Em outros termos, o *clinamen* permitiria – como diz Lucrécio – a formação de corpos mais complexos e a própria vontade livre relativa aos vivos[108]. E mais: para o discípulo mais nobre de Epicuro, a verdade é que, sem essa "declinação", a própria natureza não poderia criar nada. Ele diz: "Sem esse desvio, todos eles, como gotas de chuva, não cessariam de cair pela imensidão do vazio; não existiriam pontos de encontro e de choques e assim a natureza não teria criado nada"[109].

A questão é bastante interessante, porque se está atribuindo à própria matéria uma certa transgressão, uma certa liberdade de "criação". O *clinamen* é um diferencial da matéria[110]. Assim, sem recorrer a noções de espírito ou de energia, como contrapontos da matéria, o que se está produzindo aqui é um pensamento muito original: tudo é matéria e vazio, e a matéria é ela própria o motor da criação. Vejamos o que nos diz Lucrécio:

> Enfim, se todos os movimentos na natureza estão encadeados, se sempre de um primeiro nasce um segundo, seguindo uma ordem rigorosa e se, pela sua declinação, os átomos não provocam um movimento que rompa as

---

108. Lucrécio, *Da natureza*, II, 216-293.
109. Ibid., II, 221.
110. Deleuze, op. cit., p. 276.

> leis da fatalidade e que impeça que as causas se sucedam ao infinito; de onde vem, portanto, esta liberdade concedida na terra aos seres vivos, de onde vem – digo – esta livre faculdade arrancada do destino, que nos faz ir para toda parte onde a vontade nos leve?[111]

Vê-se bem, por aqui, por que os estoicos eram tão contrários a Epicuro. Para os primeiros, o universo tem uma ordem inabalável, da qual a razão humana é parte. Não há espaço para a liberdade, a não ser que se entenda por isso seguir a própria natureza e se submeter ao mundo ou aos desígnios dessa razão divina. A ideia de que o mundo pode se compor de variadas formas ou de que existam infinitos mundos é completamente oposta à do mundo como um ser vivo que nasce, morre e retorna incessantemente tal como ele é. O "ser" como mudança, como criação: eis como Epicuro pensa o seu Todo infinito.

Agora que compreendemos um pouco melhor a física de Epicuro, podemos entender também que lugar ocupa o tempo em sua filosofia. Estritamente falando, o tempo não existe. Isso é óbvio, em função da primeira de todas as afirmações da física epicurista: "só existem os corpos e o vazio". É claro que Epicuro e Lucrécio falam do tempo e não negam o seu valor na percepção do mundo e do movimento. Mas o tempo não tem uma existência ontológica nem se as-

---

111. Lucrécio, op. cit., II, 251.

semelha ao vazio. Logo, ele não existe. Pois bem... Os estoicos resolveram essa questão colocando o tempo na categoria dos incorporais, como algo que oscila entre o ser e o não ser. No entanto, em Epicuro, não existem tais virtualidades, nem seres com semiexistências. Assim sendo, o tempo não existe por si. Como diz Lucrécio, "É a duração das coisas que nos dá o sentimento daquilo que é passado, daquilo que ainda é, daquilo que ainda será". E, mais adiante, ele acrescenta que ninguém tem "um sentimento do tempo em si fora do movimento das coisas e de seu pacífico repouso"[112]. Vejam que ele não diz que é o movimento em si que nos dá a ideia do tempo; é a "duração" das coisas que nos permite formar esse sentimento de passagem do tempo. Em outras palavras, seja como for, de modo algum o tempo existe como algo à parte. Eis a conclusão do epicurismo.

IV | Santo Agostinho e a *distentio animi*

Uma das mais instigantes reflexões sobre o tempo e os paradoxos que ele suscita foi feita por Santo Agostinho, no Livro XI das suas *Confissões* (intitulado "O homem e o tempo"). Sob a influência da filosofia de Plotino e de seu neoplatonismo, Agostinho apresenta o tempo em sua oposição à eternidade. Como sabemos, desde Platão, a eternidade está associada ao repouso, à falta de movimento, ao mundo

---

112. Ibid., I, 460.

imutável das Ideias. Mas, com Plotino, a questão é um pouco mais sutil: o eterno não se define pela perpetuidade ou pela falta de movimento, mas como "existência plena e indivisível" (que é a do mundo inteligível). O tempo não é, como em Platão, o movimento das esferas celestes, "a imagem móvel da eternidade", mas algo que é gerado a partir da própria eternidade (é a teoria das *hypostasis* de Plotino). O Uno, a Inteligência e a Alma são derivações, divisões, do mesmo ser transcendente (que não poderia deixar de ser associado ao Deus cristão). O tempo, para ele, será gerado pela Alma, que se destaca do eterno e se "temporaliza"[113]. É uma espécie de relativização da própria eternidade.

Em outras palavras: não existe uma eternidade divina de um lado e uma temporalidade de outro. A alma teria se despregado do Uno e da Inteligência por "sua natureza curiosa" e teria então gerado o tempo, que se converte na própria "vida da alma". Ele não é o movimento do mundo nem algo associado diretamente a ele. Na verdade, é a Alma que é a vida e o movimento do mundo sensível ou, em outras palavras, o tempo. É aqui, antes do próprio Agostinho, que o tempo pode ser pensado como uma distensão, um alongamento da vida da Alma, um movimento inerente do qual deriva o "anterior e o posterior"[114]. O tempo e a Alma são, pois, um só e a mesma coisa.

---

113. Plotino, *Enéadas*, 11, 1, 30.
114. Ibid., 13, 37-38

Pois bem, passando agora à reflexão de Agostinho, o eterno é a própria esfera de Deus (sendo essa esfera entendida como uma espécie de "presente" que nunca passa ou, na linguagem plotiniana, de esfera do indivisível). Quanto ao tempo propriamente dito, ele é inicialmente associado ao movimento, à mudança, a algo que nunca permanece o mesmo. Mas seja como "imagem móvel da eternidade", "número do movimento" ou, simplesmente, devir puro, o tempo não parece existir por si, ainda que toda a nossa estrutura mental e toda a nossa vida estejam assentadas na percepção ou sentimento de passagem ou escoamento do tempo.

Todos conhecem a célebre frase de Agostinho sobre o tempo: "Se ninguém me perguntar eu sei, mas se quiser explicar a quem me perguntar, já não sei"[115]. Eis a natureza paradoxal de Cronos. Afinal, como definir algo que tende sempre a não ser (já que é de sua natureza passar incessantemente)? Eis a primeira das aporias que Santo Agostinho enfrentará: se o passado já não é mais, se o futuro é o que ainda será e se o presente também não passa de um breve e fugaz instante que nunca permanece, como dizer que o tempo existe, que tem um ser, uma ontologia? Essa reflexão, encontrada no Livro xi, deixa claro que Agostinho pensa o tempo físico como algo próximo do devir, como algo que se apresenta associado ao movimento e que termina

---

115. Santo Agostinho, *Confissões*, xi, 14-17.

por se confundir com ele. A sua originalidade, no entanto, estará em deslocar o olhar do mundo para o indivíduo, ou da matéria para a alma – e ele o faz com maestria.

É claro que a ideia de "tempo da alma" de Plotino – ou o tempo como a "vida da alma" – terá especial influência sobre o teólogo, mas sua concepção da *distentio animi* é profundamente inovadora, abrindo uma reflexão (que será retomada séculos mais tarde) sobre o caráter psicológico e subjetivo (e propriamente humano) do tempo. Mas, por ora, voltemos às aporias, para entender melhor como e por que o tempo depende do espírito ou, mais ainda, por que só existe "plenamente" nele.

Não devemos nos esquecer, no entanto, como mostra Paul Ricoeur em seu belo estudo sobre o tempo em Santo Agostinho, *Tempo e narrativa* (capítulo I), que a teoria agostiniana do tempo é inseparável da intensa atividade argumentativa que lhe confere sustentação – além do fato de que, para o teólogo, é tão importante saber quanto "dizer" o tempo[116]. É isso que significa a sua famosa frase. Ele compreende o tempo, mas não sabe "dizer" o que ele é, não sabe explicar a sua essência. Em outras palavras, não basta intuir o tempo, é preciso definir a sua natureza.

---

116. Para Paul Ricoeur, o mais importante é a ideia do tempo como "narração", pois é somente dessa forma que o tempo se torna propriamente humano. Logo, sua pesquisa dirige-se prioritariamente à compreensão desta singular possibilidade que o homem tem de "dizer" o tempo e de, consequentemente, aprofundar ainda mais a experiência temporal. Sobre esse tema, cf. Paul Ricoeur, *Tempo e narrativa,* pp. 15-7.

É claro que poderíamos dizer que o conhecimento e a beatitude são correlatos em Agostinho e, portanto, definir as coisas é o mesmo que compreendê-las em sua profundidade. Mas parece que existe nessa questão do tempo algo ainda mais profundo para se entender. É que tudo o que existe pode ser "dito", ou seja, "dizer" uma coisa é conferir a ela uma existência plena. Mas como dizer o tempo se ele não para de passar, se não o sentimos como "coisa"? Agostinho pergunta: pode-se dizer que cem anos estão presentes? Não. Porque desses cem anos apenas o ano em que estamos está presente, e desse ano, apenas o mês, e desse mês, apenas o dia, e desse dia, apenas a hora e, por fim, apenas o instante. Logo, não tendo o tempo extensão, não há como medi-lo. Esta, aliás, é a segunda aporia que Agostinho apresenta.

É verdade que, para Ricoeur, Agostinho "resolve" o paradoxo do tempo, embora o faça – segundo o próprio estudioso diz – de um modo mais poético do que propriamente teórico[117]. De fato, concordamos com Ricoeur que separar a solução "psicológica" de Agostinho de uma "retórica do argumento" seja mesmo uma tarefa muito difícil. Assim, se ele resolve o paradoxo do tempo fazendo a síntese entre o mundo e o homem, ou entre o *não ser* do tempo físico e o *ser* do tempo psicológico (porque é certo que o tempo fora de nós é inapreensível, mas também é certo

---

117. Sobre essa questão, cf. Paul Ricoeur, op. cit., p. 21.

que temos uma ideia de tempo em nós e, portanto, é preciso que ele exista de algum modo), tal solução é fruto de uma argumentação profundamente sedutora. De qualquer modo, isso não invalida a importância de sua reflexão como um todo.

E, afinal de contas, o que nos interessa é entender em profundidade a tese em si, já que muitos pensadores retomarão as suas reflexões. Voltemos, então, às reflexões de Agostinho, passando diretamente aos problemas enfrentados por ele ao longo do Livro XI das *Confissões*. Tentemos acompanhar de perto como Agostinho chega à formulação de sua ideia do tempo da *distentio animi* e como é possível falar em "passado" e em "futuro" apenas como dimensões de um tempo interno, isto é, como "esferas" que existem apenas e tão somente no espírito.

De um modo bem sucinto, é somente no capítulo 14 que a pergunta sobre o tempo aparece, isto é, depois de Agostinho ter tratado de temas como a criação do mundo, o Verbo eterno, a natureza divina, enfim, depois de ter refletido sobre as questões mais especificamente teológicas. Como dissemos, o tempo é então apresentado como algo que se opõe ao eterno – e isto demonstra bem a influência platônica e neoplatônica sobre o seu pensamento. É a partir desse ponto que vemos iniciar uma intensa operação argumentativa que visa resolver as aporias decorrentes da impossibilidade que Agostinho encontra para conceituar o tempo.

Agostinho mostra-se angustiado. Ele não sabe dizer o que é o tempo... Mas sua alma arde por essa compreensão. As questões vão se complicando. São as tais aporias que começam a se fazer presentes. Ele se pergunta: "de que modo existem aqueles dois tempos – o passado e o futuro – se o passado já não existe e o futuro ainda não veio?". Ora, a ideia de um tempo fugidio, inapreensível, que não cessa de passar, contradiz o fato de que falamos dele de um modo sensato, isto é, de que o "dizemos" no uso cotidiano da linguagem como se ele existisse em si e por si mesmo. O que, então, nos permite "dizer" o tempo, se ele não tem propriamente falando um "ser", ou seja, se até o presente não passa de um breve e efêmero instante (eis o que se chama de argumento cético)? E o que são o passado e o futuro, senão dois "nadas" que circundam esse instante presente? No fundo, o que nossa sensibilidade apreende é a passagem das coisas, o movimento dos seres, e não o tempo. Se o medirmos no mundo, estaremos medindo o movimento da matéria e não o tempo em si.

É claro que isso é só o início, mas Agostinho já começa a dar pistas e a apontar para a resolução dos problemas, ainda que continue afirmando não saber nada a respeito do tempo. No capítulo 20, porém, uma conclusão importante começa a mudar o tom da reflexão: "existem, pois, estes três tempos na minha mente, que não vejo em outra parte: lembrança presente das coisas passadas, visão presente das coisas presentes e esperança presente das coisas futuras". Sim... o tempo e suas dimensões não são invenções; eles têm uma existência. Porém, não é como "número do movimento" que ele existe, ele não é algo que se depreende do movimento, um não-sei-quê que se encontra associado a ele. Ele também não é o movimento do mundo ou das esferas celestes, porque isso é confundir o movimento com a duração do movimento. Então, se ele existe, existe onde? Ele não tem, certamente, extensão – como dissemos acima, sobre a segunda aporia. Afinal, não existe um passado em si nem um futuro para o qual nos dirigimos (pois o tempo não é espaço).

Agostinho, obviamente, não ousa negar o tempo. Isso seria impossível. Deus criou o mundo, e o tempo é a esfera do mundo, é sua própria efemeridade. E, afinal de contas, as coisas passam e isso prova que existe um "antes e um depois". No entanto, na qualidade de instante, o tempo não passa de puro devir e, assim, é inapreensível. Além do que, se um instante apaga o seguinte, não tem sentido algum falar em passado. O tempo varreria todos os vestígios das coisas e as próprias coisas.

Em outras palavras, isso quer dizer que não é fora de nós que encontraremos a realidade plena do tempo. É na alma, e apenas nela, que coexistem o passado, o presente e o futuro – ou, como diz Agostinho, a memória, o presente e a expectação. No fundo, trata-se, para ele, de três presentes diversos. É nesse sentido, e apenas nesse, que se pode falar do tempo como passagem e permanência simultaneamente.

Pois bem, o tempo ainda continuará sem uma definição e o estranhamento permanecerá com as novas aporias que se seguem a cada reflexão de Agostinho. Por exemplo: como um instante presente, envolto por dois nadas (por um passado que "já não existe mais" e por um futuro que "ainda não é"), pode ser medido? Afinal, se é verdade que o presente é o mais ínfimo fragmento do tempo, como podemos prolongá-lo e medi-lo? E o que, afinal, medimos: o presente enquanto está passando ou o passado que já foi presente? Outra questão: se o tempo realmente "passa" (e, neste ponto, todos parecem concordar), por onde ele passa?

É aqui, exatamente, que a tese da *distentio animi* começa a tomar definitivamente forma. Sim, é verdade que o tempo passa e que podemos medi-lo, mas ele não pode ser confundido com o movimento dos corpos (nem dos corpos celestes nem dos demais corpos físicos). É disso exatamente que tratam os capítulos 23 e 24, onde Agostinho retorna aos gregos para depois ultrapassá-los. O tempo, conclui ele, não é o movimento. Ele é bem mais a "duração" deste movimento. E, ainda assim, segundo Agostinho, ele não pode ser algo que esteja absolutamente atrelado ao movimento das coisas. Afinal, também é possível medir o período em que algo permaneceu em repouso. E, quanto à ideia de que o tempo é o movimento dos astros, Agostinho simplesmente a repudia com o argumento de que Josué, por meio de uma oração, teria feito o sol parar, enquanto o tempo continuava caminhando[118]. É claro que, nesse ponto, Agostinho forçou um pouco as coisas e fez uso do "argumento de autoridade" (ou seja, se a Bíblia narra este fato, logo ele é verdadeiro e inquestionável). Porém, é o próprio Agostinho quem, muitas vezes, chama a atenção para a linguagem alegórica dos textos sagrados. Enfim, de qualquer forma, a verdade é que – ao contrário do mundo grego da *physis* – Deus é o criador de todas as coisas e, portanto, tem poder para alterar a sua ordem.

Pois bem, a conclusão de Agostinho – no capítulo 23 – já começa a apontar para a solução do problema: "vejo portanto que o tempo é uma certa distensão". Aponta, mas ainda não a apresenta inteiramente. Afinal, como podemos medir o tempo e com o que nós o faremos? Mesmo que se possa medir "o movimento de um corpo enquanto ele perdura", como isso se dá, se os presentes se sucedem continuamente e deixam de ser tão logo eles passam? Seria preciso que o presente se prolongasse, que durasse para que eu pudesse medi-lo. Logo, em algum lugar o tempo passa e perdura, e este só pode ser a alma. Eis a conclusão de Agostinho!

Vejam que Agostinho faz um verdadeiro desvio, passando diretamente do plano ontológico para o psicológico.

---

118. Cf. Josué, 10: 12-13.

É dentro do espírito que se mede o tempo – afirma ele. Não importa se ele existe ou não fora de nós, já que no mundo ele é quase um simulacro, um não ser, visto nunca parar de passar. De fato, Agostinho defende que os instantes se sucedem no mundo sensível, pois, se não fosse assim, viveríamos num presente eterno, ou seja, na própria eternidade. Fora do espírito, afinal, só existe o devir e um presente que sucede a outro continuamente. Porém, o passado nada mais é do que um presente que já foi, enquanto o futuro é um presente que será. E não há como preservar, no próprio mundo, o que já passou, a não ser na memória. Em outras palavras, o "passado" e o "futuro" existem, mas apenas como memória e expectativa e não como dimensões externas do tempo.

É o presente que se distende e que se alonga para os dois lados, segundo o nível de atenção no qual o espírito se encontra. Na verdade, também o espírito está no presente (sendo assim, o passado conteria os rastros do presente, a sua memória viva, e o futuro seria a espera presente do porvir). Porém, o mais interessante na tese da *distentio animi* é o futuro, que, antecedendo o presente, caminha para o passado, de modo que o presente é uma espécie de "atualização" do futuro (para usar uma terminologia medieval), é a sua consumação.

Pois bem, depois dessa rápida análise, examinemos com profundidade a argumentação de Agostinho. Em primeiro lugar, é preciso dizer que, ao longo do livro XI, o autor faz uso de inúmeros exemplos para tornar clara a sua concepção do tempo. No trecho que selecionamos a seguir, Agostinho nos remete a um hino que ele sabe de cor e que explicita bem a sua relação com o tempo. Acompanhemos o seu raciocínio:

> Vou recitar um hino que aprendi de cor. Antes de principiar, a minha expectação estende-se a todo ele. Porém, logo que o começar, a minha memória dilata-se, colhendo tudo o que passa de expectação para o pretérito.

Vamos procurar entender melhor o que ele está dizendo: a ação específica de recitar um hino inicia-se no presente (nesse caso, os estoicos estão certos em dizer que os corpos estão sempre no presente). Acontece que o "recitar" é ainda futuro, pois ainda não ocorreu. Tão logo, porém, ele se faz presente, ele dilata a minha memória, tornando-se passado (ou seja, aquilo que já foi presente). A alma, nesse caso, é arrastada numa direção e na outra, embora se mantenha coesa, pois tem a capacidade de se distender e assim criar o passado e o futuro (que, fora de nós, não existem).

Vejam que Agostinho abandona o aspecto ontológico do tempo e faz dele algo interno, subjetivo. O tempo não é mais uma sucessão externa de instantes, cuja direção aponta do passado para o futuro, mas uma distensão da alma, algo que arrasta o espírito em duas direções contrárias – num jogo de tensão e distensão sempre presente e contínuo. O hino que Agostinho está prestes a recitar, e que ainda não se fez presente, faz a alma distender-se em direção ao futuro que se espera "chegar". Mas, como ele próprio diz, tão logo se inicia a recitação, a memória começa a se dilatar e a colher o que antes só existia como espera e possibilidade futura.

> A vida deste meu ato divide-se em memória, por causa do que já recitei, e em expectação, por causa do que hei de recitar. A minha intenção está presente e por ela passa o que era futuro para se tornar pretérito.

O exemplo do hino remete-nos de antemão à questão da memória – pois é ela que guarda internamente os rastros vivos de algo que já se apresentou anteriormente ao espírito. O jogo entre a memória e a expectação só existe em função da alma, que, sempre atenta, une, num fio contínuo, o que antes seria apenas uma simples sucessão de palavras e sílabas. É a alma que faz, portanto, a grande síntese. Uma síntese que, na verdade, só se realiza em função da elasticidade e da plasticidade da alma. Sem estas características, a alma se fragmentaria no próprio devir do mundo.

É assim, e somente assim, que se torna possível – para Agostinho – falar num futuro que "diminui ou se consome", pois, como futuro, ele realmente ainda não existe. Porém, é como "expectação" na alma que posso apreendê-lo e fazê-lo "presente" em mim. Vejam que Agostinho refere-se à *intentio* (intenção), que, estando presente, garante a passagem do que antes era futuro para o que se tornará "pretérito". É nela, estritamente falando, que o momento presente perdura enquanto vai fazendo crescer o passado. Temos aqui, então, um presente ("a vida deste meu ato") que se divide em "memória" ("por causa do que eu já recitei") e em "expectação" ("por causa do que eu hei de recitar"). Mas avancemos um pouco mais no texto:

> Quanto mais o hino se aproxima do fim, tanto mais a memória se alonga e a expectação se abrevia, até que esta fica totalmente consumida, quando a ação, já toda acabada, passar inteiramente para o domínio da memória.

Ao fim da recitação do hino, a memória encontra-se totalmente dilatada, enquanto a expectação torna-se nula. O espírito, como que arrastado para um dos lados, tende a recuperar a sua atenção tão logo outra atividade se apresente a ele. É preciso estar atento de um modo excepcional para não se perder de si mesmo, lembrando que é esta tensão que mantém a alma sempre no presente (assim como Deus, em outra proporção, também permanece sempre no tempo presente).

Ora, o que acontece em todo o cântico, isso mesmo sucede em cada uma das partes, em cada uma das sílabas, em cada ação mais longa – da qual aquele cântico é talvez uma parte – e em toda a vida do homem, cujas partes são os atos humanos. Isto mesmo sucede em toda a história "dos filhos dos homens", da qual cada uma das vidas individuais é apenas uma parte.

De fato, assim como no cântico cada sílaba é medida em relação à anterior e à posterior (e, portanto, só é dita mais longa ou mais breve em comparação com outras), também é dessa forma que medimos outras coisas. Em outras palavras, é em nós mesmos que medimos o tempo, a sua duração enquanto virtualidade e passagem de um estado a outro (ou seja, o da expectação para o da memória). É claro que não é a intenção de Agostinho explicar o movimento externo dos corpos nem de que maneira ele deixa rastros na nossa alma ao passar por nós, mas sim colocar o "critério de medição" no espírito. Agostinho, dessa maneira, resolve o problema de "como" se dá a medição do tempo. Afinal, é porque os momentos se prolongam uns nos outros, no espírito, que se torna possível compará-los, medi-los, contá-los. Não há dúvida de que existe algo de aristotélico nessa reflexão, ainda que Agostinho assente mais a questão do tempo no espírito do que na matéria. Não podemos nos esquecer de que o Estagirita já havia afirmado que o tempo não existiria sem a alma para numerá-lo.

Em outras palavras, o tempo fora da consciência nada mais é, como já dissemos, do que o próprio devir (e, assim, jamais poderia ser medido). A medida é dada na consciência e pela consciência. Mas assim como as sílabas compõem o cântico como partes que devem estar unidas (ou então não teriam qualquer significação), para Santo Agostinho, os "atos humanos" são também "partes" de nossa vida. Por esta razão, devem estar sempre em consonância uns com os outros, de forma coesa e constante – de modo que a alma não se perca no turbilhão da existência temporal. Como ele próprio diz: "cada uma das vidas individuais é apenas uma parte". Uma parte de um todo que se chama humanidade e que – mesmo em grande número e errando pelos caminhos da existência material – continua sendo, para Agostinho, o ápice da criação divina.

Seria dispensável falar aqui em metafísica, já que estamos tratando de uma tese proposta por um religioso. Mas é bom ressaltar que, a despeito de suas convicções e das fugas que ele empreende quando se encontra diante de questões insondáveis, a tese da *distentio animi* é verdadeiramente rica e bastante singular para a sua época. Agostinho, sem dúvida, usa de muitos recursos teóricos e de muitas metáforas para poder falar de algo pelo que sua "alma arde" de tanto que deseja compreendê-lo. A metáfora que consideramos mais importante é a da própria *distentio animi*. Segundo Paul Ricoeur, como já dissemos, Agostinho não chega a resolver o paradoxo do tempo de uma forma absolutamente teorética e, nesse sentido, não seria correto falarmos da *distentio* como um conceito. No entanto, Agostinho acredita ter conseguido chegar a uma definição do tempo como "distensão" e toda a sua argumentação repousa na certeza de se poder "dizer o tempo". É verdade que ele fecha os olhos para o mundo, enquanto os abre para a vida interna do espírito. No entanto, seus argumentos são bastante incisivos e sua tese sobre o tempo subjetivo é realmente bastante original.

Mas, ainda que seja como metáfora, a ideia da distensão da alma só toma forma através de uma rede discursiva que envolve outras tantas metáforas e conceitos previamente estabelecidos. Na verdade, a metáfora do espírito que se distende, que puxa para os dois lados, que se estica e que se encolhe é toda ela feita a partir de uma série de imagens que nos permitem quase visualizá-la (ainda que fale contra os perigos da carne, Agostinho sabe muito bem como nos encantar, apelando para nossa sensibilidade). A maneira como ele se dirige a seu único e privilegiado interlocutor – Deus –, confessando o seu amor e a sua ignorância, não faz menos apelo às sensações. Agostinho usa termos como "prazer", "deleite", "embriaguez", de modo a suscitar, em seu leitor, uma sensação quase física desse amor.

São muitas, de fato, as imagens – "a memória que se alonga", "a expectação que se abrevia" – ainda que, no trecho citado, o mais importante seja mesmo o uso de certos conceitos que aparecem ao longo de todo o Livro XI. Agostinho ora fala em memória, ora fala em pretérito, ora usa expectação, ora futuro. Esses conceitos, embora aparentemente semelhantes do ponto de vista do seu sentido, ocultam pequenas variações que, ao longo do texto, permitem que Agostinho se desvie da ideia de um tempo ontológico para levá-lo a pensar a sua interiorização. O "passado", por exemplo, é comumente definido como uma das dimensões do tempo, designando aquilo que já passou, aquilo que já não é mais; porém, a palavra "pretérito" não designa apenas esse passado. Ela também indica um tempo verbal, que exprime uma ação anterior. Logo, ao dizer que "a memória dilata-se, colhendo tudo o que passa de expectação para o pretérito", Agostinho não se refere ao tempo em si do passado, mas ao que só existe agora como marca, como rastro indelével no espírito.

Também o termo "futuro" é usado, ao longo do Livro XI, de um modo um tanto "flexível". Muitas vezes, ele pode ser substituído pelo termo "expectação", mas a diferença é a mesma do exemplo citado acima. O futuro (como dimensão do tempo) ainda não existe, mas a expectação, como uma promessa de porvir, como espera do espírito, já está presente em nós. É assim que Agostinho vai construindo uma trama tão bem estruturada que passamos de um conceito a outro, e de um sentido a outro, quase sem nos darmos conta disso. É por essa razão que o trabalho de Paul Ricoeur sobre Agostinho é tão relevante. Afinal, ele fixa a sua atenção exatamente sobre esta ideia – que parece tão clara – de que "dizer é criar". E assim como, no princípio, era o Verbo, também o homem cria pela palavra e, assim, inventa (ou reinventa) o mundo.

Citando Aristóteles (no que diz respeito à ideia de que produzir metáforas é perceber o semelhante), Ricoeur aponta para o fato de que perceber esse semelhante nada mais é do que "instaurar a própria similitude, aproximando termos que, a princípio afastados, aparecem de repente como próximos". E continua: "é essa mudança de distância no espaço lógico que é obra da imaginação criadora"[119]. De certo modo, ainda que Agostinho tenha se referido ao Verbo divino quando falou de sua capacidade de criar as coisas, também podemos afirmar que "dizer o tempo" ou mesmo tentar defini-lo é, numa certa medida, criá-lo – se não em sua pura cosmologia, ao menos como "tempo humano".

v | Espinosa e a substância única

A Ética de Espinosa começa por Deus, o que, para alguns, representa um verdadeiro retrocesso. E, isso, por duas razões: a primeira é que a filosofia, no século XVII, ainda lutava para libertar-se do jugo teológico, que, durante toda a

---
119. Paul Ricoeur, op. cit., p. 10.

Idade Média, fez dela um mero apêndice da ciência divina; a segunda é que nesse mesmo período vemos nascer uma nova concepção de sujeito, um sujeito que tem consciência de sua existência (e aqui estamos nos referindo à primeira certeza das *Meditações* de Descartes, a do homem como substância pensante[120]). Em outras palavras, o que se julga um retrocesso é o fato de a Ética de Espinosa não ter como objeto principal o homem, a quem ela deveria necessariamente interessar. Mas, segundo pensamos, há nessa afirmação uma certa incompreensão da filosofia de Espinosa, uma vez que é preciso entender em que medida o homem não existe sem Deus, a causa primeira e única substância que existe.

Sem dúvida, o homem aparentemente está numa posição secundária em Espinosa e a questão principal é: seria isso realmente um recuo em direção à visão de mundo da escolástica? A terminologia de Espinosa parece aproximá-lo das concepções tomistas[121], mas – no fundo – é somente na aparência que ele retoma antigas posições. A começar pela própria noção de Deus. Nesse ponto, a diferença entre Espinosa e São Tomás é quase absoluta. Para sermos mais precisos, não há lugar para a transcendência no sistema espinosista e,

---

120. Cf. Descartes, *Meditações metafísicas* (meditação segunda).
121. A terminologia de Espinosa é claramente herdada da Escolástica, ainda que ele tenha "subvertido" o sentido de cada um dos conceitos usados pela Escola.

por si só, isso já seria suficiente para afastá-lo completamente da escolástica e de uma visão religiosa tradicional.

Mas o que Espinosa pretende ao afirmar, como uma verdade incontestável, a existência ontológica de Deus como *substância* única? E o que significa dizer que existe uma preeminência do conhecimento divino sobre o do homem? Talvez Espinosa queira (esta nos parece ser a resposta mais precisa) atingir, de uma só vez, a escolástica e o pensamento cartesiano. Contra os escolásticos, Espinosa apresenta a ideia de um Deus imanente. E contra Descartes, a ideia de que só existe uma substância, um ser; todos os demais existem apenas como "efeitos", modos desse ser divino e eterno. Isso quer dizer que, ainda que Deus seja causa de si mesmo e condição necessária para toda existência (e para todo conhecimento), não existe uma diferença de natureza entre Deus e os seres deste mundo. Uma só substância quer dizer um único *ser*, uma única natureza para todas as coisas. O homem não é uma substância pensante, como pensa Descartes, mas um modo de Deus, um modo finito. Aliás, Deus é o único e verdadeiro *ser* deste mundo. Tudo o que vemos diante de nossos olhos não é mais do que a *expressão* deste *ser*. Como diz Espinosa: "toda substância é necessariamente infinita"[122] e "afora Deus, não pode ser dada nem concebida nenhuma substância"[123].

---

122. Espinosa, *Ética* I, Proposição VIII.
123. Ibid., Proposição XIV.

Um escolástico, ou qualquer simpatizante da teologia clássica, poderia perguntar como ficaria a relação entre Deus e os homens. Mas, para nós, a pergunta mais importante agora é a seguinte: o que é o homem num mundo onde existe apenas uma substância? E mais: o que é o tempo num mundo onde Deus se confunde com a própria natureza, sendo ele eterno e perfeito?

Primeiramente, a questão sobre a Ética começar com Deus justifica-se, para Espinosa, porque o conhecimento de Deus deve ser anterior ao das suas criaturas. Se, para Descartes, a primeira certeza é a de que o *Eu* é uma substância pensante[124], para Espinosa, isso consiste numa verdadeira inversão de valores. Para o filósofo holandês, "o pensamento é um atributo de Deus; em outros termos, Deus é coisa pensante". O homem pensa e, num certo sentido, toda a natureza (entendendo, por isso, que existe uma lógica que permeia todo o universo, como entre os estoicos), é parte de Deus. Em função disso, o homem não pode ser o primeiro na cadeia do conhecimento ou, então, seria preciso acreditar que Deus é conhecido por analogia (ou seja, parte-se do homem para se chegar a Deus ou, na linguagem cartesiana, parte-se do mais simples para chegar ao mais complexo). No entanto, se Deus é um ser necessário, é preciso que ele já seja uma ideia dada, um conhecimento prévio, imediato, e não algo que se deduz ou a que se chega por inferências.

---

124. Sobre a prova da existência do *Eu* como coisa pensante, cf. Espinosa, op. cit.

Esse parece ser, como dissemos antes, um duplo golpe: de uma só vez, Espinosa atinge o cartesianismo e a escolástica. Uma única natureza para todas as coisas, uma única *substância* com infinitos atributos infinitos. Espinosa é categórico ao afirmar que fora do intelecto nada se dá, a não ser a substância e as suas afecções. "Afora Deus, não pode ser dada nem ser concebida outra substância"[125]. Na definição VI, Espinosa já havia deixado clara a sua concepção de Deus: "Por Deus entendo o ente absolutamente infinito, isto é, uma substância que consta de infinitos atributos, onde cada um exprime uma essência eterna e infinita"[126].

O homem, para Espinosa (e isso se estende a toda natureza ou, em outros termos, a todo objeto particular), não pode ser compreendido como uma substância singular, criada por Deus por um ato de vontade. E por duas razões: I – não podemos ser substâncias porque não somos causa de nós mesmos. Toda substância deve ser causa de si mesma ou, então, é preciso aceitar que sua existência é dada por algo que está fora dela. Mas como algo que está fora de nós – uma outra substância – pode criar algo completamente distinto de si mesmo? Seria uma criação *ex nihil*? Se a natureza humana é diferente da divina, supõe-se que existe alguma coisa que não pertence a esse Deus, da qual

---
125. Id., *Ética* I, Proposição XIV.
126. Ibid., Definições VI.

ele não é causa. Então Deus não é perfeito, pois tem lacunas e faltas, o que seria contraditório; II – Deus não poderia ter criado o mundo ou qualquer substância. Afinal, para Espinosa, Deus não tem livre-arbítrio. Ele não poderia ter escolhido ser ou não ser de uma determinada forma. Na verdade, Deus é *causa sui*, isto é, ele é causa de si mesmo ("à natureza da substância pertence o existir"[127]) e é quando ele se causa, ou seja, é quando ele expressa a sua essência que ele causa todas as coisas. Ele não é o criador no sentido da teologia tradicional: um ente que escolhe, por livre e espontânea vontade, criar o mundo. Ele se confunde com o próprio mundo; sua natureza é o mundo, seu ser é o Todo. Ele é toda a existência. Deus é pura potência, é puro existir. Ele existe *necessariamente*, independente de sua vontade e "age somente pela necessidade da sua natureza"[128].

Dizer que Deus é pura potência de criação, mas que é a única substância real, é dizer que nada de fora pode incitá-lo a agir. É afirmar que ele age porque sua natureza assim o exige. De onde se conclui que o mundo não foi criado por um ato de vontade, mas é extensão desse próprio Deus. A ideia de criação do mundo pressupõe um Deus desocupado, um Deus ocioso, é o que pensa Espinosa... Significa que ele teria criado a Natureza por um ato de vontade, não sendo ela, portanto, necessária, mas contingente (por-

---
127. Id., *Ética* I, Proposição VII.
128. Ibid., Proposição XVII, Corolário II.

que, nesses termos, ela poderia existir ou não, dependendo da vontade de Deus). Para Espinosa, no entanto, Deus não age por impulso nem sente necessidade de coisa alguma (ele não se parece com o homem, não tem nossas qualidades ou defeitos). Deus é perfeito. E como diz o próprio Espinosa: "realidade e perfeição são, para mim, a mesma coisa"[129]. Em outras palavras, a natureza é perfeita; nós é que temos dificuldade para entendê-la (e uma das razões disso é que tendemos a moralizar tudo o que não compreendemos bem e, assim, julgamos que algo é mau em si quando na verdade as coisas apenas se compõem ou não se compõem com a nossa natureza).

Mas, voltando à questão da criação *ex nihil* (teoria defendida por Santo Agostinho), Espinosa defende que do nada, nada pode vir, e que dizer que Deus criou o mundo do nada é o mesmo que dizer que no princípio havia *Deus* e o *Nada*, o que significa que a natureza divina era limitada por outra coisa. Mas como Deus, sendo absoluto e infinito, pode ser limitado por algo? Não. Para Espinosa, Deus é toda a extensão do mundo, é tudo o que existe. Resumindo: *tudo o que existe é Deus*. É claro que se, nesse ponto, Espinosa está tão distante de Agostinho, no que tange à ideia de beatitude, eles parecem muito próximos. Para ambos, o conhecimento e a beatitude são correlatos. Não há beatitude

---

[129]. Id., *Ética* II, Definições vi.

sem o conhecimento pleno de Deus e do que dele decorre. Mesmo com pressupostos tão distintos, eles parecem estar de acordo quando exaltam o conhecimento[130].

Mas tentemos agora definir melhor a substância espinosista, pois dela depende a nossa compreensão do eterno e do temporal em Espinosa. Para começar, ela é, antes de mais nada, imanente, absoluta e existe necessariamente. Ela se expressa por meio de seus infinitos atributos infinitos (dos quais nós só conhecemos dois: o atributo pensamento e o atributo extensão[131]). Os atributos divinos são, por assim dizer, as afecções de Deus. É o modo pelo qual Deus aparece no mundo. Cada atributo exprime de uma "certa" maneira a essência de Deus, enquanto Deus é pura positividade e pura potência. E é como pura positividade e potência que a existência de Deus é pura produção. É por isso que não há sentido algum em pensar no instante que antecede a criação do mundo. Tudo o que existe, existe desde sempre. Eis o que significa eternidade: uma duração que não tem começo nem fim. Eternidade não é, portanto, imobilidade. Ao contrário: Deus cria o mundo enquanto se expressa. Ele é movimento, é duração ininterrupta, é criação pura.

---

130. Para maiores informações sobre a importância que Santo Agostinho confere ao conhecimento, cf. Étienne Gilson, *Introduction à l'étude de Saint Augustin*, pp. 31-88.
131. Segundo Deleuze, nós só podemos conceber como infinitas (e, portanto, reconhecer como atributos divinos) as qualidades que envolvem a nossa existência. Mesmo sabendo da existência dos demais atributos, nós não podemos ter deles nenhuma ideia. Cf. Deleuze, *Espinosa e os signos*, pp. 54-5.

Mas, como fica o homem nesse mundo? Já sabemos que o pensamento é um atributo de Deus[132] e não uma faculdade humana, como em Descartes (e isso agora nos parece mais claro, já que o homem não é uma substância que existe em si mesma). Mas ainda não sabemos bem o que é o homem e como fica a sua relação com o mundo e com Deus. Sabemos evidentemente que o homem não é uma substância nem um atributo, mas só compreendemos melhor o que ele é na *Ética* II.

Ora, sabemos que os atributos não são causados por Deus; eles são, na verdade, a sua essência. Como diz Deleuze, num primeiro momento, Deus se expressaria constituindo a *Natureza Naturante* e, no segundo, produziria a *Natureza Naturada*[133]. Mas é claro que não devemos ver nessa afirmação de Deleuze a pressuposição de que existiriam dois instantes diversos, já que este é um acontecimento único, um desdobramento necessário da essência de Deus. Segundo Espinosa, a *Natureza Naturante* é "o que existe em si e é concebido por si, ou, por outras palavras, aqueles atributos da substância que exprimem uma essência eterna e infinita, isto é, Deus, enquanto ele é considerado causa livre"[134]. Por *Natureza Naturada*, o filósofo entende

---

132. Cf. Espinosa, *Ética* II, Proposição I.
133. Cf. Deleuze, *Espinosa et le problème de l'expression*, p.10.
134. Espinosa, *Ética* I, Proposição XXIX, escólio.

tudo aquilo que resulta da necessidade da natureza de Deus, ou, por outras palavras, de qualquer dos atributos de Deus, enquanto são considerados como coisas que existem em Deus e não podem existir nem ser concebidas sem Deus.[135]

Em suma, a *Natureza Naturada* abarca todos os modos da substância e, entre eles, o homem. Também os modos expressam a essência dessa substância única. Eles podem ser infinitos ou finitos. Os modos finitos expressam de "maneira certa e determinada" a essência de Deus, enquanto Deus se expressa em modos, ou seja, em seus efeitos. Precisamente falando, Deus se expressa como coisa finita[136]. Isso quer dizer, portanto, que o homem é um modo de Deus. E não apenas ele, mas todo existente, tudo o que existe como corpo tem uma duração finita. Em suma, Deus é eterno e infinito, não tem início nem fim, mas os modos finitos não podem escapar da geração e da corrupção. Eis que a questão do tempo começa a ficar clara. O tempo, em Espinosa, diz respeito à *Natureza Naturada* e, mais especificamente, aos modos finitos, os seres particulares. Também não existe, no espinosismo, um tempo em si, que corre à parte das coisas. Existe o tempo como duração dos corpos, dos mo-

---

135. Ibid.
136. Não entraremos nesta questão polêmica ("como do infinito procede o finito"). Afinal, trata-se de uma questão complexa, que deve ser discutida mais amplamente em um outro trabalho.

dos finitos, duração dos existentes. Segundo ele, "a duração é a continuação indefinida da existência"[137]. Indefinida não quer dizer eterna, mas indeterminada. Afinal, não se pode determinar o tempo de existência dos seres. Como afirma o filósofo: "eu digo indefinida porque ela não pode jamais ser determinada pela natureza mesma da coisa existente, nem por sua causa eficiente, a qual põe necessariamente a existência da coisa e não a sua destruição"[138].

Se, para Heráclito e para os estoicos, o mundo é eterno e se recria incessantemente, também para Espinosa Deus está continuamente se recriando: eis o que significa *Deus sive Natura* (Deus ou Natureza). A criação é eterna, porque Deus é eterno, e criar nada mais é, como já falamos diversas vezes, do que a expressão da própria natureza divina. Em termos biológicos, pode-se comparar a natureza a um corpo que continua existindo enquanto suas células se renovarem.

Bem, é claro que não é possível entender Espinosa sem levar em conta a sua visão de geômetra. Existe uma lógica bastante profunda em seu pensamento, ou melhor, Espinosa defende uma inteligibilidade absoluta do mundo, não exatamente conferindo à razão um poder infinito, mas fazendo-a coincidir com a lógica do mundo. Porque é necessário que a lógica do mundo, ou a lógica divina, seja também a lógica humana (ou vice-versa). Sem esquecer, é

---

137. Espinosa, *Ética* II, Definições v.
138. Ibid., Explicação.

claro, que Deus é o único que possui a existência como essência de seu próprio ser, ou seja, só Deus existe necessariamente. Deus é o Todo, a substância. De fato, Deleuze está certo em dizer que, mesmo em Espinosa, a univocidade é ainda um problema, porque as coisas se dizem de Deus, mas Deus não se diz das coisas. Em outras palavras, ainda que esteja claro que existe um mesmo ser para tudo o que existe, certas questões ainda parecem obscuras e merecem um outro estudo para serem plenamente compreendidas (por exemplo, se Deus é eterno e infinito e também os seus atributos, de que maneira podem surgir os modos finitos, de onde eles tiram a sua natureza?).

Mas, deixando de lado tais questões que não podemos aprofundar, pois nossa meta é entender o tempo na filosofia de Espinosa, podemos ao menos adiantar uma coisa: para Espinosa, nada é contingente na natureza[139], ou melhor, embora os seres particulares, os existentes, sejam contingentes e corruptíveis (ou seja, eles não têm uma existência necessária e têm uma duração limitada), também eles expressam a natureza divina. É claro que a ética diz respeito ao homem (embora entre os animais exista a mesma lógica dos bons e maus encontros, como veremos a seguir), mas não poderíamos pensar no homem sem entender Deus. Enfim, é preciso compreender que o homem (e, nesse caso,

---

139. Id., *Ética* I, Proposição XXIX.

todo e qualquer ser) não será mais pensado em termos de formas ou funções, mas enquanto relação com os demais existentes, pois tudo o que existe, existe como modo, e está em relação com outros modos. Não existe ser que não se relacione, que não seja afetado ou afete outro ser. Tudo o que existe deve ser pensado em termos de agenciamentos.

Sem dúvida, a questão revela-se cada vez mais complexa, quando levamos em conta o fato de que o homem, também para Espinosa, é constituído de corpo e espírito. Mas apesar de todas as dificuldades que isso pode gerar, não podemos nos deixar enganar facilmente pelas aparências. Esse homem nada tem de parecido com o homem platônico ou o da metafísica tradicional. Só aparentemente o dualismo está presente em Espinosa. Vejamos por quê: o dualismo pressupõe uma distinção qualitativa entre o corpo e o espírito e isso, sem dúvida, encontramos em Espinosa. Mas na tese espinosista do paralelismo psicofísico não há qualquer espécie de dominação ou de submissão de um pelo outro. O que é paixão na alma, é paixão no corpo; o que é paixão no corpo, é paixão na alma.

Sem dúvida, afirmar que "a primeira coisa que constitui o ser atual da alma não é senão a ideia"[140] complica ainda mais as coisas. Mas, se não perdermos de vista o resto do raciocínio, entenderemos que tudo o que existe, existe em

---

140. Id., *Ética* II, Proposição XI.

Deus, tanto como ideia quanto como coisa extensa. Se Deus é pura produção, puro ato criativo, toda ideia em Deus "não é senão a ideia de uma coisa singular existente em ato"[141]. *Não há exatamente uma diferença de natureza*[142] entre eles, já que ambos são expressão de Deus. Não se pode pensar, neste instante, em superioridade de um sobre o outro. Ambos são atributos de Deus, a extensão e o pensamento.

Vejam que o que há de mais essencial em Espinosa é a sua ruptura com a transcendência e com um tipo específico de hierarquização dos existentes[143]. Todas as criaturas estão em Deus e por ele são concebidas. Segundo Deleuze, o Deus imanente de Espinosa modifica a relação do homem com os demais existentes, tornando o problema da existência um problema *ético* e não mais *moral*[144].

Para Deleuze, a questão ética substitui a questão moral. O *bem* e o *mal* em si tornam-se o que é *bom* e o que é *mau* numa existência: "A lei é sempre a instância transcendente que determina a oposição dos valores Bem-Mal, mas o conhecimento é sempre a força imanente que determina a

---

141. Ibid.
142. Ontologicamente falando, não pode haver uma distinção de natureza entre a Substância (que é única e eterna) e as suas infinitas formas de expressão.
143. Se, por um lado, a hierarquia entre os seres será novamente restituída na obra espinosista, por outro, ela não terá mais um cunho moral. A hierarquia estará diretamente relacionada à potência e complexidade dos existentes.
144. Sobre o problema da moral e da ética na filosofia de Espinosa, cf. Deleuze, *Espinosa e os signos*, pp. 25-42.

diferença qualitativa dos modos de existência bom-mau"[145]. O que importa, para Espinosa, é determinar aquilo que é bom ou aquilo que é mau para um existente, ou, mais exatamente, aquilo que aumenta ou diminui seu poder de ação, sua força, sua potência (seu *conatus*). É aqui que entramos na questão da *Ética* III.

Sem dúvida, a questão dos encontros, da relação, é vital para a ética espinosista. Afinal, os corpos estão necessariamente em relação uns com os outros (e também as ideias), estão perpetuamente se agenciando. E não poderia ser diferente, já que tudo o que existe expressa uma mesma natureza, uma mesma substância. É claro que nem todos os agenciamentos serão possíveis (veremos isso mais adiante), mas o que interessa é que a existência será pensada em termos de composições e decomposições. Um corpo se compõe com o meu quando aumenta minha potência de agir, enquanto outro corpo decompõe o meu quando diminui o meu poder de ação. As ideias seguem essa mesma lógica e, assim, as noções de composição e decomposição aplicam-se tanto ao âmbito das ideias quanto ao dos corpos. Os *encontros* determinam a existência. Os bons e maus encontros serão a temática espinosista no campo existencial.

Em outras palavras, todos os corpos se relacionam, uma vez que todo corpo tem o poder de afetar e de ser afe-

---

145. Ibid., p. 35.

tado (como dissemos acima). Nesse caso, existem dois tipos de afecções: as *paixões* e as *ações*. Somos seres apaixonados quando algo que está fora produz, em nós, um afeto, ou seja, quando a causa de um afeto nosso é exterior a nossa "natureza". Ao contrário, *agimos* quando somos a causa de algo exterior a nós. Todo encontro resulta deste poder de afetar e de ser afetado dos existentes. Alguns encontros produzem um aumento de potência dos corpos, enquanto outros produzem uma diminuição da potência de agir dos mesmos.

> Eu entendo por paixão (*affectus*) essas afecções do corpo (*affectiones*) que aumentam ou diminuem, favorecem ou impedem sua potência de agir, e entendo também, ao mesmo tempo, as ideias dessas afecções.[146]

A potência é a própria essência dos seres, é o seu poder de ação. As relações existenciais serão pensadas em termos de composições e decomposições. Como dissemos, quando um corpo se compõe com outro, o seu poder de ação aumenta. Mas nem todos os corpos e ideias se compõem: a morte, por exemplo, é o resultado de um mau encontro de corpos. Isso quer dizer que, para Espinosa, a causa da morte de um ser é sempre exterior a ele, não podendo existir como parte de sua essência. Ou seja, a morte é a negação da vida; ela se opõe à existência, logo deve ser algo exterior a

---
146. Espinosa, *Ética* III, Definição III

ela. Deus é causa de nossa existência e, portanto, não pode ser causa de nossa morte[147]. Daí por que a morte, para Espinosa, é apenas efeito das relações existenciais. "Uma ideia que exclui a existência do nosso corpo não pode existir na nossa alma, mas lhe é contrária"[148].

Vê-se bem que Espinosa não tem, com relação à morte, qualquer postura moral. Ele nem atribui tal finitude a Deus, nem a qualquer castigo, e muito menos acredita ser o tempo o responsável pelo ocaso ou pela gênese das coisas. Se é verdade que o tempo é apenas a duração dos corpos e diz respeito necessariamente aos modos finitos de Deus, nem por isso se deve atribuir a ele um papel ativo. Isso diz respeito à nossa incompreensão da natureza e, como dissemos, à nossa tendência a moralizar o que não entendemos. A substância é eterna e infinita; os modos têm uma existência determinada e finita.

Disso conclui-se que: 1) o que pode destruir nosso corpo não pode existir nele, nem em Deus, enquanto ele tem a ideia do nosso corpo; 2) nem todos os encontros de corpos são bons para a natureza dos mesmos. Daí, o bom encontro estar associado a um aumento de nossa potência, e a liberdade ser pensada como a força de provocar tais encontros. Não viver ao acaso dos encontros, essa também era a questão dos estoicos. Como essência singular, como

---

147. Sobre esse ponto, cf. Espinosa, *Ética* II, explicação da Definição V.
148. Espinosa, *Ética* III, Proposição X.

um grau de potência, o homem deve, dentro de seus próprios limites, procurar provocar encontros que aumentem ao máximo sua potência de agir. O único problema é que não se trata de querer simples. Espinosa é implacável quanto à questão da vontade livre. Para Espinosa, o que é vontade na alma é vontade no corpo; e o que é desejo no corpo é desejo na alma. Não existe o livre-arbítrio, pelo menos não num sentido mais corriqueiro. Sem dúvida nenhuma, aqui também se encontra uma crítica severa à Teologia clássica e à ideia do espírito dominando o corpo. O que está sendo rompido é a ideia de supremacia da alma (pura e divina) sobre o corpo (impuro e pecador). A razão de nosso engano, no entanto, oculta-se na ideia de que somos naturalmente livres, ou seja, vem da consciência[149]. Esta, que apenas sofre os efeitos dos encontros, ou seja, sente alegria quando realiza um bom encontro e tristeza ao deparar com um corpo que enfraquece sua potência, desconhece em profundidade as causas e, por isso, toma efeitos por causas. Eis a conclusão de Espinosa. Além disso, há uma tendência do homem a considerar-se causa primeira dos seus atos, invocando assim o poder sobre seu corpo (e essa seria, para Espinosa, a ilusão dos decretos livres ou livre-arbítrio).

É por essa e por outras razões que Espinosa considera que o homem desconhece não só o que pode seu corpo,

---

149. Esta tese, defendida por Deleuze, encontra-se em *Espinosa e os signos*, pp. 25-31.

mas também toda a problemática das relações existenciais. Isso se deve ao fato dos homens preocuparem-se mais em deplorar as paixões (consideradas vícios da vontade) do que em compreendê-las e explicá-las. Segue daí que nada que se passa com os homens, ou com qualquer outra criatura, pode ser desqualificado ou deixado de lado. Há que se entender que as paixões resultam de leis necessárias da própria natureza divina.

O problema, como dissemos anteriormente, é fundamentalmente ético. Por isso, Espinosa propõe uma Ética da alegria. Produzir alegrias, produzir encontros alegres, fortalecer nossa potência de agir, essa é a proposta de Espinosa, embora ele saiba quão difícil é produzir encontros alegres. Podemos dizer que, para ele, o rancor, o ressentimento e a inveja são resultados diretos das paixões tristes que envenenam a nossa alma, destruindo nosso poder de agir e enfraquecendo nossa vida. Os valores que temos regem a nossa existência. Se não compreendermos isso, pouco faremos para conquistar nossa liberdade e nos tornarmos senhores de nós mesmos. O conhecimento, aliado aos bons encontros, torna o homem livre. Ou talvez seja melhor dizer que a conquista do próprio conhecimento (o fato de formarmos ideias adequadas) é a verdadeira atividade. Somos tão mais livres quanto mais conhecemos o funcionamento de nossa natureza e de todas as coisas que existem. Numa palavra, somos livres quando conhecemos perfeitamente a

Deus. A relação do homem com o todo é essencial na obra de Espinosa. Seria mesmo uma insensatez acusar Espinosa de religioso ou devoto no sentido tradicional do termo, mas também não é menos absurdo considerá-lo um ateu vulgar. Espinosa subverte a religião e dá novos sentidos às crenças mais arraigadas dos homens[150]. Ele deseja libertar o homem, tal como Lucrécio, de suas superstições e das falsas ideias que fazem dele um escravo dos poderes constituídos e de seus próprios medos e ilusões.

VI | Kant e o tempo como forma *a priori* do espírito

É na *Crítica da razão pura* que encontramos a definição kantiana do espaço e do tempo como formas *a priori* da sensibilidade[151]. Isso quer dizer, num sentido bem preciso, que o espaço e o tempo não são – para o filósofo alemão – conceitos empíricos derivados de nossa relação com o mundo. Aliás, eles não são sequer conceitos, mas intuições puras[152], sem as quais não poderíamos ter o conhecimento

---

150. O que chamamos de crenças arraigadas são todas aquelas que atribuem ao homem uma natureza diversa da dos outros seres, bem como uma natureza diversa da do próprio Deus, que não é mais o criador (*ex nihil*) do mundo nem tem vontade livre para mudar os rumos das coisas. Deus é pura potência geradora de vida e nós somos apenas um de seus modos (talvez, o mais complexo, mas, nem por isso, o único a participar da sua natureza).
151. Cf. Kant, *Crítica da razão pura*, "Estética Transcendental".
152. Kant, op. cit., I, I, 1ª Seção: "Do espaço".

das coisas que estão fora de nós ou mesmo de nosso próprio estado interior. Eles são, portanto, propriedades do espírito, existindo independentemente de nossa experiência.

Que isso queira dizer que o tempo e o espaço não existam em si e nem como determinações das próprias coisas é algo que logo de início nos parece bem claro. No entanto, diante dos conflitos insolúveis que a razão terá que enfrentar (as antinomias que envolvem a existência do mundo, de Deus etc.), será preciso entender melhor em que medida as coisas existem e em que medida elas são puras idealidades. Em outras palavras, ainda que, para Kant, o mundo não possa ser conhecido em si mesmo (o que temos dele são apenas representações), nem por isso se pode dizer que nosso conhecimento é totalmente independente do mundo. Pelo contrário, em Kant, vemos uma tentativa de compatibilizar o racionalismo com o empirismo, mostrando que parte do conhecimento que possuímos vem da experiência e parte vem da própria razão. É claro que é fundamental compreender que o sujeito é agora o fundamento de todo o conhecimento (ou, mais precisamente, que a razão é soberana, legisladora, e que o objeto lhe é completamente submisso), mas isso não significa dizer que o mundo não existe ou que não tenha nenhum valor para o conhecimento.

Penetremos mais profundamente na questão. É verdade que Kant não nega que o conhecimento se inicie com o nosso contato com o mundo. Sobre isso, ele diz logo no início da *Crítica da razão pura*: "Não se pode duvidar que todos os nossos conhecimentos começam com a experiência"[153]. Sim... a experiência ativa os nossos sentidos e coloca em ação a nossa faculdade de conhecer. Mas é necessário que tenhamos primeiramente essa "faculdade de conhecer" ou, então, o mundo seria incognoscível. Eis o que ele chama de "revolução copernicana": a descoberta de que o fundamento do conhecimento está na própria razão humana, com suas estruturas transcendentais[154]. Segundo Kant, é no sujeito que se encontram as "formas puras" do conhecimento, o quadro *a priori* no qual todos os objetos nos são dados originariamente, permitindo assim sua representação. A prova disso, para ele, é que nossa razão opera com ideias e princípios (e ele apresenta a geometria como exemplo) que não podem derivar da experiência, existindo – portanto – de modo *a priori* no espírito.

Vejam que é num sentido bem diverso do de Aristóteles ou dos empiristas que ele entende o valor da experiência para o conhecimento. No realismo de Aristóteles, todo o conhecimento é oriundo da sensibilidade, sendo o mundo (e nós mesmos) um misto de matéria e forma. A "forma", ao contrário do que pensa Platão, não habita outra esfera, mas encontra-se "encarnada" nas coisas. A razão, nesse caso, entra em contato com o mundo e abstrai dele o que há de ge-

---
153. Ibid., "Introdução".
154. Ibid., "Prefácio da segunda edição".

ral e universal. É por um processo de abstração, portanto, que se formam os conceitos gerais. Já para os empiristas, o conhecimento é resultado da experiência sensível, mas não se trata exatamente de uma abstração, e sim da capacidade que temos de formar e associar ideias a partir do nosso contato com as coisas.

Para Kant, no entanto, ainda que o conhecimento se inicie na experiência, é necessário que a razão seja, como já dissemos, legisladora. O mundo não é fundamento do saber; ele é a matéria sobre a qual nossas faculdades agirão e à qual darão forma. Afinal, a experiência só nos permite conhecer o que é particular e contingente. Como nos mostra Deleuze[155], o conhecimento sempre tende a ultrapassar o dado sensível, a superar o que nos é imediatamente dado. Hume teria, antes de Kant, chamado a atenção para essa superação, mas, como empirista convicto, jamais pensou em estruturas *a priori* ou em ideias inatas, concluindo que formamos as ideias de "sempre" ou "necessariamente" pela repetição dos acontecimentos. No entanto, nada na experiência nos permite deduzir que tudo será assim eternamente. Dessa forma, Hume introduziu a "crença" como parte do conhecimento, pois é preciso crer que o amanhã será como hoje para afirmar que o sol tornará a nascer. A questão é colocada de modo simples por Hume:

---

155. Deleuze, *A filosofia crítica de Kant*, p. 19.

"se nos apresentassem um objeto qualquer e tivéssemos que nos pronunciar a respeito do efeito que resultará dele, sem conferir observações prévias, de que maneira, pergunto, teria que proceder a mente nessa operação? Teria de inventar ou imaginar algum acontecimento [...]"[156]. Da mesma forma, depois que temos experiência de algo, tendemos a crer na repetição *ad infinitum* das mesmas causas e efeitos.

É claro que Kant, embora não seja um racionalista dogmático, não poderia admitir tal heresia. O conhecimento não é fruto da crença ou da imaginação (ainda que ele confira valor à imaginação na estruturação do conhecimento). Se podemos superar os dados é porque trazemos em nós princípios *a priori* que nos permitem ultrapassar a experiência. O que não é dado na experiência tem origem na própria razão (ainda que ela também opere com deduções e induções). É porque vemos o sol nascer, confirmando nosso conhecimento, que o julgamos legítimo. É óbvio que isso difere das ideias inatas de Descartes, cuja existência devia-se simplesmente a Deus, mas em ambos é preciso que a razão tenha autonomia em relação ao mundo. No caso do filósofo alemão, o sujeito humano é o próprio transcendental no seio da natureza. Mas o que quer dizer isso exatamente? Quer dizer que tudo o que é universal e necessário é da esfera da própria razão. Quer dizer mais ainda,

---

156. David Hume, *Investigação sobre o entendimento humano*, Seção IV.

como afirma Deleuze, que o homem é o senhor de todas as coisas; que é o legislador da natureza. Deleuze chama a atenção para o fato de que, em Kant, inverte-se a ideia original do sábio, que antes era submisso às leis da natureza e que agora é aquele que deve comandá-la[157]. As formas não estão encarnadas nas coisas nem se encontram no outro mundo, obrigando-nos a olhar para o alto e a contemplar o infinito. As formas agora estão no sujeito. É ele quem cria o mundo ou, pelo menos, lhe dá forma. Definitivamente, o homem não é, para Kant, uma *tabula rasa* (como pensam os empiristas).

Mas é importante, desde já, entender a diferença que existe entre o "Idealismo Transcendental" de Kant e os outros Idealismos – como o de Descartes, por exemplo, que o próprio Kant chama de "problemático", já que admite somente como irrefutável a asserção empírica "eu sou"; ou o de Berkeley, que ele chama de "dogmático", porque chega a negar a existência do mundo ou do espaço em si, "chamando de vãs quimeras as coisas que nele se produzem"[158]. Para Kant, a negação do mundo ou, mais ainda, do espaço se dá porque se entende o espaço como sendo uma propriedade das coisas ou existindo por si, o que é realmente impossível de ser provado. Como forma da razão, no entanto, ele tem plena existência.

---

157. Deleuze, op. cit., p. 22.
158. Kant, op. cit., II, cap. II, 3ª Seção, III, "Refutação do idealismo".

Em outras palavras, como dissemos, o mundo existe para Kant. Mas nem tudo o que conhecemos tem sua origem nele. E, mais ainda: o mundo só é conhecido por nós através de nossas estruturas de conhecimento; logo, o que ele é para lá de nossas representações, não é coisa que possamos saber. É a partir da nossa sensibilidade que entramos em contato com o mundo (sendo a sensibilidade a "capacidade" que temos de ser afetados pelos objetos que estão fora do nosso espírito[159]). A sensibilidade fornece as intuições sensíveis, que são a forma pela qual apreendemos de imediato os objetos externos. Mas a intuição sensível não é o ato de captar o objeto em si (como será em Bergson). O que conhecemos são sempre os fenômenos. E por fenômeno se entende o indeterminado da intuição. Nele, distingue-se a matéria (que corresponde à sensação, aos dados sensoriais) e a forma, que ordena a matéria. Mas as formas ordenadoras não são apenas as da sensibilidade (o espaço e o tempo). Para que a síntese seja completa será preciso que as formas do entendimento, os conceitos puros, unifiquem os dados e deem a forma final do objeto. Fora disso, nada pode ser conhecido.

Em suma, conhecer nada mais é do que "dar forma" ao mundo, ordenar as impressões sensíveis. Pode-se dizer que as sensações do mundo são a matéria do fenômeno,

---

159. Ibid., "Estética Transcendental".

enquanto as estruturas *a priori* do sujeito são as formas. O conhecimento se dá quando o misto se completa. Mas a sensibilidade é apenas o início do conhecimento (é só o começo da atividade, embora a sensibilidade seja basicamente receptiva). Sem as faculdades do entendimento, da razão e também da imaginação, não haveria saber. Longe de ser um ato passivo, o conhecimento é, pois, uma atividade complexa do espírito.

> Dou o nome de matéria ao que no fenômeno corresponde à sensação; ao que, porém, possibilita que o diverso do fenômeno possa ser ordenado segundo determinadas relações, dou o nome de forma do fenômeno.[160]

Sem dúvida, Kant critica tanto o realismo de Aristóteles (que defende que as coisas são tais como nós as concebemos) quanto o empirismo de Locke e Hume (que faz a razão depender apenas do mundo, condenando qualquer apriorismo). Na verdade, é inegável que o Idealismo retira do mundo o seu caráter de objetividade – ou, visto sob outro ângulo, ele nega ao homem a possibilidade de conhecer as coisas tais como elas são. Que isso descambe para algo como "o mundo não importa" ou "o mundo não existe para nós", é algo fácil de entender. Afinal, Kant termina por abrir uma nova perspectiva para o pensamento,

---
160. Ibid.

ou melhor, ele introduz um certo caráter de relatividade no conhecimento (algo que, aliás, influenciará todo o saber posterior). É claro que o próprio Kant jamais aceitaria tal crítica. Sua intenção é exatamente a contrária. Ele quer acabar com as querelas na filosofia, que – para ele – são o resultado de uma "má inteligência" que põe a razão em desacordo com ela mesma. Não se trata de um "assim é se lhe parece", de um perspectivismo. O conhecimento humano é absoluto e não relativo, uma vez que as estruturas transcendentais estão em todos os sujeitos. O conhecimento é, pois, um fenômeno humano e só diz respeito ao próprio homem.

Pois bem, para entendermos o que é o tempo em Kant, precisamos compreender primeiro o seu próprio conceito de *a priori*. Num sentido bem estrito, ele abrange, na filosofia kantiana, tudo aquilo que é "independente da experiência", ou seja, o que é inerente ao espírito e, portanto, deve emergir com ele. Isso também confere ao *a priori* uma anterioridade com relação à experiência. A diferença básica, portanto, entre conhecimento *a priori* e *a posteriori* (ou empírico) é que o segundo é resultado da experiência e, mais exatamente, da indução, enquanto o primeiro já existe em nós. Como dissemos antes, o *a priori* é todo o conhecimento universal e necessário. Tanto a física quanto a matemática (e também a metafísica) possuem, para Kant, esses dois tipos de conhecimento.

Daqui por diante, entenderemos por conhecimento *a priori* não aqueles que são independentes desta ou daquela experiência, mas os que não dependem absolutamente de experiência alguma. Eles se opõem aos conhecimentos empíricos, isto é, àqueles que só são possíveis mediante a experiência.[161]

É claro que a questão do apriorismo é absolutamente suspeita para o empirismo (para não dizer fantasiosa). E se, para os empiristas, também não se trata de uma questão de correspondência exata entre o sujeito e o objeto, nem por isso é possível crer que as ideias existam por si e necessariamente. O que percebemos, na verdade, é que Kant reverte o platonismo, eliminando a transcendência das Ideias. Mas, ao invés de se aproximar da imanência dos empiristas, ele produz o conceito de "transcendental"[162] e, assim, coloca no seio da natureza algo totalmente estranho a ela. As "formas" continuam, em certa medida, existindo por si mesmas, só que agora elas estão no interior do próprio homem. De certa maneira, não é o homem que legisla (não por um ato de vontade livre), e sim as ideias que o constituem. O homem legisla sobre o mundo, mas continua não sendo livre. Ele de-

---

161. Ibid., "Introdução", I (Da diferença entre o conhecimento puro e o conhecimento empírico).
162. Este conceito não foi criado por Kant. Ele chegou a ser usado, por alguns autores, como sinônimo de "transcendente". No Idealismo, no entanto, ele adquire um sentido bem particular.

ve obediência a si mesmo, aos princípios eternos que traz em si. O imperativo categórico é a obediência máxima à Lei, só que agora a Lei é o próprio homem, a própria razão. Deus foi interiorizado (ou, como diz Nietzsche, foi "morto").

Sem dúvida, não é incorreto dizer que Kant desferiu golpes profundos na metafísica tradicional. Mas esses golpes não tinham a finalidade de destruir a metafísica. Pelo contrário, sua intenção era torná-la ainda mais forte e sem contradições. Como diz o próprio Kant, no prefácio da segunda edição (de 1787) da *Crítica da razão pura*, o seu ensaio pretende dar à metafísica "a marcha segura de uma ciência". Num certo sentido, Deus torna-se uma Ideia pura da razão, inatingível pelos sentidos, mas continua sendo – e agora ainda com mais força – o princípio da moral e dos costumes.

Sabemos que o empirismo nega a possibilidade de qualquer proposição *a priori* e foi isso que, segundo Kant, levou Hume a afirmar que a metafísica é "uma mera ilusão". Mas, para Kant, essa conclusão destrói a possibilidade de uma filosofia pura[163] (tal como existe, para ele, uma matemática pura e também uma física). Eis por que Kant deseja provar, em sua *Crítica da razão pura*, a possibilidade de tais conhecimentos e, assim, superar definitivamente essas discordâncias dentro da própria filosofia. É por isso que ele

---

163. Ibid., "Prefácio da segunda edição".

dedica boa parte da *Crítica* a demonstrar, sobretudo, a existência das proposições ou juízos sintéticos *a priori* – que, diferentemente dos analíticos (que são sempre tautológicos) e dos sintéticos (que dependem da experiência), são confirmados pelo mundo, embora devam existir previamente em nosso intelecto (como exemplo: "toda mudança na natureza tem uma causa" ou "a distância mais curta entre dois pontos é uma linha reta").

É claro que podemos concluir, a partir de tais considerações, que o tempo não é real, mas uma idealidade (já que se trata de uma "forma pura"). Ele não é uma ideia nem um conceito do entendimento. Ele é uma "intuição pura", como dissemos no início. Mas o que isso quer dizer exatamente? Quer dizer que, diferentemente das intuições sensíveis ou empíricas, que nos fornecem os objetos a partir da sensibilidade ("chama-se empírica toda intuição que se relaciona com o objeto por meio da sensação"[164]), a intuição pura não só é independente da experiência, mas também a antecede, porque é necessário que a representação do tempo (e também a do espaço) preexista ao nosso contato com o mundo, como condição de possibilidade do próprio conhecimento sensível. Sem o tempo e o espaço, não seria possível a síntese (ou a "expressão comum") do diverso, isto é, não seria possível a representação do mundo. Em ou-

---

164. Ibid., "Estética transcendental".

tras palavras, não há vestígio algum do mundo exterior ou de nosso contato com ele nas intuições puras do espaço e do tempo. Chamam-se "puras" exatamente por isso. Trata-se de uma forma transcendental (não empírica, *a priori* e necessária).

Enfim, é na "Estética Transcendental"[165] que encontramos a definição do tempo e do espaço como "formas *a priori* da sensibilidade", formas essas que não devem nada aos órgãos dos sentidos e que pertencem, por assim dizer, à nossa faculdade interior de conhecer. O espaço, como a forma do sentido externo, é aquela que nos permite conhecer tudo o que está fora de nós. "Para que possamos representar as coisas como de fora e ao lado umas das outras, e, por conseguinte, como não sendo somente diferentes, mas colocadas em lugares diferentes, deve existir já em princípio a representação do espaço"[166]. Já o tempo, como a forma do sentido interno, é – sem dúvida – a mais fundamental das intuições, pois é ela que nos permite conhecer não apenas as coisas que estão fora de nós, mas também o nosso próprio estado interior. Mesmo o espaço não poderia ser intuído sem a representação do tempo, pois ela é a base de toda

---

165. A Estética Transcendental estuda as formas puras da sensibilidade. É claro que a ideia em si já é contraditória, já que "estética" vem do grego *aesthesis*, que significa "teoria do sensível", enquanto "transcendental" (como é usado por Kant) quer dizer o que não é sensível, ou seja, aquilo que é *a priori*, que independe do sensível. Em outras palavras, a Estética Transcendental estuda a parte não sensível do sensível.

166. Kant, op. cit., I, I, 1ª Seção: "Do espaço".

a atividade espiritual. Kant diz: "O tempo é a condição formal *a priori* de todos os fenômenos em geral"[167].

Sem o tempo, portanto, não é possível conhecer nada, nem o que está fora do espírito nem o que está no espírito. Por isso, ele deve existir previamente, como condição e não como ideia formada a partir do mundo. Afinal, "nem a simultaneidade e nem a sucessão surgiriam na percepção se a representação do tempo não fosse o seu fundamento *a priori*"[168]. É preciso que já exista, por assim dizer, uma "ideia" de tempo, uma ideia de linearidade para que tomemos as coisas como numa sucessão. Mas o tempo não passa fora de nós nem mesmo em nós. O que passam são as coisas.

Recapitulando: o espaço, como a forma do sentido externo, e o tempo, como a forma do sentido interno, são responsáveis pela intuição imediata dos objetos. Mas, o tempo – mais ainda do que o espaço – é a verdadeira condição de todos os fenômenos. Afinal, o tempo, estando na base de todas as representações, preside toda a atividade do espírito. Embora haja uma aparente contradição entre o tempo apresentado na "Estética" e o que vemos na "Analítica", é importante frisar que o tempo não tem, para Kant, nenhuma realidade sensível, nem em si mesmo nem como determinação das coisas. Ele não é um objeto à parte da razão.

---

167. Ibid., I, I, 2ª Seção: "Do tempo".
168. Ibid.

> O tempo não é algo que exista em si ou que seja inerente às coisas como uma determinação objetiva e que, por conseguinte, subsista, quando se abstrai todas as condições subjetivas da intuição das coisas. Com efeito, no primeiro caso, seria algo que existiria realmente, mesmo sem objeto real. No segundo caso, se fosse determinação ou ordem inerente às coisas, não poderia preceder os objetos como sua condição, nem ser conhecido e intuído *a priori* mediante proposições sintéticas.[169]

Sua existência, como forma transcendental, diz respeito apenas ao homem, tendo um caráter subjetivo (embora não se deva entender por isso algo pessoal, individual, mas uma forma universal que está presente em todos os sujeitos empíricos). Ele não é certamente a *distentio animi* de Agostinho, com seu inegável caráter psicológico, mas não deixa de ser um produto de nossas faculdades mentais. E, ainda que Kant o apresente, na "Estética", como uma forma dada, na "Analítica" ele aparece como construído pela atividade do espírito – mais exatamente pela ação da imaginação. Se existe aí uma contradição ou se Kant resolve bem essa questão é algo que exigiria, para sua definição, um estudo mais aprofundado, mas é evidente que a *Crítica da razão pura* tem algumas passagens bastante obscuras. O certo, porém, é que o próprio Kant (na primeira edição da *Crítica*) coloca

---

169. Ibid., I, I, 2ª Seção, 6.

a imaginação transcendental como a fonte oculta de onde nascem a intuição e o pensamento, como nos mostra Heidegger[170]. Vejamos o que o próprio Kant diz:

> Observo que os fenômenos se sucedem uns aos outros, quer dizer, que certo estado de coisas se dá em um momento, enquanto que o contrário existia no estado anterior. Eu reúno, pois, propriamente falando, duas percepções no tempo. Mas esta ligação não é obra só do sentido nem da intuição, mas produto de uma faculdade sintética da imaginação que determina o sentido interno relativamente às relações de tempo. É esta faculdade que une entre si os dois estados, de tal sorte que um ou outro precedeu no tempo, porque o tempo em si não pode ser percebido, e só por relação com ele se pode determinar no objeto o que precede e o que segue, e isto empiricamente. Tenho, pois, consciência somente de que minha imaginação põe a um antes e a outro depois, e não de que no objeto um estado precede ao outro.[171]

Em suma, o tempo não existe em si, mas é ainda mais importante do que se existisse, pois ele diz respeito a toda a vida interior do espírito e ao próprio funcionamento da razão – pois, como sabemos (no final das contas), o ser é aquilo que "aparece" para nós, o que é representado, o que se

---

170. Cf. Heidegger, *Kant et le problème de la métaphysique*.
171. Kant, op. cit., "Analítica transcendental", II, cap. II, 3ª Seção.

mostra através do fenômeno. O mundo não é negado por Kant, mas também não é conhecido em si; portanto, o tempo diz respeito ao mundo que "percebemos" e, assim, diz respeito fundamentalmente à nossa consciência. Kant teria, no fundo, ficado prisioneiro do *cogito* cartesiano, mesmo tentando fugir dele. De nossa parte, julgamos que também Heidegger ficou prisioneiro da mesma ideia de que o ser é o pensamento (ou, então, como entender que, para ele, o homem é o único ser propriamente dito?).

Está claro, para nós, antes de qualquer coisa, que, sendo o conhecimento um fenômeno humano – e sendo o próprio tempo não a condição das coisas e do mundo, mas do próprio conhecimento –, o sujeito e o tempo são inseparáveis. Isso, na verdade, parece anteceder as reflexões de Heidegger sobre o ser e o tempo, embora ele tenha chegado a uma posição diferente, mas não totalmente independente da de Kant (como veremos num outro capítulo). Mesmo Guyau, que veremos a seguir, parte de Kant e também entende o tempo como fundamental para o homem, embora não vá pensá-lo como uma forma *a priori* e transcendental.

É evidente que Kant produz uma nova concepção do tempo, abrindo uma perspectiva subjetivista e, de certo modo, relativista. Mas, na verdade, com o Idealismo Transcendental, toda a perspectiva do conhecimento se transforma. O mundo lá fora nos é agora submisso e o conhecimento já não é mais um ato passivo que consiste em apreender o que o mundo nos oferece. O distanciamento entre o homem e o mundo (ou a natureza) atinge seu grau máximo (um distanciamento que já havia começado com Descartes e com a sua torpe concepção das "máquinas sem alma").

A filosofia, com Kant, se afasta da ontologia e, segundo pensamos, se aproxima cada vez mais de uma "psicologia". Se, na Grécia, Parmênides já representava a primeira ruptura com os pré-socráticos (que buscavam o conhecimento do mundo material, do qual nós somos parte), criando a ideia suspeita de um ser imóvel e absoluto; e se Sócrates e Platão deslocaram ainda mais as questões do âmbito de uma física para uma moral; em Kant (e, antes, no próprio Descartes) o racionalismo vai lançando as bases de um saber que vai chegar ao extremo de ignorar o mundo enquanto tal. E nem estamos falando aqui de Berkeley, mas do próprio Heidegger, que, com a sua filosofia do *Dasein*, revela seu desprezo e desinteresse por tudo o que não é o *Dasein* (de fato, ele não nega o mundo; ao contrário, ele tenta defender uma ontologia autêntica contra uma metafísica ilusória, mas o mundo não tem o mesmo estatuto do homem e também o tempo só diz respeito ao *Dasein*).

Para nós, essa contínua insistência em ignorar o mundo só mostra a cisão do homem e sua perda de referências. Do ponto de vista da etologia, diríamos que o homem perdeu seus instintos básicos (transformando-se, como diz Nietzsche, naquele animal plangente e ridente[172], em poucas palavras, num animal doente). Mas também poderíamos dizer que o homem perdeu completamente a percepção de que faz parte do mundo (e não o mundo parte dele, por mais "divino" que ele se julgue). Quanto mais o homem se afasta do mundo, mais frio e gélido o conhecimento vai se tornando. Mais uma vez, é Nietzsche quem tem razão: a alma congela quando toca nessas frias abstrações[173].

Sem dúvida, quando mergulhamos na *Crítica da razão pura*, percebemos – como afirma Deleuze – que nunca houve uma crítica no sentido mais profundo do termo, uma crítica dos conceitos, dos valores, tal como encontramos em Nietzsche[174]. O que houve, no pensamento kantiano, foi uma tentativa de estabelecer definitivamente as regras (ainda mais rígidas) do conhecimento racional. A verdadeira crítica da razão, efetuada pela própria razão, será feita apenas por Nietzsche. Como afirma Deleuze, sobre a filosofia dos valores levada a cabo pelo filósofo alemão, trata-se da "verdadeira realização da crítica, a única maneira de realizar a crítica total, isto é, de fazer a filosofia a *marteladas*"[175].

---

172. Nietzsche, *A gaia ciência*, aforismo 224.
173. Id., *A filosofia na idade trágica dos gregos*, 9
174. Deleuze, *Nietzsche e a filosofia*, p. 1.
175. Ibid.

VII | Guyau e a gênese da ideia de tempo

Estimado por Nietzsche e Bergson (embora seu pensamento tenha caído no esquecimento nos últimos oitenta anos), o filósofo e poeta Jean-Marie Guyau produziu um belo e original estudo sobre o tempo. Mesmo tendo vivido apenas 33 anos (1854-1888), Guyau deixou obras de grande valor, trazendo reflexões originais no domínio da moral, do direito, da arte e até mesmo da ecologia. Um "filósofo da vida": assim ele foi conhecido, pois – como Nietzsche – nutria uma paixão profunda pela existência. Sua obra *A gênese da ideia de tempo*, publicada postumamente, contou com a ajuda de Bergson para ser editada, e – certamente – exerceu grande influência sobre o pensador da "energia espiritual" e da "evolução criadora" (ainda que os dois filósofos tenham chegado a posições bem distintas).

Sua análise do tempo é, segundo pensamos, de importância capital, não apenas pelo fato de ele mostrar sua dimensão "demasiado humana" (como uma ideia derivada da relação do homem com o mundo e consigo mesmo), mas pela forma como ele vai "desfiando" esse verdadeiro tecido que é a alma – toda ela feita de vestígios do mundo, rastros, lembranças, impressões, sonhos, aspirações... É preciso ser um poeta para atingir tal profundidade! Ou um filósofo-artista, como diria Nietzsche. Seja lá como for, o mais essencial em Guyau é a maneira como ele consegue produzir, sobre o tempo, um pensamento claro, belo e livre de todo teor metafísico.

Pois bem, para começar, Guyau se opõe a Kant de um modo contundente. O tempo, para ele, não é uma "forma *a priori*", ou seja, não é anterior nem existe independente do nosso contato com o mundo. Ele não é a "forma" do sentido interno, aquilo que existe necessariamente de modo prévio, como condição do próprio conhecimento das coisas. Não existem estruturas transcendentais, não existe um *a priori*, toda "estrutura" é moldada na experiência com o mundo. O tempo, diferentemente do que pensa Kant, não é uma "forma" ou uma "intuição pura", mas uma ideia que se constitui *a posteriori*, depois de nosso contato com o mundo sensível. É verdade que, como Kant, ele não acredita na existência de um tempo em si, que corre incessantemente. Para Guyau, tal como era para Agostinho (embora de um modo ainda mais radical), não existe um tempo físico, real, mas apenas o devir, o movimento incessante dos corpos e do próprio mundo.

Mas vejamos essa questão mais de perto. Para Guyau, nossa percepção apreende, de início, a mudança, o movimento, mas essa percepção é ainda confusa e múltipla. É o que ele chama de "período de confusão primitiva"[176], no qual todas as imagens que temos do mundo apresentam-se

---

176. Cf. Jean-Marie Guyau, *La genèse de l'idée de temps*, cap. I.

misturadas (esse é o caso, como diz Guyau, das crianças, dos animais e dos povos primitivos que não possuem as três dimensões do tempo bem definidas). Como ele próprio diz: "o animal e a criança, na falta de meios de medida, vivem *um dia de cada vez*"[177].

Pois bem, "resultado de uma longa evolução"[178], a ideia do tempo se forma em nosso espírito a partir do espaço e, mais propriamente, do movimento e da mudança de estados que se efetuam nas coisas e em nós mesmos. É necessariamente uma ideia derivada e não primordial. Para ele, ainda que tenhamos a sensação de que as coisas se sucedem naturalmente (como numa linha reta) em nossa vida e no mundo, isso é – na verdade – efeito de um longo período de formação. Que sua perspectiva seja evolucionista, disso não temos dúvida, mas é de um modo muito particular que ele retoma a ideia de evolução (que, para ele, explica de uma maneira não metafísica as diferenças claras que existem entre os homens e os outros seres, ou entre os próprios homens)[179].

---

177. Ibid., p. 7.
178. Ibid., p. 5.
179. O evolucionismo de Darwin teve, sem dúvida, grande influência sobre muitos pensadores. No entanto, o termo "evolução" foi, em geral, tomado numa acepção diferente da que Darwin propôs, sendo considerado equivocadamente como um progresso linear que leva ao aparecimento do homem, o "ápice da criação". Sobre esse ponto Stephen Jay Gould faz uma excelente análise em seu livro *Lance de dados*, onde mostra que Darwin enxergava diversas linhas evolutivas e entendia a "evolução" como mudança, como um devir perpétuo das espécies. De fato, Guyau não consegue escapar de certas ideias como a de "supe-

Para começar, a nossa própria língua, de origem indo-europeia, faz uma distinção clara entre presente, passado e futuro a partir de verbos, o que nos obriga, desde pequenos, a organizar as ideias a partir desse modelo. Isso não se dá com todas as línguas, e – para Guyau – representa uma certa complexidade e um refinamento na comunicação. "Dizemos" o tempo, como diria Agostinho, e isso dá a ele uma inteligibilidade. No entanto, repetimos que o fato dele existir apenas de um modo interior e subjetivo não faz dele uma "forma *a priori*", uma intuição necessária ou um incondicional. É quando a consciência liga os fatos vividos, quando costura os múltiplos acontecimentos de nossa existência (que, de outro modo, estariam perdidos para sempre no devir do mundo) que formamos uma ideia de continuidade. O tempo, dito ainda de um modo bem incipiente, é essa "linha reta", esse ordenador. Não existe, fora de nós, um *continuum* absoluto. Mesmo sendo o movimento algo incessante, não existe uma direção única para os corpos e menos ainda para os acontecimentos, que sempre aparecem complicados e imbricados em mil outros acontecimentos. No espaço, as coisas se dão simultaneamente; no tempo, elas se dão linearmente.

---

rior" e "inferior" (seja na relação dos homens com os animais, seja entre culturas diversas), mas é em termos de complexidade que ele procura entender as diferenças e não por um princípio metafísico e religioso. Que, no fundo, isso não passa de uma fundamentação biológica do princípio metafísico da superioridade humana, não temos dúvida, mas não acreditamos que tenha sido essa a finalidade de Guyau. E não era certamente a de Darwin, segundo Jay Gould.

O tempo só será constituído quando os objetos estiverem dispostos sobre uma linha, de tal modo que só haverá uma dimensão, o comprimento. Mas, primitivamente, não acontece assim: esta longa linha que parte do nosso passado para se perder no futuro longínquo ainda não foi traçada.[180]

No caso, é a consciência que reconstitui, em nós, a lembrança do passado ou, melhor dizendo, gera a própria memória de um passado (que não existe senão como vestígio do mundo em nosso espírito). O hábito, afirma o filósofo francês, é um desses ordenadores e ajuda, por si só, a produzir a ideia de constância e de continuidade ("O hábito já basta, por si só, para criar uma certa ordem: poderíamos dizer, talvez, que toda a sensação de desordem provém da falta de costume"[181]). O tempo, se ele existe fora de nós, diz Guyau, não passa de um brevíssimo instante, que nasce e morre rapidamente, apagando tudo o que já não é mais "presente". Ou seja, no mundo, ele não é nada além do próprio devir (como já dissemos) e, assim, não é possível que esse presente ínfimo e transitório possa gerar em nós a ideia de linearidade e de continuidade. A vida, no fundo, prescinde dessa refinada noção de tempo para se mover, para se pôr em ação. Apenas o homem sente necessidade dela pa-

---
180. Jean-Marie Guyau, op. cit., p. 8.
181. Ibid., p. 41.

ra se organizar melhor no espaço, pois assim ele domina (ou tenta dominar, até onde é possível) o caos da existência. É nosso desejo de permanência, aliado à nossa capacidade de projetar, que faz nascer em nós a ideia de futuro, de porvir.

Em suma, indo ao âmago da questão, o que existe, para Guyau, é o devir. O tempo em si nada mais é do que a sensação que temos de nossa própria duração, a memória de nossos próprios movimentos no mundo. É nesse ponto que, certamente, sua leitura influenciou Bergson (que, no entanto, admitirá a existência de um tempo em si, como "a duração maior" que abarca todas as demais). A questão da formação de uma "linha reta" ou, propriamente, da ideia do tempo, leva exatamente à questão da duração interna de nosso ser. Se Agostinho fala duma *distentio animi* (tanto quanto Plotino fala de uma vida ou um tempo da alma), única forma da alma não se perder no caos do mundo, Guyau fala da duração como um fio ou uma linha de vida num oceano turbulento de seres imóveis e brutos.

No que tange à parte psicológica de nossas vivências e de nossa percepção geral do mundo, Guyau abre um caminho antes inexplorado. Ele mostra que, apesar de uma certa continuidade do espírito, tal continuidade e linearidade coexistem com a multiplicidade de sentimentos, sensações, volições.

> Com efeito, não há estado de consciência verdadeiramente simples e bem delimitado. A multiplicidade está no fundo da consciência, sobretudo da consciência espontânea. Uma sensação é uma mistura de mil elementos.[182]

Isso quer dizer que, mesmo quando exprimo uma única sensação, tal sensação é múltipla. Afinal, somos tomados o tempo inteiro por sensações, as quais muitas vezes verbalizamos com uma ou poucas palavras. No entanto, nosso espírito as vivencia em sua multiplicidade e as ordena de um modo inteligível.

> Nesse momento, estou com dor de dentes, sinto frio nos pés, tenho fome – eis aí sensações dolorosas. Ao mesmo tempo, o sol brinca com meus olhos, eu respiro o ar fresco da manhã e penso em ir fazer meu desjejum – eis aí sensações ou imagens agradáveis.[183]

Todas essas sensações se apresentam ao mesmo tempo ao meu espírito e em meu corpo: eis a riqueza da vida interior. Porém, o tempo só aparece quando – de algum modo – elas se distinguem em nós, quando elas se alinham (ou, pelo menos, quando percebemos as mudanças de estado, as alterações, as nuanças). Trata-se de uma multiplicidade que

---
182. Ibid., p. 18.
183. Iibd., p. 18.

se ordena numa unidade – a própria duração –, essa linha reta. Também o mundo é multiplicidade pura (milhares de acontecimentos estão se dando ao mesmo tempo), mas tendemos a estabelecê-los segundo uma ordem de sucessão, cujo ponto fixo somos nós mesmos e nossa percepção.

Como diz Guyau, o tempo está associado à percepção das diferenças. Ele diz que nos sonhos, por exemplo, perdemos a noção de duração exatamente porque a metamorfose das imagens é incessante e, assim, não temos contrastes muito nítidos que nos permitam perceber as mudanças. Sem mudança não há tempo... Mas, nesse caso, não é no mesmo sentido de Aristóteles que Guyau está falando. Em Aristóteles, como já vimos, a mudança está ligada ao movimento das coisas, mas Guyau (ainda que se possa alegar que tudo o que está no espírito tem sua origem no mundo) está tratando da mudança interna. Não existe duração se não há uma certa variedade de efeitos[184]. Ou melhor, não existe a sensação de sucessão se não há diferença de estado ou se existe apenas uma massa homogênea de imagens.

Antes de prosseguirmos, porém, na análise do tempo como sucessão interna, como uma linha reta formada no interior do próprio ser (ou, mais exatamente, na consciência humana), voltemos um pouco à relação inicial entre o tempo e o espaço. Vemos que, para Guyau, a representação do

---
184. Ibid., p. 20.

espaço é anterior à do tempo. Na verdade, é a partir do espaço que construímos a ideia do tempo. Isso é tão inquestionável, para Guyau, que ele nos pede para formar a ideia de espaço e depois a do tempo. A primeira, diz ele, é simples de formar. Mas, quanto ao tempo, não conseguimos formar uma imagem que não seja espacial. Mesmo quando pensamos a sucessão, é sempre a partir de imagens que trazemos em nós (mas elas próprias são, em geral, rastros, vestígios de nossas representações do mundo, ou seja, daquilo que existe no espaço).

Ao contrário do que pensa Kant, o tempo não existe *a priori*, como uma lei necessária da representação. Ele se forma a partir do contato que temos com o mundo. Para o filósofo alemão, como sabemos, o tempo não é um conceito empírico, mas uma intuição necessária. Ele é anterior ao nosso contato com as coisas; é a própria condição de possibilidade do conhecimento. No entanto, no parecer do filósofo Alfred Fouillée (primo e padrasto de Guyau[185]), há em Kant uma refutação de sua própria tese. Vejamos como isso se dá para Fouillée:

> Uma intuição pura é coisa impossível no próprio sistema de Kant. Com efeito, é um princípio para Kant que "uma intuição só pode ter lugar quando um objeto nos

---

185. Fouillée, em sua introdução a *La genèse de l'idée de temps*, fundamenta a tese de Guyau sobre o tempo, contrapondo-a à de Kant.

é dado" e isso só é possível, acrescenta ele, quando o objeto "afeta o espírito de uma certa maneira". Ora, "a capacidade de receber os objetos pela maneira como eles nos afetam chama-se Sensibilidade". É, portanto, "por meio da sensibilidade que os objetos nos são dados e só ela nos fornece as intuições". Como, então, poderíamos ter uma intuição de um objeto chamado tempo, que não é um objeto real e que não pode, enquanto tal, afetar nossa sensibilidade, nem nos dar por si só uma sensação? Kant refuta, assim, a si próprio.[186]

Não há dúvida de que o conceito de *a priori* é altamente problemático, e sobre esse tema há uma vasta literatura. É claro que Kant golpeia a metafísica em muitos pontos, mas – no fundo – não consegue escapar dela com seus "apriorismos" ou com suas "estruturas transcendentais". É verdade, no entanto, que o tempo é uma representação necessária (mesmo para Fouillée), mas – nesse caso – "necessária" tem um sentido restrito e, até certo ponto, irônico. Explicando melhor: a representação do tempo é necessária "para as representações complexas de sucessão, o que equivale a dizer que é necessário representar o tempo para representá-lo"[187]. Um animal, diz ele, não depende da representação do tempo para sentir os dentes de seu pre-

---
186. Alfred Fouillée, *La genèse de l'idée de temps*, p. XXII.
187. Ibid., pp. XV-XVI.

dador (ou para saber que está na hora de comer). O fato de nossas sensações serem irredutíveis não significa que existam coisas *a priori*. Tudo o que trazemos em nós precisa necessariamente ter sido experimentado para ser conhecido. Ora, nós não experimentamos o tempo em si, mas experimentamos o movimento das coisas e a mudança de nossos próprios estados. É assim, portanto, que elaboramos a tal "forma do sentido interno".

Mas voltando ao tempo propriamente dito, ou à ideia de sucessão que se forma em nosso espírito, Guyau quer mostrar como do período de confusão primitiva emerge a ideia complexa do tempo (certamente, a mais importante de todas as ideias humanas). Sim... não importa, nesse caso, se o tempo existe em si ou não; ele é essencial para o homem, embora seja posterior à percepção do espaço. Para Guyau, na ordem da evolução (seja do animal ao homem, da criança ao adulto ou das próprias línguas), o sentido do espaço é anterior ao do tempo. E não é apenas anterior; é mais consistente. Para provar isso, ele nos convida a imaginar o tempo, tal como fazemos facilmente com o espaço; então, percebemos que não conseguimos representá-lo a não ser como uma fileira de imagens espaciais[188]. Em outras palavras, a ideia do espaço é intuitiva, a do tempo é uma elaboração, um refinamento.

---

188. Ibid., p. 11.

Também a ideia do número é construída em nós logo depois desse primeiro momento de percepção das diferenças e das semelhanças. Aliás, para Guyau, o número aparece como efeito dessa dualidade. Explicando melhor: o que ele chama de "discriminação" das diferenças, que se inicia primeiramente com a percepção das sensações contrárias (prazer e dor), vai se refinando até chegar a elaborar uma sequência de fatos e lembranças. Não se pode falar em tempo sem sequência, sem o sentimento de continuidade. Isso quer dizer que o tempo ainda não é necessário naquilo que ele chama de "período de confusão primitiva", no qual todas as coisas coexistem num mesmo plano, sem "dimensões precisas".

Indo um pouco mais adiante, fica claro que a ideia do tempo é uma elaboração refinada do espírito humano. Vejamos bem: Guyau não nega que as coisas mudem. Ao contrário, é porque elas mudam que o tempo existe. O que ele nega é que o tempo preexista ao mundo, seja como um relógio abstrato e implacável que conta as horas que nos restam, seja como um "quadro" interno onde nossas percepções se organizem. Ele é efeito do nosso contato com o mundo, como dissemos diversas vezes ao longo deste capítulo. Guyau deixa claro que "a vida é uma evolução lenta" e que, se não fossem essas variações, não haveria tempo. Mas ele acrescenta outro elemento para que a ideia de tempo se complete no espírito (além da percepção das diferenças e semelhanças, e da ideia de número): é a intensidade (ou o grau) com que sentimos as coisas que também varia com as sensações e com os momentos vividos. A percepção desses graus (mais fome, menos dor, mais prazer...) também ajuda a nos tornar sensíveis à ideia de sucessão, exatamente pela alternância de estados que se faz presente.

Enfim, poderíamos seguir passo a passo todo o processo de formação da ideia de tempo, mas julgamos que isso deveria ser feito num trabalho à parte, exatamente pelo grau de riqueza das reflexões de Guyau (seja pela sua definição de duração como fenômeno interior, criativo e criador, ou mesmo pela sua delicada e profunda visão de que "o tempo produz o pesar"). Afinal, não se trata – para ele – apenas de dizer que o tempo é uma ideia, sem referência no mundo. Trata-se, sobretudo, de mostrar como o próprio espírito humano funciona, a forma como ele representa as coisas, como conhece o mundo e como o retém e o elabora a partir da consciência e da memória. De fato, é um tema fascinante, mas com o qual não podemos nos deter agora, já que isso nos desviaria de nosso principal intuito. Afinal, já sabemos que o tempo é uma ideia que se forma a partir do espaço e da percepção da mudança. Também já podemos deduzir daí que só o presente existe, ainda que a ideia de que ele não passa de um breve instante que se apaga numa sucessão contínua e eterna (ou de um período infinitamente pequeno, que morre e nasce sem parar) seja, para

Guyau, efeito de uma "análise matemática e metafísica"[189], pois – em termos mais concretos – o presente é basicamente o que é atual, o que diz respeito à esfera dos corpos e de suas ações (tal como para os estoicos).

Como dimensão do tempo, como algo que passa sem parar e que está entre o passado e o futuro, o presente é uma ideia abstrata, tanto quanto as outras duas dimensões. Mas é claro que não é possível falar em tempo, em duração, sem essas três dimensões. No entanto, ressaltamos mais uma vez seu caráter abstrato, para que fique claro que "o verdadeiro ponto de partida da evolução não é, portanto, a ideia do presente, assim como a do passado ou a do futuro. É o *agir* e o *sofrer*. É o *movimento* sucedendo a uma *sensação*"[190].

Nas palavras do próprio Guyau: "A ideia das três partes do tempo é uma cisão da consciência"[191]. É por isso que ela não pode ser primeira, e sim derivada. Não existe um passado em si; tudo o que é passado é vestígio de um presente vivido, são marcas indeléveis que só existem no espírito. Sobre nossas vivências, Guyau diz:

> Tudo isso será levado embora, apagado. Só restará aquilo que era profundo, aquilo que deixou em nós uma marca viva e vivaz: o frescor do ar, a maciez da relva, os

---
189. Ibid., p. 30.
190. Ibid., p. 30.
191. Ibid., p. 30.

tons das folhagens, as sinuosidades do rio etc. Ao redor desses traços salientes, a sombra se fará, e eles aparecerão sozinhos na luz interior.[192]

O mundo será recriado em nosso espírito; algumas imagens ficarão retidas como pontos de luz na escuridão, outras se perderão "como lágrimas na chuva". É verdade que nossas pegadas são apagadas pelo vento... O que resta em nós é apenas a impressão vívida dos momentos que já não existem mais. A memória é feita disso. E, como diz Guyau, "com a memória formada, o eu está formado"[193]. Eis o que significa "durar" num sentido propriamente psicológico. É ser um "eu", é ter consciência de si. O homem, nesse sentido, é a sua própria memória. Mas também pode ser a "memória" do outro, se entendermos a questão por um ângulo um pouco mais sutil. Estamos nos referindo ao fato de que tudo o que está na memória está de alguma forma vivo. Seria mais ou menos como dizer que só morre o que é realmente esquecido. Isso nos remete aos heróis de Homero e à sobrevivência que só a memória pode oferecer. Aliás, num magnífico artigo sobre a imortalidade na teoria da evolução, Guyau fala de nossa revolta ao perdermos aqueles que amamos. Ele diz que "o amor verdadeiro nunca deve-

---

192. Ibid., p. 125.
193. Ibid., p. 79.

ria ser expresso na língua do tempo"[194]. Nunca se deve dizer "eu amei", mas "eu amo". E completa: "o amor não quer e não deve ser um eterno presente?"[195].

Pois bem, voltando ao nosso tema, também o futuro só existe como espera, como expectativa (e, nesse ponto, Guyau está bem próximo de Agostinho). "A sucessão é um abstrato do esforço motor exercido no espaço. Esforço que, tornado consciente, é a intenção."[196] É preciso, portanto, "criar" o futuro. O tempo em si não existe fora dos desejos e das lembranças. Em outras palavras, o futuro também não é uma dimensão real, que exista por si mesma. É a ação presente que o torna possível. Isso agora já parece bem claro. O tempo emerge quando o espírito contempla o devir, mas será preciso que o homem tome nas mãos o próprio destino para que o tempo seja criado. Nada melhor do que ouvir o próprio Guyau nesta brilhante exposição do que é o futuro (ou do que é o próprio tempo):

> Um ser que não desejasse nada, que não aspirasse a nada, veria o tempo fechar-se diante dele. Nós estendemos a mão, e o espaço se abre diante de nós, o espaço que olhos imóveis não poderiam apreender com a sucessão de seus planos e a multiplicidade de suas dimen-

---

194. Jean-Marie Guyau, "Les hypothèses sur l'immortalité dans la philosophie de l'évolution", *Revue des Deux Mondes*, 3º período, vol. 77, set./out. de 1886, p. 182.
195. Ibid.
196. Id., *La genèse de l'idée de temps*, p. 36.

sões. Ocorre o mesmo com o tempo: é preciso desejar, é preciso querer, é preciso estender a mão e andar para criar o futuro.[197]

Para finalizar, nada melhor do que a poesia do próprio Guyau, cujo título não poderia ser outro que "O Tempo"[198]:

I

O PASSADO

Não podemos pensar o tempo sem sofrer com isso.
Sentindo-se durar, o homem sente-se morrer:
Esse mal é ignorado por toda a natureza.
Com os olhos fixos no chão, em uma onda de poeira,
Vejo passar lá adiante, em rebanho, grandes bois;
Sem jamais voltarem suas cabeças para trás,
Eles se vão com passos pesados, dolentes, mas não
                              [infelizes;
Eles não percebem a longa linha branca
Da estrada fugindo diante deles, atrás deles,
Sem fim, e em sua fronte, que se inclina sob a chibata
Nenhum reflexo do passado ilumina o futuro.
Tudo se mistura para eles. Às vezes eu os invejo:
Eles não conhecem a ansiosa lembrança,
E vivem surdamente, ignorando a vida.

---

197. Ibid., pp. 32-3.
198. Ibid., pp. 133-9.

Noutro dia sonhei com a casinha
Onde outrora eu morava, no alto da colina,
Tendo, ao longe, o imenso mar como horizonte.
Para lá subi alegremente: sempre se imagina
Que se terá prazer em perturbar o passado,
Em fazê-lo sair, espantado, da bruma.
Depois pensei: meu coração, aqui, nada deixou;
Eu vivi – eis tudo – eu sofri, eu pensei,
Enquanto, diante de mim, a eterna amargura
Do mar fremente ondeava sob os céus.
Eu não trazia, oculto no meu ser, outro drama
Que o da vida: saudando esses lugares;
Por que, então, desfez-se subitamente toda a minha alma?

Era eu mesmo, infelizmente, que estava perdido.
Oh, como eu estava longe! E que sombra ascendente
Já me envolvia no meio da descida
Sob o pesado horizonte da vida opressiva?

Profundidades em mim abriam-se ao meu olhar,
Viver! Haverá, no fundo, algo de mais implacável?
Esvair-se sem saber para que fim, ao acaso,
Sentir-se dominado pelo momento inapreensível!

Seguimos em frente, como exilados,
Não podendo pisar duas vezes no mesmo lugar,
Ou sentir a mesma alegria – e, sem descanso, somos
                                                [chamados
Para o novo horizonte que nos abre o espaço.

Oh, quando descemos ao fundo do nosso coração,
Quantos doces caminhos através dos nossos
[pensamentos,
Recantos perfumados, onde gorjeiam em coro
As vivas lembranças, vozes das coisas passadas!

Como desejaríamos, mesmo que por um momento,
Voltar para trás e, trêmulos de embriaguez,
Percorrer novamente o encantador meandro
Que escava, escoando-se em nossos corações, a
[juventude!

Mas não, nosso passado fechou-se para sempre,
Sinto que me torno um estranho à minha própria vida;
Quando ainda digo: – Meus prazeres, meus amores,
Minhas dores – posso assim falar sem ironia?

Quanta impotência manifesta-se nessa palavra bem
[humana!
Lembrar-se! – Ver-se lentamente desaparecer,
Sentir vibrar sempre como que o eco longínquo
De uma vida na qual não se pode mais renascer!

Todo este mundo já perdido que eu povoei
Com minha própria alma ao acaso dispersa,
Com a esperança alegre de meu coração em vôo,
Em vão, quero ainda fixar nele o meu pensamento:

Tudo se altera, por graus, nesse quadro movediço,
Escapo de mim mesmo! Com esforço, tento
Reatar os fios dessa doce meada
Que foi a minha vida. Ai de mim! Sinto minha mão
                                [trêmula
Perder-se nesse passado que eu queria rebuscar.
Quando, após um longo tempo, revejo os rostos
Dos amigos que vinham sentar-se junto à lareira,
Eu me espanto: minha alma hesita e se divide
Entre suas lembranças e a realidade.
Eu bem os reconheço, mas no entanto me sinto
Inquieto junto a eles, quase desencantado;
Talvez, eles também sintam o que eu sinto:
Todos, nos reencontrando, ainda nos procuramos.
Entre nós veio colocar-se todo um mundo;
Chamamos em vão esse caro passado que dorme,
Esperamos, ingênuos, que ele desperte e responda;
Mas ele, para sempre submerso sob o tempo que se eleva,
Permanece pálido e morto; tudo é ainda o mesmo,
Creio, ao nosso redor; em nós, tudo está mudado:
Nossa reunião se parece com um supremo adeus.

II

O FUTURO

Numa manhã, parti sozinho para escalar um monte,
A noite ainda velava a montanha serena,
Mas sentia-se chegar o dia; para tomar fôlego,

Voltei a cabeça; um abismo tão profundo
Abriu-se diante dos meus pés, na sombra mais límpida,
Que uma angústia me tomou e, dominado pelo terror,
Sentindo meu coração bater na vertigem do vazio,
Fiquei a sondar o abismo aberto diante de mim.
Enfim, com esforço, levantei a cabeça.
Por toda parte, o rochedo íngreme estendia-se como
                              [uma parede negra;
Mas lá no alto, bem no alto, longínquo como a
                              [esperança,
Vi, no céu puro, erguer-se o livre cume.
Ele parecia vibrar ao sol matutino;
Trazendo a seu lado sua geleira de cristal,
Ele erguia-se enrubescido por uma aurora sublime.
Então, esqueci de tudo, do áspero rochedo a escalar,
Da fadiga, da noite, da vertigem e do abismo
No fundo do qual, dormindo como a lembrança,
Um lago verde estendia-se, rodeado de gelo:
Num impulso, sem tirar os olhos da montanha,
Sentindo reviver em mim a vontade tenaz,
Escalei o rochedo e acreditei, feliz,
Ver minha força aumentar aproximando-me dos céus.

Vazio surdo e profundo que em nossos corações o
                              [tempo deixa,
Abismo do passado, tu, cuja visão oprime
E dá vertigens a quem te ousa sondar,

Eu quero, para reencontrar minha força e minha
[juventude,
Longe de ti, com a cabeça erguida, caminhar e
[observar!
Dias sombrios ou alegres, jovens horas fanadas,
Desvanecei-vos na sombra dos anos;
Não mais chorarei vos vendo murchar,
E, deixando o passado fugir sob mim como um sonho,
Irei para o desconhecido sedutor que se levanta,
Para esse vago ideal que no futuro desponta,
Cume virgem e que nada de humano pôde ofuscar.
Seguirei meu caminho, indo para onde me convidar
Minha visão longínqua, errada ou verdadeira:
Tudo aquilo que a alvorada ainda ilumina, tem beleza;
O futuro significa para mim todo o valor da vida.
Será que ele me parece tão doce porque está muito
[longe?
E quando eu acreditar, luminosa esperança,
Tocar-te com a mão, não te verei
Cair e subitamente te transformar em sofrimento?
Não sei... É ainda de alguma lembrança
Que me vem este temor em meu coração renascente;
Alguma decepção de outrora me assombra,
E, de acordo com meu passado, eu julgo o futuro.
Esqueçamos e sigamos em frente. O homem, nesta
[terra,
Se nunca se esquecesse, poderia esperar?

Gosto de sentir sobre mim este eterno mistério,
O futuro – e, sem medo, nele penetrar:
A felicidade mais doce é aquela que se espera.

VIII. Bergson: tempo como duração, consciência e memória

Embora nunca tenha sido feito um estudo profundo sobre o parentesco que existe entre a filosofia de Guyau e a de Bergson, é difícil acreditar que as reflexões sobre "o tempo como duração", feitas pelo primeiro, não tenham tido nenhuma influência sobre o segundo. É verdade que Bergson chega a uma conclusão diferente sobre a realidade do tempo (para ele, existe um tempo uno, universal e impessoal[199], um tempo do mundo). Mas é ainda como "duração" que ele o define. E o sentido desse conceito é, sem sombra de dúvida, basicamente o mesmo que encontramos na obra de Guyau. Se ambos elaboraram o mesmo conceito, em momentos diferentes, não sabemos, mas – certamente – Guyau teve alguma importância no direcionamento das reflexões de Bergson[200].

É claro que não temos a intenção de iniciar uma polêmica em torno da paternidade do conceito bergsoniano de duração. Mas como a obra de Guyau é anterior à de Bergson

---
199. Bergson, *Durée et simultanéité*, pp. 58-9.
200. É surpreendente a ausência, na imensa maioria dos estudos dedicados a Bergson, de referências à influência de Jean-Marie Guyau e do britânico James Sully sobre a sua filosofia.

(o primeiro livro significativo de Bergson foi publicado apenas em 1889[201], um ano depois da morte de Guyau), acreditamos que essa aproximação seja justificada – ainda mais pelo fato de que Bergson foi um dos colaboradores de Fouillée na edição póstuma de *A gênese da ideia de tempo*[202].

Vladimir Jankélevitch, que escreveu um belo artigo sobre esses "dois filósofos da vida" – como ele próprio os intitulou[203] –, não tinha dados históricos que provassem a influência direta e pessoal de Guyau sobre Bergson, preferindo acreditar que se tratava de um parentesco ocasional. Para ele, "Guyau e Bergson tinham respirado a mesma atmosfera e interpretado um mesmo estado de espírito"[204]. É verdade que eles não chegam a uma mesma conclusão sobre o tempo, como dissemos acima, mas em ambos a questão da vida é primordial, tanto quanto a da evolução biológica. Também a crítica ao determinismo científico é uma outra característica que os une (tanto quanto a rejeição de um empirismo mecanicista e de um idealismo racional). De nossa parte, apesar da genialidade inegável de Bergson, julgamos que houve – em função do próprio contato – alguma ressonância de ideias (embora concordemos com Jankéle-

---

201. Bergson, *Essai sur les données immédiates de la conscience*.
202. Lembramos também que as partes principais do livro de Guyau já haviam sido publicadas separadamente, anos antes, em revistas especializadas.
203. Vladimir Jankélevitch, "Deux philosophes de la vie: Bergson, Guyau" – *Revue Philosophique de la France et de l'Étranger*, 1924).
204. Ibid., p. 403.

vitch acerca do fato de que o final do século XIX foi bastante propício à veiculação de muitas dessas questões).

Mas passemos à análise da filosofia de Bergson, pois só assim poderemos apontar as semelhanças e as diferenças que existem entre essas duas concepções do "tempo como duração". Para começar, Bergson considera que "nenhuma questão foi mais desprezada pelos filósofos que a do tempo e, no entanto, todos concordam em declará-la fundamental"[205]. Para ele, isso se explica pela própria dificuldade de compreensão da natureza do tempo, além do fato de que, em geral, coloca-se numa mesma linha o tempo e o espaço (como se o entendimento de um aclarasse suficientemente o outro). De qualquer forma, é preciso adiantar uma coisa: apesar de se tratar de um "mesmo" conceito, a concepção do tempo de Bergson é mais metafísica que a de Guyau (embora também seja mais esplêndida). Eis aí o que os diferencia mais profundamente e também o que confere a cada um sua própria originalidade.

Como dissemos, logo no início, mesmo os maiores filósofos acabaram, em alguns pontos, aprisionados pela metafísica. O problema é que o pensamento, nesse caso, nunca consegue se libertar de certas ideias místicas, mesmo quando alça seus mais belos vôos. Falamos isso porque acreditamos que Bergson chegou bem próximo de "resolver o

---

205. Bergson, *Durée et simultanéité*, p. 3.

paradoxo do tempo" (mais do que qualquer outro). O que o impediu, segundo pensamos, foi esse flerte com a metafísica que não o deixou concluir que só existe um princípio: uma só matéria para todas as coisas; uma só substância para todos os seus modos (como diria Espinosa).

A ideia de duração está na base de toda sua filosofia, seja no que tange à compreensão do tempo em si, seja pela crítica que ele faz à razão clássica. Afinal, é certo que sem esse conceito não entenderíamos os meandros de sua filosofia. Isso porque a duração (que, tal como em Guyau, está associada à consciência e à memória) converte-se, no bergsonismo, na própria essência do ser. Sim... é preciso voltar a se acostumar com as ideias de *ser* e de *essência*, e mesmo com a de *espírito*. Afinal, sabemos que Bergson é dualista: defende a existência de um princípio material e de outro imaterial. Ele o diz com todas as palavras no prefácio de *Matéria e memória*: "Este livro afirma a realidade do espírito, a realidade da matéria, e procura determinar a relação entre eles sobre um exemplo preciso, o da memória"[206]. Eis por que a duração – embora tenha aparecido, com Guyau, como inseparável de um "eu" em formação, de um "eu" que se constrói no contato com o mundo, que se estrutura a partir de sua memória, costurando em seu próprio interior as lembranças do que já não existe mais – acaba se re-

---

206. Id., *Matéria e memória*, Prefácio à sétima edição, p. 1.

vestindo de um aspecto metafísico na obra de Bergson. O "interior" da matéria (ou do corpo, propriamente dito) é habitado pelo imaterial, pelo espírito. O espírito é a causa do movimento, já que a matéria é inerte para Bergson. Sem dúvida, é evidente que a "ideia" de tempo é gerada em função da própria percepção que temos de nosso escoamento e de nossa passagem no mundo, mas isso não significa – para ele – que ela seja apenas psicológica.

Pois bem, como sabemos, Bergson aborda a duração em momentos diversos, ao longo de várias de suas obras. Em *O pensamento e o movente*, por exemplo, ele coloca a questão da seguinte maneira: duração é memória. E memória é consciência. A duração é, pois, o *élan vital* que faz com que o passado de um ser se prolongue em seu presente – sendo o presente apenas o momento mais contraído dessa memória. É por isso que, para Bergson, aquilo que a ciência chama de tempo e que ela mede como duração não é senão uma certa "medida" da duração, e não a própria duração. Sobre a ciência ele diz:

> [...] mesmo quando versa sobre o tempo, que se desenrola ou que irá se desenrolar, trata-o como se estivesse desenrolado. Aliás, isso é bastante natural. Seu papel é prever. Ela extrai e retém do mundo material aquilo que é suscetível de repetir-se e de ser calculado, por conseguinte aquilo que não dura.[207]

---
207. Id., *La pensée et le mouvant*, p. 5.

"Mas essa duração que a ciência elimina, que é difícil de ser concebida e expressa, nós a sentimos e a vivemos"[208]. Bergson não sustenta que a duração (ou o tempo) seja uma linha reta. Para ele, a linha reta é uma representação matemática. Afinal, a linha que se mede é imóvel e o tempo é mobilidade. Ele não nega que a duração se produz numa espécie de linha sucessiva, una e múltipla ao mesmo tempo (tal como Guyau a pensava), mas não é a linha que é a duração de cada ser, e sim o vivido.

Trata-se até aqui, sem dúvida, da "experiência psicológica", que diz respeito à vida interior de cada indivíduo. E, até que se prove o contrário, trata-se basicamente do homem, pois apenas ele tem a consciência clara de suas vivências e de suas lembranças (ou, pelo menos, é o único a organizá-las de um modo racional e abstrato). Guyau não nega a memória aos animais (o que quer dizer que eles teriam algum tipo de percepção do tempo), mas, neles, tanto a memória quanto a consciência seriam ainda incipientes para ordenar as coisas de um modo arbitrariamente linear. Em Bergson, também haverá uma diferença entre os homens e os outros seres vivos, mas ele estenderá (e aqui entra definitivamente o aspecto mais metafísico de seu pensamento) a consciência ao mundo. Mas isso nós veremos mais adiante.

---

208. Ibid., p. 6.

Continuando o processo de compreensão do conceito de duração em Bergson, em *Os dados imediatos* e logo nas primeiras páginas de *A evolução criadora*, a duração também se apresenta como consciência e memória, mas com a observação de que é como um devir que ela dura – ou, melhor dizendo, a mudança é a própria essência do ser. Para Bergson, "é justamente esta continuidade indivisível da mudança que constitui a duração verdadeira"[209], ou seja, não existe duração fragmentada nem duração sem alterações, sem mudanças de estado. Uma duração que deixa de correr é uma duração que deixa de existir (daí a ideia de continuidade e sucessão) e uma duração sem mudanças de estado não é duração. É por isso que a mudança, em Bergson, não é uma das categorias do vivo, ela é a própria essência dele.

> Com efeito, falo de cada um dos meus estados como se ele formasse um bloco. Digo que mudo, é verdade, mas a mudança parece-me residir na passagem de um estado ao estado seguinte: com relação a cada estado, tomado em separado, quero crer que permanece sempre o mesmo em todo o tempo que ocorre. No entanto, um leve esforço de atenção revelar-me-ia que não há afecção, não há representação, não há volição que não se modifique a todo instante; caso um estado de alma deixasse de variar, sua duração deixaria de fluir.[210]

---

209. Ibid., p. 172.
210. Id., *A evolução criadora*, "Da evolução da vida, mecanismo e finalidade", pp. 1-2.

Está bem claro, para nós, que Bergson não encontra qualquer dificuldade em conciliar o múltiplo e o uno na duração (referimo-nos à continuidade de uma mesma essência a despeito de suas infinitas mudanças de estado). É claro que isso, em Guyau, não chega a nos espantar, porque, para ele, só existe o devir e o "ser" é algo que se constrói. Aliás, todos os seres são produto de uma evolução do próprio mundo material. Bergson, como sabemos, também retoma a ideia de evolução, mas ela terá, como era de se esperar, outro aspecto, dizendo respeito mais ao *élan*, à "energia espiritual" do que à matéria (que é, como dissemos, totalmente inerte). É claro que, se existe alguma metafísica em Bergson, ela é absolutamente original e, apesar de seu dualismo, ele produz um pensamento bem distinto do de Platão. Na verdade, Deleuze tende a considerar o bergsonismo dentro da mais pura imanência, como uma espécie de "transcendental empírico", mas – segundo nosso ponto de vista – é difícil aceitar que um pensamento imanente continue operando com a distinção entre matéria e espírito (sobretudo, hierarquizando-os). O tempo, ainda que esteja ligado ao mundo, é uma espécie de "alma do mundo" e, assim, é uma transcendência ou um transcendental (como preferirem) que só pode ser plenamente compreendido dentro de um raciocínio metafísico, ou seja, como segundo princípio ou causa.

Nesse ponto, nos afastamos da interpretação deleuziana, pois acreditamos que a ideia da imanência seja incompatível com a do dualismo "matéria e espírito" ou "matéria e forma". Talvez, se esse espírito ou forma fosse entendido como um incorporal, como algo que existe em função do corpo, como efeito dele (tal como nos estoicos), isso poderia fazer algum sentido. Mas, como um outro princípio além da matéria, não há como não supor alguma transcendência. O mesmo dizemos de Aristóteles, que nega a transcendência, mas não resolve completamente o problema das formas (eis por que julgamos sua imanência um tanto duvidosa, pois é mais ou menos como dizer que existem seres imateriais no mundo, ou seja, é transferir as formas puras para o interior da matéria).

Voltando à questão da unidade e da multiplicidade, assim como Bergson chegará à ideia de um tempo uno, que abarca uma multiplicidade infinita de durações individuais, também a duração de um ser permanece a mesma, apesar dos múltiplos estados que ele experimenta. Uma observação: é preciso relativizar os termos aqui empregados. Quando dizemos que a duração permanece a mesma, não estamos querendo afirmar que os sucessivos estados que ela experimenta não a modifiquem de algum modo. Bergson, ao contrário de Heráclito, acredita que as mudanças que ocorrem num rio (a renovação de suas águas, a mistura com outros elementos etc.) não excluem a existência desse mesmo rio, na sua essência, no seu fluir constante... Para ele, o ser existe e é puro movimento. Mas o ser é espírito, não matéria (ainda que ele só apareça, para nós, complicado com a matéria, como um misto). Se alguém alega o contrário disso, precisa explicar o que significa dizer que a matéria é inerte, ou seja, que ela tira o seu movimento do espírito. Mesmo que se trate de um misto que não se dissocia, a verdade é que sem o espírito não há movimento, não há mudança, não há nada.

Em suma, é verdade que mudamos sem cessar; que existe uma infinidade de estados que experimentamos. Não obstante, enquanto os experimentamos, eles formam um bloco tão sólido, tão organizado, que é impossível apontar onde se inicia e onde termina uma determinada sensação ou sentimento. Aí está a natureza mais profunda da duração: ser continuidade, sucessão, estados que se prolongam uns nos outros. Enfim, multiplicidade e unidade ao mesmo tempo. "Eu mudo, portanto, sem cessar" – afirma Bergson. Sensações, sentimentos, volições, representações: não há um só estado que deixe de variar enquanto "duramos". Mas mudança e continuidade, num mesmo fluir, não se incompatibilizam no bergsonismo. Não há qualquer incoerência quando encontramos, na obra de Bergson, a ideia de que não existe uma única representação, sensação ou sentimento que não se modifique a todo instante e de que cada nova aquisição, cada nova volição ou sensação transforma, no conjunto, a nossa "memória" ou "duração". A duração se transforma, mas jamais deixa de ser ela própria. *Diferença e identidade*...

De fato, a cada nova aquisição (chamamos de aquisição uma nova experiência, sentimento ou volição), a nossa vida interior é enriquecida. Nosso passado cresce e se conserva, enquanto nosso presente não passa de um breve instante, a ponta de um grande iceberg. "Meu estado de alma, avançando pela estrada do tempo, infla-se continuamente com a duração que ele vai juntando; por assim dizer, faz bola de neve consigo mesmo"[211]. Carregamos atrás de nós um passado que não cessa de crescer. De fato, vemos aqui mais uma semelhança com Guyau, mas também uma importante diferença. O nosso passado não para de crescer, a cada nova lembrança (ou a cada nova impressão do mundo), mas não existe uma "rota do tempo" em si. Não estamos avançando no tempo, nossos avanços são feitos no espaço. Bergson, mais uma vez levado pelo seu dualismo, faz do tempo e do espaço duas dimensões distintas, que se apresentam inseparáveis nos corpos, tal como a matéria e o espírito. Eles existem por si, mas são inapreensíveis pela sensibilidade. Daí por que a ciência sempre tende a espacializar o tempo, porque não entende a sua natureza imaterial.

Para Bergson, é simples intuir nossa própria duração. É talvez a mais perfeita de todas as intuições que podemos ter. Qualquer pessoa, filósofo ou não, experimenta a sensação de seu próprio escoamento no tempo. Mas quan-

---
211. Ibid., p. 2.

do tentamos apreender a essência de outros seres é inevitável a confusão entre duração e espaço, ou melhor, entre o que é da esfera do tempo e o que é da esfera do espaço. Daí por que, para Bergson, o único método capaz de apreender as outras durações e o próprio tempo (como a duração em si) é o método da intuição. É esse método que se opõe ao da ciência e ao da própria razão representativa – que se mantém sempre prisioneira do espaço e das generalidades. A intuição, se ela é possível, diz respeito ao que há de mais íntimo e pessoal no ser: a sua duração, a sua essência única e insubstituível.

A experiência sensível nos fornece apenas os mistos, que precisam ser decompostos. Afinal, tudo o que apreendemos são corpos e ocupam necessariamente um espaço. Para Bergson, o espaço é algo que "desnatura" a duração, é essa "mistura impura" que nos impede de apreender a duração em si. Como diz Deleuze: "Enquanto Bergson não levanta explicitamente o problema de uma origem ontológica do espaço, trata-se sobretudo de dividir o misto em duas direções, das quais somente uma é pura (a duração), ao passo que a outra representa a impureza que a desnatura"[212]. Não é sem motivos que ele afirma que a intuição da duração pura (ou seja, do tempo em si) exige um ultrapassamento da própria experiência.

---

212. Deleuze, *O bergsonismo*, pp. 27-8.

No entanto, o que é ainda mais importante do que a própria dissociação dos mistos é a constatação da existência de dois tipos de "multiplicidade" no próprio vivo. Uma delas (que nós já conhecemos bastante) é a multiplicidade interna, de sucessão, virtual e contínua. A outra, relacionada ao espaço, é uma multiplicidade de exterioridade, atual, numérica e descontínua. A primeira, é claro, é da ordem do tempo; a segunda está associada ao espaço. A primeira pode ser definida como multiplicidade qualitativa, a segunda como multiplicidade quantitativa. No interior desta última só pode haver diferenças de grau; no interior da primeira, a distinção é de natureza[213]. Daí por que cada duração é única e insubstituível. Mas a mistura impede-nos de observar essas distinções, a começar pela própria diferença de natureza entre espaço e tempo. Chegamos mesmo a confundir a "mobilidade em si" com o espaço percorrido, esquecendo que a mobilidade é o próprio ato de "tensão e extensão" de um móvel. É como um elástico, infinitamente contraído num ponto matemático, que progressivamente é estendido sem deixar de ser indivisível.

Em suma, é isso que significa espacializar o tempo: confundir a mobilidade com o espaço percorrido. Em outras palavras, toma-se a mobilidade segundo os pontos pelos quais o móvel passou, dividindo o movimento em paradas

---

213. Ibid.

sucessivas. Jamais, para Bergson, se poderá recompor a mobilidade em si, partindo desses pontos arbitrários e abstratos. Eis o ponto em que se apoia sua crítica à ciência. Em *Duração e simultaneidade*, livro que Bergson dedicou à teoria da relatividade de Einstein (mas que não foi bem recebido pelo físico), o filósofo procura mostrar como a ideia do espaço-tempo (ou mesmo a dos múltiplos tempos) não exclui a de um tempo uno e universal. Ele tenta aproximar sua própria ideia de tempo da de Einstein, mas não sem fazer certas correções na interpretação do físico e chamando a atenção para as aparentes contradições que ela supõe. Sua crítica ao tempo da física, sobretudo ao tempo de Newton – a tal linha reta, contínua e matemática –, se baseia exatamente na ideia do tempo como duração. O tempo dos físicos seria uma abstração fantasmagórica, uma ilusão.

Tentemos agora entender em que medida a duração se estende ao Todo e o que é esse Todo, porque é exatamente nesse ponto que Guyau e Bergson se distanciam mais na compreensão do tempo. Pois bem, dizer que o homem é parte do mundo, e não o contrário – ou, como diz o próprio Bergson, "é o cérebro que faz parte do mundo material e não o mundo material que faz parte do cérebro"[214] – é o mesmo que dizer que nós somos uma criação do mundo e não o mundo uma criação nossa. Fazemos parte dele, de

---

214. Bergson, *Matéria e memória*, pp. 10-3.

sua evolução, de um movimento maior que engloba o nosso próprio movimento. É claro que esse Todo poderia ser como o dos epicuristas, e assim seria então o próprio mundo material. Poderia também ser como o dos estoicos e ainda assim continuaria sendo corpo. Mas o Todo de Bergson é o mundo, e não apenas o mundo material. Ou melhor, o mundo não se confunde com a matéria em Bergson, já que a matéria também é apenas uma parte dele. O mundo, tal como os corpos mais diminutos, é um composto de matéria e espírito (e é este último que lhe confere movimento). No entanto, eles só aparecem confusos para a nossa sensibilidade (porque ela só apreende os corpos). Na verdade, matéria e espírito existem separadamente. E, se quisermos entender bem o tempo, teremos que associá-lo ao espírito, porque só ele é movimento.

Bem, sabemos que isso ainda está um pouco obscuro, por isso devemos seguir um pouco mais devagar por essas vias perigosas. Não brincamos ao dizer que se trata de vias perigosas. Um leve descuido e já estamos dentro do mundo espiritual. Bergson é sedutor, tanto quanto Agostinho, mas – por incrível que pareça – o teólogo que fundamentou o cristianismo produziu uma ideia de tempo menos metafísica do que a do francês. Pois bem, como já dissemos, para Bergson (e há muita beleza nisso, sem dúvida), cada ser é único e insubstituível, é uma duração em si mesmo. Como duração, é consciência e memória, pois não há sentido em falar de algo que permanece sem uma "costura" que ligue os instantes ou os acontecimentos. Mas também (como já foi dito), ao contrário de Guyau, ele termina por estender a duração ao universo e aí está a chave do tempo em Bergson. O tempo vai se confundir com o próprio *élan vital*, com a Vida em si.

> Como passamos desse tempo interior para o tempo das coisas? Percebemos o mundo material e essa percepção nos parece, com ou sem razão, estar concomitantemente em nós e fora de nós... Gradualmente, estendemos essa duração ao conjunto do mundo material... Nasce, desse modo, a ideia de uma Duração do universo, isto é, de uma consciência impessoal que seria o traço-de-união entre todas as consciências individuais, assim como entre essas consciências e o resto da natureza.[215]

É claro que Bergson sabe muito bem o que isso representa. Ele mesmo chama de "metafísica" essa extensão direta da duração interior para a exterior, ou seja, a atribuição ao mundo de uma consciência (mesmo que seja impessoal). Mas é para aí que ele se dirige, porque é exatamente esse o seu ponto de vista. Não se trata de um Deus que cria por livre e espontânea vontade, mas de uma evolução em si mesma criadora e, em certa medida, também livre. Afinal, Bergson não

---

215. Id., *Durée et simultanéité*, p. 52.

deixa de considerar a Vida como a mais pura novidade, "uma pura zona de indeterminação", ao contrário da matéria, que deve obedecer aos comandos do espírito e que só tem alguma mobilidade e liberdade em função dele. Sem dúvida, Bergson não consegue fugir do espírito religioso que o constituiu (embora nem por isso tenha deixado de produzir uma das filosofias mais extraordinárias). Segundo pensamos, e já dissemos anteriormente, Bergson é aquele que levou mais longe o problema do tempo (e da própria vida).

Vejamos mais de perto essa questão: em Guyau, fica evidente que o tempo é uma ideia que se elabora a partir de uma longa evolução. Mas o tempo, para ele, é só uma ideia, embora como ideia seja essencial ao homem. Na verdade, ela praticamente se converte na "essência" desse homem, já que é essa linha reta que nos diferencia dos outros animais; é por causa dela que conseguimos nos organizar e dominar os devires (até onde isso é possível). O tempo nos ordena e, portanto, nos constitui como homens. Essa diferença que existe entre nós e os outros seres tem sua origem na própria evolução. Nós desenvolvemos uma consciência mais clara do mundo e de nós mesmos; e é a consciência que nos distingue dos outros (Hegel também diria isso). Em Bergson, no entanto, o homem é parte de uma consciência maior, de uma duração maior. É claro que há muita beleza nessa filosofia vitalista de Bergson (que também é um pouco a nossa). Aliás, há sempre beleza nas filosofias vitalistas...

o único "porém" é que elas quase nunca fazem coincidir a matéria com a Vida (como em Espinosa, para quem Deus é a própria substância, a "matéria" do mundo). Sempre existe algum elemento "além" que domina a matéria (quase sempre vista como algo inerte ou como a própria fonte do mal ou da impureza).

Pois bem, em Bergson, a duração interior não se estende ao mundo de um modo abstrato. Não é fruto de uma dedução, de um raciocínio, embora seja legítima. Nós é que somos parte da duração maior e, para nós, é correto realmente pensar que não faz sentido acreditar que apenas o homem tem o privilégio de durar. Voltando um pouco atrás, entendemos melhor agora o que Bergson quer dizer quando defende a intuição como o método propriamente científico da filosofia. Para ele, todo ser é fluxo na sua essência mais profunda, é movimento. Mas o movimento em Bergson é da ordem do espírito. Quando ele fala em evolução criadora, termina por deixar claro que não é a matéria que está em constante evolução, no sentido de haver nela um princípio imanente. A matéria é atravessada pelo espírito ou pela energia espiritual e só aí ela adquire movimento e forma. Se tudo o que existe é formado da mesma maneira, então, de um modo ou de outro, tudo está na mesma duração, mesmo os seres mais brutos. É claro que eles duram de um modo distinto do nosso[216], eles são partes menos conscien-

---

216. Isso nos remete ao existencialismo, como veremos a seguir com Heidegger.

tes de uma "memória impessoal" ou desse elo que liga todas as coisas que existem. Nós seríamos uma espécie de refinamento da vida, o ápice da evolução, daí por que a consciência do mundo se materializa, em nós, de um modo mais profundo. Quando ele diz, portanto, ser possível "intuir" o outro, confundir-se com ele, vê-lo "de dentro", entrar no seu devir, isso só é possível porque Bergson supõe existir esse elo superior que nos une para além da matéria. E é isso que ele chama de *élan vital*. Embora não concordemos com o dualismo de Bergson, somos absolutamente bergsonistas quando se trata da intuição como método propriamente filosófico e também porque, como ele, julgamos que tudo está ligado. A única diferença é que, para nós, a matéria é o próprio *élan* vital (se pudéssemos traduzir nesses termos nossa própria ideia da matéria em movimento).

Se Bergson diz, contrariando a tese einsteiniana, que existe um tempo único e universal, não é porque ele concorde com aquele tempo abstrato de Newton, que passa e apaga os instantes anteriores, sem se conservar jamais. A este ele chama de ilusório (e nós também), como já dissemos. O tempo ali é defendido como a duração em si, desvencilhada de toda a matéria. O misto se desfez. O Tempo puro não passa, dura, porque passar é apagar o que passou e isso é o mesmo que dizer que não existe o tempo. Mas o tempo é memória, é a colagem dos instantes, assim como a duração interior é a colagem das lembranças. É um instante que não pode morrer, mas que se conserva num passado, que tem de existir em si, ou então seria apenas algo psicológico. O passado em si é a dimensão real do tempo, mais do que o presente ou o futuro, porque o ser é memória. O presente é um instante, mas o ser é o prolongamento do passado no presente, é a insistência da Vida que se materializa no seio do caos material. Também aqui somos bergsonistas, porque – num certo sentido – também defendemos uma memória do mundo que se conserva, a única questão é que ela se conserva na própria matéria. A matéria inventou uma maneira de permanecer, de se perpetuar, de "continuar".

O tempo, para Bergson, não passa realmente, pelo menos não num sentido mais profundo. Não é o tempo dos físicos, o tempo que se numera, o tempo abstrato da razão, o tempo divisível e mensurável. O tempo real, a duração em si, é um fluxo contínuo, indivisível, que se conserva nele mesmo, uma vez em que é eterno. Ele é, assim, a própria Vida, o próprio *élan*.

A "duração em si" comporta uma multiplicidade de linhas convergentes, como diz Deleuze. Mas isso não quer dizer que existam múltiplos tempos. Ao contrário, Bergson chega à ideia da existência de um só *Tempo, uno, universal, impessoal*[217]. Como diz Deleuze, "um monismo do tempo"[218]. Mas aqui é preciso considerar esse monismo de

---

217. Bergson, *Durée et simultanéité*, pp. 58-9.
218. Deleuze, *O bergsonismo*, p. 62.

um modo particular. É verdade que se trata de um monismo (um único tempo), embora ele tenha uma infinidade de fluxos atuais (pluralismo generalizado), que participam necessariamente do mesmo todo virtual (pluralismo restrito)[219]. Os fluxos atuais são as durações e o todo virtual é o tempo em si. Trata-se de um Uno que é Múltiplo. Em suma, o tempo de Bergson é como o de Guyau: duração, memória. Mas a duração, nesse caso, não é um fenômeno humano, e sim um fenômeno do universo. Ela não é uma abstração do espírito nem uma linha reta. Ela é o tempo vivido, o tempo da própria Vida. E aqui somos ainda mais bergsonistas, sobretudo porque – como ele – defendemos a duração do universo e vemos o homem como parte dela (ainda que não vejamos uma distinção de natureza entre matéria e espírito, mas apenas uma diferença de grau entre o mais concreto e o mais etéreo). No mais, a vida segue como criação contínua; e a vida, sim, é devir, é a própria matéria em movimento.

> O universo dura. Quanto mais aprofundarmos a natureza do tempo, melhor compreenderemos que duração significa invenção, criação de formas, elaboração contínua do absolutamente novo.[220]

---
219. Ibid., cf. cap. "Uma ou várias durações".
220. Bergson, *A evolução criadora*, p. 12.

IX | Heidegger: ser é tempo e tempo é ser

Embora tenha sido considerado um dos pilares do existencialismo (com a sua reflexão em torno do "ser-aí", o *Dasein*), Martin Heidegger rejeitou ser chamado de existencialista, pois se via muito mais como um "filósofo do ser". É claro que a ideia heideggeriana do homem como um "ser" à parte dos outros existentes (entendendo-se por isso que ele não é uma "coisa" entre outras coisas – ou um *ente* entre outros entes – mas o único do qual se pode dizer que realmente "existe" de um modo integral, já que ele é o único a se interrogar sobre o sentido de sua própria existência, o único a tomar nas mãos o próprio destino) influenciou toda a corrente existencialista. No entanto, sua intenção, ao falar do homem – ou, mais propriamente, do *Dasein* (esse ser-aí, lançado ao mundo, que se constrói em seu próprio caminhar) – é dar nascimento a uma nova ontologia.

De fato, o esforço é gigantesco. Mas, em nosso modo de ver, ainda que Heidegger faça uso de todos os recursos de sua imensa erudição e crie uma série de conceitos e neologismos para dar um novo sentido não apenas à pergunta sobre o *ser*, mas ao próprio conceito de *ser*, ele termina enredado em seu próprio formalismo, não conseguindo romper completamente com o pensamento metafísico e religioso. Em primeiro lugar, o seu projeto de fundar uma nova ontologia não é levado até o fim e, assim, ficamos sem saber o que é exatamente o "Ser" que abarca todos os entes, ou no qual todos eles "habitam"[221]. A ontologia parece ceder lugar à poesia, em sua maturidade, e, assim, o problema da pergunta sobre o ser se perde na própria linguagem que lhe deu nascimento.

No fundo, Heidegger parece nunca ter conseguido abandonar completamente a "batina", e se, na sua grande obra *O ser e o tempo*, de 1927, ele já não procura mais por Deus (como no início de sua carreira como filósofo católico), ele mantém o mesmo espírito angustiado dos religiosos ou, mais ainda, dos ex-religiosos que, de repente, se veem diante de uma profunda solidão existencial, perdidos num mundo sem Deus e sem sentido. Aliás, como mostra o próprio Heidegger, a angústia é a mais fundamental disposição afetiva do *Dasein* e, como tal, tem grande importância ontológico-existencial. Sem esse "estado de suspensão dentro do nada" – como ele define a angústia, em sua aula inaugural na Universidade de Freiburg, em 1929[222] – não poderíamos tomar contato com nosso próprio ser (que, no fundo, é o onticamente mais próximo e o ontologicamente mais distante).

A questão é repleta de sutilezas, o que – aliás – reflete o desejo que Heidegger tem de romper com a fenomenologia de seu mestre Edmund Husserl (embora ele jamais tenha conseguido fugir completamente dessa ideia de que o mundo é apenas "o que aparece para nós"). Na verda-

---

221. Cf. Marilena Chauí, in Heidegger, *Os Pensadores*, pp. 5-10.
222. *Was ist Metaphysik?* [O que é a metafísica?].

de, o *Dasein*, como diz o próprio termo alemão, é o *ser-aí* e, enquanto tal, é aquele que está jogado no mundo, lançado junto "com" outros existentes, mas também "entre" outros existentes. No entanto, seu ser é diferente dos demais. Ele existe de um modo interior, como pessoa, ou seja, ele tem consciência de si e de sua existência (ainda que Heidegger não diga isso nesses termos). Mas a questão é: como ele pode perguntar sobre o ser ou se ver como existente se não possui consciência? É porque ele pensa e se pergunta sobre o sentido do ser que ele é um ser adiante de si mesmo, pois ele não vive como os demais, determinado pelas circunstâncias de sua existência presente, mas – ao contrário – é determinado pelo futuro. É porque o futuro se abre como um horizonte possível, no qual ele projeta sua vida e a constrói, que ele se distingue dos outros existentes.

Pois bem, é preciso ficar atento com os conceitos heideggerianos. Eles são tomados com um sentido muito particular. É claro que todo filósofo constrói seu próprio plano de imanência e, assim, inventa para si os conceitos que dão conta de suas intuições (inventa e também reativa, como diz Deleuze). No caso, tanto o conceito de existência quanto o de transcendência apresentam sentidos bem diversos daqueles da tradição filosófica. "Existir" ganha um sentido de interioridade e de consciência, que se aproxima muito do sentido que Bergson dá ao seu conceito de "duração" – embora Bergson acabe estendendo isso a toda a natureza. Sem dúvida, é complicado estender à matéria e aos outros seres uma consciência, mas não é menos suspeita a ideia de que o *Dasein* tem um ser diferente dos demais. Em outras palavras, um universaliza o ser, e o outro o particulariza. Ambos não escapam de uma certa influência teológica. Bergson procura Deus no mundo, Heidegger não consegue abandonar a ideia cristã do livre-arbítrio, julgando o homem bem mais liberto do que ele é (é verdade, por outro lado, que o existencialismo realmente radicalizou essa ideia de Heidegger, mas a base se encontra nele). E aqui entra também a questão do conceito de transcendência. O *Dasein* é o único capaz de transcender (e agora esse termo não tem nenhuma relação com outro mundo ou com "formas *a priori*"). Por transcendência entende-se aqui a capacidade que o *Dasein* tem de ultrapassar sua cotidianidade e se tornar um *si-mesmo*, ou seja, sair da esfera do "eles" para entrar na esfera profunda do "eu". Só assim, ele pode tomar nas mãos o seu próprio destino.

Mas isso também não se dá de um modo muito absoluto e nem todos conseguem romper com o "mundo" que os constitui e os aprisiona. Em outras palavras, nem todo *Dasein* transcende a mediocridade do cotidiano e do mundo, embora isso não inviabilize, para Heidegger, a ideia do "homem" como um "ser" à parte dos outros. Para ele, o *Dasein* não é apenas aquele que tem a capacidade de projetar o futuro, ele é a própria temporalização, ele é um horizonte aberto para mil possibilidades. Ele é o único que pode criar do nada a sua própria existência, embora – como o próprio Heidegger afirma – só em bem poucos momentos o ser humano "existe no ápice de suas próprias possibilidades"[223]. Por mais que Heidegger dissocie o conceito de *Dasein* do conceito de homem ou humanidade (no sentido tradicional), ainda assim o *Dasein* é o homem (o único ser que se interroga pelo sentido de sua própria existência).

É claro que não temos a intenção de fazer aqui um inventário de todas as questões que envolvem o *Dasein*, mas – por outro lado – é impossível compreender o tempo na filosofia de Heidegger sem essa ideia particular de "ser". Dissemos "particular" porque o *Dasein* é, ao mesmo tempo, o que há de mais inefável (ou seja, cada indivíduo é único e insubstituível) e o que há de mais geral, porque é preciso que o *ser-aí* diga respeito a todos os homens. É aí que Heidegger não consegue escapar de uma certa universalização, por mais que pense esse *ser* como algo que se constrói no tempo. Aliás, ele não escapa jamais dessa universalização, já que, ao contrário dos existencialistas – que ficam restritos à reflexão sobre o homem, o único que lhes interessa como existente –, Heidegger buscou até o fim de sua vida a compreensão do ser em geral. Seu intuito inicial era partir do *Dasein*, esse ser especial e diferente dos demais, para chegar ao ser do mun-

---

223. Heidegger, apud Rüdiger Safranski, *Heidegger, um mestre da Alemanha entre o bem e o mal*, p. 208.

do. É claro que a sua perspectiva, por ser demasiado ambígua (o homem é diferente do resto do mundo, mas faz parte dele; é livre, mas também é limitado pelo seu cotidiano e também por ser um "ser-para-a-morte"), não permite chegar a lugar algum, já que o homem é uma espécie de expatriado do próprio mundo, um estranho que não parece fazer parte da natureza. A própria ideia de um livre-arbítrio absoluto não parece adequar-se à natureza. Que tenhamos mais opções que os outros seres, que possamos tomar decisões, isso é verdade, mas seria mesmo nossa vontade absolutamente livre? Para Heidegger, o *Dasein* pode escolher por si mesmo as possibilidades de sua existência:

> El Dasein se comprende siempre a sí mismo desde su existencia, desde una posibilidad de sí mismo: de ser sí mismo o de no serlo. El Dasein, o bien ha escogido por sí mismo estas posibilidades, o bien ha ido a parar en ellas, o bien ha crecido en ellas desde siempre. La existencia es decidida en cada caso tan sólo por el Dasein mismo, sea tomándola entre manos, sea dejándola perderse. La cuestión de la existencia ha de ser resuelta siempre tan sólo por medio del existir mismo. A la comprensión de sí mismo que entonces sirve de guía la llamamos comprensión existentiva [existenzielle]. La cuestión de la existencia es una "incumbencia" óntica del Dasein.[224]

---

224. Heidegger, *Ser y tiempo*, p. 12.

Na verdade, é isso que quer dizer se construir no tempo. Essa é a essência (ou a existência) do *Dasein*, ou seja, o *ser* do Dasein é a sua existência. A questão, no entanto, é: como fazer da existência um ser? Como retirar do homem sua essência transcendente ou *a priori*, lançando-o ao mundo em toda a sua inefável individualidade e, ainda assim, dar a ele um ser? Se o ser é o existir, e se não somos determinados por nada anterior, se não existe um "geral" em nós, então é preciso pensar esse "ser" como a sua própria historicidade. Mas se o ser é tempo, é historicidade, não se pode falar em "ser" propriamente dito, mas em seres múltiplos, existências múltiplas, tão diversas quanto as culturas e sociedades que concorrem para (e para alguns até determinam completamente) a formação do "eu", da individualidade. Em Heidegger, porém, isso também é ambíguo. O *Dasein* não é um ser *a priori*, mas também não é destituído de características fundantes, de propriedades comuns. Heidegger, que deseja romper também com a ciência – que, para ele, objetiviza o *Dasein* (tratando-o como uma coisa entre outras) –, procura não fazer uso de conceitos como o de "espécie" ou de "animal", e assim o *Dasein* segue sendo "alguma coisa", um "ser", sem que isso ganhe uma grande inteligibilidade.

Em outras palavras, Heidegger produz uma filosofia "psicologizante", recorrente, um círculo vicioso onde o único ser que fala que é ser é o *Dasein*, mas ele se vê e se apresenta como ser porque fala e pensa; enfim, esse ser parece inseparável do pensamento e da linguagem. Mas o ser do *Dasein* só se descobre realmente "na" e "pela" angústia. Eis mais um ponto de ruptura com as filosofias anteriores: o homem não se percebe antes de perceber o mundo, e nem percebe o mundo antes de se perceber. Nem o mundo é seu objeto nem ele próprio é objeto. As duas percepções são dadas juntas e não podem ser separadas. Eis que o *ser-aí* é primeiro um "ser-no-mundo" e permanece assim até transcender essa condição. Mas o transcender não é uma transcendência real, mas apenas o *Dasein* que se vê como si-mesmo e, assim, o "coestar" com os outros já não o determina mais. Ele toma nas mãos sua existência e seu "poder-ser" se realiza numa existência autêntica. A impropriedade ou a existência inautêntica do *Dasein* é que, enquanto não se descobre como ser, ele é prisioneiro da facticidade, existencialidade e ruína. Ele começa, na verdade, fusionado com o mundo, ou seja, ele não está imediatamente consigo mesmo:

> Primeiro eu não sou eu no sentido do próprio mesmo, mas os outros à maneira do a gente... Primeiro, o Dasein é a gente, e geralmente permanece assim. Quando o Dasein descobre por si o mundo e o aproxima de si, quando ele mesmo descobre seu ser próprio, então realiza-se essa descoberta de mundo e descoberta do Dasein

sempre como afastamento dos encobrimentos e obscuridades, como quebra das dissimulações com as quais o Dasein se fecha para si mesmo.[225]

O domínio dos outros, esse "coestar" no mundo, nos mantém distantes de nosso próprio ser, mas cada outro humano é um *Dasein* também e, assim, enquanto cada um não toma seu destino nas mãos, não se realiza enquanto ser, enquanto temporalidade vivida e afirmada. É claro que, ainda que Heidegger não admita, é difícil não pensar o seu *Dasein* como um prolongamento da filosofia de Descartes e de Kant, pois em que medida – a não ser pelo *cogito*, pelo pensamento ou pela consciência – o homem pode se pensar diferente dos demais entes? Como ele poderia entrar numa relação consigo mesmo senão pelo fato de que ele é o único que pode fazer a pergunta sobre o ser (ou, mais exatamente, o único a se constituir pela linguagem)? Mais ainda: como pensar o homem como o único ser propriamente dito, senão pela sua natureza reflexiva? Enfim, como esse ser (já perguntamos acima) se ajusta à natureza e ao mundo, se o mundo é prisioneiro da necessidade, é determinado? Como esse "ser" se ajusta ao "Ser maior"?

Sabemos, na verdade, que a intenção de Heidegger é erigir uma ontologia autêntica, fundamental, liberta de uma metafísica que pensa o *ser* ora como puro, imóvel e

---

225. Heidegger, apud Rüdiger Safranski, op. cit., pp. 203-4.

transcendente (metafísica socrático-platônica), ora como estando no mundo, como é o caso do realismo (que tende, para Heidegger, a confundir o ser com o ente). Sem dúvida, é na relação com o tempo que Heidegger descobrirá uma maneira de fazer nascer essa ontologia. O ser como tempo e o tempo como ser, uma só e mesma coisa, é a maneira que ele encontra para romper (ou tentar romper) com toda a metafísica anterior e, sobretudo, com a fenomenologia, que termina, para ele, "psicologizando" o tempo.

> Aos olhos de Heidegger, Husserl peca, com efeito, por sua psicologização do tempo mesmo que continue vendo no tempo alguma coisa de imanente, de interior ao sujeito, quando ao contrário trata-se, para Heidegger, de pensar o sujeito como tempo, como processo de temporalização (Zeitgung).[226]

Mas como entender esse ser como temporalidade viva, fora do aspecto psicológico? O tempo é, ele próprio, um horizonte aberto de possibilidades ou é o homem, na vivência do tempo, que abre uma perspectiva múltipla para si mesmo? Afinal, é isso que permite ao homem projetar, se organizar, enfrentar as intempéries, enquanto o animal vive apenas o presente ou um tempo bem próximo (alguns felinos, por exemplo, guardam comida nos galhos das árvores

---

226. François Chenet, *Le temps*, p. 111.

para comerem depois, e conhecemos o costume dos cães, que enterram seus ossos para poderem saboreá-los em outro momento). De fato, o animal não tem as vantagens do homem, ele não se "adianta" muito, ele não vai muito além de si e dos limites de seu corpo. Assim, ele não pode se organizar melhor, nem fixar metas e objetivos muito distantes, mas – por outro lado – ele vive mais em paz do que nós, com menos preocupações e sem o tão famigerado medo da morte (que, para Heidegger, se confunde com a própria temporalidade vivida).

A questão de distinguir a ontologia da metafísica parece-nos muito original (poderíamos, por nossa conta, acrescentar que a ontologia, ao contrário da metafísica, é a ciência que pensa o ser como pura imanência, como devir puro); porém, em Heidegger, mesmo uma ontologia baseada na ausência de transcendência acaba se tornando vazia, já que – em primeiro lugar – sua questão é precisar melhor a diferença entre o ôntico (o real, o mundo, o que existe) e o ontológico (a esfera do ser e, sobretudo, do *Dasein*). Como diz Heidegger, "a característica ôntica do *Dasein* consiste em que ele *é* ontologicamente"[227]. Em outros termos, o *Dasein* existe onticamente como todos os outros existentes, mas apenas ele existe de modo ontológico. É claro que, para escapar da metafísica, esse ser não pode (como foi dito antes) ser algo pré-

---

227. Heidegger, apud Rüdiger Safranski, op. cit., p. 190.

vio, *a priori*, dado, o que é muito difícil de compatibilizar com a própria ideia de *ser* (que também não significa "presença", estar no mundo como ente, mas é algo além disso, é uma espécie de "transcendente" que não transcende).

Se Sartre inspira-se em Heidegger (e também em Kierkegaard), quando faz da frase "a existência precede a essência" o grito de guerra do existencialismo, é porque também pensa o homem como se fazendo no tempo, como senhor de sua vida. Também, para ele, nenhum outro ser "existe" como o homem. Nenhum outro se problematiza, se pensa, nenhum outro tem consciência de sua finitude. No entanto, isso não produz em Sartre nenhuma ontologia e muito menos uma necessidade de precisar as fronteiras entre os seres. É claro que a filosofia diz respeito apenas a nós. É para o homem que filosofamos. Mas a filosofia tem um sentido maior, que vai além de produzir conceitos: ela deve gerir nossa relação com o mundo e com os outros seres (humanos ou não). Esse solipsismo fenomenológico só nos leva mais para dentro de nós mesmos e, assim, mais ainda nos perdemos em nossos próprios sentimentos e volições; mais perdemos o mundo e os seres que "co-habitam" conosco nessa existência breve e, por isso mesmo, temporal.

Em Sartre, portanto, a ideia de que nos fazemos no tempo, em nosso próprio existir, abre uma série infinita de possibilidades para o homem – inclusive a de não ser coisa alguma. A angústia, para ele, está mais ligada à liberdade do que à consciência da morte (como em Heidegger), já que somos obrigados a escolher continuamente, isto é, estamos "condenados" à nossa própria liberdade e, nessa condição, temos que assumir a responsabilidade por todos os nossos atos. É claro que Heidegger está no fundo dessas concepções sartrianas, mas – como um bom francês e, portanto, bem menos metafísico do que um alemão – a ideia de uma ruptura completa com a metafísica libera o próprio pensamento da ideia de ser e de não ser.

Voltando a Heidegger, apesar de algumas belas imagens que seu pensamento produz, em torno das vivências do *Dasein* e da própria ideia do tempo como horizonte do ser ou do *Dasein* como temporalidade vivida na carne, essa forma de conceber o ser é mais poética do que propriamente real. Afinal, o que significa dizer que o ser é tempo, ou melhor, que o homem é tempo? Se quer dizer que temos um tempo, que nos temporalizamos enquanto seres no mundo, que nos inventamos a partir da ideia de passagem ou da consciência de nossa própria morte, isso parece bem acertado. Mas, apesar das críticas que Heidegger fez à fenomenologia, isso não difere em nada de uma vivência interior dessa temporalização – uma vivência que se reflete em nosso agir. Trata-se ainda de um sentimento de tempo e não do tempo em si... Não é o próprio *Dasein* que é presente, passado ou futuro... Embora sejamos os únicos a viver essa temporalidade, essa continuidade e essa certeza do amanhã. Isso é tão verdadeiro que, ainda que Heidegger diga que o sentido de nosso ser é o tempo, nem por isso nossa existência ganha mais inteligibilidade ou clareza. Como diz Rüdiger Safranski, a mensagem de *O ser e o tempo* é: "O sentido do ser é o tempo, mas o tempo não é nenhuma cornucópia de dádivas, ele não nos dá apoio e nem orientação. O sentido é o tempo, mas o tempo não nos dá sentido"[228].

Pois, então, como fazer dessa falta de sentido uma ontologia? Das duas uma: ou o tempo existe como uma instância real, embora apenas no sujeito ele ganhe "vida" (e, assim, o homem se confunde com o próprio tempo, pois só nele o tempo se realiza verdadeiramente como passagem e finitude), ou, como Plotino, Heidegger faz da "alma" o próprio tempo. Sabemos que Heidegger é leitor de Plotino e de Santo Agostinho e, no fundo, julgamos que ele termina por fazer a síntese dessas duas concepções de tempo (o tempo como vida da alma e a *distentio animi*), embora – é claro – ele tenha dado a essa síntese uma feição mais existencial. O tempo, do ponto de vista heideggeriano, é a própria existência, entendendo-se por isso a maneira de ser do homem, ou melhor, do *Dasein*.

Vejam que, como mostra François Chenet, a questão do sentido do ser deve ser entendida como "o ser no hori-

---

228. Ibid., p. 194.

zonte do tempo" ou "o tempo que se desenvolve como horizonte do ser"; em todo caso, trata-se de entender que é o tempo que dá "ao próprio Ser sua essência e seu lugar"[229]. Digamos que as coisas "são" no tempo, mas apenas o *Dasein* é tempo ou temporalidade, historicidade. Ele não se desenvolve senão como temporalidade, daí por que sua maior propriedade é a preocupação, pois só o homem projeta, só ele teme o futuro e a própria morte – que, para Heidegger, não é um acontecimento no tempo, mas o fim do próprio tempo.

Nos parágrafos 80 e 81 de *O ser e o tempo*, Heidegger chama a atenção para a "gênese do conceito vulgar de tempo" que o toma como uma sequência de "agoras". É claro que a ideia do "número do movimento" de Aristóteles garante a medida do tempo. Mas o tempo não é isso. Para ele ser compreendido em profundidade, é preciso que o desliguemos das antigas ideias de linha e ponto (ou seja, tal como em Bergson, é preciso não matematizá-lo). Mas também é preciso não entendê-lo como vivência interna do passado, presente e futuro (tal como a *distentio animi*) nem como a sucessão temporal, como modos da consciência do tempo. A temporalidade autêntica é a "existencial", e se entende por isso a modalidade própria do ser do *Dasein*[230].

---

229. François Chenet, op. cit., p. 115.
230. Ibid., p. 113.

> A temporalidade autêntica é a temporalidade extática e originária, a qual é fundamentalmente finita, em oposição à compreensão vulgar do tempo como sequência infinita de agoras: nesta temporalidade autêntica, o existente assume "o ser-para-a-possibilidade"... Compreendendo-se a si próprio a partir da possibilidade mais alta e intransponível, ou seja, a morte, o Dasein está no modo do por-vir... É a partir do futuro (Zukunft) que se temporaliza o tempo verdadeiro.[231]

O que dá ao tempo um mínimo de ser não é, portanto, o presente nem a sucessão, mas o fato de que o futuro garante a relação com o passado (o *haver-sido*). É no encontro do passado com o futuro que o presente aparece, entre os dois, como a possibilidade do ser. É uma dialética entre as três "dimensões" e não uma linha reta. Existe uma tripla presença do tempo como unidade do passado e do futuro imediato no presente vivo. E, como tal, o ser é uma presença, como o Deus de Agostinho ou o ego transcendental de Husserl. A questão, no fundo, é a de pensar o Ser enquanto *presença permanente*, do qual participa presentemente o ente. É o que ele chama de tempo extático e originário.

É claro que estamos diante de uma filosofia repleta de ambiguidades e de sutilezas, daí por que ela recebe as mais diversas interpretações. Heidegger, sem dúvida, oscila en-

---

231. Ibid., p. 113.

tre o desejo de construir uma ontologia autêntica e o gosto desmedido pelos jogos de linguagem. Ele deixa claro que sua filosofia não pretende dar consolo a ninguém, não deixando qualquer saída para o *Dasein*. Afinal, a filosofia não deve apaziguar as mentes, mas fazer pensar. Mas seja para o bem ou para o mal, o *Dasein* torna-se um si-mesmo ao mesmo tempo que toma consciência da morte. No horizonte do ser está o tempo, e com ele a morte anunciada... É essa consciência da passagem e do fim que dispara a sensação do tempo e começa a nos constituir como seres autênticos. Somos o "ser-para-a-possibilidade", mas também, e pela mesma razão, o "ser-para-a-morte". Num certo sentido, somos nós que "passamos", que fluímos como um rio do início ao fim, sem porto seguro, sem ideias consoladoras. A morte nos singulariza, e não a vida. Eis a "via crucis" do *Dasein*. Como *ser-no-mundo*, somos inautênticos, como *si-mesmos*, vislumbramos a morte. Mas a morte é uma ideia libertadora em Heidegger, ou seja, toda decisão do *Dasein* é provisória enquanto ela não é vista "à luz da morte", desvelada em toda a sua verdade como um "adiantar-se" para a morte. Como nos mostra Françoise Dastur:

> Por esta antecipação da morte na qual Heidegger vê o futuro autêntico – não aquele que ainda não é presente, mas a dimensão a partir da qual pode haver um presente e um passado – o Dasein dá a si próprio o seu tempo.

Torna-se, por aí, manifesto que a relação original com o tempo não é a medida. Porque no que Heidegger chama de antecipação da morte – Vorlaufen: literalmente o fato de ir adiante dela – não se trata de perguntar quanto tempo ainda nos separa dela, mas, para o Dasein, de apreender seu próprio ser-findo como possibilidade de cada instante.[232]

Caminhamos para a morte, mas o *Dasein* só adquire um verdadeiro poder sobre sua vida quando descobre o seu destino como tempo e efemeridade. Não é sem razão que a angústia (*Angst*) reina isolada entre todas as disposições do espírito na filosofia de Heidegger. Mas, infelizmente, a percepção da morte não costuma libertar o homem. Ao contrário, ela leva os homens, em geral, a buscarem consolo na religião. Só muito poucos enfrentam a morte e se decidem pela vida. Talvez o *Dasein*, nesse caso específico, seja apenas (e também nem sempre) o filósofo.

Enfim, o tempo é o horizonte do ser (e, mais especificamente, do *Dasein*), confundindo-se com a sua essência mais profunda. É certo dizer, portanto, que o tempo existe e que ele diz respeito mais diretamente ao homem, embora devamos lembrar que Heidegger desejava partir do *Dasein* para chegar à compreensão do Ser em geral (ainda que sua obra tenha ficado inacabada). Eis por que se trata de uma

---

232. Françoise Dastur, *Heidegger et la question du temps*, pp. 18-9.

ontologia. De qualquer modo, para ele, existir não é ser uma substância ou sujeito (Heidegger, como sabemos, tenta fugir das antigas denominações do ser). Existir é tempo ou, melhor ainda, o ser é temporal, é temporalidade, é passagem. "Estar no mundo" como ser, portanto, tem um sentido muito particular. Para começar, não diz respeito apenas à presença física, material. Estar-aí, estar no mundo, é ter consciência dessa condição, é ter consciência de si mesmo e de sua existência. É ser para si mesmo um "ser". É ser o próprio tempo.

É bastante curioso que sempre tenha sido o desejo de Heidegger ultrapassar a metafísica (que ele apresenta como um raciocínio incorreto e vicioso) para chegar, ele próprio, ao ser autêntico. Mas a própria ideia do "ser autêntico" é carregada de um sentimento místico e religioso. Apontar Nietzsche como "o último dos metafísicos" – e escrever um livro para provar que sua concepção do eterno retorno o coloca também no seio da metafísica – é um excelente estratagema para que ele próprio se apresente como aquele que fez ruir a metafísica. Porém, o pai da ontologia (como ciência do ser autêntico) não faz nada além de trazer de volta o que o próprio Nietzsche já havia sepultado: a ideia do ser. Se mesmo Nietzsche a utiliza em alguns momentos, ela nunca difere da ideia de devir e, assim, tem uma conotação completamente distinta da de Heidegger (que, por um lado, apresenta o ser também como devir, já que ele é tempo, mas, por outro, nunca o define completamente assim, estando esse ser submerso numa aura eterna de mistério). A verdade é que Heidegger pensa romper com os raciocínios metafísicos quando rompe com a ideia do ser que se confunde com o próprio ente (a tal substancialização ou objetivização do ser), mas ele nada faz além de confundir ainda mais os conceitos.

É claro que Heidegger está certo quando diz que o ser não é o conjunto de todos os seres, pois isso é tomar o ser pelo ente (e como pode o "ser" do ente ser ele próprio um ente?)[233]. Mas, ao mesmo tempo, ele não pode ser algo à parte do ente nem uma essência ou uma forma encarnada. O ser, assim, precisa ser um "modo", uma "expressão", a forma pela qual todos os entes se dizem. Só assim existiria uma verdadeira ontologia. A ideia do *Dasein*, no entanto, parece-nos um prolongamento de um sentimento religioso latente e inconfesso. A verdade é que Heidegger confere ao *Dasein* um estatuto superior de existência, confere ao homem um poder além dos outros seres (ou entes) da natureza. Não se trata de uma diferença no modo de existir, mas de uma diferença ontológica profunda, que separa o homem definitivamente da natureza (digamos que, onticamente, ele é inseparável da natureza, mas, ontologicamente, ele a ultrapassa). Em outras palavras, dizer que o *Dasein*

---

233. Ibid., p. 6.

guarda a verdade sobre o ser leva à conclusão de que o ser se faz nesse jogo com ele (e apenas com ele). Se isso se estende aos demais ou ao Ser em geral, é algo que nunca ficou claramente respondido. A única coisa que percebemos é que, se Kant já havia conferido ao homem (ou à razão) o poder de legislar sobre todas as coisas, com Heidegger, o homem vai mais além: ele é o único que tem uma existência plena. Os outros estão aí, mas têm uma existência relativa, menor. O mundo, por fim, "encolheu" e desapareceu por completo diante da magnitude do *Dasein*.

Sem dúvida, não negamos a originalidade de muitas das reflexões de Heidegger. Gostamos da ideia de que o ser é um contínuo fazer-se, que não existe uma essência *a priori* nem um mundo de ideias inteligíveis para guiar nossos passos – embora Nietzsche tenha dito isso de uma maneira bem mais clara e convincente. Aliás, no que tange à escrita de Heidegger, somos levados a pensar nas palavras de Schopenhauer sobre o modo de ser dos alemães em geral. Schopenhauer diz que "o verdadeiro caráter nacional dos alemães é a sua inclinação para o estilo pesado [...]"[234]. Isso se observa em todas as atividades e na própria maneira como eles falam, agem e pensam, mas "especialmente no seu estilo literário, no prazer que eles têm por períodos longos, pesados e enredados[235]. Schopenhauer refere-se aqui a He-

---
234. Schopenhauer, *Sobre o ofício do escritor*, p. 82.
235. Ibid.

gel e aos românticos, mas achamos que algumas coisas bem poderiam ser aplicadas a Heidegger, como a ideia de que alguns autores "expõem o que têm a dizer com expressões forçadas e complicadas, com neologismos e períodos extensos, que rodeiam e encobrem o pensamento [...]"[236]. De fato, para o grande educador (nas palavras de Nietzsche), é mais fácil escrever coisas que ninguém entenda do que expressar pensamentos significativos de modo claro. "Que os céus deem paciência ao leitor", suspira Schopenhauer[237].

Não estendemos tudo o que Schopenhauer diz de Hegel e dos filósofos românticos a Heidegger, mas é impossível não ver nessa descrição dos alemães (Nietzsche era da mesma opinião) algo de muito verdadeiro. Eles pisam pesado. Não sabem dançar, diria Nietzsche. E sempre complicam demais qualquer ideia, mesmo a mais trivial de todas.

Mas voltando à questão do ser como um incessante criar a si mesmo, como é possível fazer disso uma ontologia? Como compatibilizar a existência individual inefável com as determinações existenciais do *Dasein* sem cair numa metafísica subjacente? A saída pela historicidade e pela temporalização é boa, mas – ainda assim – a ideia do *Dasein* é suspeita, tanto quanto a do sujeito transcendental de Kant ou a das "máquinas com alma e sem alma" de Descartes. É claro que o homem é mesmo diferente dos outros se-

---
236. Ibid., p. 28.
237. Ibid., p. 83.

res: ele sabe que vai morrer, ele tem uma ideia de futuro que lhe permite projetar as coisas. Ele organiza sua vida e também tem escolhas que os outros seres não têm. Mas, ainda assim, ele não é completamente livre nem possui um ser superior. O que Heidegger chama de transcender não nos parece nada além da ideia do super-homem nietzschiano, que se reinventa como um além do homem, sabendo – no entanto – que só existe este mundo e que ele é parte dele. Não existe ruptura (nem transcendência) que não seja tão somente uma invenção de novos valores e de novas formas de existência. Enfim, se o ser é tempo e o tempo é ser, isso só tem sentido se quer dizer que "ser é devir". Para além disso, cai-se de novo na metafísica, mesmo que se invente os mais requintados conceitos. Enfim, Heidegger não é difícil; é só obscuro e confuso. Eis a nossa conclusão.

O tempo na física 2

A questão do tempo continua sendo – mesmo para a ciência – um grande enigma. Apesar de toda a revolução que representou a teoria da relatividade de Einstein (com a ideia de que o tempo não existe em si, como universal e absoluto, mas que depende de um observador e, mais propriamente, de que o espaço e o tempo não existem separadamente, mas como um misto), não há, na própria física, um consenso sobre esse tema. A teoria da relatividade, por exemplo, não se compatibiliza com a ideia de irreversibilidade trazida pela termodinâmica e, posteriormente, pela própria mecânica quântica – que, aliás, Einstein nunca aceitou, pelo grau de probabilidade e de acaso que ela instaura no seio da natureza e da própria ciência. Para Einstein, "Deus não joga dados", logo, a ideia de um mundo incerto, caótico, sem leis absolutamente imutáveis, parece-lhe um grande contrassenso.

De fato, para os que defendem um princípio ordenador do universo (ou mesmo uma ordem inerente ao próprio movimento do mundo), a simples ideia de uma possível "lei do caos" soa como uma profunda negação e contradição. E não poderia ser de outra maneira, quando se entende por *lei* algo inviolável e inexpugnável. Ilya Prigogine trata desse aparente paradoxo em seu livro *As leis do caos*. Afinal, como falar em lei numa esfera de imprevisibilidade máxima? A questão, no entanto, para o ganhador do prêmio Nobel de Química de 1977, é que a introdução da noção de instabilidade na ciência (a partir do estudo dos sistemas instáveis) termina por obrigar os próprios cientistas a repensarem a noção de "leis da natureza"[1]. Afinal, se no universo clássico a noção de lei está associada a uma descrição determinista e reversível no tempo (no caso, o passado e o futuro desempenham o mesmo papel, já que as leis seriam sempre as mesmas num universo previsível), com a introdução do caos, as noções de probabilidade e de irreversibilidade começam a ampliar a própria noção de lei, abrindo, no seio da natureza, um espaço para o novo e para a mudança.

> Pouco a pouco se desenha a partir daí uma nova racionalidade na qual a probabilidade não é ignorância e a ciência não se confunde com a certeza. [...] É a esse preço que a noção de evolução, e com ela as noções de

---

1. Ilya Prigogine, *Les lois du chaos*, cap. I.

acontecimento e de criatividade, fazem sua entrada nas leis fundamentais da natureza.[2]

Sem dúvida, a noção de evolução (nascida no seio da ciência natural de Darwin) influenciou todos os demais ramos do saber, abrindo novos caminhos para o pensamento, inclusive, com relação ao tempo – que, desde Newton, era compreendido como uma estrutura à parte da matéria, absoluto, contínuo e matemático. Com a introdução da ideia de caos no seio da natureza (não mais como oposição absoluta à ordem nem como a antiga oposição entre ser e devir, mas como parte da própria dinâmica do mundo) tudo se transforma. Eis que o mundo agora aparece, para Prigogine, como um jogo de possibilidades abertas, de probabilidades. Isso não quer dizer que as leis não existam, mas que seria inviável, no parecer do químico russo, pensar um mundo absolutamente determinado, fechado, sem mudanças. Einstein, que sempre se orgulhou da objetividade da física e de seus cálculos precisos, julgava tal hipótese inimaginável. O mundo não é uma grande "aposta", pensava ele.

Mas, apesar da resistência, mesmo Einstein teve que reconhecer a força do acaso na natureza. É assim que, num artigo sobre a emissão de luz, ele afirma "que o tempo de emissão dos fótons é determinado pelo acaso"[3]. Para Prigo-

---

2. Ibid., p. 11.
3. Id., *As leis do caos*, p. 14.

gine, isso o aproximaria de Lucrécio (que, como um bom epicurista, acredita num universo que é pura novidade). A semelhança entre essa ideia e a do *clinamen* como um "desvio" que atrapalha a queda dos átomos no vazio (que Lucrécio atribui a Epicuro) faz parecer que o tempo que separa Einstein de Lucrécio não passa de um instante[4]. Mesmo Einstein, com seu mundo determinado e com suas leis rígidas, cede ao acaso, embora jamais aceite pensá-lo como um princípio.

De qualquer modo, a questão que parece a mais fundamental é: estaria mesmo o mundo físico aberto à novidade? E, caso esteja, isso está ligado à realidade do tempo ou apenas às condições da própria matéria? Seria mesmo o futuro uma realidade em si, uma porta aberta para o desconhecido? Do ponto de vista filosófico, como vimos anteriormente, o próprio conceito de futuro é problemático, mas, como a ciência não é reflexiva, ela tende a partir de conceitos já elaborados pela filosofia, os quais pode ou não confirmar (na maioria das vezes, tais confirmações ou verificações não passam de conclusões tiradas de fórmulas matemáticas inacessíveis à grande parte dos mortais[5]). O

---

4. Ibid.
5. Em geral, quem não conhece os métodos científicos tende a crer que aquilo que se denomina "ciência" é um conjunto de conhecimentos testados, verificados, experimentados concretamente. Mas o que não é sabido geralmente é que a ciência trabalha tanto com a dedução quanto com a indução, e na maior parte das experiências chega-se a um ponto que apenas o pensamento ou a abstração pura (no caso, a matemática) pode "alcançar".

importante, nesse caso, é entender que – como diz Étienne Klein[6] – desde Santo Agostinho já se havia notado que a palavra "tempo" não diz quase nada da coisa que acreditamos experimentar e que, no fundo, o tempo parece ser "o objeto de um saber e de uma experiência imediatos, mas ele se perde nas brumas a partir do momento em que se quer apreender o seu conteúdo"[7]. Com relação à física, isso se complica ainda mais, já que não é tarefa das ciências refletir ou criar conceitos. Como diz o próprio Klein:

> De fait, les physiciens sont parvenus à faire du temps un concept opératoire sans être capables de définir précisément ce mot. De façon générale, nous méditons sur le temps sans trop savoir à quel type d'objet nous avons affaire. Le temps est-il un objet naturel, un aspect des processus naturels, un objet culturel? Est-ce parce que nous le désignons par un substantif que nous croyons abusivement à son caractère d'objet? Qu'est-ce donc qu'indiquent vraiment les horloges quand nous disons qu'elles donnent l'heure?[8]

Desde Galileu, a física é matematizada e matematizável (ao contrário da física aristotélica, que predominou até o início da Renascença).

6. Étienne Klein, "Le temps de la physique", *Bulletin Interactif du Centre International de Recherches et Études Transdisciplinaires*, nº 12, fev. 1998 (disponível em: <http://nicol.club.fr/ciret/bulletin/>). O texto também foi publicado no *Dictionnaire de l'ignorance* (Paris, Albin Michel, 1998).
7. Ibid.
8. Ibid.

Questão importante levantada por Klein – aliás, uma raridade entre os físicos, é preciso que se diga. Ele se pergunta: o tempo é um objeto natural, um objeto cultural? O que é isso que chamamos de tempo, afinal? "É porque nós o designamos por um substantivo que cremos abusivamente em seu caráter de objeto?" Sim, eis uma questão fundamental! Em geral, a ciência (e, nesse caso, isso serve tanto para a física quanto para a história e até para a psicologia) já parte de uma ideia preestabelecida, supondo saber desde o início o que é esse objeto "tempo". No entanto, basta tentar defini-lo e não se consegue dizer coisa alguma sobre a sua natureza (já dizia Agostinho).

É verdade que Prigogine não tem qualquer dúvida sobre ele: para o químico, a irreversibilidade trazida pela Segunda Lei da Termodinâmica (a da entropia), pelo evolucionismo de Darwin e pelo conhecimento mais aprofundado da matéria e de seu microcosmo de partículas elementares é a prova incontestável dessa novidade contínua e, portanto, da existência do próprio tempo. Mas o que ele está dizendo, afinal? Que a prova de que o tempo existe é o fato de que nada volta para trás? Sim. Para ele, isso é suficiente para provar a existência do tempo. Porém, uma outra pergunta se apresenta: é o tempo que impede que as coisas se repitam igualmente, que elas voltem ao seu estado anterior?

É claro que Prigogine, tal como Stephen Hawking (apesar de todas as diferenças que existem entre eles, já que o primeiro defende a existência de uma seta do tempo e o segundo faz o tempo derivar do mundo, nascendo e morrendo com ele), não consegue dissociar o tempo do movimento do mundo e da matéria. Mesmo quando Prigogine afirma que "o tempo precede a existência"[9] (sendo, portanto, eterno), sua justificativa ou maneira de provar a existência do tempo continua fortemente ligada às circunvoluções do mundo e aos devires materiais. São os movimentos da matéria, o devir contínuo, esse incessante movimento que leva tudo a se fazer e se desfazer incessantemente, que se apresentam, em geral, como a prova do tempo. Mas, então, o que observamos é que a ciência também não tem uma definição muito precisa do tempo e que, mesmo entre os físicos, não existe qualquer consenso. Sim. É exatamente isso! Einstein nega o tempo uno e absoluto. Prigogine defende a flecha do tempo. Hawking o faz nascer e morrer com o nosso mundo.

Enfim, a pura verdade (além do fato de que não existe um consenso também na ciência, embora ela queira passar essa ideia para os leigos) é que nem mesmo os cientistas sabem definir o tempo (assim como também não sabem definir a energia). Não falamos isso para desmerecer as ciências, mas apenas para chamar a atenção sobre o nosso conhecimento (ou, talvez, para lembrar, como Prigogine

---

9. Ilya Prigogine, *O nascimento do tempo*, p. 60.

e Klein, que a ruptura com a filosofia só empobreceu ainda mais a ciência). Como sempre, o velho Nietzsche continua com razão: nós inventamos o conhecimento e depois nos esquecemos disso. Ou, como diz Wittgenstein (a quem pouco apreciamos, no fundo), o sentido das palavras é dado por nós mesmos, pelo uso que fazemos delas, e não por uma potência exterior a nós[10]. Não existe uma coisa última que a palavra "signifique" verdadeiramente ou um sentido íntimo, inerente a essa coisa (no caso, ele está falando do mundo). Achamos um pouco exagerado esse aspecto fenomenológico da linguagem (embora não possamos tratar disso agora), que sempre leva a um desprezo inevitável do mundo, mas – de fato – a linguagem não deixa de ser a "essência" do homem ou, pelo menos, é a partir dela que ele se constitui como ser social e individual.

De qualquer modo, se nas ciências humanas, em geral, a questão do tempo tende a diluir-se (na sociologia, por exemplo, o que importa é a representação do tempo, seu aspecto social e cultural; na psicologia, o que vale é a vivência interior do tempo), na física o problema ganha proporções gigantescas, já que ela supõe que o tempo e o espaço são objetos de seu conhecimento. Mas se a física pretende realmente superar suas próprias dissensões internas, deverá se deter melhor nessa questão – ou, então, continuar a tra-

---
10. Étienne Klein, op. cit.

tar do tempo independente de sua existência concreta. Isso, aliás, não é nada difícil para o homem, que costuma acreditar mais no invisível e impalpável do que naquilo que vê e toca.

Mas, voltando a Prigogine, ele defende que a ciência, na verdade, sempre negou o tempo, seja fazendo-o derivar do movimento, seja por fazer dele algo abstrato e matemático, uma forma pura (seja ela externa, como em Newton, seja interna, como em Kant). Para Prigogine, repetimos, o tempo existe e não é algo psicológico nem uma forma *a priori* do sentido interno. Ele não depende do homem em nenhum aspecto, embora o homem seja o único capaz de apreendê-lo em sua profundidade. O homem não criou o tempo. Ao contrário disso, ele é a própria condição de possibilidade da nossa existência e de todo o universo. Em suma, somos nós que existimos graças ao tempo e não o contrário. Sem dúvida, não é difícil ver aí uma certa proximidade com a tese de Bergson. Mais do que isso, Prigogine confessa, como diz Klein[11], que a frase de Bergson "Le temps est invention, ou il n'est rien du tout" (entendendo por invenção o seu caráter de novidade criadora) foi crucial para a sua conclusão a respeito do tempo como irreversibilidade. Talvez, por isso mesmo, vejamos também nessa afirmação algo de metafísico. Prigogine, que se detém na querela en-

---

11. Ibid.

tre Bergson e Einstein sobre o "tempo vivo" da biologia e o tempo matemático e ilusório da física[12], termina por defender a seta do tempo de um modo incondicional.

Na verdade, Prigogine não apenas se detém nessa reflexão, como também defende uma reconciliação da física (ou da ciência em geral) com a filosofia, afirmando que é a divergência sobre o tempo o que mais afasta as áreas humanas das exatas. Mas se Prigogine é profundamente original e corajoso em sua proposta (com a qual concordamos), nem por isso julgamos fácil aceitar a ideia da seta do tempo. É claro que devemos pensar em leis mais dinâmicas para a matéria, uma abertura maior para o novo, enfim, um universo criativo e não determinado por leis rígidas e imutáveis; mas como essa ideia garantiria a existência de um tempo em si, anterior ao mundo?

É claro que tudo tem um tempo, uma duração. Mas como isso garante a seta do tempo como uma rota natural, uma linha reta em si e anterior ao próprio universo? De certa forma, o que Prigogine quer é manter a ideia de um tempo uno e absoluto (como era aceito até o século XIX pela ciência clássica, junto com a ideia do espaço absoluto de Euclides). Ele não defende exatamente o tempo de Newton, matemático e abstrato. Ele defende o fluxo, a continuidade e a temporalidade do universo. Mas o que se esconde

---

12. Prigogine trata dessa questão com mais profundidade em *A nova aliança*, obra escrita em parceria com Isabelle Stengers.

por trás da ideia de um tempo em si, seja em Newton ou em outro físico? Segundo o astrônomo Ronaldo Mourão, de Aristóteles a Newton aceitava-se que "os intervalos de tempo e espaço entre dois eventos, quaisquer que fossem as condições de observação, seriam sempre os mesmos"[13]. É isso que significa falar em tempo linear, contínuo, mensurável. Com Einstein, no entanto, "provou-se" que o tempo é relativo, embora o mais importante da teoria da relatividade, segundo pensamos, seja a ideia do espaço-tempo como dimensões inseparáveis.

Na verdade, não se trata exatamente de uma quarta dimensão como duração, no sentido bergsonista do termo. "Dimensão", nesse caso, é "cada uma das quantidades mensuráveis que são necessárias e suficientes para definir um acontecimento"[14]. A duração, em Bergson, não é mensurável, embora na física e na matemática, desde Galileu, não se possa prescindir dos números. Ronaldo Mourão nos lembra, em seu pequeno livro sobre a relatividade de Einstein, que D'Alembert já havia levantado a hipótese do tempo como quarta dimensão na própria *Enciclopédia*. Diz D'Alembert: "um homem de espírito, das minhas relações, acredita que se deve considerar a duração (o tempo) como uma quarta dimensão"[15].

---

13. Ronaldo Mourão, *Explicando a Teoria da Relatividade*, p. 32.
14. Ibid., p. 40.
15. Ibid.

Sem dúvida, Prigogine não aceita a ideia do tempo como quarta dimensão, tanto quanto não vê sentido na ideia do nascimento do tempo com o *Big Bang* (defendida por Hawking). Isso seria o mesmo que dizer que o tempo nasceu junto com o mundo material, o que daria à matéria, se não uma anterioridade, ao menos uma simultaneidade com relação ao tempo. Prigogine diz: "procurarei provar como, num certo sentido, o tempo precede o universo; isto é, que o universo é o resultado de uma instabilidade que sucedeu a uma situação que a precedeu; em síntese, o universo é o resultado de uma mudança de fase em grande escala"[16].

Entendemos o que ele quis dizer sobre a anterioridade do tempo, mas não entendemos como o "universo" pode ser resultado de uma mudança de fase. Fase do quê? O que existia antes do universo? Um tempo puro, uma matéria dispersa? Sabemos, é claro, aonde Prigogine deseja chegar. Ele se pergunta: como pode existir algo de novo num mundo sem tempo? Há, de fato, quem diga que sem o tempo tudo aconteceria concomitantemente, sem intervalo, sem um antes e um depois. Mas existe aqui também um outro engano... É claro que existe um "antes e depois", mas – como falamos no capítulo sobre Aristóteles – esse "antes e depois" diz respeito ao movimento do mundo ou dos próprios objetos. Afinal, para o Estagirita (e também para nós), o mun-

---

16. Ilya Prigogine, *O nascimento do tempo*, p. 37.

do inteiro está em movimento, mesmo quando as coisas estão aparentemente em repouso. De certa forma, não concordamos com Mourão quando ele diz que de Aristóteles a Newton se aceita o tempo absoluto. Aristóteles não defende a existência de um tempo em si, embora ele seja "algo" do movimento, aquilo que se pode medir dele (nesse sentido, existe de modo atrelado, mas não em si mesmo).

Não parece, no fundo, que essa ideia tenha mudado muito, pois o tempo continua sendo algo mensurável na física, algo que não se dissocia do movimento das coisas. Na verdade, é preciso deixar claro que a ideia do *continuum* espaço-tempo, que se encontra ligada à teoria da relatividade restrita (existe uma teoria da relatividade geral e uma restrita), não é exatamente de Einstein, mas do físico Hermann Minkowski. Apenas com ele, em 1908 (três anos depois da teoria da relatividade de Einstein e Poincaré ter sido confirmada), é que apareceu esse misto indissociável que ampliou ainda mais a teoria da relatividade, dando a ela uma maior consistência teórica. Com Minkowski, os fenômenos relativísticos ganham um melhor entendimento.

De qualquer modo, há uma sutileza que nos salta aos olhos quando lemos as palavras de Mourão sobre o fato de que apenas o "espaço-tempo" existe de forma independente, "sendo eles o meio onde ocorrem e sucedem os eventos"[17].

---

17. Ibid.

Aquilo que está sendo dito de modo profundo é que, além do espaço e do tempo serem inseparáveis, eles teriam uma existência autônoma, independente (isso nos leva a suspeitar que esse misto preexista à própria matéria, ou seja, aos eventos e acontecimentos – tal como o quadro *a priori* de Kant, só que agora no interior da própria natureza). Se for assim, a física se rende à metafísica (o que é de se esperar, na verdade, já que estamos diante de grandes matemáticos).

Pois bem, diferentemente de Prigogine e de Einstein, Hawking associa o nascimento do tempo ao *Big Bang*, mas como nenhum dos dois pode ser objeto da sensibilidade, trata-se de uma questão que vai além dos sentidos. Nesse caso, o tempo, bem como tudo que envolve a origem do mundo, continua (e provavelmente continuará) inacessível. Sendo assim, é natural que sua definição acabe envolvendo muitas outras coisas, inclusive certas crenças religiosas. No que tange ao nascimento do mundo, Hawking diz o seguinte:

> Todas as evidências parecem indicar que o universo nem sempre existiu, mas que teve um princípio, há aproximadamente 15 bilhões de anos. Este é provavelmente o descobrimento mais notável da cosmologia moderna. Ainda não está plenamente demonstrado. Porém, não sabemos com certeza se o universo terá um fim.[18]

---

18. Stephen Hawking, "The beginning of time", artigo publicado na internet, no site <http://www.hawking.org.uk>.

Vejam que Hawking também não pode apresentar nada de muito seguro. Mesmo os argumentos que ele usa para provar a ideia de que o mundo não é eterno – como pensavam alguns filósofos (sobretudo, os pré-socráticos) – não têm qualquer precisão. Ele diz, no artigo acima citado, que, se o mundo existisse desde sempre, ele já deveria estar – pela Segunda Lei da Termodinâmica – num grande caos. Diz também que, caso fosse verdade que o mundo e o homem sempre existiram, a espécie humana já estaria num nível de desenvolvimento muito maior, já que tudo está em evolução contínua[19]. Logo, a conclusão mais verossímil para ele é a de que o tempo nasceu há pouco "tempo". Mas o que significa dizer que o tempo nasceu com o mundo? Que ele é parte do mundo, que ele é indissociável da matéria do mundo?

É claro que não vamos nos deter muito nessa argumentação – que é tão imprecisa como muitas outras que encontramos na ciência. Na verdade, como a ciência não é reflexiva nem cria os conceitos que utiliza, é natural que as teorias tenham certa dificuldade para serem "fechadas" (ou, melhor dizendo, tenham dificuldade para superar as contradições internas). Mas, de modo breve, é possível refutar essas ideias usando os argumentos de outros estudiosos e cientistas. Em primeiro lugar, a Segunda Lei da Termodinâ-

---

19. Ibid.

mica vale realmente para universos fechados, embora mesmo assim, ao que tudo indica, Poincaré tenha provado que, depois de algum tempo, o caos tenderia a se reorganizar. Logo, se o mundo for eterno (ou a matéria), pode-se pensar numa recriação contínua, isto é, numa ordem momentânea que se segue a um caos momentâneo e assim sucessivamente. Pode-se pensar no eterno retorno, como de um Heráclito ou de um Nietzsche. Sobre esse ponto, Paul Davies afirma:

> Durante quase todo o tempo, o estado do universo estaria muito próximo do equilíbrio – ou seja do estado de morte térmica. O que essas ideias sugerem é que a morte térmica cósmica não é para sempre e que a ressurreição é possível, dado um período longo o suficiente... Com a descoberta de Poincaré, o conceito de eterno retorno passou a fazer parte do discurso científico, mas com uma roupagem diferente da versão folclórica.[20]

Sobre a outra questão colocada por Hawking, a ideia de que o homem estaria mais adiantado já é, em si, uma falta de compreensão da própria ideia de evolução, que, para Darwin, não queria dizer linha reta ou progresso, mas devir e mutação. É assim, pelo menos, que Jay Gould compreendeu o evolucionismo[21], embora Davies defenda o

---
20. Paul Davies, *O enigma do tempo*, p. 46.
21. Sobre esse ponto, cf. Stephen Jay Gould, *Lance de dados*.

mesmo ponto de vista de outros darwinistas de plantão: a ideia, tirada de uma citação do próprio naturalista inglês, de a seleção natural trabalhar para o bem de cada ser, fazendo-o progredir rumo à perfeição[22] (ideia, aliás, retomada por Bergson).

Por essas e outras razões, percebe-se bem como a ciência é um tanto capenga sem a filosofia. Isso não quer dizer que ela chegaria a algum consenso se a filosofia não tivesse sido "expulsa" do seu território no século XIX (na verdade, a filosofia é ainda menos consensual), mas certamente não veríamos tantas falhas teóricas e conceituais reinando entre os cientistas. Prigogine tem razão quando pensa numa "nova aliança" entre os saberes. A perda é profunda, e não apenas do ponto de vista ético (disso, então, nem se fala), mas em termos teóricos ou mesmo quando se trata de uma compreensão mais ampla dos próprios conceitos. A epistemologia não serve para tal tarefa, já que é um tanto subserviente. Seria preciso uma comunicação real e profunda entre todos os ramos do conhecimento, para que as próprias ciências não se perdessem nos "especialismos".

A ideia de que tudo é relativo abriu, infelizmente, ainda mais as portas para o caos teórico. Há quem se regozije com isso, supondo que Nietzsche e até Deleuze (ao pensar a diferença) desejavam libertar o caos absoluto de sua pri-

---

22. Paul Davies, op. cit., p. 42.

são representativa. Mas enganam-se os que pensam que o caos é algum tipo de saber ou que o saber deva ser caótico (como se essa fosse a verdadeira forma de se opor a Platão). Quando Deleuze fala em plano de imanência ("lugar" onde os conceitos são construídos e tornam-se inteligíveis), ele deixa claro que tal plano é "como um corte no caos e age como um crivo"[23]. Como no próprio mundo, é preciso que a ordem prevaleça para que a vida floresça. Não existe vida (não existe ordenação, organismo) no caos absoluto.

Mas, voltando a Prigogine, ele insiste em defender a seta do tempo. Sobre isso, ele diz: "A física, de Galileu a Feynman e Hawking, repetiu a mais paradoxal das negações, a da seta do tempo, que, porém, traduz a solidariedade da nossa experiência interior com o mundo em que vivemos"[24]. Para ele, essa negação é influência da teologia, pois para Deus tudo é dado e o tempo, de alguma maneira, tiraria de Deus a prerrogativa na criação. Provavelmente, ele está se referindo a Agostinho, que nega o tempo real e, enquanto o psicologiza, o leva para dentro do homem. Mas – em geral – o tempo sempre foi mais defendido pelos religiosos ou metafísicos do que pelos ateus, com algumas exceções, talvez porque eles entendam melhor essa ideia de algo que preexiste ao mundo – no caso, Deus (como o primeiro princípio). A defesa do tempo como anterior ao uni-

---

23. Deleuze e Guattari, *Qu'est-ce que la philosophie?*, p. 59.
24. Ilya Prigogine, *As leis do caos*, p. 8.

verso traz de novo o problema da origem de algo que é diferente do próprio universo e que seria o responsável pela sua criação. Prigogine foge da religião, é verdade, mas parece prestes a cair num dualismo perigoso ao fazer do tempo algo à parte da matéria.

Em outras palavras, há sentido na ideia de Prigogine se o que antecede o mundo é o próprio infinito (entendendo-se, por isso, a matéria em movimento). Mas, fora disso, fica difícil entender a sua concepção. Que ele queira recuperar a questão dos pré-socráticos, ou mesmo retornar à reflexão propriamente filosófica, é algo fabuloso, mas é preciso acompanhar com cuidado essa travessia. Prigogine diz que "a matéria leva em si o signo da flecha do tempo"[25] (em função da Segunda Lei da Termodinâmica). Até aqui, ele e Hawking não estão exatamente em desacordo. O problema é que, mais à frente, ele diz: "Já no vazio flutuante, o tempo preexiste em estado potencial"[26]. Não sabemos o que isso quer dizer exatamente. No vazio, o tempo existe em estado potencial? Quer dizer que existe um vazio antes da matéria? A matéria vem de onde, afinal? O tempo está na origem dela? É isso que significa o tempo criador?

Pois bem, com relação a Einstein, a crítica de Prigogine recai sobre a ideia do físico alemão de que o tempo como seta e irreversibilidade seria uma ilusão. Einstein costumava

---

25. Id., *O nascimento do tempo*, p. 58.
26. Ibid., p. 59.

dizer que para os físicos convictos o tempo não passava de uma ilusão. Vejam que a questão do tempo também é uma causa de cisão dentro da própria física, como dissemos no início. Talvez, por isso, o tempo tenha sido deixado de lado durante séculos, exatamente pelo grau de dificuldade de dar conta de algo que não vemos, não tocamos e não sentimos. Pela teoria de Einstein, não existe um tempo em si, que corra igual, simétrico, matemático; nem como algo que existe em estado potencial. Ele é relativo, já que não existe por si só, dependendo sempre de um observador e de um critério de medida. Mas o que se está medindo, então, já que o tempo não existe? Mede-se o movimento e a sua duração, mas não o próprio tempo em si.

É claro que a teoria da relatividade de Einstein traz inúmeras consequências. Para começar, ela faz desmoronar a ideia do tempo newtoniano, como um absoluto que existe à parte do mundo e que passa sem parar, independente da matéria. Newton, que, como diz Prigogine, foi aos olhos da Inglaterra do século XVIII "o novo Moisés, a quem as *tábuas da lei* foram reveladas"[27], tem sua tese sobre o tempo atacada. Prigogine não é newtoniano, mas também acredita na realidade do tempo, como dissemos insistentemente. Para ele, negar o tempo (a seta do tempo) é uma forma

---

27. Ilya Prigogine e Isabelle Stengers, *A nova aliança*, p. 19. Durante muito tempo imperou o paradigma newtoniano, e é natural que os ingleses o aclamassem e o vissem como "o homem que descobriu a linguagem que a natureza fala".

de negar a realidade mais profunda do mundo, pois o tempo é a "essência" de todas as coisas (ou o estofo, como dizia Bergson). Dizer, portanto, que o tempo é relativo (que depende de um observador ou, simplesmente, que não é um *continuum* real e absoluto) é, para ele, o mesmo que afirmar que o tempo não existe. Ou, então, que vivemos numa espécie de "grande agora" que abarcaria todos os acontecimentos e fatos de nossa existência e do universo. Eis a conclusão de Prigogine.

Pois bem, a questão de Prigogine é negar Einstein e recuperar a ideia de um tempo uno e universal (que ficou obscurecida com a teoria da relatividade). Nesse sentido, ele pretende mostrar a relação íntima entre tempo e irreversibilidade, embora Einstein nunca tenha dito nada a respeito de ser possível reverter as coisas na ausência de um tempo único (como alguns sustentam). Mais do que isso: Einstein deixou claro que não considerava possível a viagem no tempo, como muitos deduziram de sua teoria da relatividade. Para ele, que talvez nem tenha chegado a pensar em todas as consequências de sua teoria, a questão era bem mais simples: não há tempo e espaço em si mesmos, separadamente.

Seja como for, se – para Prigogine – a negação do tempo como seta ou flecha em Einstein é a própria negação da mudança, do novo, do evento, para Paul Davies a ideia de Einstein ganha uma interpretação muito diferente. Para o renomado professor de filosofia natural e autor de vários livros sobre física, Einstein teria genialmente restituído o tempo ao mundo físico – do qual havia sido retirado por Newton, que pensava o tempo como independente das coisas e sem qualquer relação direta com a matéria ou com a vida.

Todos conhecem o tempo newtoniano: ele corre impassível e não tem ligação direta com o mundo (no sentido de que o mundo não pode alterá-lo nem mudar seu curso). Ele é como um relógio que regula nossas atividades e todos os movimentos do universo, arrastando-nos impiedosamente para um fim inexorável. É claro que quando Einstein afirma, na ocasião da morte de um grande amigo, que a "distinção entre passado, presente e futuro não passa de uma ilusão, ainda que tenaz", ele parece desejar (julgamos que mais como homem do que propriamente como físico) que a morte também seja uma ilusão. Mas isso não quer dizer que ele defenda um "presente eterno". Ou talvez defenda, como pensa Prigogine. E haveria, nesse caso, então, algo de religioso também, ou (quem sabe?) apenas uma influência do estoicismo antigo.

Enfim, aquilo que Prigogine entende como recusa do tempo, Davies entende como uma afirmação do espaço e do tempo no âmbito das coisas e do próprio mundo. O que, para um, é o mesmo que negar a vida, o devir, a passagem, o *continuum* da existência, para o outro é afirmar isso de modo profundo. De fato, são essas "sutilezas" que impedem uma teoria única sobre o universo, que Hawking tanto deseja. A termodinâmica, por exemplo, trabalha com sistemas fechados e entende bem deles; mas, quando se pensa um universo em expansão, a ideia da entropia perde sua força. O mesmo se dá com a física quântica, que trabalha com as mais ínfimas partículas e muitas vezes não consegue impor um modelo geral de funcionamento da matéria, porque isso esbarra em outras conclusões da física macro.

Se a ciência do calor acreditava, inicialmente, que o universo estava com seus dias contados – em função da entropia e da consequente degradação da matéria –, com a possibilidade de um universo em expansão, ou seja, de um universo infinito, o resultado é que, a cada desordem, uma nova ordem é criada, e assim indefinidamente. Eis que o segredo de tudo parece estar na matéria e não no tempo: essa é a conclusão que tiramos e que defendemos com relação ao eterno retorno da diferença[28].

De fato, a questão da matéria continua a ser o ponto alto de qualquer estudo sério, a despeito de todo o desprezo milenar – e, aí sim, religioso –, resultado da atuação de uma metafísica que penetrou sorrateiramente em todos os ramos e domínios do saber, da Antiguidade até os dias de hoje. De fato, as próprias ciências – a física, a química e a biologia – esforçam-se cada vez mais para entender a lógica da matéria, já que toda a nossa existência gira em torno do

---

28. Falaremos melhor disso no capítulo específico sobre o tempo como duração da matéria.

universo material, do qual fazemos parte (apesar e a despeito de todos os nossos sonhos de grandeza).

Sabemos que, para Einstein, nem o espaço nem o tempo existem separadamente. Sabemos que, para Hawking, o tempo nasceu com o mundo e morrerá com ele (caso ele morra, diria ele próprio). Sabemos que Prigogine, por outro lado, não aceita a ideia de um tempo que não passa, que não existe como *continuum*, como fluxo. No fundo, Prigogine deseja a mesma coisa que o biólogo francês Jacques Monod, embora motivado por questões diferentes: que o homem assuma os riscos de sua existência! O ponto em que ele não concorda com Monod é que isso diz respeito ao fato de a vida ser um produto do acaso. Prigogine considera pessimista e sem saída esse tipo de existencialismo que o biólogo defende em sua bela obra *O acaso e a necessidade*, que faz o homem mergulhar na angústia de um universo silencioso, sem Deus e sem sentido, tal como o de Heidegger[29]. Aliás, o que Prigogine acha importante é uma "nova aliança", só que agora não apenas entre os saberes humanos, mas entre o próprio homem e o mundo. Prigogine é genial, isso é inegável.

De alguma forma, a ruptura com um certo animismo que ainda nos une a todas as coisas não agrada a Prigogine e deve – segundo ele – ser superada pela ideia clara de que

---

29. Sobre esse ponto, cf. Ilya Prigogine e Isabelle Stengers, op. cit., pp. 22-3.

a vida é repleta de surpresas e de novidades e que o tempo é a garantia disso. O tempo é a possibilidade da mudança, do novo e da própria existência, de toda a existência. É ele que une, como uma ponte, todos os seres deste mundo. Estamos todos no tempo, defende Prigogine. E, assim, ele se opõe a todos os filósofos e cientistas que teimam em negar a sua realidade. É por isso que ele colocou o tempo antes da matéria e da vida, que seriam (por sua vez) "acontecimentos" do próprio tempo, emergindo por causa dele. Prigogine é categórico: a irreversibilidade é a prova da existência do tempo. Se ele não existisse, seria possível voltar atrás, retomar o ponto inicial, os estados anteriores. A irreversibilidade é um "caminho" do qual não se retorna mais, que não se pode mais trilhar. Eis o sentido mais profundo do tempo! Ou, talvez, do devir, meu caro Prigogine...

II

O tempo do eterno retorno

O mundo persiste; não é nada que devenha, nada que passe. Ou melhor: devém, perece, mas não começou nunca a devir e não deixou nunca de perecer – conserva-se em ambos os casos... Vive de si próprio: seus excrementos são seu alimento...

(Nietzsche)

Nietzsche e o tempo trágico do eterno retorno

1

Enfim, entramos no universo de Nietzsche. Sem dúvida, seremos agitados agora por ventos mais fortes, mas também começaremos a respirar um ar mais puro, menos viciado, menos metafísico... O ar puro das montanhas de Zaratustra – o mestre do super-homem e do eterno retorno. Sim... Zaratustra é o anunciador do super-homem, desse "para além do homem" ou do "sobre-humano" (para nos aproximarmos mais do sentido que Nietzsche confere ao termo *Übermensch*, como superação, ultrapassamento, e não potencialização do homem). É preciso superar o homem, diz Nietzsche-Zaratustra, ir além dele, vencer o "grande cansaço", esse niilismo que desde sempre nos afasta do verdadeiro sentido da terra. Não se trata de uma evolução no sentido de progresso, mas de ruptura, quase de uma "mutação" – se quisermos usar outro termo darwinista. Não é elevar o mesmo, mas criar um outro. De fato, Zaratustra é o arauto de uma mudança radical dos valores, embora também seja aquele que anuncie a doutrina do eterno retorno, que, apesar das aparências e da ligação imediata que fazemos entre ela e as concepções mais antigas, representa uma nova aurora para o pensamento.

Infelizmente, nem no *Zaratustra* nem em qualquer outro livro de Nietzsche encontraremos uma teoria muito conclusiva a respeito do eterno retorno, embora ele próprio não deixe de considerá-lo um dos conceitos fundamentais de sua filosofia. De fato, a doença e a morte interromperam o projeto do filósofo alemão, que desejava elaborar plenamente essa doutrina numa obra que ele nunca chegou a escrever, a *Vontade de potência*. Reunidos postumamente sob esse mesmo título, os fragmentos deixados por Nietzsche não só não esclarecem o enigma, como, em alguns pontos, confundem ainda mais os que desejam entender melhor a sua intenção. Há quem diga que, embora Nietzsche tivesse desejado dedicar dez anos de sua vida ao desenvolvimento da intuição acerca do eterno retorno (que também hoje é levada em consideração pela ciência), ele próprio teria percebido a dificuldade de dar a ela uma prova científica e, assim, teria abandonado o seu projeto inicial[1]. Seja como for, a verdade é que, no caso do eterno retorno, o que temos são

---

1. Cf. H. Lichtenberger, apud Georges Batault, "L'hypothèse du 'Retour éternel' devant la science moderne". *Revue Philosophique de la France et de l'Étranger*, nº 57, 1904, p. 158).

realmente esboços de uma teoria que não havia se completado. Em outras palavras, a intuição não foi levada às suas últimas consequências e, desse modo, o conceito ficou envolvido numa aura de enigma que tem levado estudiosos e intérpretes a tentarem decifrá-lo a partir do que Nietzsche disse, mas também do que ele não disse.

É verdade que Nietzsche (tanto quanto Kierkegaard) tinha verdadeiro horror dos grandes sistemas (Nietzsche dizia que "a vontade de sistema é uma falta de honestidade"[2]), mas nem por isso sua filosofia carece de uma coesão interna, de uma coesão profunda do pensamento. Dessa forma, dependendo da interpretação que se dê ao eterno retorno, a partir do que foi publicado por ele próprio e dos fragmentos póstumos, pode-se tanto afirmar ainda mais o caráter nômade e imanente da filosofia nietzschiana, quanto fazer de Nietzsche (e há aqui uma grande ironia) um mensageiro tardio da metafísica tradicional – como fez Heidegger.

Já deixamos claro, no início deste trabalho, que o objetivo fundamental de nossa tese é pensar o tempo na esfera do eterno retorno, pois acreditamos que é no eterno retorno que reside a "verdade" sobre o mundo. Mas, em todo caso, é de fundamental importância entender que nosso trabalho parte da interpretação deleuziana do eterno retorno como retorno da diferença e do devir (pois, para nós, foi Deleuze

---

2. Nietzsche, *Crepúsculo dos ídolos*, "Sentenças e flechas", § 26.

quem mais perto chegou de "decifrar" o enigma nietzschiano). Estamos convictos, no entanto, de que o "mistério" que envolve o eterno retorno diz respeito ao tempo (e, num nível ainda mais profundo, à matéria), pois só com a elucidação desses dois pontos é que a ideia do eterno retorno ganha absoluta legitimidade. E, nesse caso, não apenas a filosofia de Nietzsche é afirmada em sua totalidade, mas também a ideia deleuziana da univocidade do ser, pensado como diferença pura. É claro que estamos cientes de que, ao elaborar tal interpretação, estamos propondo um novo olhar sobre o tempo e sobre o próprio eterno retorno; mas, no âmbito geral, ele reafirma a ideia do retorno como retorno do devir, retorno da diferença.

Em suma, penetrando mais profundamente em nossa questão, podemos dizer que a ideia do eterno retorno, tal como a vemos formulada em Nietzsche, sempre suscitou controvérsias acerca de seu sentido mais profundo. Alguns intérpretes costumam associá-la à concepção oriental (e também grega) do retorno como "ciclo", ou seja, como uma grande roda que gira sem cessar e traz de volta todas as coisas. Essa doutrina, que, segundo André Lalande, pode ser chamada de "palingênese cíclica", remete-nos à ideia de que existe um "Grande Ano" ao fim do qual tudo volta ao seu princípio e então toda a história do mundo se repete igualmente: "É um desenrolar eterno de fases cíclicas, em que cada uma repete com uma exatidão absoluta o desenrolar de todas as outras"³. Em poucas palavras, o passado sempre retorna ou o presente sempre se repete.

De inspiração religiosa, essa ideia do retorno (que, ao que tudo indica, tem uma origem caldeia) foi aproveitada pelos gregos com algumas modificações. Heráclito, como vimos anteriormente, pensa o universo de um modo cíclico, ainda que não entenda esses "ciclos" como idênticos. Essa, pelo menos, é a interpretação de Aristóteles (com a qual, aliás, concordamos), para quem a visão do pré-socrático é a de que "o universo ora se incendeia, ora se compõe de novo, de uma outra maneira"⁴. Também encontramos a ideia do retorno entre os estoicos, embora neles se trate de um retorno do mesmo mundo, tal como ele é. De qualquer forma, integral ou parcial, o eterno retorno remete sempre ao conceito de circularidade temporal ou de ciclos do mundo, ou seja, a algo que está sempre recomeçando. E se, em Nietzsche, reencontramos este tema e, consequentemente, a ideia geral da repetição, nem por isso supomos – como Heidegger – que se trate de um retorno absoluto do Mesmo, de um retorno ao Mesmo. Afinal, como diz Deleuze, nem entre os próprios antigos o eterno retorno foi algo puro, mas sempre se encontrou misturado a outros temas (como o da transmi-

---

3. Cf. André Lalande, *Vocabulaire technique et critique de la philosophie* (verbete "éternel retour").
4. Aristóteles cita o fragmento de Heráclito. Sobre isso, cf. Aristóteles, *Do céu*, I, 10. 279 b 12 (DK 22 A 10).

gração das almas, por exemplo). E ele completa: "o retorno não era talvez nem total nem eterno, mas consistia sobretudo em ciclos parciais incomensuráveis"[5].

Mas, como dissemos acima, Nietzsche não chegou a tratar em profundidade desta doutrina, ainda que muitos a considerem a "chave mestra" de seu pensamento. É claro que o próprio Nietzsche não parou de apontá-la como fundamental para o entendimento integral do aspecto afirmativo de sua filosofia. É por essa razão que julgamos que, sendo ela uma ideia essencial para Nietzsche, o seu esclarecimento deverá lançar luz sobre a totalidade da obra do filósofo – o que realmente não acontece com a interpretação de Heidegger, para quem Nietzsche estaria defendendo a ideia de um "ser eterno", que transcende todos os "entes" e que repete a si próprio[6]. Pode existir algo que soe mais estranho do que um Nietzsche metafísico? Afinal, teria então o filósofo do super-homem e da vontade de potência mergulhado na mesma metafísica que ele tanto criticou? Heidegger acredita que sim e, inclusive, o apresenta como o "último metafísico". Na verdade, para o filósofo do *Dasein*, Nietzsche teria levado a metafísica ao seu limite, mas "não porque ele rejeita a metafísica e se volta contra ela, mas porque Nietzsche leva a metafísica ao seu acabamento"[7].

---

5. Deleuze, "Conclusões sobre a vontade de potência e o eterno retorno", in *A ilha deserta e outros textos*, cap. 15.
6. Cf. Heidegger, *Nietzsche*, tomo I.
7. Id., *Nietzsche – Metafísica e niilismo*, p. 63.

É interessante perceber quanto a leitura de Heidegger consegue "desfigurar"[8] o sentido da filosofia nietzschiana. De iconoclasta e implacável crítico dos valores estabelecidos, Nietzsche transforma-se naquele que leva a metafísica ao seu ponto máximo, ao extremo de si mesma – talvez para que o próprio Heidegger pudesse ser o responsável pela sua superação definitiva. Mas, ironias à parte, Heidegger usa de dois argumentos básicos para transformar Nietzsche num metafísico. O primeiro está relacionado a esta ideia do retorno nietzschiano como retorno do mesmo (algo profundamente dissonante no quadro geral da filosofia nietzschiana, ainda que alguns de seus apontamentos sejam de fato um pouco obscuros e não esclareçam bem certas questões) e o outro (com o qual ele endossa o primeiro argumento) diz respeito à consideração artística que Nietzsche tem sobre o ser e o mundo[9]. Para Heidegger – e contrariando as palavras do próprio Nietzsche – uma consideração artística do mundo é uma consideração metafísica:

> Quando se tem uma consideração do mundo, tem-se ao mesmo tempo uma interpretação do ente na totalidade. Não enquanto "entidade" (verdade), mas enquanto "vida", "devir", isto é, "vontade de poder".[10]

---

8. Deleuze diz, a partir de Nietzsche, que tudo é interpretação. No entanto, existem interpretações que realçam e potencializam o pensamento de um autor e outras que o desfiguram. Colocamos as de Heidegger entre aquelas que desfiguram a filosofia de Nietzsche, tornando-a irreconhecível.
9. Sobre esse ponto, cf. Nietzsche, *A vontade de potência*, n.1048.
10. Cf. Heidegger, *Nietzsche – metafísica e niilismo*, p. 64.

Não negamos que pode haver alguma ideia de *Todo* numa concepção de mundo (seja ela artística ou não), mas *Todo* aqui quer dizer apenas "o que existe", seja isso materialmente limitado ou infinito, ou até mesmo "um *Todo* que não se totaliza", como diz Deleuze. Não precisamos tomar o conceito de Todo de um modo metafísico. Aliás, precisamos romper de vez com a metafísica e com seus conceitos dualistas – como, por exemplo, ser e devir. Quando Nietzsche fala em "ser", ele se refere ao que existe e não ao que permanece inalterado. Ser é existir. Mas existir é devir e não permanência, imutabilidade. Em outras palavras, fora de uma esfera conceitual metafísica, os conceitos ganham novos sentidos[11]. E, além do mais, como é possível pensar uma metafísica sem transcendência ou sem a famosa dicotomia entre corpo e alma, matéria e espírito? Porque, em Nietzsche, é verdadeiramente impossível encontrar esses dois elementos. É claro que o próprio Nietzsche foi o primeiro a alertar sobre o teor schopenhaueriano de sua primeira obra, *A origem da tragédia*, onde as ideias de *Todo* e de *ser* aparecem continuamente. Mas ainda assim (e mesmo ali) é preciso reconhecer que estamos diante de algo completamente novo, tão novo que exigirá igualmente uma nova maneira de compreender a questão do "ser" como algo que só é o "mesmo" com a condição de ser outro. É a dife-

---
11. Essa questão será mais bem desenvolvida na parte II, capítulo 3, "A ilusão do tempo em si e a duração da matéria".

rença e não a identidade que constitui o ser do mundo ou o mundo do ser-devir. Toda a identidade é apenas um efeito de superfície.

Como mencionamos no capítulo sobre Heidegger, consideramos válido o seu esforço para definir a ontologia fora da esfera metafísica (embora julguemos que para isso fazer sentido é preciso que o ontológico se confunda com o próprio mundo ou com o devir). No entanto, além de acreditarmos que ele não conseguiu distinguir com precisão os limites entre esses dois campos (que, desde o século XVII, aparecem praticamente como sinônimos), afirmar que Nietzsche é o último dos metafísicos é negar o grande valor (ou a própria "verdade") da obra nietzschiana. Heidegger se vê como o único a abrir caminho para a verdadeira ontologia. Mas sua ontologia não conseguiu chegar a termo algum, porque ficou prisioneira de um emaranhado de conceitos (isto é, ficou prisioneira de seu próprio formalismo, como dissemos anteriormente).

É verdade que Heidegger se esforça para provar que Nietzsche, apesar de todo o "barulho" que é feito em torno dele ou dos "ares que ele próprio assume" (palavras do próprio Heidegger), segue "a longa via da antiga questão diretriz da filosofia: *O que é o ente?*", mas, apesar de todos os esforços, é o próprio autor de *O ser e o tempo* quem termina enredado em seu próprio discurso sobre o ser e o ente. Aliás, se Nietzsche parece por vezes um pouco megalôno para alguns, o que dizer de Heidegger, que se apresenta como aquele que pretende confrontar-se com todo o "pensamento ocidental"[12]?

Um pequeno aparte parece agora fundamental: é difícil não pensarmos aqui nas palavras de Nietzsche sobre como, no fundo, todo filósofo é um solipsista que deseja criar o mundo a sua imagem. Diz Nietzsche: "todo instinto é ávido de domínio e, enquanto tal, intenta filosofar"[13]. E, mais adiante, em outro aforismo, ele termina o raciocínio dizendo que a filosofia "cria sempre o mundo a sua imagem; ela não saberia fazer de outra forma; a filosofia não é outra coisa que este instinto tirânico, a vontade de potência na sua forma mais intelectual, a vontade de *criar o mundo*, de instaurar a causa primeira"[14]. Em outras palavras, longe de ser um amor desinteressado pela verdade e pelo saber, a filosofia é a expressão mais pura de um instinto que deseja reinventar o mundo a sua própria "imagem e semelhança". O filósofo como artista, como senhor de sua própria invenção.

Enfim, que possamos estabelecer diferenças entre a metafísica e a ontologia é algo que também defendemos, quando pensamos numa ontologia do devir contra uma metafísica do ser, mas daí a atribuir aos conceitos de vontade

---

12. Heidegger, *Nietzsche*, tomo i, p. 7.
13. Nietzsche, *Para além do bem e do mal*, Primeira parte, § 6.
14. Ibid., § 9.

de potência e de eterno retorno um caráter metafísico é (insistimos nisso) desvirtuar completamente as ideias do filósofo alemão.

Definitivamente, quando se pensa uma possível ontologia do devir, o próprio conceito de *ser* deixa de estar associado à ideia de imutabilidade e repouso – e isso lhe confere uma outra acepção. Ele passa a significar apenas "o que é", "o que existe", e não existe nada que não esteja em movimento e em devir perpétuo. Logo, o ser é "apenas" o mundo, a matéria, é tudo o que existe. É imanência pura.

Mas, voltando à questão inicial, Heidegger foi realmente o responsável pela tônica dada à ideia de eterno retorno em Nietzsche como "retorno do mesmo". Tal interpretação influenciou toda a filosofia do século XX e, sobretudo, os que leram Nietzsche pelo viés heideggeriano[15]. No entanto, essa não foi a única leitura do eterno retorno. Temos, por exemplo, a visão de Pierre Klossowski, para quem o eterno retorno deve ser visto como um "círculo vicioso" que não faz retornar "coisa alguma" – ainda que tenha como consequência final desfazer todo e qualquer princípio de identidade[16]. Mas também temos a visão que consideramos em maior sintonia com o pensamento de Nietzsche, a de Deleuze, que afirma que é a diferença (e não o mesmo) o que retorna em Nietzsche. O retorno, afinal, é do devir.

---

15. Em especial, nos dois volumes de seu *Nietzsche*.
16. Cf. Pierre Klossowski, *Nietzsche et le cercle vicieux*.

Para Deleuze, a leitura do eterno retorno não pode deixar de levar em conta o conjunto da obra nietzschiana; daí por que é preciso que essa ideia seja interpretada à luz de outros conceitos do filósofo alemão. Para ele, existem dois aspectos do eterno retorno: um que funciona como uma regra prática para a vontade e outro que é cosmológico. Mas, embora acusem Deleuze de ter tirado conclusões que vão além das palavras ditas pelo próprio Nietzsche, é preciso lembrar que Heidegger não fez muito diferente e deixou isso claro quando afirmou que "se nosso conhecimento se limitasse ao que foi publicado pelo próprio Nietzsche, não poderíamos jamais apreender o que Nietzsche já sabia, o que ele preparava e não parava de amadurecer [...]"[17]. Ele se referia, certamente, aos apontamentos de *A vontade de potência*, mas também ali não era possível elucidar a questão, já que os fragmentos foram reunidos à revelia do autor e nunca chegaram a ser organizados definitivamente. É por essa razão que eles continuam obscuros e, muitas vezes, até se contradizem (como ocorre com qualquer reflexão profunda que ainda não se deu por "terminada").

Dessa maneira, só nos resta mesmo admitir que a concepção do eterno retorno de Nietzsche será sempre algo que poderá levar a interpretações divergentes – embora, para nós (e isso vale para qualquer interpretação), a melhor será

---

17. Heidegger, apud Clément Rosset, *Alegria – A força maior*, p. 82. Cf. Clément Rosset, op. cit., pp. 90-1.

aquela que puder se compor mais perfeitamente (à maneira espinosista[18]) com o conjunto de seu pensamento. E, desde já, dizemos que por todas as demais considerações que estão presentes em *A vontade de potência* é fácil concluir que Nietzsche está muito longe de ser um metafísico; e mesmo que sua concepção levasse, por sua incompletude, à hipótese de uma repetição do mesmo mundo, isso precisaria ser entendido à luz de uma filosofia absolutamente imanente. Em outras palavras, mesmo quando essa ideia se apresenta, ela faz parte de uma especulação absolutamente material, como um jogo de combinações possíveis da própria matéria ou do mundo. Não se trata de um ser em si ou de um mundo pensado como organismo, mas do próprio devir no interior de um mundo limitado materialmente ou em termos de forças, como veremos mais adiante. O que não procede, no fundo, é distinguir ser e ente. Não existe esse dualismo. Heidegger, sim, refaz o caminho da metafísica.

Sem dúvida, como diz Clément Rosset, Heidegger realmente produziu um pensamento muito coerente acerca do eterno retorno nietzschiano, mas existe um pequeno inconveniente nesse pensamento: é que "nada é mais alheio a Nietzsche do que a noção de ser tal como Heidegger a

---

18. As ideias, em Espinosa, seguem a mesma lógica do encontro dos corpos: quando uma ideia se compõe com outra elas formam um todo mais poderoso, mas, quando uma ideia não se compõe com outra ou outras, ela tende a fazer desmoronar o "corpo". A morte nada mais é do que um mau encontro de corpos, seja no campo da física, seja no campo das ideias.

concebe"[19]. Além disso, Rosset aponta para o fato de que Heidegger "interpreta Nietzsche principalmente a partir de tudo o que ele não disse (vazio que ele, como se sabe, preencheu amplamente por conta própria e a seu modo)"[20]. Aliás, no livro de Rosset, *Alegria – A força maior* (escrito por ocasião do centenário da morte de Nietzsche), encontramos também uma crítica contundente à traição feita pelos intérpretes de Nietzsche (e, neste caso, Rosset inclui entre os traidores tanto os que não gostavam de Nietzsche quanto os que sempre o aclamavam e enalteciam, pois em ambos os casos – para ele – nada mais se fazia do que transfigurar seu pensamento e diminuir a potência de suas ideias). Sobre Heidegger, por exemplo, Rosset é ainda mais direto: "ponho à parte certas maneiras de o conhecer, como a de Heidegger, sobre a qual voltarei a falar, que testemunha, a meu ver, um desconhecimento mais pernicioso do que qualquer forma de ignorância"[21].

Assim, filósofos e estudiosos como Foucault, Klossowski, Blanchot, Derrida ou Bataille são também alvo das críticas de Rosset, ainda que eles estejam entre aqueles que admiram o filósofo alemão. Rosset, no entanto, cita Deleuze (entre os franceses) como aquele que realmente conseguiu reconhecer o poder e a magnitude do pensamento nietz-

---
19. Clément Rosset, op. cit., p.?
20. Ibid., p. 82.
21. Ibid., p. 32.

schiano, conferindo a Nietzsche um merecido lugar entre os grandes pensadores da história da filosofia. Dizer que a obra de Nietzsche não se compara à de um Kant ou à de um Hegel, em termos de sistematização, não depõe em nada contra ele – que, aliás, sempre mostrou profunda desconfiança dos sistemas bem estruturados e das naturezas que necessitam de tais subterfúgios (como dissemos mais acima).

Em suma, supor que Nietzsche pudesse defender a existência de um ser eterno e transcendente, que se repete igualmente *ad infinitum* (tal como fez Heidegger), parece algo inconcebível no contexto geral da obra nietzschiana – ainda que, como dissemos, alguns apontamentos (tomados ao pé da letra) possam obscurecer o aspecto mais profundo desse eterno retorno. É exatamente por isso que consideramos, como Rosset, que a leitura deleuziana do eterno retorno como "retorno da diferença" é, sem dúvida nenhuma, aquela que está em maior consonância com o conjunto do pensamento de Nietzsche (que jamais deixou de mostrar sua aversão à metafísica socrático-platônica e à representação que, segundo ele, faz nascer os conceitos "por igualação do não igual"[22]). É preciso lembrar que, para Nietzsche, todo conceito nasce por um abandono absoluto das diferenças, por um esquecimento daquilo que é "distintivo"[23]. A

---

22. Nietzsche, "Sobre verdade e mentira no sentido extra-moral", in *Os Pensadores*, p. 48.
23. Ibid.

diferença, e não a semelhança, está na base de toda a filosofia nietzschiana (assim como está também na de Deleuze).

Se reservamos o capítulo seguinte para tratarmos de Deleuze e de sua visão do eterno retorno como retorno da "diferença", nem por isso deixaremos de falar disso também aqui, ao nos aprofundarmos na ideia de retorno no próprio Nietzsche. Afinal, como Deleuze, defendemos que o retorno de Nietzsche é – mais do que um conceito puro – uma intuição original não apenas de como as coisas são engendradas, mas de como chegar à afirmação máxima da existência e da vontade.

*

Como não paramos de repetir, Nietzsche não chegou a desenvolver plenamente o seu conceito de eterno retorno, embora faça questão de deixar clara a importância desta concepção, intuída por volta de 1881. Numa carta, escrita a Peter Gast, Nietzsche descreve assim o seu sentimento diante desta nova percepção: "Em minhas andanças... chorava muito, não lágrimas sentimentais, mas lágrimas de júbilo; cantava e falava absurdos, plenos de uma nova visão que possuo diante de todos os homens"[24].

É assim que o próprio Nietzsche apresenta o que ele chama de "os primeiros sinais de seu Zaratustra" (a quem ele chamará de "o profeta de Dioniso" e de anunciador do

---
24. Carta datada de 14 de agosto de 1881.

super-homem e do eterno retorno). Antes, porém, do livro *Assim falou Zaratustra* (que ele realmente só começou a escrever por volta de 1883), será publicada, em agosto de 1882, *A gaia ciência*, que traz o primeiro aforismo (e único, nesta obra) sobre o eterno retorno. Trata-se do aforismo 341, intitulado "O maior dos pesos" (certamente, uma das passagens mais comentadas pelos estudiosos do tema).

Há, sem dúvida, algo de enigmático nesse aforismo, embora não se possa considerá-lo de todo obscuro. Nietzsche, na verdade, apresenta-nos uma questão bastante objetiva: o que faríamos se aparecesse diante de nós um demônio e nos dissesse que esta vida, tal como a vivemos, retornará mais uma vez e incontáveis vezes e que nada haverá de novo nela, "mas cada dor e cada prazer e cada suspiro e pensamento, e tudo o que é inefavelmente grande e pequeno [...]" terá que novamente suceder a nós, "na mesma sequência e ordem [...]"[25]? O que faríamos diante de tal revelação? – pergunta Nietzsche. E ele continua: "Você não se prostraria e rangeria os dentes e amaldiçoaria o demônio que assim falou?" Ou, simplesmente, diria: "Você é um deus e nunca ouvi coisa mais divina"[26]? Em outros termos, tal decreto não pesaria como chumbo sobre todos nós e sobre os nossos atos? Não seria este realmente o "maior dos pesos"? Ou será que alguém está definitivamente reconci-

---
25. Nietzsche, *A gaia ciência*, § 341.
26. Ibid.

liado com a vida a ponto de desejar que ela retorne tal como foi e é, em todos os seus aspectos?

Sem dúvida, já encontramos nesse aforismo (o primeiro a tratar do tema do eterno retorno) a questão do retorno de todas as coisas tais como elas são, mas Nietzsche não parece dar muita atenção ao teor cosmológico ou ontológico desta concepção. Sua preocupação parece realmente incidir sobre as consequências do retorno no terreno da vontade e do querer humanos. Para Rosset, inclusive, o tema aparece mais como especulação e ficção do que como um conceito definido[27]. De certa maneira, a principal reflexão de Nietzsche nesse aforismo parece ser a seguinte: quem poderia realmente dizer, de sua própria existência, "eu a quero de volta, tal como a vivi, sem modificar uma só coisa nela"? Quem seria capaz de repetir "Você é um deus e jamais ouvi coisa tão divina"?

Sem forçar qualquer sentido além da própria compreensão do aforismo, o que parece mais evidente aqui é que Nietzsche teria encontrado na ideia do eterno retorno a chave para coroar definitivamente sua afirmação integral da existência com todas as suas dores e alegrias. Em outros termos, Nietzsche quer saber quem realmente está em condições de dizer que viveu plenamente, ou seja, que fez valer cada um de seus dias para desejar o seu retorno eterno.

---

27. Clément Rosset, op. cit.

Eis o que parece ser o sentido mais imediato deste aforismo: fazer-nos pensar sobre os nossos desejos, sobre os atos que praticamos, sobre o peso e o valor que damos à vida. Quem, afinal, é capaz de julgar uma bênção, e não uma condenação, repetir integralmente sua existência? Como diz Nietzsche, é preciso "estar de bem com a vida para não desejar nada além dessa última eterna confirmação e chancela".

É certo que não se pode voltar no tempo nem mudar o que já está "feito", mas, se em tudo o que fizermos nos perguntarmos primeiro se desejamos que tal coisa se repita um número infinito de vezes, nosso "sim" (ou nosso "não") será de fato pleno e definitivo. Para Deleuze, isso se resume da seguinte maneira: "o que quer que eu queira (a minha preguiça, a minha gulodice, a minha covardia, o meu vício como a minha virtude) *devo* querê-lo de tal maneira que queira o seu eterno Retorno. Encontra-se eliminado o mundo dos *semiquereres* [...]"[28]. Isso quer dizer, mais profundamente, que devemos agir sempre como se cada instante de nossas vidas fosse retornar infinitas vezes, como se cada escolha fosse definitiva, derradeira, pois só assim vencemos o niilismo que se oculta na vontade fraca e no meio-querer; vencemos o desprezo secular que se tem pela existência, essa espécie de "tanto faz" que leva os homens a viverem como sonâmbulos, sem qualquer poder sobre suas vidas.

---

28. Deleuze, *Nietzsche*, p. 31.

Se entendêssemos a ideia do eterno retorno de Nietzsche como Heidegger a compreendeu, como uma repetição do mesmo e da identidade, ela se aproximaria muito da ideia primitiva do retorno, que – tal como nos mostra brilhantemente Mircea Eliade – faz do passado apenas uma prefiguração do futuro. Isso quer dizer, num sentido bem profundo, que nessa doutrina (que também aparece nos gregos) nada de novo se produziria no mundo, sendo o presente (e também o futuro) nada mais do que a repetição dos "arquétipos primordiais"[29].

Mas pensemos um pouco: se não podemos dispor de nossas vidas, se tudo já está, desde sempre, estabelecido, determinado, o que importa uma vontade forte, o que interessa o nosso *sim* ou o nosso *não*? Como seria possível o "super-homem"? De duas uma: ou o novo é possível ou, então, "tudo é como tem que ser", e o eterno retorno em Nietzsche nada mais é do que um pensamento consolador. Mas a questão é: como supor tal coisa na filosofia nietzschiana? É verdade que Nietzsche, como Schopenhauer, não acredita no livre-arbítrio; não se trata mesmo de uma escolha ditada por uma vontade livre, mas de uma vontade que, uma vez tornada poderosa, é capaz de produzir uma existência mais autêntica. Para Nietzsche, no momento em que dizemos "sim" à existência, tudo o que "foi" e tudo o

---

29. Cf. Mircea Eliade, *O mito do eterno retorno*, capítulo 2.

que "será" são afirmados de uma vez por todas. Eis, para nós, o verdadeiro enigma que se oculta nesse primeiro aforismo: a existência só tem valor se vivida com intensidade e verdade, se somos capazes de desejá-la mais uma vez e infinitas vezes tal como ela foi. Trata-se, simplesmente, do que Nietzsche chama de *amor fati*: não querer nada diferente do que é; afirmar tudo e todas as coisas num único "sim".

É aqui, neste ponto, que a visão deleuziana do eterno retorno é tão valiosa. Para Deleuze, o eterno retorno tem um duplo aspecto: por um lado, ele tem um aspecto cosmológico, por outro, ele deve ser entendido como um pensamento ético (como uma espécie de "regra prática" para a vontade)[30]. A frase de Nietzsche que melhor define essa regra prática é: "Se, em tudo que tu queiras fazer, tu começas por te perguntar: é seguro que eu queira fazê-lo um número infinito de vezes, este será para ti o centro de gravidade mais sólido"[31]. Trata-se aqui, ainda, de fazer valer a existência, de fazer do "querer" um querer poderoso, afirmador, capaz de criar, de produzir a própria existência. Já no que diz respeito ao aspecto cosmológico, a questão é pensada como o resultado da vontade de potência sobre as forças que compõem o mundo. E que se entenda por vontade de potência o elemento genealógico das forças, essa espé-

---

[30]. Sobre esses dois aspectos, cf. Deleuze, *Nietzsche e a filosofia*, pp. 38-40 e 56-8.
[31]. Cf. Nietzsche, *La volonté de puissance* II, IV, 242 (edição Würzbach).

cie de "querer" interno, mas também de complemento, que faz com que elas se choquem e produzam todas as coisas[32]. O mundo de Nietzsche, é preciso lembrar, é pensado como embate de forças, como produto da vontade de potência. É ela, afinal, que imprime um ser ao caos, mas não sem antes afirmar o próprio acaso, o próprio devir. Não existe nesse mundo um ser do devir ou um ser no devir; o ser e o devir são a mesma coisa.

Pois bem, será também em *A gaia ciência*, logo no aforismo seguinte (o 342), que Nietzsche falará pela primeira vez de seu *Zaratustra*, embora não deixe escapar aí nenhuma consideração acerca das ideias fundamentais que desenvolverá posteriormente. De qualquer modo, antes de falarmos no próprio *Zaratustra*, passemos à análise de *Para além do bem* e *do mal*, onde encontramos também um aforismo (número 56) no qual Nietzsche apresentará a ideia do retorno como um *circulus vitiosus deus*. Também aqui não parece que Nietzsche esteja falando diretamente de cosmologia ou de ontologia. Sua questão continua sendo a da afirmação da existência e, nesse ponto, é a filosofia de Schopenhauer que é criticada (ao ser apresentada como um tipo de pessimismo meio cristão, meio alemão, que levaria ao aniquilamento da vontade e a um enfraquecimento da vida).

---

32. Deleuze, *Nietzsche e a filosofia*, pp. 40-5.

Temos uma visão um pouco diferente da filosofia de Schopenhauer, mas Nietzsche está certo em lutar contra todo tipo de pessimismo ou niilismo que represente uma forma sutil de depreciação desta existência. Particularmente, achamos que a angústia de Heidegger é mais "perniciosa" do que o pessimismo de Schopenhauer, mas isso não importa aqui. Retornando a Nietzsche, ele defende nesse aforismo:

> [...] o ideal do homem totalmente petulante, totalmente pleno de vida e totalmente afirmador do mundo, homem que não só aprendeu a resignar-se e a suportar tudo aquilo que tem sido e é, mas que quer tornar a tê-lo, tal como foi e é, por toda a eternidade, gritando insaciavelmente da capo [que se repita] [...].[33]

Sem dúvida, é contra os que fazem da vida um fardo pesado, um "vale de lágrimas", que Nietzsche vocifera impiedosamente. Querer a vida mais uma vez, tal como ela é, querer sua repetição sempre e eternamente, sem juízos morais e sem condenações *a priori*! Continua, afinal, sendo do *amor fati* que Nietzsche nos fala no aforismo 56. Querer "não só a si mesmo, mas a obra e o espetáculo inteiro", pois "outra vez tem necessidade de si mesmo e se faz necessário". Não seria isso, então, pergunta Nietzsche, um *circulus vitiosus deus*?

---

33. Nietzsche, *Para além do bem e do mal*, § 56.

Pois bem, nesses dois aforismos – segundo pensamos – a menção ao provável caráter circular do tempo ou à absoluta repetição das coisas não tem qualquer outra intenção senão a de afirmar o "Todo" (em outras palavras, de afirmar "o que foi, o que é e o que será"). Até aqui, pelo menos, não vemos como defender a ideia de um ser eterno, que transcende a todos os entes. Aliás, é preciso chamar a atenção para o sofisma que envolve esse raciocínio. Dizer que o mundo é eterno, enquanto cada ente é fugaz e finito, não é defender um ser transcendente. O que é eterno é a matéria ou as forças, em última instância. Assim, se há algum "ser", esse ser não transcende a nada, mas – ao contrário – se confunde com a própria matéria, com as forças que estão na gênese de todas as coisas. O eterno retorno, como mostra Deleuze, diz respeito exatamente a essa matéria do mundo, às forças, ou – mais exatamente – ao que ele chama de singularidades nômades, impessoais:

> O negativo não retorna. O Idêntico não retorna. O Mesmo e o Semelhante, o Análogo e o Oposto não retornam. Só a afirmação retorna, isto é, o Diferente, o Dissimilar. [...] Com efeito, repete-se eternamente, mas agora este "se" designa o mundo das individualidades impessoais e das singularidades pré-individuais.[34]

---

34. Deleuze, *Diferença e repetição*, p. 468.

Da mesma forma como Zaratustra repudiava, no anão, o tal "espírito de gravidade", pela mania que este último tinha de simplificar as coisas quando falava do tempo circular[35], também nós devemos ter o cuidado de não interpretar o eterno retorno tão ligeiramente e de um modo limitador. Eis como Nietzsche-Zaratustra fala com o anão: "Alto lá, anão!, falei. Ou eu ou tu! Mas eu sou o mais forte dos dois: tu não conheces meu pensamento abissal! Esse – tu não poderias suportá-lo!"[36].

Pois bem, é no *Zaratustra*, como dissemos, que as duas grandes ideias de Nietzsche se apresentam conjugadas: a do eterno retorno e a do super-homem. Sem dúvida, tal como Deleuze, acreditamos que fica muito difícil compreender a superação do homem e do niilismo se tomamos o eterno retorno como um "retorno do mesmo". Se o todo retorna, se tudo se repete sem qualquer diferença, não há por que supor a mudança, o aparecimento de algo novo (tal como dissemos acima). Tudo seria irremediavelmente o mesmo: o mesmo mundo, os mesmos homens... O que haveria, portanto, de tão original na doutrina do eterno retorno se ela não trouxesse nada de diferente daquela que apareceu entre os hindus, os persas ou os chineses? O que teria feito, afinal, o filósofo chorar de alegria ao vislumbrar o que seria a boa nova de seu Zaratustra?

---

35. Nietzsche, *Assim falou Zaratustra*, "Da visão e do enigma".
36. Ibid.

Vamos por partes: ao pensarmos a relação do eterno retorno com o aparecimento do super-homem, um terceiro conceito de Nietzsche terá que emergir para a compreensão desse ultrapassamento do homem. Trata-se do conceito de "vontade de potência", do qual falamos muito superficialmente. Para Pierre Héber-Suffrin, em seu livro *O "Zaratustra" de Nietzsche*, a vontade de potência é a chave que permite a interpretação e avaliação do real. Ele nos diz que:

> Compreender uma coisa é distinguir nela uma vontade de potência [...] e Nietzsche não a inventa; ele a encontra no ser [...]. Trata-se de compreender que o real, o ser, é vontade de potência, não no sentido de que todas as coisas querem potência – longe disso – mas no sentido de que todas as coisas são potências que querem, querem negar ou afirmar [...].[37]

Na verdade, a ideia de que não é possível pensar o super-homem sem a vitória de uma vontade poderosa e afirmativa – tema que será bastante tratado por Deleuze – parece bastante clara no *Zaratustra*. Aliás, eis a principal diferença entre a leitura deleuziana e aquela feita por Heidegger: na primeira, o eterno retorno é pensado no interior da obra de Nietzsche, não é um "elemento estranho", que nega todo o pensamento anterior do filósofo. Inverten-

---

37. P. Héber-Suffrin, *O "Zaratustra" de Nietzsche*, p. 125.

do a frase de Clément Rosset, diríamos que a ignorância é menos perniciosa do que esse tipo de "conhecimento". O próprio Suffrin, mesmo tentando trabalhar com a ideia deleuziana de um retorno seletivo, não consegue fugir muito da interpretação do Nietzsche metafísico, embora essa mistura acabe gerando um elemento de tensão que termina por exigir uma reavaliação dos próprios conceitos de metafísica e de ser.

Bem, quanto ao próprio *Zaratustra*, sabemos que Nietzsche elabora nele, de maneira magnífica, toda uma tipologia humana representada por figuras que vão desde aquelas que se associam ao ressentimento e ao espírito de vingança – tais como o burro (ou camelo), a aranha, o bobo, os homens superiores, o último papa, o mais ignóbil dos homens etc. – até aquela que anuncia a possibilidade de transmutação do homem: o próprio Zaratustra (chamado de "o profeta de Dioniso"). Aliás, para Nietzsche, sempre pareceu estranho (é o que ele afirma em seu *Ecce Homo*[38]) que ninguém tenha se perguntado por que ele havia escolhido o nome de Zaratustra para ser o anunciador do super-homem, já que Zaratustra é um outro nome de Zoroastro (o famoso profeta persa do século VII a.C.). Certamente, isso não se explica por nenhum tipo de identidade entre as ideias do Zaratustra nietzschiano e as do seu homônimo re-

---

38. Nietzsche, *Ecce Homo*, capítulo sobre o "Zaratustra".

ligioso. Mas, então, por que fazer dele o profeta de Dioniso? Para Deleuze, a explicação é que Nietzsche teria feito do personagem Zaratustra um eufemismo, uma metonímia, "dando-lhe voluntariamente o benefício de conceitos novos que ele não podia formar"[39]. O próprio Nietzsche, na verdade, deixa claro que fez seu personagem dizer "exatamente o contrário" do Zaratustra histórico, este que – segundo ele – foi o responsável pela invenção do dualismo de inspiração moral, no qual todas as coisas resultam da luta entre o Bem e o Mal[40].

Mas existe uma outra razão que nos parece ainda mais provável: Deleuze defende que o eterno retorno é uma espécie de roda, cujo poder centrífugo expele todo o negativo[41]. Nesse sentido, só retornaria o que é afirmado. Diz Deleuze: "O Ser é seletivo. Só volta a afirmação, só volta aquilo que pode ser afirmado, só a alegria volta [...]"[42]. Isso quer dizer, na visão deleuziana, que o eterno retorno expulsa todo o ressentimento, toda a má consciência, todo o niilismo e toda a vingança contra a vida. Vendo por esse ângulo, pôr na boca de Zaratustra o anúncio do ultrapassamento do homem já seria uma forma sutil de indicar que a vitória sobre o niilismo se encontra no interior do próprio niilismo, na for-

---

39. Deleuze, *Nietzsche e a filosofia*, p. 31.
40. P. Héber-Suffrin, op. cit., p. 31.
41. Deleuze, *Nietzsche*, p. 32.
42. Ibid.

ma como ele leva a negação até as suas últimas consequências (voltando-se contra si mesmo).

É claro que, para Deleuze, o eterno retorno representa o triunfo absoluto sobre o niilismo (que, aliás, se confunde com a própria história do homem). Isso parece-nos bastante acertado; porém, apenas do ponto de vista ético e não no aspecto cosmológico. Do ponto de vista cosmológico, cremos que o eterno retorno "tritura" todas as coisas, positivas ou negativas, e faz retornar apenas o caos, o acaso, o devir. Estamos falando do ponto de vista do mundo, supondo que Nietzsche tenha considerado realmente essa esfera. Em outras palavras, pensamos que uma perspectiva ética ou moral não cabe num pensamento cosmológico. Nesse ponto, nos afastamos de Deleuze, mas apenas para reencontrá-lo mais à frente.

Entrando um pouco na questão do niilismo, é verdade que a filosofia de Nietzsche trava uma guerra contra aquilo que ele chama de "a doença humana por excelência". A história do homem é a história do desprezo pelo corpo e por tudo aquilo que está na ordem do tempo. Despreza-se o mundo visível, a vida terrena, em prol de uma existência superior e eterna. Tende-se a desvalorizar essa vida por sua brevidade e fragilidade, a desqualificá-la em favor de uma "outra vida" mais perene. Essas ideias constituem o homem, e mais ainda o homem cristão (que – um pouco como Platão, em seu *Fédon* – considera a alma aprisionada numa existência injusta). No fundo, o homem não tolera este mundo, não tolera o devir. Ele deseja o eterno, tal como Platão pensava este conceito (e, posteriormente, Santo Agostinho e todo o cristianismo), como algo puramente imóvel e imutável. Ele deseja que a vida se congele, que tudo esteja paralisado, silencioso; numa palavra, ele deseja o nirvana, o nada. Eis com o que se liga o seu desejo mais profundo.

Mas o super-homem, ao contrário do homem ressentido, representa o ultrapassamento destes sentimentos mesquinhos, representa o "sentido da terra", o amor mais profundo à existência, representa o fim do niilismo. Afinal, só um novo "homem" pode realmente afirmar a existência em todas as suas formas, ao invés de ultrajá-la em nome de valores falsamente superiores e metafísicos. É disso, sobretudo, que nos fala Zaratustra em seu primeiro discurso[43]: da profunda transmutação do espírito, ou seja, de como o camelo torna-se leão e de como o leão torna-se, por sua vez, criança. A criança é o símbolo das "novas tábuas", dos novos valores, é o símbolo do criador, da inocência recuperada. "Inocência é a criança, e esquecimento; um novo começo, um jogo, uma roda que gira por si mesma, um movimento inicial, um sagrado dizer *sim*"[44]. É assim que Zaratustra anuncia o super-homem, ele que é o profeta de Dioniso, o mensageiro da boa nova e da alegria. Porque, se

---
43. Nietzsche, *Assim falou Zaratustra*, "Das três metamorfoses".
44. Ibid.

há uma coisa que Nietzsche pretende ensinar aos homens é que a verdadeira alegria consiste em estar plenamente vivo.

Sim... e quando Rosset escreve sobre essa alegria, ele mostra que tal sentimento não nasce de nada externo nem mesmo das conquistas que fazemos ao longo de nossa existência; não depende do que temos nem está condicionada aos bens que adquirimos (e que a qualquer momento podemos perder). "O homem verdadeiramente alegre pode ser reconhecido, paradoxalmente, por sua incapacidade de precisar com o que fica alegre e de fornecer o motivo próprio de sua satisfação."[45] A alegria dionisíaca é, tal como Zaratustra nos mostra, uma alegria essencial, inseparável da própria vida. Só quem está plenamente vivo pode experimentá-la e nada poderá diminuir sua força, nem as dores nem qualquer tristeza circunstancial, por mais profundas que elas sejam. Afirmar a existência é exatamente isso: não depender de mais nada para descobrir-se "feliz". Querer repetir tudo "outra vez" é o desejo alegre de quem reconhece o valor desta vida e a deseja agora e sempre.

Dividido em quatro partes (escritas em momentos diferentes), o *Zaratustra* de Nietzsche ergue-se contra vários "inimigos" da vida: o dualismo do próprio Zoroastro, o segundo mundo de Platão, o cristianismo, o kantismo e o hegelianismo... Mas será apenas na terceira parte que en-

---

45. Clément Rosset, *Alegria – A força maior*, p. 8.

contraremos informações mais explícitas sobre o eterno retorno. Continuamos a dizer, no entanto, que são muito poucas as referências; mas, sem dúvida, o eterno retorno se apresenta relacionado ao "ser", só que o "ser" não é uma instância metafísica, não é uma forma pura nem um Todo fechado como uma mônada. Ele é, para nós, aquilo que existe, o mundo, as coisas, a matéria. Também aqui, no *Zaratustra*, e apesar de todo o aspecto enigmático de suas intuições, ainda parece ser a respeito da afirmação da existência e da possibilidade de vencer o niilismo que ele nos fala mais profundamente. E aqui voltamos a Deleuze e ao aspecto ético do retorno. Sobre isso, Deleuze chega mesmo a dizer que "o eterno retorno dá à vontade uma regra tão rigorosa quanto a kantiana"[46]. Para o filósofo francês, não há dúvida de que a afirmação irrestrita e incondicional da existência (no que ela tem de melhor e de pior) está diretamente ligada à doutrina do eterno retorno. Nesse ponto, a noção de vontade de potência e a de eterno retorno apresenta-se profundamente ligadas. Sem essa conjugação, o super-homem não seria possível. Afinal, só ele é capaz de desejar a repetição integral e absoluta desta vida, que – diga-se de passagem – é a única.

Pois bem, em muitos aspectos, os fragmentos reunidos postumamente na *Vontade de potência* reforçam a vi-

---

46. Deleuze, *Nietzsche e a filosofia*, p. 56.

são de Deleuze – como quando Nietzsche diz que é preciso imprimir a imagem da eternidade sobre nossa vida porque, para ele, esse pensamento contém mais do que todas as religiões que desprezam a vida como fugaz[47]. Isso quer dizer, na verdade, que, uma vez que se tenha em mente a eternidade, trata-se de tomar a vida nas mãos e de fazê-la valer, pois o que fizermos de bom ou de ruim continuará ecoando por toda a eternidade – eternidade no sentido de retorno, de repetição, não à maneira religiosa da vida *post mortem*. Vejam, no entanto, que essa questão da eternidade é e não é uma metáfora. É uma metáfora porque isso não quer dizer que somos realmente eternos, mas apenas que é preciso imprimir a imagem dessa eternidade em nossas vidas (se pensarmos bem, se tudo se repetisse igualmente em termos físicos, não haveria por que exigir atenção sobre nossos atos nem falar em escolhas). E não é metáfora também, mas – ao contrário – tem um conteúdo real, porque, de fato, se colocarmos isso como parâmetro para nossas escolhas, ao invés de desprezar o mundo e a fugacidade de nossos atos (o que é uma característica clara do niilismo), teremos de viver como se cada escolha fosse sempre retornar. Assim, cada coisa que fizermos terá um peso muito maior: "o maior dos pesos!". Nesse caso, Nietzsche ainda acrescenta a seguinte afirmação: "Esta doutrina é indulgen-

---

47. Nietzsche, Fragmento 11 [159] (edição Colli-Montinari).

te para com os que não creem nela, não tem infernos e nem ameaças. Quem não crê tem, em sua consciência, uma vida fugaz"[48]. Eis tudo!

Mas essa regra prática não é nada simples. Não se trata de um simples querer, tal como: "eu quero afirmar a minha existência!". Esse "querer" já é efeito de uma afirmação e é simultaneamente a própria afirmação. Afirmar não é nada além de querer o próprio retorno da coisa afirmada. Por isso, afirmar a existência é querer primeiramente que ela sempre retorne, é amá-la de tal modo que ela seja desejada de maneira irrestrita e incondicional. Como diz Zaratustra:

> Tudo o "que foi" é fragmento, um enigma e um horrendo acaso – até que a vontade criadora diga a seu propósito: "Mas assim eu o quis!". Até que a vontade criadora diga a seu propósito: "Mas assim eu o quis! Assim hei de querê-lo!".[49]

Pois bem, a ideia do eterno retorno como uma regra prática para a vontade parece estar em perfeita harmonia com a filosofia nietzschiana. Afinal, não devemos "querer" algo se não o desejarmos por toda a eternidade. Mas, no aspecto cosmológico, como mostramos mais acima, Deleuze (articulando esta ideia com outros conceitos nietzschianos)

---

48. Ibid., 11 [160].
49. Cf. Nietzsche, op. cit., "Da redenção".

entende o retorno como algo seletivo. Trata-se, como veremos com mais profundidade no próximo capítulo, de um retorno da diferença, do devir, do próprio caos. É claro que a questão se complica quando deparamos com alguns trechos do próprio Nietzsche, que continua – também no *Zaratustra* e nos fragmentos acerca da *Vontade de potência* – a fazer menção a um retorno do idêntico, das coisas tais como elas são. "Nós sabemos o que ensinas: que eternamente retornam todas as coisas e nós mesmos com elas [...]"[50] – eis o que dizem os animais de Zaratustra. E, na *Vontade de potência*, o próprio Nietzsche diz: "Tudo tem existido inumeráveis vezes visto que a situação total de todas as forças retorna sempre"[51].

Nós sabemos, no entanto (tal como Deleuze aponta), que Zaratustra ficou doente com a visão do retorno do homem pequeno. É como se, por um momento, a intuição do eterno retorno lhe mostrasse também algo de horrendo e de assustador: a impossibilidade de ultrapassar, de vencer o niilismo – já que, em última instância, ele também traria de volta o pior, o execrável, as forças reativas. "Ah, nojo! Nojo! Nojo" – repete Zaratustra. Não foi então esta revelação que levou o profeta de Dioniso a cair como morto e a ficar durante sete dias sem comer e sem beber? De fato, an-

---

50. Ibid., "O convalescente".
51. Nietzsche, Fragmento 11 [202] (edição Colli-Montinari).

tes de cair prostrado[52], Zaratustra parecia estar enfrentando um terrível drama pessoal. Ele diz a si mesmo: "Levanta-te da minha profundeza, pensamento abissal! Eu sou o teu galo e o teu alvorecer, verme dorminhoco! De pé, de pé! O canto da minha voz vai já acordar-te". E, mais adiante: "Eu, Zaratustra, o defensor da vida, o intercessor da dor, o assertor do círculo – chamo-te a ti, ó meu abissal pensamento!". E, tendo dito mais algumas palavras, mergulhou em profundo torpor.

Seus animais, que não o largaram um só minuto nesse transe (com exceção da águia, que o deixava ocasionalmente para ir caçar), estavam ali quando Zaratustra despertou. E foi nesse instante, e num tom enigmático, que ele conversou com seus animais sobre o eterno retorno e sobre o próprio ser – que, mais do que nunca, é revelado em sua profunda diferença.

> Ó meus animais – respondeu Zaratustra – continuai a tagarelar assim e deixai que vos escute... Como é agradável que existam palavras e sons; não são, palavras e sons, arco-íris e falsas pontes entre coisas eternamente separadas? Toda alma tem seu mundo, diferente dos outros; para toda alma, qualquer outra alma é um transmundo.[53]

---

52. Cf. Nietzsche, op. cit., "O convalescente".
53. Ibid.

Zaratustra continua e, mais adiante, fala de quanto é grata toda a fala e toda a mentira dos sons, pois com esses sons "dança o nosso amor em coloridos arco-íris". É neste ponto, então, que seus animais começam a lhe falar sobre o eterno retorno. Eis, provavelmente, o trecho mais intrigante de toda a obra nietzschiana. Eles dizem que, para eles, são as coisas mesmas que dançam e assim:

> Tudo vai, tudo volta; eternamente gira a roda do ser. Tudo morre, tudo refloresce, eternamente transcorre o ano do ser. Tudo se desfaz, tudo é refeito, eternamente constrói-se a mesma casa do ser. Tudo separa-se, tudo volta a encontrar-se, eternamente fiel a si mesmo permanece o anel do ser. Em cada instante começa o ser; em torno de todo o "aqui" rola a bola "acolá". O meio está em toda parte. Curvo é o caminho da eternidade.[54]

Ao que Zaratustra responde: "Ó farsantes e realejos... como conheceis bem o que devia se cumprir em sete dias. E de que modo aquele monstro me penetrou na goela, sufocando-me! Mas eu lhe mordi a cabeça e a cuspi longe de mim."

Vejam que Zaratustra acusa seus animais de fazerem do eterno retorno "modinha de realejo", enquanto os chama de "farsantes". Mas por que exatamente? É verdade que o próprio Zaratustra não se preocupará em negar com vee-

---
54. Ibid.

mência tal circularidade, embora por uma vez ele apresente o tempo quase como uma linha reta (embora sem negar o retorno). Zaratustra diz:

> Essa longa rua que leva para trás: dura uma eternidade. E aquela eterna rua que leva para frente – é outra eternidade... Contradizem-se esses caminhos, dão com a cabeça um no outro; e aqui, neste portal, é onde se juntam. Mas o nome do portal está escrito no alto: momento.[55]

Mais um enigma de Nietzsche, é claro! Afinal, como conciliar o eterno retorno com a ideia de um tempo linear? De que maneira, enfim, o tempo interfere no retorno do devir, da diferença? É possível falar de um tempo em si em Nietzsche? Procuraremos responder isso mais adiante. Por ora, voltemos ao adoecimento e à convalescença de Zaratustra... Tudo faz crer que o sofrimento de Zaratustra é mesmo causado pela ideia do retorno do homem pequeno, do homem "cansado da vida". O horror de Zaratustra é o homem e o seu retorno, sem dúvida.

Mas, afinal de contas, o que significa esse tema, originado num universo tão estritamente religioso, dentro da obra de Nietzsche? E mais: o que significa tudo voltar exatamente tal como foi, as mesmas coisas, cada instante, cada dia, cada sorriso e lágrima? Que vantagem há nessa con-

---

55. Ibid., "Da visão e do enigma".

cepção, senão a de nos levar a compreender o sentido exato desta vida, que é absolutamente única? Para nós, isso quer dizer mais profundamente que não haverá uma segunda chance para consertar as coisas; tudo é e será para sempre aquilo que vivemos uma única vez. Tudo o que já foi, tudo o que é, jamais será diferente, por toda a eternidade. Uma só e derradeira vez, por toda a eternidade...

Pois bem, talvez a ideia do eterno retorno em Nietzsche não passe de uma "alegoria", e, ao contrário de seu uso nas religiões asiáticas, tenha um conteúdo vazio e queira apenas dizer, em última instância, que o que está aí é eterno em sua existência (não porque vai se repetir igualmente, mas porque jamais poderá ser outro nem diferente do que já foi). Uma só vez, eterno e solitário mundo, eternos e solitários seres. Se tiver que voltar, terá que ser para a mesma vida.

Mas o eterno retorno do *mesmo* é uma promessa de coisa nenhuma, repetição vazia que nem pode apaziguar o espírito nem fazê-lo rejubilar-se (porque nada poderá ser diferente jamais), a não ser que isso queira dizer apenas "viva como se tudo tivesse que voltar". Eis "o centro de gravidade mais sólido", que nos leva a pensar que o caminho, uma vez traçado e vivido, não poderá mais ser apagado ou modificado. Não é isso que Nietzsche quer dizer quando fala da amargura que há em não poder recuperar o tempo perdido, o que passou e ficou para trás? "Que o tempo não retroceda é o que a enraivece: 'Aquilo que foi' – é o nome da pedra que ela não pode rolar"[56]. Não está explícita aqui uma noção de irreversibilidade? Como associar isso à ideia de um tempo circular, que faz voltar os mesmos instantes? E, aliás, por que o próprio Zaratustra responderá ao anão que ele não deve simplificar demais as coisas? Talvez o círculo não diga respeito ao retorno do tempo em si, mas apenas ao jogo da matéria, do eterno fazer-se e desfazer-se do mundo.

Zaratustra chama a atenção do anão, mas também aqui falará a respeito do eterno retorno de um modo enigmático. "Assim falei e cada vez mais baixinho: porque tinha medo dos meus próprios pensamentos e do que eles ocultavam [...]."[57] Porém, mais adiante, ele presencia algo estarrecedor que pode ser a chave para a compreensão do eterno retorno (já que a mesma coisa sucederá com o próprio Zaratustra). Ele vê um jovem pastor contorcendo-se com uma negra e pesada cobra pendendo de sua boca. O pastor devia estar dormindo e agora está sufocado e sem saber o que fazer. Foi então que Zaratustra tentou ajudá-lo, puxando a cobra, mas não adiantou. Então, alguma coisa dentro de Zaratustra gritou: "Morde! Morde!". "Assim gritou alguma coisa dentro de mim, assim o meu horror, o meu ódio, o meu asco, a minha compaixão, todo o meu bem e o meu mal gritaram dentro de mim, num único grito... Ó vós

---

56. Ibid., "Da redenção".
57. Ibid.

homens intrépidos que me cercais!... Vós amigos dos enigmas!... Decifrai, pois, o enigma que então vi, interpretai a visão do ser mais solitário."[58] O pastor então mordeu a cabeça da cobra e a cuspiu fora. Não era agora mais um pastor nem mais um homem, dizia Zaratustra. *"Era um ser transformado, translumbrado, que ria!"*[59]

Jamais Zaratustra ouvira um riso assim. Não era um riso de homem. Era o riso do super-homem. Ao cuspir a cabeça da cobra o pastor transformou-se. E o que é a cobra senão um animal que se arrasta e se enrola? Tudo isso se dá no trecho intitulado "Do enigma e da visão", que é anterior ao momento em que o próprio Zaratustra também "cuspiu" para longe de si o monstro que lhe atravessava a garganta, tornando-se então um convalescente. A ideia do retorno, a partir daí, já não parece mais assustá-lo. Para Deleuze, isso quer dizer que Zaratustra recuperou sua saúde e a sanidade espiritual, e, ao cuspir fora o monstro que lhe entrava pela garganta, devolveu à existência a sua inocência. O ser vai voltar, mas o ser é devir e diferença, por isso não há o que temer.

Sem dúvida, é uma magistral interpretação, que confere a Nietzsche o seu lugar verdadeiro na história da filosofia como um pensador do devir, como um pensador nômade. Mas se Deleuze está certo em pensar o aspecto seletivo do eterno retorno – que, para ele, se baseia no pensa-

---
58. Ibid.
59. Ibid.

mento do próprio Nietzsche ("No fundo, todo homem sabe muito bem que está nesse mundo apenas uma vez, a título de *unicum*, e nenhum acaso, nem mesmo o mais estranho, combinará uma segunda vez uma multiplicidade tão bizarra [...]"[60]) – nem por isso fica claro, para Rosset, que o eterno retorno tenha uma perspectiva moral, pois é assim que ele considera a posição que Deleuze assume ao ligar o retorno a uma ideia de progresso. Para ele, não se trata de uma vitória sobre o negativo ou sobre o niilismo – pelo menos, não no sentido mais literal do termo. Não existe um "progresso para o melhor", afirma Rosset. Isso seria possível em Leibniz, mas não na filosofia nietzschiana[61]. Para nós, especificamente, o eterno retorno da diferença (no seu aspecto ontológico ou cosmológico) quer dizer apenas que nada retorna igualmente, senão tudo já estaria definitivamente traçado. Não se trata de uma superação no sentido absoluto. O que há de "mesmo", como diz o próprio Deleuze, é o ato de voltar, de recomeçar. Não se pode dizer sequer que o homem retornará, nem o pequeno nem o grande. Afinal, o que significa dizer que o homem retorna? Ele existe como espécie em si, à maneira de uma essência platônica ou de uma virtualidade que obriga a matéria, por uma necessidade imperiosa, a repeti-lo? Não acreditamos nisso. Segundo pensamos, do ponto de vista cosmológico, o mundo do

---

60. Id., *Considerações intempestivas*, "Schopenhauer educador", 1.
61. Clément Rosset, *Alegria – A força maior*, p. 87.

eterno retorno faz voltar apenas o devir, que na verdade é a única coisa que existe de modo eterno. A grande questão, porém, passa a ser esta: o que é o devir[62]?

Em outras palavras, se Deleuze está correto (e pensamos que está) em falar de retorno da diferença, nada mais natural que o devir seja pensado como objeto de afirmação do próprio mundo, que está continuamente se engendrando e não morre jamais. Mas essa "afirmação" já não é mais humana apenas, mas da própria natureza, que se mantém viva em seu próprio movimento de se fazer e se desfazer continuamente, como o eterno acender e apagar de Heráclito. O que retorna são os elementos primeiros, que engendram todas as coisas, a diferença mais pura e essencial – o que Nietzsche prefere chamar de forças, pois é assim que ele entende o mundo. Nenhum ser físico, nenhum indivíduo, se repete. O que ocorre é que tudo tende a voltar à sua origem (a desfazer-se, a "apagar-se"), voltar à matéria em seu estado mais puro, reduzir-se aos elementos primordiais para então compor-se novamente. Só nesse sentido podemos entender um recomeço.

É verdade que o próprio Nietzsche não faz uso da ideia dos primeiros elementos, de um retorno a eles, embora Deleuze trabalhe com a concepção das "singularidades pré-individuais" como presidindo a gênese de todas as coisas[63].

---
62. Trataremos desse ponto no capítulo sobre o tempo como duração da matéria.
63. Veremos isso, com mais profundidade, no próximo capítulo.

Segundo Adolphe Bossert (em seu artigo "L'idée du *Retour éternel* de Nietzsche"), Nietzsche teria, primeiramente, partido de uma concepção atomista para depois dar preferência à ideia das forças.

> Nietzsche havia pensado inicialmente, ele também, em se fundamentar na teoria atômica; ele terminou por se deter em considerações dinâmicas, que não são mais concludentes. O átomo foi substituído pela força.[64]

Nesse ponto, concordamos com Bossert: as considerações dinâmicas não são mais conclusivas e, assim como Nietzsche faz da vontade de potência um "querer" interno das forças, também podemos fazer da "vontade" um princípio da matéria. Melhor dizendo, ao invés de pensar a matéria como algo inerte, nós a dotamos de movimento e potência.

É verdade que o próprio Nietzsche nega, num dos fragmentos da *Vontade de potência*, qualquer unidade no mundo. Ele diz claramente que não existe nenhum tipo de unidade, ou seja, não existe nada que permaneça inalterável no devir: não há átomos, não há mônadas, "não há unidades últimas perduráveis"[65]. No devir, nada permanece intacto, nada está protegido do jogo das forças. É claro que

---

64. Adolphe Bossert, *Essais sur la littérature allemande*, p. 300.
65. Nietzsche, Fragmento 11 [73] (edição Colli-Montinari).

é compreensível a sua rejeição a qualquer conceito que pudesse fazê-lo "cair" nas malhas da metafísica, esse vampiro que há séculos suga a alma dos filósofos e os leva a produzir pensamentos anêmicos. Mas Nietzsche não chegou a levar às últimas consequências a sua reflexão sobre o eterno retorno e, assim, também não pôde chegar a uma conclusão definitiva sobre a questão da matéria, tanto quanto não chegou a definir o que seria o tempo nessa concepção da eterna recorrência. De qualquer modo, em outro fragmento, ele diz algo que nos parece muito sugestivo e que endossa o nosso ponto de vista sobre o eterno retorno:

> Os meios de expressão da linguagem são inutilizáveis para exprimir o devir: uma das tarefas indestrutíveis de nossa conservação é determinar incessantemente um mundo grosseiro de coisas duráveis e de "seres" etc. [...] No ponto de vista relativo, podemos falar de átomos e de mônadas: e é certo que o mundo menor é o mais durável [...].[66]

Sim... o mundo dos átomos, das singularidades pré-individuais, é o mais duradouro. Nietzsche pode preferir chamar esse mundo imperceptível de mundo das forças, mas é certo que a matéria é, ela própria, esse jogo de forças, ou então ela teria de ser algo diferente das forças e assim o

---

66. Ibid.

filósofo cairia num dualismo intransponível. Seja o que for a matéria, ela existe e é algo que devém. É, portanto, sobre esse mundo duradouro que o eterno retorno incide, como ficará claro em nosso último capítulo. Os indivíduos não retornam jamais. Apenas o devir é eterno. E o devir é a matéria em movimento. Não existe devir puro – também esse conceito é um resquício do raciocínio metafísico. Afinal, o que significa dizer que tudo está em movimento se isso não estiver associado à matéria? Movimento do quê? Do nada, de coisa nenhuma? É preciso considerar, de uma vez por todas, que a palavra eternidade não quer dizer imutabilidade ou imobilidade, mas algo que existe desde sempre, que é incriado – no caso, a matéria (ou as forças, se preferirem).

Está mais do que claro que Nietzsche considera a matéria incriada, que ele considera o mundo como existindo desde sempre. Não há nada de metafísico nessa afirmação. A eternidade só tem um teor metafísico quando ela está associada a uma permanência imaterial, quando nela se encontra incluído o famigerado dualismo (que é o pai da transcendência). Sobre esse ponto, Nietzsche diz:

> A hipótese do mundo criado não deve nos preocupar um só instante. A noção de "criar" é hoje absolutamente indefinível, é uma noção que não corresponde a nenhuma realização; não passa de uma palavra, uma palavra rudimentar, datando de uma época de superstição; com

uma palavra não se explica nada. A derradeira tentativa para conceber um mundo que começou foi feita recentemente por diversas vezes, com a ajuda de um procedimento lógico – em primeira linha, adivinhamos, com uma secreta intenção teológica.[67]

Em suma, existe algo que permanece, mas isso nada tem a ver com a metafísica tradicional e seus mundos formais e virtuais *a priori*. Em outras palavras, alma, espírito, virtualidade e até ser ganham um novo sentido numa filosofia imanente. Sem dúvida, é preciso ter muito cuidado com esses conceitos, porque é muito fácil mergulhar em falsos raciocínios quando nos deixamos enredar pelas aparentes dicotomias entre ser e não ser, temporal e eterno etc. Num certo sentido, tudo o que existe é temporal, mas também pode-se dizer que tudo é eterno. Todo corpo tem uma duração (todo composto, toda combinação possível), mas a matéria é eterna. Isso nos faz lembrar de Giordano Bruno, quando ele dizia que, se o mundo é infinito, Deus não poderia estar acima de nós. Logo, ele teria que estar em cada ser, em cada partícula. Deus seria a própria matéria. Também Espinosa, com a ideia do *Deus sive Natura*, mostra como a única coisa que existe, de fato, é a substância, a matéria que tudo gera e consome. É ela o verdadeiro Deus, a potência criadora.

---

67. Nietzsche, Fragmento 14 [188] (edição Colli-Montinari).

É claro que Nietzsche não gosta dessa relação entre matéria e Deus. Ele tem aversão absoluta, como já dissemos, a qualquer ideia que descambe para a crença num ser eterno, superior e transcendente. A sua preocupação é tão grande que ele diz que é preciso "desfazer-se da unidade, do Todo, de qualquer força, de um incondicionado; não se poderia evitar de considerá-lo como a instância suprema e de batizá-lo de Deus". Sim... concordamos com ele. Mas, por outro lado, se Deus não é nada além da força plástica que cria e recria este mundo continuamente, ele não é nada além da própria matéria e do próprio mundo. Isso não faz deste mundo um ser, nem um organismo, embora possa dar margem a essa ideia. Para Nietzsche, não existem leis eternas nem um mundo de necessidade eterna além de seu próprio movimento incessante. É a "vontade de potência", essa força plástica criadora, que imprime ao devir ou ao que chamamos de "matéria em movimento" um ser provisório. "Imprimir ao devir o caráter do ser – esta é a máxima vontade de potência"[68], diz Nietzsche.

É preciso entender – e o próprio Nietzsche deixa isso bem claro – que este mundo não é um ser no sentido metafísico do termo nem um organismo em si, que se mantém vivo e nunca se altera. Ele apenas devém. Ele nunca chega a ser, mas também nunca perece. Também não há uma fina-

---

68. Nietzsche, Fragmento 7 [54] (edição Colli-Montinari).

lidade última ou meta, ou então ele já teria chegado ao seu termo de alguma forma. "Se o mundo tivesse um objetivo, seria necessário que esse objetivo fosse atingido; se existisse para ele uma condição final, seria necessário que esta condição final fosse igualmente atingida"[69]. Mas também é preciso entender que ele não pode ser novo a cada instante, como se tudo fosse criado do nada continuamente. O mundo é apenas, como diz Heráclito, um eterno começar e recomeçar. Mesmo que Nietzsche prefira a noção dinâmica de "força", ao invés de pensar os elementos primordiais, para nós, as forças são inerentes ao jogo da matéria, pois não há matéria sem movimento. É o movimento contínuo e vertiginoso da matéria primordial (das singularidades nômades, impessoais, ou simplesmente átomos) que podemos chamar de força ou de energia, como defenderemos no último capítulo. Tudo o que existe é matéria ou efeito dela, efeito do choque, efeito dos encontros de "corpos".

Enfim, voltando à questão anterior, Clément Rosset prefere aceitar o fato de que Nietzsche realmente jamais chegou a desenvolver plenamente a ideia do eterno retorno, preferindo deixar a questão envolvida numa aura de mistério. Quanto a nós, no entanto, precisamos mostrar como a interpretação de Deleuze acabou abrindo uma nova via de reflexão acerca do próprio eterno retorno, embora sem perder

---

69. Nietzsche, *La volonté de puissance*, II, p. 181 (edição Würzbach).

uma conexão mais profunda com o pensamento do filósofo alemão. Entender o retorno como retorno do devir e fundar com isso a ideia de uma univocidade do *ser* como diferença pura reforça nossa consideração a respeito desse conceito, que não deve e não pode ser pensado do ponto de vista metafísico, como permanência abstrata ou transcendente.

O trabalho de Clément Rosset, no livro *Alegria – A força maior*, embora sucinto, é muito esclarecedor e só endossa ainda mais a necessidade de mostrar que entender Nietzsche como um metafísico é um engano. Rosset chama a atenção para a maneira como Heidegger se apropria do eterno retorno como base para a sua especulação e como ele se vale de alguns fragmentos, reunidos postumamente e de modo suspeito na *Vontade de potência*, sem – no entanto – considerar outros tantos fragmentos que negariam sua hipótese. O trecho inteiro de Rosset é revelador:

> Heidegger vê assim na ideia do eterno retorno a intuição obscura de uma permanência do ser e invoca, por exemplo, uma frase tirada de um fragmento inserido em *A vontade de potência*: "Que tudo volte, eis o que constitui a extrema aproximação de um mundo do devir com aquele do ser – ponto culminante da contemplação". Mas ele nada diz da frase que precede, que descreve a produção de um mundo do ser como falsificação e não acha comentário para a frase seguinte: "A condenação

do devir, o descontentamento a seu respeito, provém dos valores atribuídos ao ser, uma vez que se começou inventando esse mundo do ser".[70]

Em todos os sentidos, fazemos nossas essas palavras. Mas é quando Nietzsche diz, num trecho do *Ecce Homo*, que sua mãe e sua irmã são as suas únicas objeções à ideia abissal do eterno retorno[71], que ficamos ainda mais certos de que o retorno está inexoravelmente ligado ao grande "sim" dionisíaco. Talvez tenha sido exatamente esse sentimento, de que afirmar integralmente a existência é ter que desejar o retorno de todas as coisas, que tenha feito Zaratustra temer a sua própria concepção – que, em outro sentido, é a mais redentora de todas as suas ideias, já que leva a afirmar a vida de um modo tão poderoso que já não queremos mais apenas vivê-la com intensidade, mas a queremos de novo, outra vez, tal como ela foi.

Existe um fragmento da *Vontade de potência* que, para nós, parece desvincular ainda mais a ideia do eterno retorno da repetição do mesmo e do idêntico. É o seguinte:

> E sabeis sequer o que é para mim o "mundo"? Devo mostrá-lo a vós em meu espelho? Este mundo: uma monstruosidade de força, sem início, sem fim, uma firme

---
70. Clément Rosset, op. cit., p. 90.
71. Nietzsche, *Ecce Homo*, I, 3.

brônzea grandeza da força, que não se torna maior, nem menor, que não se consome, mas apenas se transmuda, inalteravelmente grande em seu todo, uma economia sem despesas e perdas, mas também sem acréscimo ou rendimentos, cercada de "nada" como seu limite [...]. Aquilo que eternamente tem de retornar, como um vir-a-ser que não conhece nenhuma saciedade, nenhum fastio, nenhum cansaço: esse meu mundo dionisíaco do eternamente-criar-a-si-próprio, do eternamente-destruir-se-a-si-próprio, esse mundo secreto da dupla volúpia, esse meu "para além do bem e do mal"... quereis um nome para esse mundo?... Esse mundo é a vontade de potência.[72]

O mundo como vontade de potência, como uma "firme brônzea grandeza da força" que eternamente cria a si mesma e também se destrói segundo seu próprio movimento. Um mundo do devir mais puro, um mundo heraclítico por essência. Eis como Nietzsche apresenta-nos o mundo. Eis como ele se aproxima do mestre grego de Éfeso – certamente, o primeiro filósofo a tratar o ser (ou, mais propriamente, o que existe) como devir. Nietzsche e Heráclito: separados no tempo, "unidos no intempestivo" pela mesma compreensão da existência, sem culpas, sem qualquer expiação moral, apenas um eterno consumir-se e recriar-se

---

72. Id., *Os Pensadores*, p. 397.

inocente e soberano (mas, certamente, doloroso para o homem que esperava algum privilégio da natureza).

Quando Nietzsche diz, também na *Vontade de potência*, que o mundo é um eterno fazer-se e desfazer-se, que nunca chega a ser, mas que também nunca perece, que vive de si mesmo, que se alimenta de "seus próprios excrementos"[73], isso quer dizer que o mundo gira em torno de si mesmo, que tudo volta e nada volta realmente, que o mundo é devir. O retorno está ligado ao eterno fazer e desfazer desse devir, mas o retorno não é o próprio devir. O devir é a matéria em seu incessante movimento. É porque esse movimento nunca termina que tudo se compõe e se decompõe eternamente. O mundo volta, mas nunca é o mesmo mundo, as coisas estão sempre em transformação. O único "mesmo" é a matéria ou as forças, ou seja, o devir[74]. Mas, por fim, em que medida o tempo interfere no eterno retorno?

*

Bem, é claro que o tempo também será um conceito obscuro no eterno retorno, pois não sabemos em que termos Nietzsche resolveria a questão. Sabemos, no entanto, que nos momentos em que ele fala do tempo – pelo me-

---

73. Nietzsche, Fragmento 14 [188] (edição Colli-Montinari).
74. Essa questão só ficará mais clara no capítulo reservado à definição do tempo como duração da matéria.

nos nos fragmentos da *Vontade de potência* – este nunca é apresentado como circular ou cíclico, mas apenas como infinito. E, em geral, esse infinito sempre se apresenta confundido com a duração do mundo. Não há jamais uma menção clara sobre a existência de um tempo em si, como uma força abstrata, como algo que existe para lá das forças. Em geral, ele aparece como especulação e – como não poderia deixar de ser – associado ao movimento do mundo e às possíveis combinações da matéria.

> Em um tempo infinito, cada combinação possível teria sido alguma vez alcançada; mais ainda, teria que ter sido alcançada um número infinito de vezes. E posto que, entre cada "combinação" e seu próximo "retorno", teriam que haver transcorrido todas as combinações possíveis e que cada uma dessas combinações condiciona toda a sequência de combinações na mesma série, permanece, com isso, demonstrado um ciclo de séries absolutamente idênticas: o mundo como ciclo que se tem repetido já infinitamente e joga seu jogo *in infinitum*.[75]

Poderíamos nos perguntar o que Nietzsche quer dizer nessa e em outras passagens por "tempo infinito". Estaria ele supondo a existência de um tempo em si, correndo à parte do próprio mundo e das forças? Poderia ser, então, esse pró-

---
75. Nietzsche, Fragmento 14 [188] (edição Colli-Montinari).

prio tempo uma força que arrasta tudo para uma mesma direção? Ou uma resultante de forças que se confunde com a própria irreversibilidade, como supõe Prigogine? Mas, ainda que se tratasse disso, no que esse tempo se distinguiria do devir, do próprio movimento da matéria, que nunca permite que as coisas voltem para trás, simplesmente porque não existe, no fundo, um passado em si para o qual voltar? Não existe um passado que se conserva intacto. Passado, presente e futuro não são dimensões em si e o próprio Nietzsche jamais falou no tempo dessa maneira. Logo, tais dimensões estão relacionadas à nossa percepção da continuidade do mundo e do seu movimento, mas também, de certa forma, estão condicionadas ao "antes e depois" que se dá no jogo do mundo. Em poucas palavras, não concordamos que exista um tempo linear, uma linha reta em Nietzsche, como Deleuze conclui (embora nunca num sentido vulgar, é claro)[76], a não ser que isso se confunda com o próprio movimento do mundo, com a própria existência. Não se trata de defender Aristóteles contra Bergson, ou coisa parecida; trata-se de impedir que Nietzsche descambe para a metafísica – que, segundo pensamos, penetra sorrateiramente quando, em termos de princípio, cindimos o mundo e o povoamos com coisas puras, forças puras (que não são já as da própria matéria). Por mais que tenhamos profunda paixão pelas re-

---

76. Isso será discutido, com mais profundidade, no próximo capítulo.

flexões de Bergson sobre o tempo – que Deleuze, aliás, só consegue tornar ainda mais belas e poderosas – não concordamos com a ideia de um tempo em si, nem como passado puro nem como sucessão de instantes que se conservam neles mesmos, tal como numa Memória do mundo. Se existe alguma memória no mundo, ela parece estar na própria matéria, que – em sua especialização – criou seres capazes de transmitirem sua forma (forma essa que não pode ser senão fruto do acaso, embora depois tenda a permanecer por uma certa duração no mundo)[77].

O tempo, afinal, não é uma linha reta virtual onde os acontecimentos se dão. Também não é um círculo abstrato que faz tudo retornar. Nada pode ser mais metafísico do que dar um "ser" ao tempo, fazê-lo existir por si, como uma essência diferente da matéria (duas realidades, dois mundos; aqui não se trata de intensidade, diferença de grau, mas de uma diferença de natureza, e isso nos parece inconcebível). Em Nietzsche, a existência é o "aqui e agora" que não cessa de mudar ao longo de sua própria duração. Sim... é claro que existe um tempo, mas não como um em si, mas como algo ligado ao próprio "jogo de Zeus" (para usarmos uma expressão de Heráclito).

---

77. Infelizmente, não podemos nos aprofundar nesse tema, mas julgamos, como Monod – em seu belo livro *O acaso e a necessidade* –, que mais espantoso do que o devir é a permanência no mundo. Esse é o maior dos enigmas e sempre é mais fácil acreditar na existência de "formas puras", formas eternas, virtualidade em si, do que examinar o próprio jogo da matéria ou das forças.

Explicando melhor, nas poucas referências que Nietzsche faz ao tempo, na *Vontade de potência*, tudo indica que o infinito "que transcorre para frente e para trás" é inseparável da ideia de um mundo que existe desde sempre. O tempo não é anterior ao mundo, não existe por si. Ele acompanha o mundo. De fato, Nietzsche não tece considerações sobre a natureza do tempo, mas fica claro – no entanto – que não se trata de um tempo circular. Para Deleuze, que também vê no tempo o grande enigma do eterno retorno, isso quer dizer que Nietzsche pensa o tempo como uma linha reta, para frente e para trás, e é aí que o retorno assumiria toda a sua verdade como retorno da diferença. Como Deleuze – e já deixamos isso bem claro –, acreditamos que a verdade do eterno retorno está mesmo relacionada ao tempo, mas não acreditamos na existência de um tempo em si em Nietzsche. Deleuze, aliás, é o primeiro a dizer que pensar o eterno retorno na perspectiva de uma "oposição entre um tempo cíclico e um tempo linear é uma ideia pobre"[78]. O que nos parece mais de acordo com a filosofia nietzschiana é a supressão do próprio tempo como um em si, como uma realidade autônoma, o que não quer dizer que ele não exista como duração das coisas.

Acreditamos que, se Nietzsche tivesse levado a fundo a sua reflexão, ele perceberia que o fazer e o desfazer do

---

78. Deleuze, *Diferença e repetição*, p. 386.

mundo não dependem da existência de um tempo em si, circular ou linear, mas do próprio devir das forças e dos ciclos que esse devir gera – que, evidentemente, têm uma duração, mas que não indicam a existência de um tempo real, fora das coisas, correndo por si mesmo. Nietzsche já dissera isso, de modo diferente, em outro momento, quando se referiu ao absurdo da existência de um tempo em si. Nietzsche diz claramente: "O tempo em si é um absurdo. Só existe o tempo para um ser que sente. E o mesmo acontece com relação ao espaço"[79]. Também, em sua obra *Humano demasiado humano*, Nietzsche afirma que "nossas sensações de espaço e tempo são falsas, porque, examinadas consistentemente, levam a contradições lógicas"[80].

Em outras palavras, espaço e tempo não existem por si. Mas isso não quer dizer que eles sejam formas *a priori* no indivíduo, tal como pensava Kant. No fundo, quer dizer apenas que não existem coisas em si, além do próprio mundo, além das próprias forças, da própria matéria. E nós acrescentamos: isso quer dizer simplesmente que não existem seres imateriais. O espaço e o tempo pensados como preexistindo à matéria ou como independentes da matéria é a mais metafísica das ideias. Em poucas palavras, dizer que "tudo retorna", do ponto de vista físico, não diz respeito ao tempo, mas

---

79. Tal consideração encontra-se entre as suas anotações de 1872, que foram reunidas em *O livro do filósofo*, 121.
80. Nietzsche, *Humano, demasiado humano*, aforismo 19.

ao próprio devir. É verdade, como dissemos acima, que Deleuze se opõe à ideia de um tempo cíclico no eterno retorno de Nietzsche, pois isso seria o mesmo que defender o retorno do idêntico, do Mesmo, da semelhança... Porém, ele acredita que seja preciso liberar o tempo do seu eixo, torná-lo linear, sendo o círculo apenas aquilo que se atinge no extremo máximo da diferença, que é levada a cabo pela própria irreversibilidade do tempo (diríamos assim). Ele fala em liberar o tempo do próprio movimento, mas – para nós – esse aspecto soa incompreensível (e reflete apenas o próprio bergsonismo de Deleuze). Nesse ponto também nos afastamos da interpretação deleuziana, embora – como ele – acreditemos que o tempo seja a chave do eterno retorno.

Para nós, fazer do tempo uma virtualidade em si, algo que liga, costura os acontecimentos, é fazer dele uma instância absolutamente metafísica. Ele não é uma coisa, um ser, um objeto em si. É nesse sentido que o tempo do eterno retorno é um *tempo trágico*, porque ele é apenas o tempo da existência, a duração do próprio mundo e de cada coisa em particular. Tudo o que existe tem um tempo, uma duração. O mundo (uno e múltiplo concomitantemente) é eterno... O devir é eterno.

Não se trata, no entanto, de uma eternidade intemporal. O tempo é infinito na mesma proporção em que o mundo é eterno, pois é isso que quer dizer eternidade: existir desde sempre, para frente e para trás. É apenas nesse sentido que entendemos o tempo de Nietzsche como infinito, porque – em última instância – ele é inseparável do mundo. Os indivíduos (como todo e qualquer corpo) têm uma duração fugaz, são meras peças das engrenagens do mundo, combinações singulares que não se repetem, que só existem uma única e derradeira vez e que, por isso, precisam fazer dessa existência uma extraordinária aventura, porque tudo o que fizerem (e também o que não fizerem) ecoará por toda a eternidade. Como diz Nietzsche, "o amor, a primavera, toda bela melodia, a Lua, as montanhas, o mar – apenas uma vez tudo fala plenamente ao coração: se é que atinge a plena expressão"[81]. Eis o que significa, como diz Oswaldo Giacoia, imprimir no instante "o selo da eternidade"[82].

"Uma só vez", grita o mundo que, em seu movimento contínuo, se alimenta de si mesmo enquanto se recria eternamente. "*Da capo*", grita o super-homem. Ele quer de volta esta vida, desde o começo, cada dor e cada alegria, a lua e as estrelas que contempla agora no breve instante que tende a se apagar, os rostos amigos e os amores perdidos, eis a última e eterna chancela do ser. Eis o que significa recuperar o sentido da terra: amar esta existência e afirmá-la incondicionalmente. Querê-la para sempre, como ela é. Eis o sentido mais profundo da redentora ideia do eterno retorno de Nietzsche.

---
81. Ibid., aforismo 586 ("Os ponteiros de horas da vida").
82. Oswaldo Giacoia Jr., *Nietzsche*, p. 60.

Gilles Deleuze: univocidade do ser e eterno retorno da diferença 2

Não é uma tarefa simples recortar da obra de Deleuze a sua concepção de tempo, mesmo porque sabemos que ele abordou o tempo de varias maneiras, a partir das inúmeras composições que fez com outros pensadores. Deleuze, de fato, inaugura uma forma original de fazer "passar" o pensamento, isto é, de romper com as malhas de uma representação que impede as ideias de atingirem seu ponto mais "alto", de se agenciarem de um modo mais poderoso (ou mais nômade, diríamos nós). "Algo pensa em mim" substitui a antiga fórmula cartesiana do "eu penso". A exterioridade suplanta a interioridade, embora isso não queira dizer que o pensamento abra mão de uma unidade ou que seja fragmentário. Pensar é sempre produzir um "crivo no caos". A questão é que Deleuze não esconde seus afetos, mostrando que pensar não consiste num embate abstrato de ideias, mas numa composição de forças. No fundo, é como se o pensamento se destacasse de seu "eu" sedentário e solipsista e fosse em busca de seu "bando" (o tal "povo das estepes" de que falava Nietzsche). Pensar, nesse caso, é se agenciar com o mundo, com o "fora", com a vida. É se lançar na conquista do infinito. É sair da esfera bem protegida da representação e mergulhar no caos do mundo, na diferença mais pura do ser.

Não é por outra razão que Pelbart nos fala de um "tempo não reconciliado"[1] em Deleuze, apontando para o aspecto labiríntico de um pensamento que está sempre se bifurcando, sempre abrindo novas frentes, novas possibilidades para o próprio pensamento.

Não há, de fato, uma definição única de tempo em sua obra. Não há uma teoria específica sobre a natureza da temporalidade. Mas o tempo, no entanto, retorna continuamente ao seu pensamento, sempre em novas conexões, sempre a partir de novos centros, expondo – no fundo – o seu próprio aspecto paradoxal. Mas o paradoxo – sabemos bem pelo próprio Deleuze – é a paixão do pensamento, é aquilo que o descentra e que, por isso mesmo, o obriga a estar sempre em movimento.

Em poucas palavras, Deleuze pensou o tempo a partir dos estoicos, de Bergson, de Nietzsche e de muitos outros,

---

1. O livro de Peter Pelbart, *O tempo não-reconciliado* (que foi sua tese de doutorado), é uma boa amostra das inúmeras afecções do pensamento deleuziano, embora isso não queira dizer falta de unidade das ideias e sim uma nova proposta para o próprio pensamento, que não se fecha mais sobre si mesmo, mas que procura sua força na composição com outros pensamentos.

acrescentando a cada uma dessas percepções o seu próprio olhar. Ousamos dizer, no entanto, que foi na relação com Nietzsche (sobretudo, a partir da ideia do eterno retorno) que Deleuze abriu caminho para pensar sua própria ontologia: a ontologia da diferença.

Sabemos quanto essa ideia é polêmica entre os deleuzianos – que se negam a ver em Deleuze qualquer ideia de ser – mas insistimos (como temos feito em outros capítulos) que esse conceito, usado fora da esfera fria e anêmica da metafísica, ganha um sentido inteiramente novo. E ninguém melhor do que o próprio Deleuze para nos dizer isso:

> O múltiplo já não é justificável do Uno, nem o devir do Ser. Mas o Ser e o Uno fazem melhor do que perder o seu sentido; tomam um novo sentido. Porque, agora, o Uno diz-se do múltiplo enquanto múltiplo (pedaços ou fragmentos); o Ser diz-se do devir enquanto devir.[2]

Enfim, se o conceito de ser aparece muitas vezes na obra de Deleuze, é preciso entendê-lo dessa forma ou, então, como simplesmente "aquilo que existe", o que está no mundo ou mesmo o próprio mundo em seu devir infinito. Como bem diz François Zourabichvili, a respeito do "empirismo transcendental" de Deleuze, não se trata de cair de novo na ideia de um em-si do mundo, mas sim que "a ontologia do

---

2. Deleuze, *Nietzsche*, p. 30.

virtual ou das singularidades não é nada mais do que a ferramenta de descrição da experiência *real*"[3]. É claro, portanto, que seria mais correto falar em "seres" do que em "ser". Sim... o próprio Deleuze deixa claro que não pensa o ser como Espinosa, como uma unidade que dá sentido interno a toda multiplicidade do mundo. Em Deleuze, não existe um *ser* para todas as coisas. Ao contrário, os seres são múltiplos e diferentes, "sempre produzidos por uma síntese disjuntiva, eles próprios disjuntos e divergentes [...]"[4]. Mas, ainda que não se possa falar num todo fechado, em um mundo que funciona como um organismo, existe algo que faz com que possamos chamar a todos os entes de seres. E é isso que Deleuze chama de "univocidade do ser": não uma unidade interna, não um ser transcendente, não um organismo vivo... Univocidade significa que os seres se "dizem" de uma mesma maneira, que expressam uma mesma "verdade": a da existência concreta, a do "estar aqui e agora" e a de serem absolutamente únicos e insubstituíveis. Mas a "univocidade do ser" quer dizer também, e sobretudo, a esfera das singularidades pré-individuais, o campo das virtualidades puras, que presidem todas as coisas, ou seja, que estão na base de tudo o que existe. Essa esfera constitui o elemento genético, o "ser" do mundo, propriamente dito, mas esse "ser" não é diverso do próprio mundo (pelo menos, não materialmente

---

3. François Zourabichvili, *O vocabulário de Deleuze*, p. 53.
4. Deleuze, *Lógica do sentido*, p. 185.

falando). Em obras posteriores, e em outros recortes, veremos Deleuze elaborar o conceito de "matéria intensiva", que – segundo pensamos – lança uma nova luz sobre a questão da univocidade, mas tal conceito exige um trabalho à parte (que pretendemos desenvolver posteriormente).

Em poucas palavras, cada ser deste mundo, para Deleuze, se "diz" a partir de sua própria diferença, afirmando essa diferença. "Uma só voz", diz Deleuze, para uma infinidade de seres múltiplos e diversos. Eis o sentido mais profundo do que ele chama de "univocidade do ser". Eis o que significa o *ser* como "diferença pura".

De fato, Deleuze deixa claro que é preciso não confundir a univocidade do ser enquanto ele se diz com a "pseudo-univocidade" daquilo que ele se diz. "Mas, da mesma forma, se o Ser é o único Acontecimento em que todos os acontecimentos comunicam, a univocidade remete ao mesmo tempo ao que ocorre e ao que se diz"[5]. Em *Diferença e repetição*, Deleuze retoma a questão:

> Uma mesma voz para todo o múltiplo de mil vias, um mesmo Oceano para todas as gotas, um só clamor do Ser para todos os entes. Mas à condição de se ter atingido, para cada ente, para cada gota e em cada via, o estado de excesso, isto é, a diferença que os desloca e os disfarça, e os faz retornar, girando sobre sua ponta móvel.[6]

---
5. Ibid.
6. Deleuze, *Diferença e repetição*, p. 476.

Nesse sentido, como já havia sido dito por Nietzsche, é preciso entender a unidade como multiplicidade. Não se trata de uma unidade estática nem de um todo que se divide em partes contíguas que se complementam. É um só mundo, de fato, mas um mundo múltiplo, sem identidade absoluta, um mundo que "nunca chega a ser, mas também nunca perece". Em outros termos, o mundo é devir, mas o devir, para nós, é a própria "matéria em movimento": é isso que queremos mostrar em nossa tese. Afinal (como já perguntamos), como aceitar a ideia de um movimento em si ou de um movimento puro? Existiria, então, de um lado a matéria e de outro o movimento? Como é possível definir o movimento (ou o próprio tempo) sem atrelá-lo à matéria, seja ela "intensa" ou "extensa"? Não continuaríamos prisioneiros dos raciocínios metafísicos se colocássemos o movimento como um em-si virtual, à parte da matéria? Nesse sentido, Luiz Orlandi é preciso quando diz de Deleuze:

> Concretamente, do ponto de vista que inspira sua retomada de Nietzsche, o que lhe parece inaceitável é uma atmosfera intelectual que, em proporções variadas, realiza misturas de "um pouco de espiritualismo cristão, um pouco de dialética hegeliana, um pouco de fenomenologia", e tudo isso, além de certo kantismo, somado a um pouco de fulguração nietzschiana.[7]

---

7. Luiz Orlandi, "Marginando a leitura deleuzeana do trágico em Nietzsche", in *O trágico e seus rastros*, pp. 15-53. Republicado na *Revista Olhar* (ano 4, nº 7, jul.-dez./ 2002), São Carlos, UFscar, pp. 10-26.

De fato, é preciso tomar cuidado com certas associações, embora a questão não esteja em "fazer associações", mas "com quem" se faz tais associações e para onde apontam certas misturas. O próprio Deleuze não deixou de criar "seus monstros". Ele próprio o disse. Mas, mesmo quando associava Nietzsche a Bergson ou a Espinosa, era para potencializar os conceitos nietzschianos e não para desfigurar os filósofos. Não deixamos de sentir um certo calafrio quando usamos os conceitos de ser, de ontologia e mesmo de matéria (como dissemos na introdução), mas reativá-los em um novo plano de imanência é a única maneira de impedir que a metafísica realmente triunfe (e por metafísica entendemos, repetimos aqui, qualquer pensamento que envolva a noção de transcendência). Na verdade, julgamos que proibir o uso de tais ou tais conceitos não resolve o problema de se "pensar" metafisicamente. Muitos filósofos falam em devir, em forças etc., mas no âmbito dos sentidos estão reativando os mais metafísicos pensamentos. A questão é, primeiramente, eliminar do pensamento a ideia de transcendência, passando a entender o ser como aquilo que existe materialmente (e não formalmente). Nesse caso, trata-se de entender a própria matéria como intensiva e não extensiva (geneticamente falando)[8]. Eis como é possível abalar verdadeiramente os ali-

---

8. A ideia de uma matéria intensiva, por oposição à matéria extensiva (ou, mais exatamente, matéria-energia por oposição à matéria-partícula ou "corpo"), só aparecerá elaborada nos livros posteriores ao que estamos

cerces da metafísica. Tudo é matéria. O virtual e o atual não se opõem como naturezas distintas, como princípios diversos; são apenas graus da matéria. O campo de forças é ainda, nesse sentido, um campo material.

É claro que concordamos com Oswaldo Giacoia quando ele diz que tanto o atomismo materialista quanto o que ele chama de "atomismo psíquico"[9] mantêm "um núcleo comum", isto é, a mesma "crença na categoria de unidade e substância"[10]. Mas, por outro lado, queremos propor a questão de outra forma: para nós, há uma diferença crucial entre dizer que a matéria é eterna e imperecível e dizer que o espírito, ou o virtual, é aquilo que persiste para lá da matéria. O fato de que exista algo de eterno não é suficiente para sustentar a metafísica, sobretudo, se esse "algo" for absolutamente material (e aqui estaríamos falando da mais pura e absoluta imanência). Para nós, é a crença na transcendência e também nos dualismos – matéria e forma, corpo e espírito – que dá a base para o triunfo da metafísica. É preciso lembrar que é o próprio Nietzsche

---

trabalhando, a saber, no *Anti-édipo* e no *Mil platôs*, obras que Deleuze escreveu com Félix Guattari. Em outras palavras, ainda que o tema do atual e do virtual esteja presente em toda a obra de Deleuze, esse conceito é posterior ao da univocidade do ser e do eterno retorno da diferença e aparecerá integrado numa outra reflexão: a da Esquizoanálise e a do CsO.

9. No primeiro caso, trata-se da defesa de uma unidade elementar, atômica; no segundo caso, de uma defesa da alma indivisível, eterna, em uma palavra: mônada. Sobre esse ponto, cf. Oswaldo Giacoia Jr., *Nietzsche como psicólogo*, p. 55.

10. Ibid.

quem diz que a crença no corpo é mais verdadeira que a crença no espírito, tendo essa segunda nascido das próprias "aporias do corpo"[11]. Além disso, também é Nietzsche quem fala em eternidade das forças (porque é preciso que algo permaneça na origem ou, então, cairíamos no criacionismo). Em outras palavras, a matéria deve ser a base de tudo (seja ela pensada como elementos primordiais, forças ou energia[12]).

Resumindo: falar em ontologia, em Deleuze, quer dizer apenas que existe um ser que é sempre diferença, que nunca chega a ser plenamente, que é sempre disparidade, divergência. O ser é devir, é movimento, mas devir e movimento dizem respeito à matéria. Toda permanência é provisória neste mundo. Toda forma é apenas um disfarce para fazer passar a diferença pura – esse mundo de singularidades pré-individuais e impessoais que está na origem de todas as coisas.

Sim... é preciso muita atenção para não cometermos nenhum equívoco, pois a questão é repleta de sutilezas. Em primeiro lugar, é preciso entender que aquilo que Deleuze chama de singularidades não é algo que pertence ao mundo sensível. Melhor dizendo: as singularidades são – na verdade – o próprio "ser" do sensível, o seu elemento genético,

---

11. Nietzsche, Fragmento 2 [102] (edição Colli-Montinari).
12. Essa questão será analisada em profundidade no último capítulo, quando trataremos da definição de tempo.

como já dissemos. Elas estão no mundo – é claro, já que não existe outro mundo – mas elas são, em última instância, a própria "matéria" do mundo, dispersa e nômade. É por esse caminho que podemos compreender melhor o que Deleuze chama de "ser unívoco" e por que esse ser é múltiplo e só se afirma plenamente no eterno retorno.

Em poucas palavras, o campo das singularidades, em Deleuze, é o verdadeiro "transcendental" no seio da natureza. E que não se confunda o transcendental deleuziano com a "forma pura" de Kant, embora também seja preciso não confundi-lo com o fundo negro e indiferenciado, o "devir-louco" de Platão, o caos propriamente dito. O campo das singularidades é, na verdade, a instância que existe entre o caos absoluto e o mundo das "formas" (o que estamos chamando aqui de "mundo das formas" é o mundo dos indivíduos, dos corpos, o mundo físico, ao contrário do que diria Platão). Sem dúvida, em Deleuze, esse tema vai aparecer muitas vezes entrelaçado com o tema do acontecimento e de suas efetuações espaço-temporais (mas também com a questão da impassibilidade e da gênese do sentido[13]), mas deixaremos isso para outro momento. Para nós, interessa agora entender em que medida esse fundo informe e esse campo de singularidades pré-individuais e impessoais se relacionam com o eterno retorno.

---
13. Sobre essa questão, cf. Deleuze, *Lógica do sentido* (15ª série: Das singularidades).

> Não podemos aceitar a alternativa que compromete ao mesmo tempo toda a psicologia, a cosmologia e a teologia: ou singularidades assumidas em indivíduos e pessoas, ou o abismo indiferenciado. Quando o mundo se abre pululando de singularidades anônimas e nômades, impessoais, pré-individuais, pisamos finalmente o campo do transcendental.[14]

Em outras palavras, o campo de singularidades não é nem o lugar do ser soberanamente individuado (mundo empírico) nem o "abismo indiferenciado", o "caos puro" (onde qualquer mínima determinação é impossível). Ele é o primeiro momento, se podemos dizer assim, em que a vontade de potência começa a imprimir um "ser" ao caos ou, mais propriamente, o primeiro momento da diferenciação da matéria. Matéria intensiva, nesse caso, refere-se exatamente a essa diferenciação, a um mundo não formalizado. Na realidade, é a matéria que sai de sua indiferença absoluta (essa espécie de caldo cósmico) e começa a se singularizar. Mas singularizar-se aqui quer dizer também "compor-se". As séries começam a se formar. As singularidades pré-individuais são as primeiras determinações da matéria e do mundo.

Esse campo, chamado por Deleuze de transcendental, é, por assim dizer, uma "idealidade imanente", algo que está no mundo, mas que não pode ser apreendido pelos senti-

---

14. Ibid., p. 125.

dos. Ele é o eterno no mundo ou aquilo que faz com que o próprio mundo seja eterno no seu vir-a-ser perpétuo. Transcendental, nesse sentido, não quer dizer fora do tempo, mas parece ser, em Deleuze, da própria ordem do tempo – daí por que seria mais correto afirmar que as singularidades "subsistem" (para usar um termo estoico) e não que elas existem para lá desse tempo.

Na verdade, Deleuze afirma também a eternidade do caos (afinal, o campo das singularidades emerge desse fundo indiferenciado). São apenas graus distintos de organização e de ordenação do mundo. Entender o mundo apenas nessa oposição entre ordem e caos é, para Deleuze, um grande erro. É verdade que a filosofia de Kant substitui as "velhas Essências metafísicas" de Platão (que se contrapõem ao mundo informe da matéria) pelas determinações transcendentais, mas o seu erro foi entender tais determinações como sendo do âmbito da consciência. Como diz Deleuze: "o erro de todas as determinações do transcendental como consciência é de conceber o transcendental à imagem e à semelhança daquilo que ele está incumbido de fundar"[15]. Em outras palavras, ele está na origem da consciência, mas não deve ser confundido com ela. Já, para nós, o maior erro está na cisão do próprio mundo em dois (um material e outro imaterial), quando – no fundo – tudo o que existe

---

15. Ibid., p. 108.

não passa de um jogo do eterno fazer e desfazer da matéria. Embora de modo muito breve, o próprio Deleuze aponta para o fato (que é o mesmo que defendemos em nossa tese) de que a univocidade implica a equação "pluralismo = monismo"[16]. Mas isso será abordado, com maior profundidade, em nosso último capítulo.

Sem dúvida, parece que estamos de novo diante de um outro conceito suspeito: o de monismo; mas é o dualismo, na verdade, que é a marca registrada de toda a metafísica. Não é sem razão que o próprio Nietzsche afirma que seu primeiro livro, *O nascimento da tragédia*, "cheira à metafísica". Afinal, como diz Deleuze, também Nietzsche teria caído num certo dualismo ao pensar a divisão entre um mundo de formas apolíneo, iluminado e pleno de sentido, e o mundo do abismo indiferenciado de Dioniso. Para Deleuze, só depois de se libertar do pensamento de Schopenhauer e da influência de Richard Wagner é que Nietzsche vislumbra esse mundo das singularidades pré-individuais e impessoais, que ele chama de dionisíaco ou de vontade de potência[17]. Para Deleuze, Nietzsche constrói o seu novo percurso sobre esse campo transcendental que, no entanto, está longe de ser metafísico. "Virtualidade", nesse caso, não quer dizer imaterialidade, no sentido mais estrito do termo. Talvez fosse mais sensato pensar o virtual como um incor-

---

16. Deleuze e Guattari, *Mille Plateaux*, p. 31.
17. Deleuze, *Lógica do sentido*, p. 110.

poral, desde que se entenda por isso a matéria em estado livre, nômade, pré-corporal. Trata-se, de fato, de um novo discurso. Só que, nesse novo discurso:

> [...] não há mais sujeito, não é o homem ou Deus, muito menos o homem no lugar de Deus. É essa singularidade livre, anônima e nômade que percorre tanto os homens, as plantas e os animais independente das matérias de sua individuação e das formas de sua personalidade: super-homem não quer dizer outra coisa que o tipo superior de *tudo aquilo que é*.[18]

Concordamos com Deleuze que exista um certo dualismo na visão trágica de Nietzsche, apresentada em seu primeiro livro. Mas, apesar do próprio Nietzsche recusar o "espírito" que o animou naquele escrito, julgamos que tal dualidade é secundária, tal como as formas que são sempre simulações no jogo da diferença. Deleuze mesmo diz que "todas as identidades são apenas simuladas"[19]. Pois bem, existe um jogo que se estabelece entre o caos e a ordem, o mundo formalizado e o mundo da matéria livre e nômade (ou matéria intensiva), um jogo que faz nascer o próprio mundo físico. Nesse caso, e apenas nesse, parece tratar-se de um dualismo, mas de um dualismo que se dá na mais

---

18. Ibid.
19. Deleuze, *Diferença e repetição*, 1.

pura imanência (porque, no fundo, não é um dualismo de origem, mas apenas um jogo que se estabelece entre campos que guardam entre si uma diferença de grau e não de natureza). O mundo das formas de Nietzsche nada mais é do que o mundo de simulações da matéria em movimento. E também há que se considerar que o próprio Deleuze permanece profundamente fiel à ideia bergsonista de que o concreto é sempre uma mistura, cabendo ao filósofo discernir esses mistos. Se ele não chega ao ponto de defender, como Bergson, a realidade do espírito, nem por isso ele deixa de operar com conceitos dualistas, tais como "espaço liso/ espaço estriado", "Chronos/Aion" etc.[20].

Pois bem, vemos que, cada vez mais, a ideia da univocidade do ser em Deleuze vai começando a tomar forma. Mas é claro que Deleuze se preocupa em não se deixar confundir com Espinosa e, por essa razão, ele falou mais acima em "matérias de individuação" e não em "matéria". Porém, a única definição de matéria compatível com um pensamento não metafísico é: *a matéria é aquilo que é, que existe no mundo, é aquilo com que o próprio mundo é feito, os objetos, os seres*. Tudo o mais é fruto de um dualismo que tende a considerar a matéria como inerte, chegando até mesmo a negá-la. Segundo pensamos, é preciso entender em que medida a matéria está ligada à ideia de retorno nas obras de Nietzsche e de Deleuze.

---

20. Sobre esse ponto, cf. François Zourabichvili, op. cit., p. 71.

De certa forma, na perspectiva do filósofo francês, o mundo parece constituído por três instâncias bem definidas: o mundo indiferenciado do caos (o abismo negro), o mundo das determinações pré-individuais e o mundo físico dos indivíduos. Esses "três" mundos, que, na verdade, são apenas graus de um mesmo mundo, indicam os estados de uma matéria que se compõe e se decompõe o tempo inteiro. Nesse caso, não existe uma anterioridade muito clara. Ou melhor, é evidente que, sendo o campo das singularidades o elemento genético de todas as coisas, é natural que ele seja anterior, mas não existe uma linearidade absoluta no sentido de que "primeiro era o caos e depois veio a ordem". O que existe é um mundo que está o tempo todo em devir contínuo, onde a ordem e o caos coexistem, onde o acaso e a necessidade são simultâneos. Assim como "o um não suprime ou nega o múltiplo, a necessidade não suprime ou abole o acaso"[21]. Mas, em todos os casos, trata-se apenas de uma variação de grau e nunca de natureza. Como o próprio Nietzsche deixa claro: "não houve inicialmente um caos, depois pouco a pouco um movimento regular e circular de todas as formas; tudo isso, ao contrário, é eterno, subtraído ao devir [...]"[22].

Em outras palavras, o caos e o campo das singularidades representam apenas estágios mais etéreos da ma-

---

21. Deleuze, *Nietzsche e a filosofia*, p. 21.
22. Nietzsche, Fragmento 11 [157] (edição Colli-Montinari).

téria, que é una e múltipla ao mesmo tempo. Se não fosse desse modo, teríamos que considerar a hipótese da matéria ter uma origem imaterial e, assim, cairíamos, mais uma vez e irremediavelmente, na metafísica.

Voltando à questão do ser em Deleuze, é fato que, enquanto continuarmos a entender esse ser como algo imóvel, como uma unidade abstrata ou transcendente, não entenderemos jamais o sentido real que Deleuze deu à sua ideia de univocidade. Num sentido mais profundo, é verdade que as filosofias de Nietzsche e de Deleuze representam o crepúsculo do ser, a vitória do devir, mas essa vitória se deu sobre um ser que se coloca como modelo e paradigma, um ser que transcende os entes e os unifica, um ser imaterial e imutável. Não há realmente mais lugar para ideias como a de ser em si ou de formas *a priori*, isto é, de seres ou essências que se conservam fora do tempo, intactas e incorruptíveis. Para Deleuze, nada sobrevive ao tempo – a não ser as singularidades que engendram todos os seres (que, tal como as "forças" de Nietzsche, não podem nascer do nada, mas devem existir desde sempre). Em outras palavras, isso quer dizer que apenas o devir do mundo é eterno, sendo o mundo a expressão mais absoluta da diferença, seja nos seus elementos mais diminutos, seja nos seres que emergem e que são, por essência, únicos e insubstituíveis. "Nunca nenhum acaso os fará retornar", diz o próprio Nietzsche e confirma Deleuze, numa espécie de segunda afirmação.

Em *Nietzsche e a filosofia*, Deleuze nos fala do devir e do "ser" do devir, quando se refere a Heráclito, mostrando que o retorno está associado ao "ser do que devém". Ou, mais do que isso, que "retornar" é o próprio ser do que devém:

> Heráclito é o pensador trágico. Para ele, a vida é radicalmente inocente e justa. Ele compreende a existência a partir de um instinto de jogo, faz da existência um fenômeno estético (não moral e religioso). Nega a dualidade dos mundos e faz do devir uma afirmação. Isso quer dizer, em primeiro lugar: só existe o devir. Sem dúvida, equivale a afirmar o devir. Mas afirma-se também o ser do devir, diz-se que o devir afirma o ser ou que o ser se afirma no devir...[23]

O ser é diferença pura, isso deve estar mais do que compreendido. É o próprio Deleuze quem define a univocidade como sendo "ao mesmo tempo distribuição nômade e anarquia coroada"[24]. Além do mais, Deleuze chama a atenção para o fato de que o mais importante da univocidade não é que o ser se diga num único sentido, mas que ele "se diga, num único e mesmo sentido de todas as suas diferenças individuantes ou modalidades intrínsecas"[25]. Em outras

---
23. Deleuze, op. cit., p. 18.
24. Id., *Diferença e repetição*, p. 78.
25. Ibid., pp. 75-6.

palavras, que o ser "se diga da própria diferença". Neste sentido, univocidade do ser significa multiplicidade e diferença, e não identidade plena. E é esse devir ou esse "ser" que só se afirma completamente no eterno retorno, pois é o retorno que afirma definitivamente o acaso. "O múltiplo é a afirmação do uno, o devir, a afirmação do ser... Regressar é o ser do devir, o ser que se afirma no devir. O eterno retorno como lei do devir."[26]

Vejam que já não estamos mais falando de um mundo que se divide em mundo das formas e mundo sensível ou material (como na visão platônica). O mundo sensível, para Deleuze, é também o mundo dos simulacros, mas não porque ele imite um outro mundo, perfeito e imutável, mas porque só existem verdadeiramente as "cópias". Não existe um modelo em si, um paradigma que funcione uma "forma" para os existentes. A relação essencial é entre o diferente e o diferente e não entre um modelo e as suas cópias, entre um idêntico e um semelhante. É o tal mundo sem leis eternas de Nietzsche (o mundo da vontade de potência). É claro que não negamos as formas, mas é preciso, como Lucrécio, entendê-las como provisórias. Aqui, a reversão do platonismo atinge a sua plena potência: provisória ou efêmera não é a matéria, mas a forma, o "molde" (mesmo que essa forma se mantenha coesa por um longo tempo, ou me-

---

26. Ibid.

lhor, mesmo que ela mantenha por algum tempo a matéria ordenada[27]).

O que estamos tentando mostrar é que entendemos a questão exatamente pelo ângulo que foi abordado mais acima por Deleuze (com algumas pequenas diferenças de interpretação, é claro). "Não há mais sujeito", diz Deleuze. O homem não é a voz do discurso. A voz, para nós, é a da natureza (ou a do próprio mundo... ou a do jogo incessante do devir). Por mais que lutemos para recriar o mundo à nossa imagem e semelhança, por mais que tentemos imprimir nele nossa própria vontade de potência, a realidade acaba se impondo a nós, mais cedo ou mais tarde. Não importa quão passageiro seja o próprio mundo e se suas "leis" também são transitórias (tanto quanto nós somos fugazes com relação a um "tempo" eterno), a verdade é que ele sempre nos ultrapassa. Não somos os donos do

---

27. Esse tema é profundamente complexo, apesar de todos os estudos que já foram feitos em torno dele. O cão, o gato, o homem, são formas gerais, mas, enquanto tais, existem apenas como signos, palavras, ou têm alguma mínima existência concreta (mesmo que seja como uma virtualidade da própria matéria)? A forma homem difere da forma gato, seja na razão, seja no mundo concreto. O que faz a matéria manter essa forma e não mudar? Tal questão, bem aristotélica (no fundo), só nos mostra que continuamos sem saber bem como e por que a matéria mantém-se coesa e organizada numa forma. Não temos percepção da matéria em estado livre. O DNA pode ser hoje uma explicação bastante razoável de como a matéria se organiza, mas a questão teria uma profundidade ainda maior: o DNA seria uma espécie de memória impressa no interior da própria matéria? Algo como um princípio imanente? Falaremos um pouco mais sobre isso no último capítulo.

cassino, mas as bolinhas que giram na roleta, embora nossa arrogância nos impeça de entender isso. O homem é, de fato, um animal poderoso, mas tende a confundir potência com poder de destruição. É preciso potência para ser livre, para impor nossa própria diferença. Mas também é preciso sabedoria para reconhecer os limites de nossa ação sobre o mundo, porque, se o destruirmos, não fará diferença para ele (que retornará, de um modo ou de outro), mas – para nós e para as outras espécies que partilham conosco esta breve existência – não haverá uma segunda chance. Nada retorna igual... *Never more...*

Eis, portanto, o sentido do eterno retorno em Deleuze: o ser é seleção, o ser é diferença. E a seleção se faz no eterno retorno. Nunca retorna o igual, o idêntico, o mesmo... Mas isso se dá assim porque o próprio ser é diferença pura. E também porque, como veremos mais adiante, Deleuze recusa a ideia de um tempo circular em Nietzsche. Pode soar estranho que Deleuze fale em eterno retorno e, ao mesmo tempo, recuse a circularidade do tempo, mas é exatamente nesse ponto que Deleuze consegue romper com a ideia mística e metafísica de um retorno do mesmo. E, completando o raciocínio sobre a univocidade do ser, é preciso considerar que esse "ser unívoco" se diz realmente num único sentido, mas "esse sentido é o do eterno retorno".

> O eterno retorno não faz o Mesmo retornar, mas o retornar constitui o único Mesmo do que devém. Retornar

é o devir-idêntico do próprio devir. Retornar é, pois, a única identidade, mas a identidade como potência segunda, a identidade da diferença, o idêntico que se diz do diferente...[28]

Vejamos se a questão está suficientemente clara: o ser é unívoco, mas isto não quer dizer que "tudo é um" num sentido orgânico nem que existe uma unidade abstrata que liga todos os seres. Os seres são múltiplos. "Tudo é um" em um outro sentido, isto é, o ser é "um" na forma de se expressar. "Isso significa que o Um não é mais que o diferenciante das diferenças, diferença interna, síntese disjuntiva [...]."[29] Se é possível falar em alguma unidade, ela é apenas uma unidade material e, mesmo assim, entendendo-se a matéria como múltipla e díspar em seus elementos. Cada ser ou cada espécie é um mundo próprio (ou um "transmundo"), mas todos esses "mundos" coexistem, partilham da mesma existência física e material (e duram sempre algum tempo apenas... nenhuma forma é eterna). Univocidade do ser significa também, nesse caso, "imanência pura", "corpo sem órgãos"[30]. O ser, afinal, afirma o dessemelhante, o diferente, o desigual, as séries divergentes. A semelhança não passa de uma

---

28. Deleuze, op. cit., p. 83.
29. Cf. François Zourabichvili, op. cit., p. 108.
30. O conceito de CsO, tomado de Artaud, será trabalhado no *Anti-édipo* e no *Mil platôs* e será a partir dele que será elaborada a ideia de matéria intensiva como um lugar dos fluxos, da distribuição nômade, das singularidades.

simulação neste "jogo" profundo da diferença e da repetição ("nunca uma folha é exatamente igual a outra [...]"). O idêntico não passa de uma forma vazia, enquanto "imitar" as formas é apenas um dos acontecimentos da matéria.

Pois bem, está claro que o ser unívoco se diz da diferença... Não há outro sentido para a univocidade deleuziana. É assim que o ser se expressa na multiplicidade e afirma as diferenças que o compõem, não como um todo fechado nem mesmo como finito ou infinito, mas como um "acabado ilimitado". É assim que Deleuze afirma o ser e o seu retorno – um ser que, para ele, é acaso e diferença pura. Acaso e diferença, mas também acaso e necessidade, levando em conta que a matéria tem suas próprias leis de conservação (ou simulação). Cada ser é sempre um, mesmo que formalmente ele se assemelhe a outros. Em Deleuze, o próprio Ser é um simulacro. Vejam que o filósofo francês reverte aqui a antiga definição platônica, que fazia do simulacro uma sombra do ser. Para Deleuze, o ser não pode ser outra coisa que o próprio simulacro, não apenas porque todos os seres, sem exceção, interiorizam uma disparidade, uma dessemelhança com relação aos demais, mas também porque se rompe aqui definitivamente com a relação modelo-cópia.

O ser unívoco (repetimos) não quer dizer um mesmo ser para todas as coisas, mas que todos os seres se "dizem" da mesma maneira. Vejam que Deleuze (e, nesse caso, ele está em total consonância com os estoicos) atrela a ontologia à lógica. O ser é aquilo que é, mas também é aquele "que se diz". Nesse sentido – é só nesse – ele é também o sujeito de toda proposição. Os sentidos são múltiplos tanto quanto as efetuações espaço-temporais do ser. Mas isso não é o mesmo que dizer que "o ser é equívoco", como afirmava Aristóteles – ou seja, que o ser se diz de muitas maneiras. A equivocidade, tal como a analogia, é um conceito que trabalha com um ser abstrato, metafísico, com o ser em si. Pode-se alegar que o ser de Aristóteles não existe separadamente da matéria, mas de todo modo ele é algo que não devém. Eis por que o pensamento da univocidade e o da equivocidade se excluem, se opõem. Mas, para entendermos melhor a distinção entre esses conceitos, faremos uma pequena digressão com relação ao tema do eterno retorno... embora não chegue a ser realmente uma digressão, já que nossa intenção é esclarecer ainda mais o conceito de univocidade em Deleuze, mostrando ao mesmo tempo que não se poderia pensar a diferença nem o eterno retorno sem romper com o modelo da representação clássica.

Antes de qualquer coisa, é preciso que se diga que a reflexão deleuziana acerca da representação é absolutamente inseparável da compreensão do aspecto ontológico da diferença. Sem aprofundarmos demais esse tema[31], diríamos

---

31. Sobre a representação na filosofia de Deleuze, cf. nosso livro *Por uma filosofia da diferença: Gilles Deleuze, o pensador nômade*.

que Deleuze pretende libertar a diferença das malhas rígidas de uma representação que submete a diversidade dos seres à identidade plena de um conceito geral e abstrato. É isso que significa, em Deleuze, submeter o mundo à quádrupla sujeição da representação: a identidade no conceito, a oposição no predicado, a analogia no juízo e a semelhança na percepção[32]. Afinal, "toda e qualquer diferença que não se enraíze assim será desmesurada, incoordenada, inorgânica: grande demais ou pequena demais, não só para ser pensada, mas para ser"[33].

A diferença, expressão máxima do ser, revela-se realmente inacessível à representação – que tende a subordinar todos os seres a um único fundamento e tende, sobretudo, a reduzir a diferença a manifestações empíricas. A diferença não se reduz a uma relação entre seres semelhantes (diferença específica), mas é algo que se encontra no âmago do próprio ser, já que existir é, na verdade, diferenciar-se: a diferença como um desdobramento do próprio ser – que se diz em todas as suas relações. O ser não se apresenta, não se efetua fora dessas relações diferenciais. Falar do ser, portanto, é falar de todas as diferenças que o expressam. É falar dos múltiplos seres que nunca se totalizam, que nunca se completam num todo maior que lhes garanta um sentido superior além de sua própria existência no tempo.

---
32. Deleuze, op. cit., pp. 415-6.
33. Ibid.

Romper com a representação, portanto, é – como já dissemos – pensar cada um de nós como um simulacro, já que não há um fundamento, um "em si" que nos sirva de modelo. Logo, o antigo "jogo", o "mau jogo", no qual um ser, que é a Ideia, exige do mundo caótico uma submissão irrestrita, não pode mais ser pensado. Existe um outro "jogo" – mais profundo e também mais puro e inocente – no qual cada peça é única e insubstituível e onde só existe uma lei: a de seu próprio retorno. É isso, afinal, que Deleuze chama de "o jogo da diferença".

Em suma, o que queremos dizer é que a representação não pode apreender o que há de mais singular nos seres, uma vez que ela é um instrumento a serviço das generalidades... Nietzsche já havia denunciado isso bem antes de Deleuze. Vejamos o que ele diz:

> Todo conceito se forma por equiparação de casos não iguais. Do mesmo modo que é certo que uma folha não é igual a outra, também é certo que o conceito folha se formou ao abandonar de maneira arbitrária essas diferenças individuais, ao esquecer as notas distintivas, com o qual se suscita então a representação, como se na natureza houvesse algo separado das folhas que fosse a "folha", uma espécie de arquétipo primeiro a partir do qual todas as folhas teriam sido tecidas, desenhadas, calibradas, coloridas, onduladas, pintadas, mas por mãos tão

torpes que nenhum exemplar resultasse correto e fidedigno como cópia fiel do arquétipo.[34]

Vejam que Nietzsche fala da representação como de um conhecimento que tende a igualar o desigual, que abandona as diferenças em nome da semelhança e de uma pretensa identidade (que só existe no conceito formado pela razão). O problema da representação, diz Deleuze, é que ela tem um único centro, uma única perspectiva, um único olhar. Não se trata de multiplicar essas perspectivas, como na representação infinita, já que nem assim ela pode fugir do modelo de identidade que está na sua base. Trata-se, isto sim, de tomar cada coisa como uma obra "autônoma". E é isso que a representação é incapaz de fazer: levar em conta o singular, o absolutamente único, aquilo que é, por essência, insubstituível. Ela é incapaz de pensar o mundo em sua profundidade máxima, como diferença e acaso. É por isso que ela não pode apreender a diferença nela mesma, não pode apreender o simulacro. É preciso ultrapassar a representação, é preciso afirmar o descentramento, afirmar a ausência do modelo... O "simulacro", como dissemos, não pode mais ser tomado como simples imitação, mas como o ato pelo qual as próprias ideias de modelo, de centro de convergência e de identidade plena são abolidas.

---

34. Nietzsche, *Sobre verdade e mentira no sentido extra-moral*, 1.

Quanto à questão da reflexão sobre a univocidade e a equivocidade, é possível ver, desde os gregos, uma estreita relação entre ontologia e linguagem. Se o problema da enunciação é tão importante, é porque é imprescindível para o pensamento "dizer" o ser, ou então teríamos que concordar com Górgias em que o ser, se ele existe, é incognoscível[35]. Em poucas palavras, podemos dizer que a crítica aristotélica ao ser parmenídico decorre exatamente do fato de que dele não se pode dizer nada além de: ele "é", o ser existe. Esse é o sentido da univocidade em Parmênides: "o ser é e o não ser não é". Nada pode ser deduzido daí, nada além de sua própria existência (e que se entenda aqui uma existência formal, pura, abstrata). Também os megáricos adotaram tal concepção do ser e, assim, a predicação tornou-se algo impossível. Como dizer, por exemplo, que uma ave voa ou que ela é branca? Como unir ideias ou essências diferentes num mundo onde "tudo é um" e onde nada se pode dizer desse Um a não ser que ele é? Não foi exatamente isso que levou Platão a cometer o seu "parricídio teórico"? Mas, seja como for, é Aristóteles que nos interessa mais aqui, já que foi sua paixão pela lógica e pela linguagem que o levou a defender o caráter equívoco do ser – que, ainda que se diga de muitas maneiras, nunca deixa de ser ele mesmo.

---

35. Cf. Eugène Dupréel, *Les sophistes (Protagoras – Gorgias – Prodicus – Hippias)*.

Resumindo: a equivocidade do ser significa que as mudanças não alteram o ser em profundidade. É assim que um homem não se transforma em um macaco ou em uma árvore, mas muda apenas "superficialmente", em função do devir da matéria. Ele se diz de muitos modos porque encontra-se no devir do mundo, mas conserva sempre sua unidade mais íntima. No livro E da *Metafísica*, Aristóteles afirma que "o ser propriamente dito é tomado em várias acepções". Ele pode ser tomado pelo seu atributo essencial, mas também pelos seus atributos acidentais. Além disso, "existem os tipos de categoria, a saber: a substância, a qualidade, a quantidade, o lugar, o tempo e todos os outros modos de significação análogos do Ser"[36]. Na verdade, tanto Aristóteles quanto Platão tentam resolver dois problemas: o primeiro está ligado à sofística e à questão do ser como aparência e o segundo está ligado às "aporias" dos eleatas e megáricos, que tornavam impossível qualquer predicação. Seja como for, a verdade é que Aristóteles preocupou-se mais com a questão da linguagem do que Platão. E, afinal, se o ser se diz na e pela linguagem (não é sem razão que se costuma atribuir a Aristóteles o papel pioneiro na definição do conceito de representação), nada há de mais urgente do que o estabelecimento de uma linguagem apropriada para dar conta do ser. O que está em jogo aqui é a enunciação do ser

---

36. Aristóteles, *Metafísica*, E, 2.

(ou do mundo), ou melhor, a possibilidade dele ser pensado e "expresso". A diferença real é que no caso aristotélico estamos falando de um ser que está no devir (e assim ele permanece o mesmo, a despeito das diferenças superficiais) e, em Deleuze, de um ser que é o próprio devir. No primeiro caso, portanto, o ser vai ser pensado a partir de suas categorias ou até pela sua essência mais profunda, enquanto no segundo o ser vai ser pensado a partir de suas relações, de seus agenciamentos, pois ele só "é" em função de seus encontros e efetuações.

Para terminar, Deleuze fala em três "momentos" na elaboração da univocidade do ser: Duns Scot, Espinosa e Nietzsche[37]. O ser de Duns Scot é, sem dúvida, unívoco, ainda que essa univocidade seja pensada como neutra, indiferente ao finito e ao infinito (uma herança clara da ideia de "essência neutra" de Avicena)[38]. Esse ser não se confunde ainda com a substância, como no caso de Espinosa, pois isso traria sérias complicações para Scot (das quais a mais simples seria ser chamado de panteísta por considerar que Deus e as suas criaturas têm o mesmo ser). Em Scot, a questão fica mais restrita ao conceito abstrato. Já com Espinosa, o ser unívoco deixa de ser neutro, "tornando-se expressivo, tornando-se uma verdadeira proposição expressiva

---

37. Sobre esse ponto, cf. Deleuze, *Diferença e repetição*, p. 81.
38. Cf. Étienne Gilson, *Jean Duns Scot*.

afirmativa"³⁹. "*Deus sive natura*", "Deus ou a natureza", ou Deus "é" a Natureza. Tudo o que existe são modos de uma única substância: Deus. Mas ainda aqui, segundo Deleuze, a univocidade não é absoluta, já que existe uma distinção entre a "substância" infinita e os seus modos. Ela "diz" os modos, mas os modos não a dizem. Será preciso, então, o derradeiro momento em que a substância é dita dos modos e apenas por eles:

> Tal condição só pode ser preenchida à custa de uma reversão categórica mais geral, segundo a qual o ser se diz do devir, a identidade se diz do diferente, o uno se diz do múltiplo etc. Que a identidade não é primeira, que ela existe como princípio, mas como segundo princípio, como algo tornado princípio, que ela gira em torno do Diferente...⁴⁰

Estamos diante da univocidade nietzschiana, que – para Deleuze – não pode ser pensada fora do eterno retorno, onde as identidades prévias são abolidas em nome da máxima diferença. Não há retorno daquilo que só existe como efeito, como algo secundário. A identidade e a semelhança são princípios, mas princípios secundários. Como diz Deleuze, "retornar é o ser, mas apenas o ser do devir"⁴¹. Eis o

---
39. Deleuze, op. cit., pp. 82-3.
40. Ibid., p. 83.
41. Ibid.

que representa o terceiro momento da elaboração da univocidade, segundo o filósofo francês. Para Luiz Orlandi, "após a explicitação dos três momentos ("Duns Scot, Espinosa e Nietzsche"), a forma do enunciado da univocidade corresponderá à ideia de que o ser se diz univocamente como imanente diferenciação complexa"[42]. Julgamos tal interpretação acertada, mas também acreditamos que a explicitação desses três momentos culmina na elaboração de um conceito próprio de univocidade. Isso quer dizer que a voz de Deleuze se une à de Nietzsche em um novo conceito (o de "diferença pura") que começa a habitar o céu da filosofia. Trata-se, então, de um quarto momento da univocidade, em que o devir é afirmado pela segunda vez. Um segundo "Sim" à existência em todos os seus aspectos (sombrios ou felizes).

*

Entramos agora, definitivamente, na questão do eterno retorno como retorno da diferença. Todos sabem que Deleuze interpreta dessa forma a concepção nietzschiana que apareceu, pela primeira vez, no aforismo 341 de *A gaia ciência*, intitulado "O maior dos pesos". Mas o que é mais importante agora, para nós, é entender que o tempo é a peça mais fundamental para a compreensão do retorno como retorno do devir e do acaso. Para Deleuze, a verdadeira ra-

---

42. Cf. Luiz Orlandi, "Nietzsche na univocidade deleuzeana", in *Nietzsche e Deleuze: intensidade e paixão*, pp. 75-90.

zão do mundo não é retornar tal como ele é. O motivo mais profundo que faria do aforismo 341 – e de todas as menções feitas ao eterno retorno do mesmo ser – uma simples metáfora que deve servir de regra prática para a vontade é a ideia de um tempo que se torna linha reta, um tempo infinito, para frente e para trás (e que, para nós, se confunde com a própria existência do mundo). De fato, Deleuze não se cansa de mostrar que nada resiste ao tempo, nada sobrevive a ele (ou seria ao devir?). Nenhuma essência, forma ou corpo existe fora do tempo. Não existe um ser eterno (no sentido em que se toma essa eternidade como a de um tempo imóvel, paralisado, um presente que não passa). Mesmo porque a eternidade não é em hipótese alguma, em Deleuze, uma ausência da passagem do tempo, mas o tempo em sua intensidade infinita, isto é, o próprio tempo que, complicado nele mesmo, não cessa de ser, de existir.

Em sua tese inédita sobre Deleuze, Cláudio Ulpiano nos fala sobre como esse tempo se desenrola, se desdobra:

> O verdadeiro labirinto é a linha reta do tempo... O tempo se desdobra, desenrola-se. Perde sua forma cíclica: é o mais importante. Desmorona o círculo do tempo, e a ação do demiurgo... Tornando-se linha reta, o tempo não limita mais o mundo, atravessa-o, como as linhas de contorno na pintura dadaísta atravessam a massa; não sendo mais limite no sentido de limitação.[43]

---

43. Ulpiano, *O pensamento de Deleuze ou A grande aventura do espírito*, p. 210.

Enfim, para Deleuze, falar em um tempo em si ou em um tempo puro é falar num tempo que é pura intensidade (em contraposição ao caráter extensivo dos corpos). De fato, a questão do tempo como intensidade ou das linhas intensivas do tempo figura entre as mais belas páginas de Deleuze, mas – para nós – a questão passa por outro viés: as linhas intensivas ainda dizem respeito à matéria e não ao tempo em si. Elas também dizem respeito à vivência interior do tempo e à maneira como cada ser se efetua no mundo. É claro, por outro lado, que a ideia de um tempo infinito, ainda que pensado como um presente que se cinde continuamente em duas direções opostas (o tal Aion dos estoicos), pode explicar por que as coisas se engendram continuamente, nunca chegando a um termo. Isso também poderia explicar por que elas nunca retornam idênticas. Mas o que é o tempo em si, o que é um "presente" que se divide?

Em todo caso, para lá da nossa reflexão, a chave do eterno retorno, para Deleuze, está realmente na compreensão do tempo. Afinal, é evidente que ele não pode aceitar o caráter mecanicista de um retorno do mesmo. No entanto, defendemos, por nós mesmos, que em nada esse tempo pode diferir do devir, do movimento contínuo do próprio mundo.

Sim... começamos a penetrar no aspecto mais importante da leitura deleuziana do eterno retorno. Para Deleuze, é preciso pensar num tempo linear, fora de seu próprio eixo e de sua abstrata circularidade. É preciso liberar o tempo do movimento, diz Deleuze (e aqui é impossível não vermos nessa afirmação uma influência da filosofia de Bergson). Em outras palavras, é preciso colocá-lo em linha reta, em direção ao passado e ao futuro, pois essa é a única forma de evitar que o idêntico retorne. Sem dúvida, no capítulo sobre Nietzsche, citamos alguns fragmentos acerca da *vontade de potência* que parecem confirmar a visão deleuziana[44]. Nietzsche fala em um "tempo infinito", fala em combinações que se repetem em função desse tempo infinito. Mas, apesar das "evidências" em favor disso, temos um ponto de vista um pouco diferente e, em defesa de nossa tese, alegamos que Nietzsche também fala continuamente em retorno do mesmo sem que possamos aceitar essa ideia de um modo literal. Vejam que também defendemos, como Deleuze, que o tempo é a chave para a compreensão do eterno retorno, só que não o entendemos nem como linear nem como circular. O tempo simplesmente não existe em si, fora do mundo, fora do devir. Em outras palavras, mesmo se o tempo fosse uma resultante de forças ou uma força qualquer, no sentido nietzschiano do termo, ainda assim ele não seria nada além do próprio devir. E, se ele fosse uma linha reta para frente e para trás, ele também não seria nada além do próprio mundo em seu desenlace contínuo.

---

44. Alguns desses fragmentos foram extraídos da edição organizada por Friedrich Würzbach, apesar de reconhecermos que se trata de uma obra que trai, em muitos dos seus aspectos, as verdadeiras intenções de Nietzsche. Sobre isso, é importante conferir o livro de Mazzino Montinari, *La "Volonté de Puissance" n'existe pas*.

Mas, antes de entrarmos nisso, é hora de mostrarmos como é bem fundamentada a ideia de Deleuze a respeito do eterno retorno da diferença, já que a sua interpretação leva em conta toda a trajetória do pensamento do filósofo alemão, ao invés de tomar por definitivas as reflexões que foram reunidas aleatoriamente em *A vontade de potência* (obra que teve diversas edições, todas elas duvidosas[45]). É bem claro o caráter de incompletude da reflexão de Nietzsche acerca do eterno retorno (como já mostramos no capítulo anterior). Por isso, é preciso entendê-lo mais como um enigma que precisa ser decifrado do que propriamente como um conceito bem definido. Como dissemos várias vezes, para Deleuze é inconcebível (e com razão) que Nietzsche defenda o retorno da identidade e do mesmo – até porque o próprio Nietzsche recusava-se a pensar o eterno retorno como ciclo. Sobre esse ponto, Deleuze diz: "como acreditar que ele [Nietzsche] concebeu o eterno retorno como ciclo, ele que opôs 'sua' hipótese a toda hipótese cíclica?"[46].

Sem dúvida, já falamos de muitos aspectos da interpretação deleuziana no capítulo anterior, mas retomaremos agora esse ponto trazendo novas questões (e reforçando

---

45. Falando sobre a publicação dos fragmentos de Nietzsche – antes da edição Colli-Montinari –, Deleuze diz que: "As edições existentes sofrem de más leituras ou de deslocamentos, e, sobretudo, de cortes arbitrários operados na massa de notas póstumas. A vontade de potência é o exemplo célebre disso". Cf. Deleuze, "Conclusões sobre a vontade de potência e o eterno retorno", in *A ilha deserta e outros textos*, capítulo 15.
46. Id., *Diferença e repetição*, p. 469.

as que já foram vistas mais superficialmente). Afinal, como não cansamos de repetir, é na relação com a ideia do eterno retorno que Deleuze estrutura o seu pensamento sobre o ser como diferença pura. Quanto ao tempo, voltaremos a ele como um coroamento da interpretação deleuziana.

*

Pois bem, Deleuze enumera quatro contrassensos nos quais "nós, leitores de Nietzsche" não devemos incorrer jamais. O primeiro é confundir "vontade de potência" com vontade de poder ou desejo de dominar; o segundo é acreditar que os fortes são os que detêm o poder num regime político qualquer; o terceiro é compreender o eterno retorno como uma antiga ideia retirada dos gregos, dos hindus, dos babilônios...; e o quarto é desqualificar as últimas obras de Nietzsche, como se elas fossem excessivas ou frutos da sua loucura[47]. Estamos plenamente de acordo com ele e, sobre o eterno retorno, ainda acrescentamos que, como Deleuze, consideramos essa concepção absolutamente nova, tanto na forma, quanto nas consequências. Em seu *Nietzsche*, Deleuze aborda essa doutrina mais pelo que foi apresentado no *Zaratustra*, embora sempre levando em consideração as primeiras palavras sobre esse conceito (e o fato de ele ter aparecido como uma hipótese do retorno do mesmo: "se um dia um demônio lhe aparecesse [...]"). Deleuze chama a aten-

---

47. Id., *Nietzsche*, p. 34.

ção para o fato de que Nietzsche é um pensador que "dramatiza" as ideias e, como tal, cria sempre uma atmosfera de enigma, apresentando os acontecimentos de maneira sucessiva[48]. Deleuze está convicto (e nós concordamos com ele) de que Nietzsche (se não tivesse sido interrompido pela doença) teria dado continuidade às suas especulações e, certamente, teria chegado a uma posição condizente com todo o seu pensamento – pois há uma coisa que não se pode negar em Nietzsche, gostem dele ou não: é que sua obra tem uma coerência interna bastante profunda.

Deleuze também é bastante coerente na forma como compreende o eterno retorno de Nietzsche, embora – como quase tudo o que faz – não possa deixar de imprimir um pouco de sua própria marca. É verdade que ele vai mais longe do que Nietzsche (mas quem não vai, neste caso?) ao afirmar que o eterno retorno expulsa todo o negativo, fazendo retornar apenas a alegria. De fato, parece haver aqui uma consideração moral: "má-consciência, ressentimento... só os veremos uma vez"[49]. Em outras palavras, na interpretação deleuziana, é o niilismo que é superado no eterno retorno. Em parte, julgamos isso acertado, pois é o próprio Nietzsche quem fala da inocência do devir e do acaso. Ele fala, inclusive, em um "céu acaso". Mas, por outro lado, tendemos a crer que tudo entra na "roda" da vida, as ale-

---

48. Ibid., p. 32.
49. Ibid.

grias e as tristezas, os bons e os maus encontros, tudo é devorado pelo eterno retorno, que faz nascer incessantemente o mundo sempre de um modo diferente.

É claro que, vendo pelo lado da tal "regra prática para a vontade", e não pelo lado cosmológico (já mostramos, no capítulo anterior, que Deleuze interpreta o eterno retorno dentro desses dois aspectos distintos), a escolha por afirmar a existência em todas as suas facetas inclui viver uma vida superior, onde até a mais áspera dor é afirmada, onde o sofrimento e todos os aspectos mais sombrios da existência não conseguem nos fazer desistir da vida – e, ao contrário disso, fazem de nós guerreiros incansáveis. Como um herói trágico (que sabe de seu próprio fim, mas que nem por isso deixa de afirmar sua existência), continuamos subindo a montanha com um rochedo nas costas, não porque tenhamos a esperança de mudar o nosso destino, mas porque o desejamos como ele é. Conformismo? Não! Mas a constatação de que, acima de todas as dores e da aparente inutilidade da vida, é preciso estar de pé até o último e derradeiro instante. É assim que mostramos que não fomos derrotados pelo niilismo, pela ausência de vontade ou pela vontade de nada.

Em suma, nessa perspectiva, estamos totalmente convencidos de que o ser é seleção, é vontade de potência, e que a afirmação da vida, no seu sentido mais visceral, é o que garante a transmutação final, por meio da qual o leão torna-se criança e a vida recupera o seu frescor e a sua beleza. Mas, do ponto de vista ontológico ou cosmológico, entendemos o devir como acaso absoluto. E, nesse sentido, o que retorna é apenas a matéria em movimento, o devir (o que Nietzsche chama de "forças") e nada mais.

Na verdade, acreditamos que o aspecto ético do eterno retorno (que Deleuze nos aponta de um modo magistral) é o que verdadeiramente interessa à vida humana. Aí sim reside o fim do niilismo, o fim do "meio-querer". Definitivamente, é esse querer poderoso que faz ruir de uma só vez todo o pensamento que alimenta o dualismo metafísico, com seus dois mundos, com a sua moral "cansada", que faz desta vida um fardo pesado, difícil de carregar. Enfim, toda fraqueza e covardia, todo medo e meio-querer sucumbem diante da alegria dionisíaca. O super-homem nada mais é do que esse homem dionisíaco, aquele para quem a vida não precisa mais de consolo, de justificativa. É sobre ele que nos fala Zaratustra, e é para ele que o profeta de Dioniso prepara os homens: "Quero ensinar aos homens o sentido do seu ser: que é o super-homem, o raio que rebenta da negra nuvem chamada homem"[50].

Mas há ainda uma outra referência que nos faz pensar que Deleuze está realmente correto ao afirmar que o eterno retorno tem um fundo ético. Trata-se do fragmento de número

---

50. Nietzsche, *Assim falou Zaratustra*, p. 37.

242⁵¹, muito utilizado pelo próprio Deleuze. Na verdade, esse fragmento reforça ainda mais a ideia do retorno como base para o fortalecimento da vontade e como forma de afirmação essencial da existência. Ele se pergunta: "Mas se tudo está determinado, como posso dispor dos meus atos?". E termina dizendo a célebre frase sobre o querer: "seja lá o que quiseres, começa por te perguntar se desejas que ele retorne eternamente". Este será, para Nietzsche, o centro de gravidade mais sólido para a nossa vontade, a única maneira de eliminar o meio-querer, a vida fraca. É senhor de si aquele que pode desejar de modo vigoroso e sem reticências, aquele que não reclama das consequências de suas escolhas e de seus atos, pois os desejou inteira e irrestritamente. *Amor fati*.

> Como pensamento ético, o eterno retorno é a nova formulação da síntese prática: *O que tu quiseres, queira-o de tal modo, que também queira seu eterno retorno.* "Se em tudo o que quiseres fazer, começares por perguntar-te: é seguro que eu queira fazê-lo um número infinito de vezes, esse será para ti o centro de gravidade mais sólido". Uma coisa no mundo enoja Nietzsche: as pequenas compensações, os pequenos prazeres, as pequenas alegrias a tudo o que se concede uma vez, nada mais que uma vez.⁵²

---

51. Id., *La volonté de puissance*, II, livro IV, 242 (edição Würzbach).
52. Deleuze, *Nietzsche e a filosofia*, p. 56.

Eis como se opera, para Deleuze, a primeira seleção. Eis o que faz do querer algo de inteiro e faz da vontade uma força que faz voltar aquilo que se deseja, expulsando tudo o que não deve retornar, tudo o que corresponde (para usar um termo espinosista) a um mau encontro, a algo despotencializador. Porém, isso só vale para eliminar certos estados reativos, mas não garante o fim do niilismo como o "grande cansaço" da humanidade, não garante sua superação absoluta. Será preciso, então, uma segunda seleção: entra aqui agora o aspecto cosmológico. Deleuze pensa o eterno retorno como uma roda, mas uma roda dotada de "um poder centrífugo, que expulsa todo o negativo. É porque o ser se afirma do devir que ele expulsa de si tudo o que contradiz a afirmação, todas as formas do niilismo e da reação [...]"[53]. É apenas depois dessa segunda seleção que o eterno retorno pode ser entendido como afirmação absoluta da diferença, do acaso e do devir.

Já falamos muitas vezes sobre esse ponto: que o único mesmo do eterno retorno é o próprio retorno; mas ainda não dissemos, com clareza, que é o eterno retorno que leva as forças do niilismo à sua máxima potência, fazendo com que elas se destruam. Explicando melhor: Deleuze se pergunta o que realmente se passa quando a vontade de nada se relaciona com o eterno retorno. E ele responde:

---

53. Deleuze, *Nietzsche*, p. 32.

É somente aí que ele quebra sua aliança com as forças reativas. Somente o eterno retorno faz do niilismo um niilismo completo, *porque faz da negação uma negação das próprias forças reativas*. O niilismo, por e no eterno retorno, não se exprime mais como a conservação e a vitória dos fracos, mas como a destruição dos fracos, sua autodestruição.[54]

Em suma, Deleuze entende o ser de Nietzsche como seleção ("o segredo de Nietzsche é que o eterno Retorno é seletivo. E duplamente seletivo"[55]). Eis por que não há nada de metafísico nesse conceito; ao contrário, ele representa uma vitória sobre a metafísica. É preciso, de uma vez por todas, entender que numa filosofia nômade, como é a de Nietzsche e a de Deleuze[56], não há espaço para suscetibilidades com os significantes. As palavras não passam de ferramentas que inventamos; é preciso dobrá-las, torcê-las, fazê-las trabalhar para nós. O mundo deleuziano é o mundo dos sentidos e não o das palavras. E só poderá penetrar em seu mundo quem não se perder no falso labirinto dos significantes. Todos os conceitos ganham um novo frescor, respiram um novo ar nas mãos (ou na mente) de um nômade, mesmo a ideia de Um e de Mesmo, mesmo a própria ideia de Ser.

---

54. Id., *Nietzsche e a filosofia*, p. 57.
55. Id., *Nietzsche*, p. 31.
56. Sobre esse tema, cf. nosso livro *Por uma filosofia da diferença: Gilles Deleuze, o pensador nômade*.

É por isso que não podemos nos deixar enganar pelas palavras. Há quem fale em devir estando imerso no mais profundo pensamento do ser (como é o caso de Hegel) e há quem fale em ser, sem jamais encontrar refúgio na identidade e na unidade plena. O eterno retorno, é bom que se explique, é um desses conceitos que, se entendidos ao pé da letra, levam a um contrassenso absoluto (mais ainda pelo fato de Nietzsche não ter podido dar continuidade à sua elaboração). Mas Deleuze tem o mérito de não desfigurar um filósofo, ainda que fale mais do que ele próprio disse. Em outras palavras, Deleuze tem um modo especial de tratar seus "afetos" – e também seus "desafetos" – mas nunca os perverte (como alguns gostam de afirmar). Ele apenas inventa novas maneiras de fazer passar o pensamento, cria novas conexões, experimenta as ideias. É com o olhar de um nômade que ele caminha pelas grandes cidades (ou, melhor, pelos grandes sistemas) do pensamento sedentário.

Mas, voltando ao eterno retorno, Deleuze entende que a transmutação, o aparecimento do super-homem (na verdade, filho de Dioniso e não do próprio Zaratustra), é o último aspecto da afirmação desse ser seletivo que, "produzido no homem, não é produzido pelo homem: é fruto de Dioniso e de Ariana"[57]. E aqui voltamos à questão da qual falamos anteriormente, de um novo discurso no qual o sujeito não é

---

57. Ibid., p. 33.

mais o homem, mas a natureza, o mundo, as singularidades. O niilismo humano é superado pelo "retorno", mas trata-se de um retorno da diferença, assim como se trata de um novo homem ou de outra coisa totalmente nova (já que o homem se identifica com o niilismo, em função de sua negação mais profunda da vida). Mas o retorno não traz apenas o super-homem, ele produz o devir-ativo (pois é isso que significa dizer que o reativo e o negativo não retornam mais). Deleuze fala de "uma repetição libertadora" no eterno retorno, mas ainda entendemos isso apenas pelo ponto de vista ético. Não conseguimos realmente aceitar a ideia de um princípio que elimina o negativo (o mau) no que tange ao ponto de vista cosmológico. Gostamos da concepção deleuziana e por muito tempo entendemos assim o eterno retorno (e continuamos com ele no que diz respeito à afirmação de que se trata de um eterno retorno da diferença), mas nos afastamos, em parte, dessa interpretação, no que se refere ao tempo e à perspectiva cosmológica.

O mais importante nisso tudo, porém, é perceber a total sintonia que existe entre a ideia do retorno e a ideia da univocidade do ser em Deleuze. E, mais ainda, a sintonia que existe entre os dois filósofos (separados pelo tempo, mas reunidos pelo pensamento). Poderíamos tratar desse fascinante tema infinitamente, mas, no presente trabalho, o mais importante é a compreensão da natureza do tempo no eterno retorno da diferença. Por isso, poderiamos continuar a explicar o caráter absolutamente original da concepção nietzschiana e da bela e precisa interpretação de Deleuze, mas precisamos nos concentrar na questão do tempo.

De fato, mais uma vez dizemos que a ideia de que "o homem mesquinho, pequeno, reativo, não voltará"[58] causa-nos um imenso júbilo. Mas não conseguimos entender bem essa questão quando a analisamos fora do ponto de vista ético, fora da questão da vontade e da ruptura que é preciso fazer até que a "criança" possa produzir as novas leis, até que a terceira transmutação faça a vida florescer mais uma vez na Terra (porque, por enquanto, consideramos que o niilismo continua dando as cartas, transformando não apenas a vida humana, mas também – como consequência – a de todos os outros seres em algo degradante). Enquanto o homem não redescobrir ou, simplesmente, descobrir o "sentido da Terra", seu nome estará ligado à destruição, à decadência, à exploração vertiginosa e à morte. Nesse ponto, ele não é nada diferente dos marcianos de H. G. Wells[59], que, sem limites na destruição e na exploração, acabaram sendo vítimas de si mesmos.

Ainda falando sobre o eterno retorno, Deleuze nos diz, em *Nietzsche e a filosofia*, que afirmar o devir e o ser do devir são dois tempos de um mesmo jogo. Ele fala do de-

---
58. Id., *Nietzsche e a filosofia*, p. 58.
59. Estamos nos referindo ao seu livro *A guerra dos mundos*.

vir que brinca consigo mesmo, de Zeus-criança (na verdade, Dioniso)[60], da afirmação da existência em todos os seus aspectos. O lance de dados, tratado mais adiante na mesma obra, explica o jogo que se joga em duas mesas distintas (a terra e o céu). Deleuze já começa a mostrar aqui que o eterno retorno não pode ser pensado de forma cíclica. O lance de dados não retorna nem são vários lances. Mas uma só vez, um só lance de dados, para todas as combinações e repetições possíveis.

> Os dados lançados uma só vez são a afirmação do *acaso*, a combinação que formam ao cair é a afirmação da necessidade. A necessidade se afirma com o acaso no sentido exato em que o ser se afirma no devir e o um no múltiplo.[61]

Nietzsche realmente faz do acaso uma afirmação e o que ele chama de necessidade (destino) nunca é a abolição do acaso, mas sua própria combinação[62]. Nesse sentido, acaso e necessidade, como dissemos no início, não se opõem, mas fazem parte do jogo (que, para nós, é simplesmente o da matéria com ela mesma). Mas há ainda um ponto, na perspectiva de Deleuze, que gostaríamos de ressaltar. Ele fala da relação de Nietzsche com a ciência e também de como

---
60. Deleuze, *Nietzsche e a filosofia*, p. 20.
61. Ibid., p. 21.
62. Ibid.

ela pensa o eterno retorno. Mas, para Deleuze, Nietzsche não busca uma confirmação do retorno entre as pesquisas científicas, mas lhe interessa principalmente a questão da diferença. A sua crítica à ciência é conhecida. Ele diz que em suas manipulações "a ciência tende a igualizar as quantidades, a compensar as desigualdades"[63]. Ela é filha da representação, afinal. Ela também não consegue pensar a diferença. O seu utilitarismo e igualitarismo fazem dela um saber igualmente viciado, por mais que ele se pense objetivo. E quanto ao eterno retorno – diz Deleuze – tanto a sua afirmação mecanicista quanto a sua negação termodinâmica têm em comum o fato de que elas sempre colocam as coisas em termos de conservação de energia, como uma soma constante e também anulando as diferenças[64]. É porque a ciência não consegue sair do modelo da representação, dizemos nós, que ela não consegue ter uma ideia diferenciada do eterno retorno, pensando-o sempre nos moldes místicos de um retorno do mesmo. Se retornar é o ser do que devém, é porque o próprio ser é diferença pura: esse é o segredo do eterno retorno. Mesmo as tais leis da natureza são também provisórias, não importa quanto elas durem. Elas dizem respeito a um mundo já constituído, mas que não vai durar para sempre. As únicas leis eternas são as do jogo do devir com ele mesmo.

---

63. Ibid., p. 37.
64. Ibid., p. 38.

Chegamos, finalmente, à questão que pretende explicar por que só a diferença pode retornar (e nunca a identidade e o mesmo). Como já dissemos anteriormente, a chave do eterno retorno, para Deleuze, é o tempo. Deleuze, como sabemos, pensou o tempo de muitas maneiras (como fluxo, como linha reta, como incorporal). Mas se, por um lado, ele não parece ter chegado a uma conclusão definitiva a esse respeito (preferindo levar o paradoxo até as últimas consequências), por outro, a sua ideia de univocidade, estando atrelada à do eterno retorno da diferença, o leva à reflexão sobre o tempo linear como sendo o único a garantir a tal "repetição libertadora", ou seja, uma repetição que só na aparência faz retornar as coisas. É porque o tempo segue sempre seu rumo (eternamente impassível, para frente e para trás) que o devir brinca livremente, sem qualquer "Grande Ano" que lhe force a voltar e a se repetir de um modo absoluto. A roda é uma metáfora, o círculo, um enigma que se desenrola. Não há dúvidas de que Bergson, na filosofia, e Prigogine, na ciência, tiveram uma importância crucial na elaboração de uma ideia de tempo que (ousamos dizer) parece ser a mais perene na filosofia de Deleuze: um misto de Chronos e Aion (círculo e reta, ou melhor, uma espécie de espiral), um tempo infinito, transversal, tempo que é fluxo e também se conserva puro, virtualidade intensiva.

É fácil perceber, em *Diferença e repetição* (mas também nas obras de Deleuze sobre o cinema), quanto Bergson lhe é caro, quanto o seu pensamento o afeta. É verdade que, em nosso capítulo sobre Bergson (apesar de toda a paixão que a sua filosofia nos produz em nós), não conseguimos deixar de apontar o lado metafísico de seu pensamento. Não se trata, é claro, de uma metafísica qualquer nem de uma metafísica nos moldes tradicionais, mas é impossível fundamentar suas ideias a respeito do tempo se excluirmos a ideia de espírito (como um princípio, juntamente com a matéria), ou seja, se excluirmos esse dado metafísico. Mas o fato de Bergson ser um dos afetos de Deleuze não faz do próprio Deleuze um metafísico. É verdade que alguns deleuzianos defendem a ideia de um Bergson não metafísico, mas certas concepções bergsonistas não deixam lugar para dúvidas (entre elas, a defesa da existência da matéria e do espírito). Como falar, por exemplo, em "passado puro"? Como aceitar que exista um passado em si, que se conserva intacto nele mesmo, sem cair num raciocínio puramente metafísico? Mesmo a ideia de instantes, que se prolongam em si mesmos, é profundamente problemática.

Para nós, a reflexão de Deleuze a respeito do hábito é perfeita, a forma como ele desenvolve a ideia da síntese passiva e ativa do tempo é sublime, mas existe um único inconveniente para nós: é que, associado ao pensamento de Bergson, esse tempo ganha uma ontologia, uma existência real e, por mais que tentemos entender essa concepção fora de uma esfera metafísica, ela nos parece recoberta por uma névoa que não se dissipa.

Deleuze pergunta, e com razão: "Como conceber uma repetição sem que ela seja repetição *para um espírito*, sem que ela seja contração de casos na imaginação – portanto, já uma síntese, uma diferença transvasada à repetição, um presente?"[65] Sim... independente de supor a repetição real, há o sujeito que a vislumbra e, por outro lado, ele a vislumbra porque ela é real. A repetição é real, é ontológica, mas não nos parece necessário supor, por causa disso, que o presente seja uma dimensão em si (tanto quanto o passado ou o futuro), que possa existir numa relação de exterioridade com o mundo, como uma virtualidade pura. O que realmente significa dizer que o presente é uma contração do passado, a "ponta" deste? Um tempo existindo independente de nós, correndo para frente e para trás? Isso só faz sentido, para nós, se pensamos o tempo como a duração do próprio mundo (que é o que tentaremos explicar mais adiante, no último capítulo). É verdade que o próprio Bergson define o tempo como duração, mas parece levar longe demais essa ideia, fazendo do tempo um em si e, mais ainda, associando a essa duração uma consciência.

Mas não nos cabe julgar o agenciamento de Deleuze com Bergson, mesmo porque as obras que nasceram daí são realmente excepcionais. A questão é que tomamos outro rumo e é preciso que nossa posição fique bem clara. De

---

65. Id., *Diferença e repetição*, pp. 96-7. Sobre esse tema, indicamos o esclarecedor capítulo "As três sínteses", in Peter Pál Pelbart, op. cit.

nossa parte, pensamos que há muito para se dizer a respeito do tempo vivido, daquele que sentimos na carne, daquele que parece pulsar conosco. O hábito, a memória passiva, a cesura do "eu" que se parte num tempo que nunca é inteiramente presente, mas também nunca é inteiramente passado ou futuro. Também nós temos paixão pelo paradoxo do tempo, mas apenas por esse tempo que não se desprega de nós, que parece colado à nossa pele. As imagens, as lembranças puras, tudo o que se conserva em nós, mas que também parte conosco: esse é o tempo que nos interessa. Sim... para nós, o tempo também existe: o tempo vivido pela consciência e pela memória, que não é outro que o tempo do mundo, com a condição de que se entenda que ele não existe por si. Ele é apenas o "tempo da existência", o tempo trágico do existir, do estar aqui e agora. Ele é inseparável do devir do mundo, é algo que a consciência depreende do devir. Em si, ele é uma ilusão. Infinito e eterno é apenas o devir, a matéria em movimento. O tempo é apenas a duração da matéria, a duração dos corpos.

Mas, para concluirmos a exposição da tese deleuziana do eterno retorno da diferença, é preciso apresentar a ideia do "círculo" como metáfora do Mesmo, típico pensamento representativo, que pensa o retorno do igual. A tese contra a circularidade do tempo (que garantiria a volta do idêntico) é sustentada pelo próprio Nietzsche, quando ele fala da dor que se experimenta por não se poder voltar atrás ou para trás: aquilo que "foi" é a pedra que não pode rolar... Irreversibilidade absoluta. Muitos intérpretes entendem isso como uma defesa clara do tempo linear, mas ressaltamos que a irreversibilidade vale também para o devir. Deleuze também opta pela linha reta – o verdadeiro labirinto, como diz Cláudio Ulpiano. Nas palavras de Peter Pelbart:

> Ao invés do Círculo, Deleuze invoca a Linha reta... O Tempo liberado do Movimento é, portanto, um tempo que se soltou do Presente e do Passado enquanto centros de um Círculo, e que pode então ganhar uma relação nova com o Futuro. Essa reversão passa por Kant, com quem o Tempo sai do eixo do Movimento, fazendo ecoar a fórmula de Hamlet: "The time is out of joint".[66]

O tempo, então, para Deleuze, está fora de seus gonzos... não está mais determinado a se curvar, a se dobrar sobre si mesmo; ele segue seu curso independente e reto... eis por que é o tempo do acaso, é o tempo do devir. Numa dramatização, agora feita pelo próprio Deleuze, em *Diferença e repetição*, ele mostra todo o percurso de Zaratustra, desde o momento em que ele tem um pesadelo terrível, por causa do anão que lhe diz que "toda a verdade é curva e o próprio tempo é um círculo", passando pelo seu adoecimento, até que, já convalescente, ele responde ao anão (a quem chama de "es-

---

66. Peter Pál Pelbart, op. cit., p. 145.

pírito de gravidade"), dizendo que ele não deve simplificar demais as coisas. Zaratustra, segundo Deleuze, nega que o tempo seja um círculo. "Ele quer, ao contrário, que o tempo seja uma linha reta, com duas dimensões contrárias. E se o círculo se forma, estranhamente descentrado, isso acontecerá somente no 'extremo' da linha reta [...]."[67] Sim... para Deleuze, trata-se de pensar que o tempo linear "elimina impiedosamente aqueles que a ele estão ligados, que assim vêm à cena, mas que só repetem de uma vez por todas"[68]. Mas esses são os que repetem negativamente, repetem identicamente. Se existe algum retorno para os indivíduos, é um retorno do geral, da forma, mas não da pessoa. "O eterno retorno elimina aquilo que, tornando impossível o transporte da diferença, torna ele próprio impossível"[69]. Para terminar, deixemos Deleuze resumir sua própria tese sem mais interrupções:

> Com efeito, repete-se eternamente, mas agora este "se" designa o mundo das individualidades impessoais e das singularidades pré-individuais. O eterno retorno não é o efeito do Idêntico sobre um mundo tornado semelhante; não é uma ordem exterior imposta ao caos do mundo; ao contrário, o eterno retorno é a identidade interna do mundo e do caos, é o Caosmos.[70]

---

67. Deleuze, *Diferença e repetição*, p. 467.
68. Ibid., pp. 467-8.
69. Ibid., p. 470.
70. Ibid., p. 468.

A ilusão do tempo em si e a duração da matéria 3

Enfim, chegamos ao cume da montanha. Para muitos, é hora de descansar... sentir o vento, olhar o infinito. Mas, se temos bastante clareza do que isso representa, sabemos que é no ponto mais alto que se aloja o verdadeiro perigo, porque agora qualquer queda pode ser fatal. Chegou a hora de mostrarmos o que é, para nós, o tempo e como ele está associado à concepção do eterno retorno de Nietzsche e de Deleuze. Nesse momento, já não vemos mais razão para separar as duas filosofias, porque partimos do princípio (como mostramos nos dois capítulos anteriores) de que Deleuze compreendeu bem a ideia do retorno de Nietzsche como retorno do devir e da diferença. Mesmo que se suponha que, para Nietzsche, só exista um mundo (à maneira de Heráclito), nem por isso se pode pensar nesse eterno aparecer e desaparecer como um retorno do idêntico. Afinal, nada é mais oposto à ideia de um mundo em constante devir ("que se alimenta de seus próprios excrementos", criando e se recriando continuamente) que essa ideia metafísica de *identidade* e de *mesmo*. Assim como nada é mais estranho para uma filosofia imanente que a ideia de um tempo em si.

Entendido por nós como *duração do mundo ou, mais propriamente, da matéria*, o tempo não existe como ser, como objeto. Nesse sentido, ele é "inseparável" do próprio mundo, embora não seja como "número do movimento" que nós o entendamos nem mesmo como movimento das esferas celestes. Também não se trata de uma duração no sentido bergsonista ou à maneira de Guyau (duração como consciência e memória). É num sentido novo (ou nem tanto, como veremos mais adiante) que tomamos esse conceito. Julgamos, inclusive, que essa nova maneira de entender o tempo dá ao pensamento do eterno retorno (bem como à ideia deleuziana da univocidade do *ser*, pensado como diferença pura) ainda mais consistência. Caminhemos, no entanto, devagar (como fizemos em outros momentos), para que a nossa tentativa de decifrar a "verdade" sobre o tempo possa ser compreendida com clareza.

É claro que falar em uma verdade sobre o tempo ou do acontecimento é sempre muito problemático. Depois de séculos de discussões sobre o alcance do próprio conhecimento, sobre a questão da verdade e da mentira ou da verdade e do erro (e aqui não podemos deixar de mencionar o brilhante estudo de Victor Brochard[1]), é preciso começar por dizer o que é a própria verdade. Sem levarmos muito à frente a discussão sobre os fundamentos do racionalismo, do empirismo ou do idealismo moderno (que exigiria, certamente, um outro estudo), queremos deixar claro que, tal como os primeiros filósofos gregos, nosso olhar se dirige para "fora", para o mundo (com todas as dificuldades que isso possa representar depois de Kant e da fenomenologia). É claro que não há nada de original nesse resgate. Afinal, o primeiro a buscar nos pré-socráticos o verdadeiro sentido da filosofia foi o próprio Nietzsche. É por isso que Deleuze o associa à imagem mais antiga do filósofo, a do "pensador pré-socrático, *fisiólogo* e artista, intérprete e avaliador do mundo"[2]. Este, ao contrário dos filósofos posteriores, busca uma unidade entre o pensamento e a vida (algo que foi esquecido pela filosofia)[3]. "Unidade complexa", é bem verdade, "um passo para a vida, um passo para o pensamento"[4] – diz Deleuze. "O filósofo do futuro é ao mesmo tempo o explorador dos velhos mundos, cumes e cavernas [...]."[5] Mas é também aquele que faz do

---

1. Estamos nos referindo à sua tese de doutorado, intitulada *De l'erreur*.
2. Deleuze, *Nietzsche*, p. 17.
3. Segundo Francis Cornford, a filosofia de Sócrates é uma espécie de marco divisório, separando a reflexão física (voltada para o mundo real), que predominava até então da reflexão ética (voltada para o espírito), que veio a tornar-se, em certo sentido, quase um sinônimo de filosofia. Cf. Francis McDonald Cornford, *Antes e depois de Sócrates*.
4. Ibid.
5. Ibid.

pensamento uma afirmação da vida e da vida uma confirmação do pensamento. A filosofia como saber puro serve apenas aos poderes estabelecidos e, assim, acaba negando a sua própria capacidade de criar outros mundos, de produzir novas maneiras de pensar, de sentir, de viver.

Vista sob certo ângulo (e não sem uma pequena ironia), a verdade é sempre uma "verdade do tempo". Deleuze diz que "procurar a verdade é interpretar, decifrar, explicar, mas esta *explicação* se confunde com o desenvolvimento do signo [...]"[6]. No entanto, ele também diz, pouco antes, que a "verdade se trai". Ela irrompe como o resultado da "violência de um signo que nos força a procurar, que nos rouba a paz"[7]. Ela não é o coroamento de uma busca racional e deliberada, mas – num certo sentido – ela "torce" o próprio signo, ela emerge como o resultado de um choque, não apenas entre os signos, mas entre os signos e o mundo, entre os signos e os acontecimentos. A verdade continua passando pela ordem do discurso, é claro (e, nesse ponto, ela é mais lógica do que ontológica), mas o acontecimento existe para lá da linguagem, ele é efeito de um encontro real de corpos.

Não é sem razão que Deleuze fala no duplo aspecto do acontecimento: a sua efetuação espaço-temporal e a que se dá no âmbito do sentido, da linguagem[8]. Não criamos o

---

6. Deleuze, *Proust e os signos*, p. 17.
7. Ibid., p. 16.
8. Cf. Deleuze, *Lógica do sentido*, "Vigésima Primeira Série: Do Acontecimento".

mundo; mas certamente o recriamos com nossos conceitos e, quanto mais nossas ideias se bastam sem um confronto com ele, mais distantes estamos de uma "lógica" concreta da vida, mais afastados estamos do próprio mundo e dos "encontros dos corpos". Num certo sentido, a filosofia tem perdido (e não há aqui qualquer conotação moral) aquilo que representou a verdadeira aurora do pensamento: a busca por uma compreensão do mundo, um diálogo com o "fora", com a natureza.

Por mais que tenhamos chegado à compreensão do caráter até certo ponto "ficcional" do conhecimento, de que os conceitos são inventados, ou seja, do aspecto antropomórfico da verdade e das ideias, nem por isso a filosofia ou a ciência tornou-se ficção científica ou literatura. Sem dúvida, a ciência (apesar de todos os problemas conceituais em que ela se encontra mergulhada) parece mais próxima desse contato com o mundo que os filósofos. Não se trata aqui de aceitar a crítica dos pais da sociologia[9] (e mesmo de alguns sociólogos posteriores) que tendem a confundir (como os positivistas mais tacanhos) o contato com o mundo com a ideia de que todo conhecimento pode ser verificado e comprovado pela experiência, mas a verdade é que a filosofia começou realmente como um discurso sobre o mundo (como ontologia) e "terminou" como um discurso sobre

---

9. Como, por exemplo, Émile Durkheim.

seu próprio discurso (isto é, terminou como lógica e filosofia da linguagem[10]).

Em outras palavras, defendemos que o nascimento da filosofia representou uma espécie de ruptura com o solipsismo humano (foi assim, pelo menos, que ela apareceu: inquirindo o mundo, rompendo com as ideias mágico-religiosas que haviam até então dominado o homem, mesmo que se possa alegar que o limite entre a crença e a razão seja frágil). A questão é que esse primeiro suspiro de vida e liberdade (chamamos assim essa monumental tarefa de romper com os valores constituídos) foi imediatamente abandonado, quando na própria filosofia o mundo começou a ser posto em dúvida e a ser considerado sem valor para o conhecimento (é claro que estamos nos referindo a Platão, mas desde então as coisas pioraram bastante). Também a filosofia tornou-se vítima do "mundo próprio" humano. Aos poucos, a "criança" que tateava pelo mundo voltou-se para si mesma. A filosofia foi paulatinamente se interiorizando, se "psicologizando", perdendo de novo o contato com o mundo e com a realidade (como a humanidade em geral, pois é assim que definimos o homem: um sonâmbulo).

---
10. A intenção aqui não é fazer uma crítica à filosofia da linguagem ou à lógica, mas defender que a filosofia é bem mais do que a preocupação com signos e significantes, por mais que não possamos nos furtar a essa análise nem à consciência de que estamos realmente "complicados" em nossas próprias criações teóricas.

Em outras palavras, buscamos o mundo (como os pré-socráticos), desejamos resgatá-lo da névoa em que ele começou a ser envolvido, sobretudo, com Descartes; névoa que foi se tornando cada vez mais espessa com Kant, Heidegger e toda uma fenomenologia que fez o mundo (e o próprio pensamento) se perder nas brumas de conceitos puros, metalinguagens recorrentes e infindáveis. Num certo sentido, pode-se dizer, como John Burnet[11], que as ciências são as verdadeiras herdeiras dos pré-socráticos (Burnet diz que a ciência pensa o mundo "à maneira grega"), tendo a filosofia posterior cada vez mais distante de sua origem, chegando ao ponto de negar a própria possibilidade da razão de conhecer o mundo.

É claro que sabemos, por outro lado, que o conceito de "objetividade científica" é ingênuo (assim como julgamos as bases do mecanicismo científico insuficientes para dar conta do vivo e de seus movimentos), mas nem por isso devemos cair no extremo oposto e dizer que não existe objeto algum (ou que o mundo é absolutamente inapreensível). Não somos kantianos! Aliás, mesmo defendendo que o conhecimento é e sempre será uma interpretação, nem por isso o julgamos uma invenção pura da nossa imaginação. Dito de outra forma: não se trata de cair na antiga fórmula da verdade como adequação, mas é preciso pensar a verdade como

---

11. Sobre esse tema, cf. John Burnet, *A aurora da filosofia grega*.

"diálogo", um diálogo com o mundo (seja lá o que ele for), com as próprias sensações, com a vida em seu devir contínuo. Schopenhauer dizia que o problema não está nas coisas, mas na maneira como enxergamos. E nós completamos dizendo que nosso olhar é duro, é prisioneiro de conceitos fixos e impermeáveis, é um olhar "psicótico" (e entendemos por isso um olhar que não enxerga o outro, não enxerga o mundo, que vive emaranhado em si mesmo). Nesse caso, é difícil não dizer, mesmo que tal afirmação corra o risco de parecer dogmática, que o verdadeiro pensamento exige uma grande saúde (como, aliás, já dizia Nietzsche).

É claro que hoje quase ninguém duvida que o mundo (ou a representação que temos dele) é uma construção mental, mas o que isso quer dizer exatamente? Quer dizer que, por mais que tentemos, jamais chegaremos à "coisa em si", tal como pensava Kant? Quer dizer que sempre haverá um componente de ilusão e de imaginação no conhecimento das coisas e, assim, nenhum saber poderá nos dar plenamente a verdade dos acontecimentos? Sim e não. Num certo sentido, trata-se – como pensam os empiristas – de crenças legítimas e ilegítimas. A religião, a ciência, a filosofia, o senso comum, todos são, nesse aspecto, crenças, mas algumas se baseiam no mundo e nas sensações, outras tiram sua base da imaginação.

Vejamos a questão pelo prisma de Bachelard, com quem tendemos a concordar em muitos aspectos. Para Bachelard, a razão teria uma natureza plástica. Isso quer dizer, em última instância, que não se trata de colocar nossos sentidos sob suspeita (como fez Platão), discernindo entre um conhecimento enganador (que se fia na sensibilidade) e um conhecimento absolutamente racional (que liga o sujeito à essência real das coisas), mas que também não se trata de um processo tão natural e espontâneo quanto supunha Aristóteles (ou o próprio senso comum). Na verdade, nem podemos prescindir dos sentidos nem supor que é possível observar o mundo e descrevê-lo com exatidão absoluta. Todo conhecimento é uma espécie de batalha que precisa ser travada primeiramente contra o próprio sujeito, que deve romper com as ideias preconcebidas e opiniões que o constituem. É claro que é ingênuo supor uma observação pura, ou seja, um sujeito que conhece sem parâmetros e pontos de vista prévios. Afinal, não existe um sujeito do conhecimento sem um *parti pris*, assim como não existem fatos "puros" ou fato "científico" que já não seja efeito de uma teorização.

Sem dúvida, Bachelard considera ingênua a postura daqueles que acreditam no poder absoluto da razão para apreender o mundo, mas também se nega a crer que a razão seja assim tão inapta. Segundo ele, nem o mundo existe para ser plenamente conhecido por nós nem a razão é totalmente pura, *a priori* (ou seja, independente de seu contato com a experiência). O objetivo de Bachelard, no fundo, é ultrapassar as querelas entre o racionalismo (com seus princípios e estruturas universais e eternas) e o empirismo (com a sua absoluta negação de qualquer tipo de inatismo ou de apriorismo no conhecimento). Ele defende que todo conhecimento é um conhecimento aproximado[12]. "No que se refere à natureza – diz Bachelard – nunca se chega à generalização completa e definitiva"[13].

Resumindo (já que, como dissemos, isso deve ser objeto de um estudo à parte): a razão, para Bachelard, só pode dar conta de um mundo que é fluxo e devir se ela mesma estiver "pronta" para acompanhar esse fluxo. Questão bergsonista, por excelência: a razão precisa de novas ferramentas, de conceitos mais fluidos. Ou, como mostra Bachelard, precisa estar pronta para "mudar", para "evoluir". Eis o que significa dizer que o conhecimento tem uma natureza plástica. Ele não deixa de ser uma invenção (e agora dizemos por nossa conta), mas também não tira seu fundamento do nada. Ele é criação; tem inegavelmente um caráter antropomórfico, mas – ainda assim – ele não é uma ilusão absoluta, um delírio esquizofrênico (deixamos *sub judice* alguns conhecimentos...). Em outras palavras, o conhecimento parece ter uma via dupla. Pelo menos, é assim que Bachelard o entende. Ele diz que a ciência que se afasta da experiência do mundo, do contato com o real, corre o risco de se perder

---

12. Cf. Bachelard, *Ensaio sobre o conhecimento aproximado*.
13. Ibid., p. 14.

por completo ou simplesmente tornar-se uma ciência "pura". A física, por exemplo, "encontrou na matemática uma linguagem que se desliga com facilidade de sua base experimental e, por assim dizer, pensa sozinha"[14]. De fato, tendemos mais para esse pensamento do que para a ideia de que não podemos conhecer nada. Mas é preciso fazer, ainda aqui, algumas considerações.

Para começar, sabemos quanto essa questão é polêmica e, de fato, depois de Kant, quase ninguém mais na filosofia teve coragem de dizer que o mundo pode ser conhecido em si mesmo. Com Nietzsche, a questão adquiriu uma outra orientação, mas não menos desfavorável ao conhecimento. Nele, é a própria razão que é posta em juízo e já não parece mais ser possível pensar numa racionalidade que seja absolutamente imparcial e fria, quer dizer, que não seja ela própria "vítima" das paixões e dos sentimentos. Mesmo a razão pura de Kant nada mais seria do que o sonho de legislar sobre o mundo, de dobrá-lo à nossa vontade. Em outras palavras, a questão da verdade e do erro foi substituída pela ideia de que todo conhecimento é apenas uma interpretação possível. De fato, há uma profunda "verdade" nisso. E que nos desculpem as "novas filosofias" – que emergiram depois ou a partir de Nietzsche –, porque continuaremos usando esses conceitos proibidos. Talvez seja por um instinto mera-

---

14. Ibid.

mente transgressor que ainda insistamos em falar em "verdade" ou em "verdades" dos acontecimentos. Afinal, basta proibir uma coisa para que ela se torne atraente. Mas, ironias à parte (porque a verdade mesmo é que não suportamos metade das coisas que foram ditas sobre ou em nome de Nietzsche), o que queremos dizer é que, ainda que o conhecimento seja uma interpretação, é preciso que essa interpretação faça "falar" a coisa, dê a ela uma voz.

Explicando melhor, quando Deleuze, em seu livro *Espinosa e o problema da expressão*, diz que o ser é expressivo, que – no fundo – ele é signo, isso não se refere à linguagem humana propriamente dita. Ele quer dizer (algo que, aliás, ele retoma em *Diferença e repetição*, como já vimos no capítulo anterior) que o ser é Voz ou, em outras palavras, que o ser "se diz". Ele se diz em sua diferença. Ele se diz em sua existência. Ele é um acontecimento e, assim, se efetua no tempo e no espaço, e também na linguagem. Isso quer dizer que interpretar signos não é ficar emaranhado na espessa teia dos conceitos puros da razão, mas interpretar os sinais que são emitidos pelo mundo, por toda e qualquer coisa. É simplesmente genial como Deleuze expõe essa questão em seu livro *Proust e os signos*. Se conhecer é interpretar, nem por isso interpretar quer dizer inventar do nada, opinar sem fundamento. É claro que todos têm direito de pensar o que quiserem e sobre o que quiserem (quem somos nós para proibi-los?). Porém, o conhecimento não é uma interpretação vazia. Deleuze fala em signos mundanos, signos do amor, signos sensíveis... verdades de "um tempo que se perde". Tudo isso é parte do aprendizado do mundo e de nós mesmos. Nada é tão claro, muito pelo contrário. As ideias claras de Descartes são uma ilusão lógica (elas, sim, produto de um "gênio maligno"). A verdade, se é possível alcançá-la, é o resultado de uma mente obsessiva, que não para de interpretar signos até que, num momento qualquer, a verdade se distrai (ou melhor, se trai).

Deleuze, nesse livro, fala de Marcel Proust, de uma pluralidade de tempos, mas também do tempo que perdemos, do tempo que se perde e se redescobre. Mas o que importa agora é a questão dos signos, pois é assim que pensamos o problema da verdade. Não há uma verdade em si, é claro. Mas todo ser é um campo inexplorado de signos que não param de passar diante de nossos olhos, pele, ouvidos... O mundo está bem à nossa frente, esperando para ser ouvido, visto, tocado, em uma palavra, "descoberto". "Não existe aprendiz que não seja *egiptólogo* de alguma coisa", diz Deleuze. E ele continua dizendo algo que resume bem o que pensamos: "Alguém só se torna marceneiro tornando-se sensível aos signos da madeira, e médico, tornando-se sensível aos signos da doença. A vocação é sempre uma predestinação com relação a signos"[15]. Seria mesmo preciso di-

---
15. Deleuze, *Proust e os signos*, p. 4.

zer mais alguma coisa? Deleuze refere-se a Proust. Proust não é um filósofo, mas é na interpretação que Deleuze dá à obra de Proust que encontramos a original ideia de que aprender nada mais é do que decifrar os códigos do mundo. Por mais que possamos alegar que a própria medicina é um saber interpretativo, não é menos verdadeiro que reconhecermos um bom médico pela capacidade que ele tem de entender os processos vitais e restituir a saúde de quem está doente. Assim como entendemos que um bom marceneiro sabe trabalhar a madeira e extrair dela maravilhas que são impensáveis para quem não a "conhece" em profundidade. Ou seja, a ideia de que o conhecimento se dá no jogo abstrato dos conceitos faz do mundo um mero apêndice, quando – na verdade – o mundo é a matéria-prima, a base de todo o saber. O verdadeiro jogo se dá entre os signos, mas os signos não são apenas os conceitos puros da razão.

Um bom exemplo de como olhar para o mundo modifica nossos conceitos é o estudo da etologia. Quanto mais observamos os animais, mais conseguimos romper com as ideias arraigadas de que todo o comportamento deles é mecânico, instintivo. Mas será que também aqui trata-se apenas de uma interpretação possível, tão válida quanto a de Descartes – que os definia como "máquinas sem alma", objetos destituídos de vontade? Será que é apenas uma questão de "escolher" uma teoria adequada às nossas paixões? Talvez sim; talvez não. Mas não se pode negar que, num primeiro momento, trata-se mesmo de um choque de ideias, de uma interpretação que leva em conta a observação do mundo, que olha, que ouve, que toca, que sente... Konrad Lorenz, que conjuga em seu pensamento a tese darwinista da evolução das espécies e a teoria kantiana de uma faculdade de conhecer *a priori*, julga que o nosso próprio pensamento conceitual é uma síntese de outras formas anteriores de conhecer. Para ele, não há mais dúvidas de que os animais são seres inteligentes (e que também sentem dor e alegria, têm sentimentos). Mas essa ainda não é, de fato, uma concepção plenamente aceita. A maioria das pessoas continua vendo o animal como um objeto de utilidade ou diversão, sem qualquer respeito pela sua existência. Também aqui trata-se de um discurso útil para a manutenção do nosso mundo, assentado na exploração dos animais e de toda vida em geral. Que tudo isso expõe claramente o embate de forças que é o conhecimento ou a pluralidade de interpretações possíveis para um "mesmo" fenômeno, é inegável. Mas nem por isso julgamos que aqueles que jamais se aproximaram de um animal, jamais conviveram com ele ou observaram sua rotina, repetindo apenas atavicamente as mesmas ideias gerais e abstratas sobre eles, possam estar em pé de igualdade com aqueles que (mesmo não sendo sujeitos puros, sem *parti pris*) procuram emprestar ao mundo a sua voz, silenciando sua própria razão (até onde é possível) para que os seres se apresentem e se expressem. Eis o que significa libertar a diferença do jugo da representação estática dos conceitos puros.

Se um ramo da ciência hoje reconhece que os animais têm uma faculdade cognitiva (o que nunca foi ignorado por todos aqueles que convivem cotidianamente com eles), é porque conseguiu romper com certas ideias que nem sequer levavam em conta o animal como acontecimento real, o animal no mundo, nas relações que estabelece e constrói com outros seres e com o meio. Digam o que quiserem (e pouco importa que a verdade estabelecida seja essa ou aquela), uma interpretação estará tão mais próxima do mundo quanto mais puder refletir seu caráter dinâmico, seu devir essencial. Também aqui é preciso ser egiptólogo, e dos bons, para saber que a vida é "esperta" demais para se deixar apreender. Quem está seguro da verdade que possui, sem nunca ter se interrogado sobre ela, vive enclausurado em si mesmo e nas verdades que a cultura inventou.

Ainda sobre os animais, Schopenhauer já defendia, em seu *O mundo como vontade e como representação*, que eles também representam o mundo, embora não possuam a capacidade de formar ideias gerais e abstratas. Para Lorenz, não há nenhuma dúvida de que o conhecimento que animais e homens constroem do mundo é real e existe como resultado "do inter-relacionamento de causas e efeitos entre um aparelho cognitivo e o mundo, ambos reais, em um processo de adaptação"[16]. É possível negar isso, é claro; é possível negar tudo. Mas, ainda assim, por baixo de toda teia conceitual reside o próprio mundo, e estaremos tão mais próximos dele quanto mais pudermos cessar nossa tagarelice e nossas "absolutas certezas" sobre as coisas. Epicuro e Lucrécio dizem que todo preconceito e toda ideia falsa se dissolvem no verdadeiro conhecimento da natureza. Verdade ou não, observar o mundo ainda é a melhor garantia para o conhecimento; o mundo, repetimos, é pleno de signos e decifrá-los é a verdadeira tarefa da verdadeira filosofia.

Voltando a Bachelard, ele acredita que a forma mais eficaz de aproximação está na limitação da subjetividade e isso consiste num "retorno à percepção"[17]. Não deixa de ser algo próximo do que dissemos. Afinal, é preciso olhar para o mundo, é preciso sair de nosso solipsismo teórico. O confronto com a experiência não garante nenhuma verdade absoluta, mas nos aproxima ao máximo de um mundo que teima em escapar de nós, tanto pelo seu aspecto movente quanto pela fixidez dos nossos conceitos. Enfim, para Bachelard, "a aproximação é a objetivação inacabada, mas é a objetivação prudente, fecunda, verdadeiramente racio-

---

16. Sobre esse ponto, cf. Agnaldo Garcia, "Cognição e evolução: a contribuição de Konrad Lorenz", *Ciências & Cognição*, ano 2, vol. 4, mar. 2005. (Disponível em <www.cienciasecognicao.org>).
17. Bachelard, "Ensaio sobre o conhecimento aproximado", p. 299.

nal, pois é ao mesmo tempo consciente de sua insuficiência e de seu progresso"[18].

Não sabemos quanto é possível limitar a subjetividade ou ultrapassar o *parti pris*, também não acreditamos que se trate de um progresso de ideias, mas não abrimos mão de pensar uma coisa: se existe um *a priori*, ele diz respeito ao campo histórico e não a algo eterno ou atemporal na própria razão. Não existem ideias *a priori*, não existe o incondicionado. Como sujeitos do conhecimento, nós nascemos num mundo já constituído e é nesse sentido que Espinosa afirma, com razão, que não nascemos livres. Mas isso não significa (até uma certa medida) que a razão seja prisioneira dos conceitos que cria, embora ela não opere sem conceitos. Digamos o seguinte: o conhecimento é mesmo uma espécie de "mundo próprio" no qual o homem está enredado, e é como um Sísifo que ele sobe e desce a montanha sabendo que essa é a sua sina, o seu destino. Mas ainda assim é preciso ver as coisas por um ângulo mais decisivo: todo conhecimento é uma interpretação, é uma decifração de signos, mas os signos são reais.

Discutir se a árvore ou a pedra existem em si é uma outra questão, que só parece interessar – atualmente – a um tipo de filosofia meio psicótica (perdoem-nos a expressão), que vive tentando negar o mundo exterior e se trancar no

---

18. Ibid., p. 300.

"mundo próprio" dos conceitos. Julgamos que a razão está absolutamente doente. Aliás, não é o próprio Nietzsche quem diz que a doença, por excelência, do homem é o niilismo? O niilismo nega o mundo, rejeita-o de todas as formas possíveis. É natural que a razão adoecida produza um pensamento que sustente essa negação, que se volte contra o mundo, que o reduza a nada. Vitória do ressentimento sobre a vida. Eis o que é, para nós, qualquer filosofia que negue o mundo ou a possibilidade de "conhecê-lo".

No entanto, sem rejeitar Bachelard, acreditamos, como Nietzsche e Deleuze (e também Bergson), que é o pensamento (e não a razão) que tem uma natureza plástica. A razão, por sua estrutura demasiado lógica (e, até certo ponto, estática), não pode atingir aquilo que, por essência, é fluxo e devir, ou seja, o próprio mundo, a matéria em movimento. Como expusemos em outro estudo[19], a razão é sedentária, ela opera com "quadros vazios", "estojos puros", conceitos por demais abstratos e gerais que só podem dar conta do mundo eliminando o que ele tem de mais visceral: sua própria diversidade. Pensar, por outro lado, é pôr os conceitos em movimento. É tirá-los de sua inércia e fixidez. É "lançá-los" no mundo, no interior do próprio devir. É criar novos conceitos; um novo olhar para o próprio olhar. É também dar aos antigos conceitos novos sentidos,

---

19. Em nosso livro *Por uma filosofia da diferença: Gilles Deleuze, o pensador nômade.*

fazendo-os girar sobre si mesmos. Eis o que significa dizer que o pensamento é essencialmente nômade. Ele descentra e desorienta a razão, ou melhor, ele produz um novo funcionamento para a própria razão. É isso, afinal, que significa romper com a representação e pensar a diferença em si mesma, isto é, o ser como diferença pura, como devir.

Ainda sobre a questão dos signos, Deleuze fala – em um texto escrito para o colóquio *Nietzsche aujourd'hui?*[20] – que a grande questão nietzschiana é "embaralhar os códigos", brincar com eles, fazê-los falar novas coisas, rompendo com os sentidos fixados *a priori*. O mundo nômade é um mundo de diferenças, é um mundo de devires, é um mundo de intensidades. "Não troque a intensidade por representações", diz Deleuze. Conectar-se com "o fora", eis o que significa o pensamento respirar o ar puro das montanhas. Eis o que quer dizer sair da esfera asfixiante dos conceitos da razão pura. Ao contrário do que diz nosso querido Albert Camus, sobre o silêncio do mundo, o mundo é pleno de vozes, é pleno de signos. O que não encontramos nele, quando por um instante ele se revela a nós, são os sentidos que damos a ele. A vida se perde quando o mundo é substituído por conceitos puros. Os seres se dizem enquanto existem, enquanto se efetuam, não enquanto ideia na razão.

---
20. O texto intitula-se "Pensée nomade" e o colóquio foi promovido pelo Centre Culturel International de Cerisy-la-Salle.

Se o conhecimento não pode (sobretudo, o conhecimento filosófico) furtar-se a um campo de valores e de juízos, é ainda mais necessário ser um bom egiptólogo do mundo e da vida. Só os que souberem decifrar bem os códigos da existência farão de sua própria existência algo de superior e autêntico. Eis aí o que significa a complexa unidade entre o pensamento e a vida.

Num certo sentido, é mesmo verdade que ser homem é viver mergulhado nas correntezas da abstração, é trocar o acaso do real pela ficção feliz de um mundo pleno de sentidos; é viver acorrentado ao passado ou na angústia do futuro, sem nunca experimentar o presente vivo que só o animal conhece de verdade (eis o que chamamos de razão sedentária). Mas ser homem também é ser um criador de novos valores, é ser capaz de ultrapassar a própria condição de existência e, com isso, produzir uma vida mais autêntica, mais real. Em outras palavras, julgamos que o homem que está de posse de si mesmo (tal como o animal superior de que nos fala Camus[21]) pode romper com o solipsismo que alimenta a descrença e o afastamento do mundo e fazer do pensamento uma máquina de guerra a serviço da vida. Só assim ele poderá tocar, mesmo que seja por um breve instante, na relva que se oculta por sob a fria neblina que emana da razão pura.

---

21. A frase completa de Camus é "Poder ser senhor de seu próprio estado de espírito é privilégio dos grandes animais". Sobre isso, cf. Camus, *A queda*, p. 5.

Não estamos certos de que possamos conhecer integralmente as coisas, de que possamos romper com todas as representações, ou seja, de que, em última análise, a cultura possa ser ultrapassada em nome de uma verdade que se aloja no próprio mundo e nos acontecimentos. Mas de uma coisa não temos dúvida: as ideias são invenções e quanto mais a razão se aproxima do mundo, quanto mais contato ela estabelece com ele, mais próxima também ela se encontra do próprio acontecimento. Se existem verdades de fato, elas dizem respeito ao ser, ao devir, ao próprio mundo. O mundo é o melhor parâmetro para a razão e não o contrário. A razão deve estar continuamente se medindo pelo mundo ou, simplesmente, dialogando com ele. Trata-se, para nós, de um empirismo superior. Enfim, que Platão nos perdoe, mas é o mundo que é verdadeiro e não as ideias.

*

Finalmente, voltando ao *tempo*, é preciso dizer que num primeiro momento tentamos buscá-lo para lá dessa "fria neblina" que encobre o mundo, ou seja, tentamos buscá-lo fora de nós, como um objeto em si mesmo, como algo que existe independente das coisas. Mas a busca foi totalmente vã. Nenhum objeto se apresentou à nossa percepção nem mesmo o pensamento conseguiu atingir, com clareza, essa esfera que só parece "existir" imersa num mar de paradoxos. O tempo continuou como uma vaga sensação – ou até como uma forte sensação em alguns momentos – mas sempre uma sensação vazia, sem objeto.

Deleuze diz que "o paradoxo é a paixão do pensamento". Concordamos com ele. O pensamento tem verdadeira atração pelo insondável, pelos enigmas, pelos labirintos. A razão, ao contrário, prefere as paisagens já conhecidas, as trilhas já percorridas. O pensamento arrisca-se, desbrava territórios perigosos, escala altas montanhas, tanto quanto é capaz de lançar-se nos mais profundos abismos. A razão finca suas raízes e prefere a companhia de rostos e lugares conhecidos. É por isso que repetimos que o pensamento é nômade e a razão é sedentária. E o tempo, nesse caso, é uma paixão de ambos. Da razão, porque ele é a "forma" que nos ordena, nos estrutura, seja ele uma ideia que formamos, ou uma intuição real do mundo e de seu movimento incessante. Do pensamento, exatamente pelo seu caráter paradoxal, enigmático, pelo fato de que ele é e não é, existe e não existe.

Em poucas palavras, antes de entrarmos na definição propriamente dita do tempo, queremos deixar claro que, para nós, o tempo não tem uma ontologia, ele não existe em si e muito menos existe antes do próprio mundo (como defende Prigogine[22]). Não há uma linha do tempo virtual, nem um conjunto de forças que nos leva numa única

---
22. Qualquer dúvida sobre Prigogine, cf. o capítulo sobre o tempo e a ciência.

direção, isto é, não há (e, nesse ponto, estamos mais próximos de Einstein do que de Prigogine; e de Guyau mais do que de Bergson) um tempo em si, que existe separado das coisas, uma "flecha do tempo". Andar para frente ou para trás reflete apenas um movimento do corpo, algo material e espacial. É verdade que a irreversibilidade é um fenômeno real, inerente à natureza (aliás, é nesse ponto que Prigogine fundamenta sua ideia do tempo como flecha ou seta), mas é o devir, é o movimento contínuo que explica a irreversibilidade, e não o tempo. Falar em tempo puro é dissociá-lo do mundo, é dar a ele um ser, e um ser imaterial. É cindir o próprio mundo.

Vejamos essa questão mais de perto. Em nosso estudo, procuramos apresentar os filósofos mais representativos do ponto de vista da elaboração de uma ideia de tempo (já que muitos tocaram no tema apenas de modo secundário). Não restringimos a importância e o alcance de qualquer uma das filosofias apresentadas por serem mais ou menos metafísicas. Ao contrário, julgamos que mesmo aqueles que ficaram prisioneiros da metafísica conseguiram tocar em pontos profundos na compreensão da natureza do tempo – sobretudo, no que diz respeito à vivência psicológica da temporalidade ou ao tempo como um sentimento inseparável de nossa própria existência no mundo.

Como deixamos claro, inicialmente, nossa questão era pensar o tempo no interior da doutrina do eterno retorno, mas um simples mergulho no tema revelou-nos o aspecto indecifrável do próprio tempo (seja no pensamento do eterno retorno, na concepção do tempo como seta ou como duração interior). Se nos opomos à ideia do tempo linear no eterno retorno de Nietzsche, não é porque julguemos preferível a ideia de um tempo cíclico e recorrente, mas porque não concebemos de modo algum a existência de um tempo que não seja entendido, pura e simplesmente, como duração do mundo, da matéria, dos corpos.

Indo direto à questão, entendemos o tempo como duração, tal como Guyau e Bergson. No entanto, entendemos essa duração como um *continuum* indivisível da existência, de toda existência, do vivo e do não vivo, existência do mundo – em última instância – da matéria em movimento. De certa forma, a nossa definição de duração não difere muito da de São Tomás de Aquino e, especialmente, da de Espinosa (daí por que dissemos, logo no início, que ela não é assim tão nova), mas é evidente que, reativada em outro plano, ela adquire um novo sentido. Segundo Pierre Nova, em seu *Dictionnaire de terminologie scolastique*, São Tomás define a duração como "a permanência de um ser na existência"[23]. "Uma coisa dura, diz São Tomás, tanto tempo quanto ela está em ato."[24] É claro que estamos diante de um aristotélico (e, mais ainda, de um religioso que irá dis-

---

23. Cf. Pierre Nova, *Dictionnaire de terminologie scolastique*, pp. 294-6.
24. Ibid.

tinguir três tipos de tempo ou duração: o tempo do mundo e dos seres, o de Deus e o das substâncias espirituais[25]), daí por que nossa semelhança com ele começa e termina na definição do conceito de duração que, diferente do de Guyau e Bergson, não é sinônimo de consciência e memória, mas sim de permanência no mundo (como em Espinosa). Também não concordamos, é claro, com a definição de São Tomás de eternidade (essencialmente platônica e agostiniana) como a esfera que "exclui qualquer sucessão, qualquer mudança, qualquer movimento", isto é, "como um presente indivisível e indefectível"[26]. Para nós, só existe uma duração: a da existência. Tudo o que existe, está no mundo, de maneira perceptível ou não.

Em outras palavras, a duração é a do mundo, é a da matéria. Não se trata aqui de uma duração psicológica, interior e profunda nem de uma consciência do tempo. Estamos falando apenas que "tempo é existência" e que existir é estar materialmente no mundo, é estar aqui e agora, é durar como um corpo, como uma composição de forças ou de elementos primeiros (tanto faz nesse caso). Todo corpo tem um tempo de existência, de "permanência", seja ele orgânico ou inorgânico. A eternidade, nesse caso, não se opõe ao tempo, mas é antes a própria essência do tempo (como já dizia Deleuze), só que – nesse caso – eterna é a própria ma-

---
25. A saber, o tempo, a eternidade e o *aevum*.
26. Pierre Nova, op. cit.

téria em movimento. O tempo não é algo que existe em si e por si. Ele diz respeito (nesse caso, fazemos nossos os conceitos de Espinosa) aos modos finitos, enquanto a eternidade diz respeito à substância (*Deus sive Natura*), o que, traduzindo na nossa própria linguagem, é o mesmo que dizer que a eternidade diz respeito ao movimento incessante da matéria e das forças. Parece haver aqui um dualismo e há, mas apenas na aparência e não em profundidade, pois os modos são parte de Deus (no caso de Espinosa) e os corpos nada mais são do que "arranjos", composições temporárias da matéria em movimento.

Num certo sentido, o tempo (como sucessão, passado, presente e futuro) emerge apenas com os corpos (ou só a eles diz respeito, pois se confunde com a própria existência deles). Nesse aspecto, cada ser tem seu próprio tempo; mas, nesse caso, ainda estamos falando de um tempo que é permanência, que é existência no mundo. Já quanto à experiência pessoal e interna dessa duração, Guyau e Bergson são realmente os grandes especialistas, e nada que possamos dizer aqui substitui a beleza e a profundidade de suas reflexões.

Sem entrarmos muito nesse aspecto (que exigiria, certamente, um estudo mais aprofundado), poderíamos dizer que o tempo psicológico é o tempo vivido; é a sensação que temos de nossa própria duração e finitude. É o tempo do ponto de vista da consciência. É a consciência da nossa duração ou da duração do mundo. É a interiorização da própria duração real ou a representação lógica dela (enquanto ideia). Mas o tempo vivido também é aquele que se sente com a carne à medida que sentimos nossa própria passagem, nossas mudanças (internas e externas). É a tal linha que começamos a formar para dar conta de nossas próprias experiências passadas e presentes. É a forma como nos organizamos, como lidamos com o movimento incessante de nossas próprias sensações e volições. Para Guyau, é assim que nasce a ideia do tempo. Ela não tem um referente fora do devir das coisas. Mas como ideia, como conceito, o tempo recobre alguma coisa ou alguma sensação, e é isso que buscamos entender melhor.

O tempo interno, subjetivo, aquele que sentimos "passar", não é uma forma pura, *a priori*. Ele nasce da nossa experiência com o mundo. Ele não é um objeto concreto. Ele não se apresenta a nós a não ser por aquilo que consideramos serem seus efeitos (a mudança, o envelhecimento, o nascimento, a morte...). Mas nada podemos dizer do tempo verdadeiramente porque não temos uma representação sensível dele. Ele não é um ser, como um gato ou um cachorro. Ele é apenas a duração do mundo, da matéria que está sempre criando e recriando todas as coisas. Para Bergson, o tempo se confunde com essa própria criação. A duração do mundo é também a sua criação contínua. Nisso estamos de pleno acordo. Mas o tempo como duração não existe em si, não é ontológico; ele é parte do mundo, é algo inseparável dele. Nesse caso, ele é uma espécie de "relógio eterno" do mundo, porque é o próprio mundo que é eterno (ou melhor, a matéria, como veremos a seguir). Presente, passado e futuro dizem respeito aos movimentos do mundo, à vida da matéria, mas não existem por si mesmos, como dimensões reais.

A questão que parece mais importante, agora, é distinguir a duração psicológica da duração real, o tempo humano do tempo do mundo, o tempo da matéria. Quando Guyau diz, em seu poema, "Não podemos pensar o tempo sem sofrer com isso./ Sentindo-se durar, o homem sente-se morrer:/ Esse mal é ignorado por toda a natureza"[27], suas palavras tocam profundamente a nossa alma (ou a nossa sensibilidade). De fato, sentir-se durar é também sentir-se morrer... e, como mais tarde disse Bergson, é sentir-se escoar paulatinamente. Essa sensação é real e tem seu fundamento no mundo. Mas o tempo como objeto é, como diz Étienne Klein, vazio, inapreensível. É isso que quer dizer, em última instância, a frase de Santo Agostinho, "quando não penso, sei, quando me perguntam, não sei". Sentimos o tempo como algo, mas não sabemos que algo é esse. Nós o intuímos, é bem verdade, mas a intuição dele é sempre de algo movente, espacializado, ligado aos acontecimentos. Queremos ultrapassar o dado, chegar à essência primeira ou últi-

---

27. O poema encontra-se, na íntegra, no capítulo dedicado a Guyau.

ma do tempo, mas não existe nada para lá do dado sensível, não existe a essência pura do tempo. O tempo é inseparável do mundo, porque não é uma "coisa" além do mundo. Ele é parte do mundo, ou melhor, é a própria permanência dele. O mundo é presente, mas também é passado e futuro, mas apenas em relação a ele próprio. Não existem dimensões do tempo em si, nem instantes que duram neles mesmos, nem instantes costurados na teia de um tempo virtual. Existe um tempo, sim, mas ele se confunde com a vida do mundo, com a sua existência, com os seus movimentos.

Sim... para nós o tempo em si é uma ilusão. Mas repetimos que ele existe como duração e que sua sensação é legítima. Isso parece não fazer grande diferença, mas faz. Negamos o tempo como algo puro, como fluxo, como imagem destacada da matéria, mas não o negamos como duração do mundo, como um "antes e depois", que também só aparece para um ser que "sente" (como diz Nietzsche[28]) e não por si mesmo. Heidegger diz que os gregos fizeram a pergunta sobre o ser, mas que isso os havia distanciado ainda mais desse ser, porque não percebiam o sentido da pergunta. Nessa perspectiva, o mundo lá fora aparece apenas como o espaço do *Dasein*, o lugar onde ele se desenvolve e se experimenta junto de outras "coisas", já que apenas a sua existência lhe diz respeito. Fenomenologia levada ao extre-

---

28. Sobre esse ponto, cf. Parte II, capítulo 1.

mo, é claro. O homem é o tempo, para Heidegger, mas o tempo começa e morre conosco. Também aqui trata-se de um tempo da existência, mas, nesse profundo solipsismo, o tempo se confunde ainda com a consciência (mesmo que o próprio Heidegger diga que não existe consciência[29]).

Trata-se de um solipsismo existencial, como o próprio Heidegger admitiu certa vez? Solipsismo linguístico, como dissemos acima: somos prisioneiros de nossa própria linguagem. É isso que a filosofia de Heidegger quer dizer. Nesse caso, ela eleva o homem à categoria do *Dasein*, do *ser-aí*, o único ser; mas faz disso uma ontologia vazia, pois transforma o homem no objeto de si mesmo e deseja neutralizar o mundo. Mais uma vez voltamos ao mundo... Mas que importa o mundo, dirão alguns? Só nós existimos de fato, nós criamos o mundo, nós é que lhe conferimos sentido (parece que essa é a palavra de ordem de Heidegger!). Em suma, parece que estamos encurralados em nossa própria criação... o homem é senhor absoluto, é o artista arrogante e soberbo que confunde sua obra com a grandeza do mundo. Não há limites para o homem. O homem virou Deus. Ele tudo pode, tudo deseja... "Psicose filosófica", "eu sou tudo, o mundo não é nada". Mas o nômade grita: Que-

---

29. Pode não haver o conceito de consciência à maneira nietzschiana, como uma instância que funda a moral, o bem e o mal. Mas é impossível fazer a pergunta sobre o ser ou mesmo transcender nossa própria condição sem uma ideia qualquer de consciência.

remos o mundo de volta!!! Queremos o ar puro das montanhas!!! Chega desse ar viciado, desses conceitos puros, dessa razão fria, frutos de uma interioridade adoecida e angustiada. Queremos a exterioridade, o limite de nós mesmos... o mundo que nos abarca. Se o mundo tem sentido? Que importa isso? O sentido é o próprio mundo! É a sua existência. É o seu eterno retorno.

Mas a questão principal ainda não foi respondida: qual a ligação do tempo com o eterno retorno? Segundo pensamos, o tempo está inexoravelmente ligado à vida, aos movimentos do mundo, aos corpos, a tudo o que existe. O mundo – ou melhor, o devir –, como não cansamos de dizer, é eterno, e assim cria e recria o mundo continuamente. Se são muitos mundos ou apenas um que jamais se totaliza, pouco importa. A questão é que esse é o mundo do eterno retorno, um mundo que se faz a todo instante (que nunca começou a ser e nunca chegará ao fim, pois sempre existiu e existirá, diz o próprio Nietzsche). Quando Nietzsche e Deleuze falam em retorno, eles não estão falando (como vimos) de um "Grande Ano" que faz tudo voltar, mas de uma existência que floresce a cada dia, de uma continuidade ininterrupta do mundo, ou melhor, da matéria em movimento incessante (ou das forças que compõem todas as coisas). É assim que encaramos o eterno retorno: como retorno do devir, da diferença, mas também como retorno de uma matéria que é movimento e princípio do mundo. Único princípio. Sim... trata-se de um monismo material: só isso pode libertar o eterno retorno de Nietzsche e de Deleuze de qualquer aprisionamento metafísico. Aliás, só isso pode libertar a filosofia de qualquer resquício do mundo mágico-religioso e de suas formas puras e substâncias espirituais.

Em poucas palavras, para nós, é impossível tratar do tempo sem nos remeter à matéria e, consequentemente, ao devir. Aliás, é o movimento incessante das coisas (e não o tempo) que é a "essência" do mundo. E, a não ser que façamos desses conceitos sinônimos, precisamos – de uma vez por todas – discerni-los. É fato, como já vimos, que o tempo é mais um fenômeno vivido do que um objeto dos nossos sentidos e de nosso conhecimento; daí por que ele é tomado e compreendido de múltiplas formas e, mesmo hoje, não existe um consenso sobre a sua natureza (nem mesmo na ciência). Poderíamos dizer, como mostra Marcelo Gleiser, que o nosso bom-senso não nos ajuda muito quando o assunto é a física mais elementar, já que a maior parte daquilo que vemos e sentimos não se aplica ao comportamento da matéria num nível mais microscópico. Citando Einstein, ele diz: "Bom-senso é o conjunto de todos os preconceitos que adquirimos durante os primeiros dezoito anos de vida"[30]. Seja como for, não se trata apenas de uma ruptura com os preconceitos (como, aliás, dissemos acima,

---

30. Marcelo Gleiser, *A dança do universo*, p. 252.

quando mencionamos Bachelard e nossos *parti pris*). Trata-se também de uma esfera de conceituação que a ciência não domina e que tende também a produzir diversos contrassensos. No caso do tempo, a discussão tende a se polarizar, e, assim, de um lado, temos os defensores de um tempo real, cósmico, ontológico, e, de outro, os que afirmam o seu caráter puramente humano e subjetivo. Há também, é claro, aqueles que tentam compatibilizar esses dois aspectos. Mas, para nós, isso prova apenas o caráter paradoxal do tempo, que numa certa medida existe, mas também não existe, ou melhor, existe como efeito, mas não como ser.

Segundo pensamos e defendemos, não existe nada fora da matéria. O que está no mundo é matéria, mesmo que seja num nível mais elementar. Eis por que afirmar que o tempo existe nele mesmo, como um fenômeno virtual ou imaterial, é fazer dele um desses fantasmas metafísicos. Mesmo que se pudesse defini-lo como um fluxo puro, como o próprio movimento em si, a pergunta seria: o que é um movimento puro? O que é o movimento em si? Como dizer que tudo está em movimento sem que nada seja posto em movimento? Quando os defensores do devir universal dizem que tudo está em movimento, é de se supor (a não ser nas mais frias abstrações da razão) que "alguma coisa" se movimenta. No caso de Bergson, que faz o tempo confundir-se com o próprio *élan* vital (essa espécie de princípio imaterial que percorre a matéria e a tira de seu estado de inércia), o dualismo resolve bem a questão. Para ele, é o *élan* que põe a matéria em movimento. Mas o *élan* não é da mesma natureza da matéria, que – em sua essência – seria absolutamente inerte. Sem dúvida, a ideia do *élan* vital, de um princípio de movimento ou princípio vivificador, explicaria bem o movimento do próprio vivo. Mas tomar esse princípio como algo à parte da matéria, como existindo por si, é por demais metafísico. Levando em conta o fato de que mesmo uma rocha, em seu nível profundo, é matéria em movimento (átomos, elétrons, prótons...), somos tentados a concluir que o movimento é inerente à matéria, é uma espécie de "atributo" dela. Para nós, *não existe matéria sem movimento, assim como também não existe movimento sem matéria.*

Mas, enfim, o que é a matéria? Como defini-la sem cair de novo nas ideias de identidade e de mesmo? O próprio Nietzsche chama a atenção para os perigos do atomismo e, nesse sentido, conclui ser mais adequado usar os conceitos de força e de vontade de potência para explicar a plasticidade do mundo. Mas também essas forças, é preciso deixar claro, devem ser tidas como eternas, como elementos genealógicos, pois também – para ele – não existe uma criação *ex nihil*. "O mundo das forças não sofre diminuição", diz o próprio Nietzsche[31]. Ele não se altera. Em outras

---

31. Sobre esse ponto, cf. Nietzsche, Fragmento 11 [148] (edição Colli--Montinari).

palavras, só há uma maneira de definir a matéria sem ser capturado pela metafísica: a matéria é aquilo que existe e do qual tudo é feito, sem exceção. O mundo é matéria. A vida é matéria. Monismo absoluto. Filosofia imanente levada ao extremo. Não há dualismo, a não ser de modo secundário. Explicando melhor: o que não é matéria ou não existe ou é efeito dela, do seu jogo contínuo consigo mesma.

Sim... apesar das "recomendações" de Nietzsche, preferimos correr o risco de pensar algo próximo dos atomistas (e também de Epicuro e de Lucrécio), pois – para nós – há bastante sentido na ideia dos elementos materiais. Na verdade, como Lucrécio, não acreditamos (tanto quanto Espinosa também não acreditava) que do nada possa vir alguma coisa, ou seja, que o mundo possa nascer do nada. Em linguagem filosófica mais pura: não acreditamos que o ser venha do não ser, que do vazio venha a matéria. É preciso que na "origem" alguma coisa persista e é essa "coisa" que chamamos de "essência" ou estofo do mundo. Nietzsche prefere chamar de forças; nós preferimos manter a ideia das partículas elementares, exatamente porque num grau infinitamente pequeno elas não diferem das forças ou do que se chama de energia. Aliás, é aqui, segundo pensamos, que reside o verdadeiro perigo de qualquer pensamento que depare com a questão da origem das coisas e do mundo: costuma-se confundir esse estado de sutileza da matéria, esse estado etéreo, próximo do "nada", com algo espiritual ou, simplesmente, imaterial. É aqui que as palavras de Bachelard ganham pleno sentido: "a matéria é energia e [...] reciprocamente a energia é matéria"[32].

Mesmo quando se alega hoje que a matéria, vista em profundidade, parece feita mais de vazio do que de partes "sólidas" (estamos nos referindo aos átomos), também não sabemos quanto isso reflete a realidade, pois não temos meios de apreender essa matéria mais sutil, mais diminuta. Como sabemos, a própria física de partículas[33] continua em busca desse primeiro elemento indivisível da matéria, pois o que a ciência batizou com o nome de átomo (que, como já dissemos, em grego, significa indivisível) era ainda divisível.

É claro que, vista num nível muito profundo, a matéria parece desfazer-se diante de nossos olhos, o que "justifica" até certo ponto a hipótese equivocada de que na origem está mesmo o imaterial. De fato, sob certos aspectos, pode-se dizer que tanto faz se na origem estão as forças, a energia ou os "átomos" (que preferimos chamar de matéria em estado livre ou de matéria sutil), desde que exista algo que devém desde sempre e eternamente. Talvez, num nível bem elementar, a matéria seja mesmo energia ou simplesmente forças em embate consigo mesmas, se não entendermos por

---

32. Cf. Bachelard, *O novo espírito científico*, p. 63.
33. A física de partículas é um dos ramos da física (faz parte da teoria quântica). Ela busca o nível mais elementar da matéria e da natureza, ou seja, as partículas elementares, a porção indivisível da matéria.

isso algo diverso da própria matéria (ou seja, sem estabelecer aí um dualismo de base, de princípio). Os metafísicos e religiosos não se enganam quando "enxergam" um certo dualismo: essa matéria sutil, o que chamamos de devir, movimento puro, opõe-se superficialmente ao corpo, mas não em profundidade. Todo corpo é um composto dessas forças ou elementos, mas o campo de forças coexiste com os corpos sem que eles sejam materialmente diversos. É aqui que os conceitos de virtual e atual começam a fazer sentido, mas num quadro bem distante da perspectiva aristotélica e escolástica de matéria e forma.

Voltando a Gleiser, ele chama a atenção para algumas "consequências estranhas da nova física", e uma delas é exatamente o fato de que "não podemos determinar se os constituintes fundamentais da matéria são ondas ou partículas, a famosa dualidade *onda-partícula*"[34]. Sim... de fato, voltamos à questão da dualidade, mas apenas na aparência, pois – segundo pensamos – independente de se entender a matéria como onda (energia), força ou partícula, trata-se de um só princípio. Sobre essa questão, o médico e cientista natural Wilhelm Reich foi um dos primeiros a elaborar uma teoria sobre a origem energética da matéria (não vendo aí também dois princípios distintos, mas apenas um)[35]. Suas ideias acabaram caindo em descrédito, em função de

---
34. Marcelo Gleiser, op. cit., p. 251.
35. Sobre esse ponto, recomendamos Reich, *O éter, Deus e o Diabo*.

sua visão mais vitalista, dinâmica e funcional da matéria e dos corpos. É claro que é visível a influência da noção bergsoniana de *élan* vital na obra de Reich, mas não mais do que a que vemos em Prigogine.

É evidente que uma nova maneira de encarar a matéria levaria a mudanças radicais em todos os âmbitos, inclusive na maneira como entendemos o corpo e a doença. Foi aí que Reich encontrou seus maiores desafetos. Admirador de Bergson e Nietzsche, o discípulo rebelde de Freud defendia que os pré-socráticos só conseguiram chegar bem perto de uma concepção de energia que permeia o mundo (chamada de éter por alguns) por terem uma visão funcional da realidade (visão que se contrapõe à perspectiva estática do materialismo mecanicista). Para Reich, "tanto o mecanicista quanto o místico se situam dentro dos limites e leis conceituais de uma civilização que é governada por uma combinação contraditória e assassina de máquinas e deuses"[36].

Resumindo: a matéria é, essencialmente, movimento. É isso que quer dizer "tudo é devir". Deleuze, em um brilhante artigo sobre Espinosa[37], mostra que o filósofo holandês define o corpo, por menor que ele seja, como composto por uma infinidade de partículas. Na verdade, são as "relações de repouso e movimento, de velocidade e lentidão" que definem o corpo (bem como o poder que ele tem de afetar e de ser afe-

---

36. Ibid., p. 11.
37. Cf. Deleuze, "Espinosa e nós", in *Espinosa, filosofia prática*.

tado por outros corpos). Na essência, um corpo é movimento e lentidão de partículas. É assim também que o entendemos. Se existe algum dualismo – e existem vários – eles são secundários e não dizem respeito à "essência" das coisas. Forma e matéria, por exemplo... Não existe uma forma em si. Existe uma matéria que se organiza de uma maneira específica e, por alguma razão, inventou para si mesma uma memória que permite repetir essa "ordenação". Podíamos recorrer aqui à biologia e entender o DNA como essa "memória material", que – no entanto – embora existindo mais como uma virtualidade do que como um corpo, é ainda matéria.

Outro dualismo aceitável é o dos corpos e da energia, é assim que vemos o mundo, tal como já dizia Bergson. É claro que, sob certos aspectos, a energia parece mesmo se opor à matéria, mas não se trata de um outro elemento, e sim do próprio elemento em níveis incalculavelmente diminutos. Diferença de grau e não de natureza. Ninguém nega a existência da energia (nem a ciência) e, sem dúvida, ela está na base da composição do vivo, como de tudo o mais. No entanto, entendemos isso como parte do mesmo jogo material que faz nascer e morrer todas as coisas. Na Antiguidade, acreditava-se que tudo estava imerso no éter (e até bem pouco tempo a ciência ainda aceitava tal hipótese). Hoje, a ciência fala de uma antimatéria que estaria em todo o universo. Conceitos... O que importa é que, ao que tudo indica, o jogo do eterno retorno nada mais é do que esse jogo eterno de Zeus ou de um Deus que se confunde com a própria matéria. Espinosismo levado às últimas consequências. *Deus sive Natura*.

Em suma, nada mais há do que o embate da matéria consigo mesma, os campos energéticos e as forças são partes desse movimento vertiginoso de uma matéria sutil que, afinal, coexiste, já que é eterna com os corpos. Eis por que, repetimos, os metafísicos estão certos em pensar que não existem só os corpos ou só a matéria nesse estado mais "bruto" ou impenetrável. Porém, dar a essa esfera sutil da matéria um ser à parte, fazer dela um outro princípio é o começo de toda a confusão. Por fim, a matéria está sempre em movimento, em choque contínuo; ora ela cria corpos, ora ela os dissipa; por afinidade, as partículas se reúnem, mas também se repelem. O vivo pode possuir, de fato, uma carga energética maior do que uma pedra, mas – no fundo – somos todos feitos da mesma "matéria". Bergson fala de uma evolução no seio do próprio mundo, algo que permite o aparecimento do vivo. Certamente, o vivo é algo de surpreendente, embora o próprio Bergson não veja isso como um milagre, mas como uma consequência natural do *élan* vital. Milagre talvez não seja mesmo o aparecimento do vivo, mas a sua permanência[38], qualquer que seja ela, num

---

38. Jacques Monod diz que o que há de mais incrível no mundo não é o devir, mas a permanência. O mundo não é só acaso, mas acaso e necessidade, ordem e caos, composição e decomposição. Eis por que um

mundo que é puro devir. Esse é, afinal, o jogo das forças, do devir, da matéria em movimento, do eterno retorno.

Voltando à raiz dos conceitos, ainda que a ontologia tenha sido quase sempre sinônimo de "metafísica geral", podemos dizer que, fora da transcendência, o próprio conceito de ser ganha um novo sentido. Para nós, a matéria é o único ser real (por mais teorias que possam existir sobre ela). Assim, se existe algo eterno, esse algo é a matéria. E, se existe uma ontologia, é uma ontologia da matéria. Ontologia do devir. Ontologia da diferença.

Que fique claro que dizer que a matéria é o único princípio não é o mesmo que dizer que só existe um elemento para todas as coisas. Não voltamos à tese parmenídica. A matéria é múltipla ou, melhor dizendo, o que chamamos de matéria é essa multiplicidade de elementos, de partículas primordiais (de forças ou singularidades pré-individuais). O Uno é Múltiplo, já dizia Nietzsche a respeito de Heráclito e também de sua própria concepção do mundo[39].

Voltando à questão do tempo, durar, nesse sentido, quer dizer estar no mundo, junto com outros seres e, assim, fazer parte de um todo maior (que nunca se totaliza). É es-

---

homem não vira um cachorro ou um gato. A questão das "formas" é um tema bastante interessante, mesmo para a biologia, que, trabalhando com o DNA, não consegue entender como nem por que a matéria se organiza dessa maneira e se mantém assim durante milhares de anos. Um bom objeto de trabalho, sem dúvida. Cf. Jacques Monod, *O acaso e a necessidade*.

39. Cf. Nietzsche, *A filosofia na idade trágica dos gregos*.

tar mergulhado na duração do próprio mundo e da natureza (nesse caso, Bergson está certo, pois o universo sobrevive a nós, mas nós não sobrevivemos ao universo).

Se a questão da matéria é tão importante para nós, é porque não podemos pensar o tempo sem associá-lo a algum evento no mundo e menos ainda sem espacializá-lo, exatamente porque não existem forças puras, movimentos puros. Como já deixamos mais do que claro, é a ideia de um tempo puro que é impensável. Guyau diz em seu poema: "Eles não percebem a longa linha branca/ da estrada fugindo diante deles, atrás deles". Ele se refere ao gado, que segue olhando sempre para frente; refere-se à natureza que não sofre continuamente pelo que passou nem espera o futuro com angústia e apreensão. O tempo, para eles, não existe, pelo menos não como linha reta ou como ideia clara. O homem, ao contrário, sente-se durar, olha a longa linha branca... Ele olha para trás, vê o passado esmaecendo; tenta em vão guardar todos os momentos... mas eles acabam se perdendo como "lágrimas na chuva". Guyau diz, com palavras diferentes, que algo permanece vivo enquanto está na memória e também que não se deve dizer, de um afeto perdido, "eu o amei", mas "eu o amo", porque *o tempo dos afetos é sempre presente*. Sim... é o que pensamos.

Sim... o tempo produz no homem uma marca profunda, ele é essa marca. O homem o sente, como dissemos em nossa introdução, ora como amigo, ora como inimigo, mas o tempo é um pouco parte de nós mesmos, é inseparável de nossa condição de vivos e da matéria em movimento. Tudo tem princípio e fim, menos a própria matéria. O homem é, num certo sentido – e nisso concordamos com Heidegger –, uma temporalidade viva, porque o tempo o afeta diretamente; ele tem consciência da sua passagem, ele conhece o destino de todos os seres, que é estar aqui uma só e derradeira vez. Mas isso também implica fazer parte de algo maior (eis o que explica um pouco do sentimento religioso que faz o homem se sentir parte da eternidade), de um destino que não é o seu, mas o do mundo inteiro, do qual ele é apenas uma ínfima parte.

É na carne, portanto, que sentimos o tempo. Quem amou algum dia, quem viu nascer ou morrer um afeto profundo, humano ou não, sentiu a força do tempo, mas não de um tempo externo, de um Saturno implacável. Sentiu a força de um tempo que é "existência", que é "vivo", que não é meu ou de outrem, mas do mundo, inerente ao grande jogo de "Zeus", que brinca de fazer e desfazer as coisas, mas que – no fundo – é sempre apenas a matéria em movimento.

Enfim, acabamos desembocando em Espinosa... De fato, como vimos antes, Deleuze apresenta a filosofia de Espinosa como o segundo momento de elaboração de um ser unívoco. Trata-se, realmente, de uma filosofia absolutamente imanente, sem qualquer transcendência (ou melhor, sem qualquer dualismo). Só existe uma substância em

Espinosa e essa substância chama-se Deus. Deus é a substância única. Deus é matéria. Não há nada além de Deus, tudo são modos ou atributos dessa matéria. A própria matéria é o princípio vivificador, diríamos assim. Deus é a pura potência criadora, que cria sem cessar e sem vontade própria. Cria como expressão de sua própria natureza. Em poucas palavras: talvez não se trate aqui de uma metafísica, mas – como diz Deleuze – da mais pura e verdadeira ontologia[40].

Pois bem, é exatamente o monismo material que garante ou explica, em profundidade, a realidade do eterno retorno como "retorno da diferença". Primeiramente, a matéria é eterna (ou as forças, nas palavras de Nietzsche). E aqui diferenciamos matéria de corpo. A matéria é aquilo que existe em estado livre, os primeiros elementos; o corpo é o que existe como composição, como um composto desses elementos. Preferimos dizer, diferentemente de Epicuro, que tudo é matéria (e não que tudo é corpo). Não existe anterioridade absoluta, já que ambos coexistem no mundo: os corpos e os "incorporais" (como diriam os estoicos). Em suma, a matéria é eterna, mas os corpos são efêmeros... Assim, o tempo como sucessão (presente, passado e futuro) emerge com os corpos. O tempo é um *continuum* – como diz Deleuze, a respeito de Nietzsche – que se estende infinita-

---

40. Deleuze, *Spinoza* (curso ministrado em Vincennes, disponível em <www.webdeleuze.com>).

mente "para trás e para frente", mas não existe separado do próprio mundo no pensamento do eterno retorno.

Eis que fica ainda mais clara a nossa ideia de tempo como duração da matéria. "Durar", para nós, está ligado à existência dos corpos, pura e simplesmente. Também os movimentos têm uma duração, uma vez que eles estão associados aos corpos. Nesse caso, como já dissemos, a duração é um *continuum*, mas esse *continuum* diz respeito à vida dos corpos, à sua continuidade no mundo. Permanecer, nesse caso, é a chave para a compreensão do tempo, ainda que essa permanência seja a da própria mudança, a do devir, pois é assim que existimos. Nunca permanecemos os mesmos, nem as coisas fora de nós, pois é próprio da matéria o movimento. É isso que quer dizer não poder mergulhar duas vezes no mesmo rio...

É claro, portanto, que não é o tempo que se repete no eterno retorno... É o devir que retorna, mas não ao fim de um "Grande Ano". Ele retorna incessantemente, criando e recriando todas as coisas continuamente. Não é num futuro distante que as coisas se "repetem". É no próprio presente da existência (com a sua economia do espaço, como diria Lucrécio) que tudo se dá inteiramente. Os dados são jogados uma só vez e de uma vez por todas. O jogo do eterno retorno é o jogo do devir da matéria.

Não existem espaço e tempo separadamente... também não existe um tempo que corre sempre igual, matemático e abstrato. Retornar, portanto, não diz respeito ao tempo, mas à matéria que no seu limite se "renova", se "rearranja", se compõe de novas maneiras. Uma mesma matéria, mas infinita em possibilidades. Enfim, tudo se agrega e se desagrega segundo uma duração determinada.

Em suma, para nós, em última instância, dizer que nada retorna, apenas o devir, a diferença, é o mesmo que dizer que o que retorna é apenas o jogo da matéria (ou o jogo da diferença, como diz Deleuze), a própria matéria como jogo e devir. Quer chamemos isso de átomos, de singularidades pré-individuais ou de forças, a verdade é que o tempo não intervém nesse retorno, simplesmente porque o tempo não é ativo, ele não é um ser ou um ente. E também ele não é uma força pura nem um quadro abstrato onde as coisas se dão. O tempo, como duração do mundo ou da própria matéria em movimento, não tem nenhum aspecto criador, como pensa Prigogine. Ele não é um deus cruel que intervém em nossas vidas. Ele está mais para um relógio interno que se confunde com as batidas do nosso coração.

Eis, portanto, o que significa durar. Efemeridade e evanescência: é isso que quer dizer o tempo para os corpos. Cada ser é um suspiro da eternidade, uma breve permanência no devir infinito da matéria em movimento. Cada ser é único e insubstituível. Não retorna jamais. Uma só e derradeira vez! Isso é viver! Eis por que é preciso viver para valer! Mas, no que diz respeito à matéria, tudo existe para sempre e no eterno jogo do "eterno retorno". Existência não é consciência. Existência é permanência. E só o que permanece eternamente é a matéria em movimento, é o devir. Ela é a vida, ela é Deus, ela é a eternidade. Ela é pura vontade de potência. Deus ou Natureza.

Apesar da aparência, não se trata de uma afirmação metafísica. Mas isso é uma outra tese...

Conclusão

> *Doravante, o crime mais odioso é blasfemar contra a terra e dar maior apreço às entranhas do insondável do que ao sentido da terra...*
> (Nietzsche)

Sabemos quanto é difícil distinguir a ontologia da metafísica, mesmo porque – há séculos – tais noções são usadas indistintamente como sinônimos de um saber que transcende os sentidos, ou seja, de um saber impalpável, abstrato, irreal. No entanto, levando em conta os esforços de Heidegger (que pretendia erigir uma ontologia completamente liberta da metafísica, recuperando, com isso, o frescor dos primeiros filósofos gregos) e também a própria ideia de "univocidade do ser" de Deleuze, concluímos que a única maneira de atingir essa meta é eliminando por completo qualquer relação do *ser* com as ideias de imobilidade, imutabilidade e transcendência. A ontologia, nesse caso, não seria outra coisa que a "ciência do ser", mas de um ser que é entendido como devir, como imanência pura ou, mais propriamente, como "aquilo que existe" (e, nesse sentido, se confunde com o próprio mundo). O ser é o que é, o que existe. E existir é estar no mundo, é fazer parte dele, é ser o próprio mundo. Eis como se reverte o pensamento de Parmênides e como é derrubada a ideia do ser como forma ou Ideia pura.

De fato, o conceito de ser está tão obscurecido pelas brumas da metafísica que qualquer filósofo que o mencione corre o risco de ser acusado de metafísico. Mas, segundo pensamos, a metafísica se define mais pelo dualismo – corpo-alma, matéria-espírito etc. – do que pela noção de ser. Sobre esse ponto, Deleuze afirma que:

> Com efeito, o desigual, o diferente é a verdadeira razão do eterno retorno. É porque nada é igual e nem o mesmo, que "isso" torna a voltar. Em outros termos, o eterno retorno se diz somente do devir, do múltiplo. Ele é a lei de um mundo sem ser, sem unidade, sem identidade.[1]

É claro que há lógica em dizer que o mundo do devir se opõe ao do ser (pois é da essência do primeiro mudar incessantemente e nunca ser algo em absoluto), mas isso é verdade apenas para uma esfera metafísica que os distingue, que entende o ser como algo dado, imutável, imóvel. Se to-

---

1. Deleuze, *A ilha deserta e outros textos*.

mamos o ser como devir, como mudança, e se não existe realmente transcendência, não há por que continuar pensando o devir como oposto ao ser formal e abstrato (que não existe). O ser, numa ontologia autêntica, não pode ser nada além da própria matéria em movimento, ou seja, nada além do devir. Talvez, unidade, identidade e ser sejam mesmo conceitos propriamente metafísicos, mas não porque sejam metafísicos em si mesmos, e sim porque servem bem à ideia de um mundo cindido, um mundo dualista (assim, a identidade se aplica à forma, ao espírito, enquanto o não ser, o caos, se aplica à matéria). Num mundo monista, cujo princípio único seja a matéria, tais conceitos perdem completamente o sentido que lhes é comumente dado.

Quando filósofos como Heráclito, Lucrécio, Nietzsche ou Deleuze falam do *ser*, eles estão longe do universo da metafísica, ainda que tratem de algo que também extrapola a percepção imediata (mundo como "vontade de potência", "matéria e forças" ou "singularidades pré-individuais"). Quando Tales afirmava que tudo era água, ele também estava evidentemente ultrapassando os dados sensíveis, mas nem por isso estava fazendo metafísica. Em outros termos, tratar de um mundo cujas formas são precárias e provisórias (embora tenazes em nossa percepção) é falar de um mundo imanente, sempre em movimento, cujo ser imóvel (que se mantém sempre o mesmo) é apenas uma ficção criada pela razão. É assim que podemos dizer que o ser só existe como "diferença pura". Um ser cuja estabilidade não passa de uma mera aparência, de um frágil disfarce, que se desvanece diante de qualquer tentativa vã de aprisioná-lo e de defini-lo.

Num mundo onde não existem seres em si – a não ser o próprio mundo, a matéria em movimento, pulsante e (num certo sentido) viva – o tempo é inseparável do próprio ser, de cada corpo, de cada coisa que existe no mundo e do próprio mundo. É isso que quer dizer o tempo da existência, o tempo como duração da matéria e da vida. Todo ser é tempo, mas não se trata de um caminho para o nada, como pensava Schopenhauer (ou, num certo sentido, sim, mas porque temos dificuldade de aceitar nossa própria finitude como indivíduos), porque, de um outro ponto de vista, apenas voltamos ao mundo e ao eterno jogo da matéria.

Sobre o tempo, a sensação que temos é que começamos com "muito" e, aos poucos, vamos perdendo. Nesse sentido, não é o tempo que passa, nós é que vamos "murchando". Eis uma boa descrição da velhice ou, mais ainda, do niilismo, esse "grande cansaço" que faz o homem ir morrendo em vida (enquanto haveria ainda tanto tempo para viver e para saborear a existência). O tempo não existe em si. Ele é inseparável da vida. É a vida que passa, que vai se esvaindo à medida que é vivida (e não o tempo em si mesmo). Se algo é eterno é a própria vida da matéria, o seu movimento contínuo, que se revela na sua criação perpétua, no jogo do mundo. Por isso, trata-se de um tempo trágico, o tempo da existência. E é por isso que só podem realmente experimentar o tempo "real" aqueles que estão verdadeiramente mergulhados na vida, ligados a ela, aqueles que não conhecem subterfúgios, que não a trocam por ilusões e quimeras. A percepção desse tempo pode ser dolorosa, mas também nos liberta, pois nos faz viver plenamente cada segundo, experimentando cada momento com intensidade. No fundo, somos mesmo eternos – e foi o que Nietzsche percebeu –, mas apenas quando fazemos do próprio instante a eternidade vivida, quando aprendemos que nada se compara a estar plenamente vivo. No fundo, eterno é tudo o que existe, é o próprio mundo em suas metamorfoses contínuas. O mundo é dionisíaco e a matéria é aquilo com o que "Dioniso" cria e recria as formas que são seus próprios disfarces.

Estamos, portanto, diante de uma matéria que é puro movimento, que é devir. Nesse sentido, ela traz em si mesma o princípio de criação de todas as coisas. É assim que ela é: a própria Vida ou o *Deus sive Natura*, como dissemos. A matéria extrai de si mesma o mundo, e seu movimento faz o eterno jogo de luz e sombra, do nascer e morrer, do aparecer e desaparecer de todas as coisas. É preciso religar o homem ao mundo, à natureza, à vida que ele tanto insiste em rejeitar e na qual só se vê como um estrangeiro e um expatriado porque ergueu para si o sonho de uma eternidade metafísica, como permanência da consciência para além do corpo. Embora cada ser seja único e insubstituível, inefável, intangível enquanto singularidade, ele é parte do mundo e, como tal, é também criador e criatura. Homens, animais, seres inanimados, a diferença é apenas uma diferença de grau e não de natureza. Cada coisa existe à sua maneira e de um modo provisório. *Deus sive Natura* significa criação contínua e ininterrupta da própria existência, significa *élan* vital, mas apenas se esse *élan* se confunde com a própria matéria em movimento, matéria-energia, matéria intensiva.

A vida é um sonho que se tem de olhos abertos, pois é assim que nos vemos como verdadeiramente somos: parte do mundo, de um mundo que é vontade de potência, de um mundo dionisíaco, onde toda solidez é apenas uma ilusão e onde a transitoriedade não exclui o ser, mas é o próprio ser. O devir como movimento incessante da matéria. O eterno retorno como o ser do devir. Os sonolentos e dorminhocos confundem o tempo com um tirano, mas são eles próprios os tiranos de suas existências, pois desperdiçam o grande tesouro que possuem: o tempo de suas próprias vidas. E, assim, procurando ao longe um meio para serem felizes, não sabem que é quando somos senhores de nós mesmos que também somos senhores do tempo.

Referências bibliográficas

ABBAGNANO, Nicola. *Dicionário de filosofia*. São Paulo, Mestre Jou, 1982.

AGOSTINHO, Santo. *Confissões*. Porto, Apostolado da Imprensa, 1966.

ARISTÓTELES. *De la génération et de la corruption*. Paris, J. Vrin, 1989.

_____. *La métaphysique*. J. Tricot (ed.). Paris, Vrin, 1986.

_____. *Physique d'Aristote, ou Leçons sur les principes généraux de la nature*. J. Barthélemy-Saint-Hilaire (ed.). Paris, A. Durand/Ladrange, 1862.

ATTALI, Jacques. *Histoire du temps*. Paris, Fayard, 1982.

AUBENQUE, Pierre (ed.) *Concepts et catègories dans la pensée antique*. Paris, J. Vrin, 1980.

_____. *El problema del ser en Aristóteles*. Madri, Taurus, [19-].

BACHELARD, Gaston. *A dialética da duração*. São Paulo, Ática, 1988.

_____. *Ensaio sobre o conhecimento aproximado*. Rio de Janeiro, Contraponto, 2004.

_____. *L'intuition de l'instant*. Paris, Stock, 1992.

BEAUREGARD, O. Costa de. *Le temps des physiciens: la notion de temps, le second principe de la science du temps*. Paris, Aubin, 1996.

BERGSON, Henri. *Durée et simultanéité*. Paris, PUF, 1972.

_____. *Essai sur les données immédiates de la conscience*. Paris, PUF, 1988.

_____. *L'énergie spirituelle*. Paris, PUF, 1985.

_____. *La pensée et le mouvant*. Paris, PUF, 1993.

_____. *Matéria e memória*. São Paulo, Martins Fontes, 1990.

BOSSERT, Adolphe. *Essais sur la littérature allemande*. 1ª série. Paris, Hachette, 1905.

BRAGUE, Rémi. *Du temps chez Platon et Aristote*. Paris, PUF, 2003.

BRÉHIER, Émile. *Histoire de la philosophie*. Paris, Félix Alcan, 1928.

_____. *La théorie des incorporels dans l'ancien stoïcisme*. Paris, Vrin, 2000.

BROCHARD, Victor. *De l'erreur*. Paris, Berger-Levrault, 1879.

BÜCHNER, Ludwig. *Force et matière: études populaires d'histoire et de philosophie naturelles*. Paris, C. Reinwald, 1869.

BURNET, John. *A aurora da filosofia grega*. Rio de Janeiro, Contraponto, 2007.

CAMUS, Albert. *O mito de Sísifo*. Rio de Janeiro, Record, 2004.

_____. *A queda*. Rio de Janeiro, Record, 1986.

CHATELET, François (ed.). *História da filosofia*. Rio de Janeiro, Zahar, 1981-1983.

CHENET, François. *Le temps*. Paris, Armand Colin, 2000.

COMMELIN, P. *Mythologie grecque et romaine*. Paris, Bordas, 1991.

CORNFORD, Francis MacDonald. *Antes e depois de Sócrates*. São Paulo, Martins Fontes, 2001.

_____. *Principium sapientiae: as origens do pensamento filosófico grego*. Lisboa, Fundação Calouste Gulbenkian, 1989.

CRAIA, Eladio Constantino Pablo. *A problemática ontológica em Gilles Deleuze*. Cascavel, Edunioeste, 2002.

CUNHA, Maria Helena Lisboa da. *Nietzsche – espírito artístico*. Londrina, Cefil, 2003.

DASTUR, Françoise. *Heidegger et la question du temps*. Paris, PUF, 1999.

DAVIES, Paul. *O enigma do tempo*. Rio de Janeiro, Ediouro, 1999.

DELEUZE, Gilles (ed.). *Bergson – Mémoire et vie*. Paris, PUF, 1957.

_____. *Le bergsonisme*. Paris, PUF, 1968.

_____. *Cinema II: a imagem tempo*. São Paulo, Brasiliense, 1990.

_____. *Diferença e repetição*. Rio de Janeiro, Graal, 1988.

_____. *Empirisme et subjectivité*. Paris, PUF, 1993.

_____. *A filosofia crítica de Kant*. Lisboa, Edições 70, 2000.

_____. *A ilha deserta e outros textos*. São Paulo, Iluminuras, 2006.

_____. *Lógica do sentido*. São Paulo, Perspectiva, 1982.

_____ & GUATTARI, Félix. *Mille Plateaux*. Paris, Minuit, 1980.

_____. *Nietzsche*. Lisboa, Edições 70, 1985.

_____. *Nietzsche e a filosofia*. Rio de Janeiro, Editora Rio, 1976.

_____. *Proust e os signos*. Rio de Janeiro, Forense Universitária, 1987.

_____. *O que é a filosofia?* Rio de Janeiro, Editora 34, 1992.

_____. *Spinoza – philosophie pratique*. Paris, Minuit, 1994.

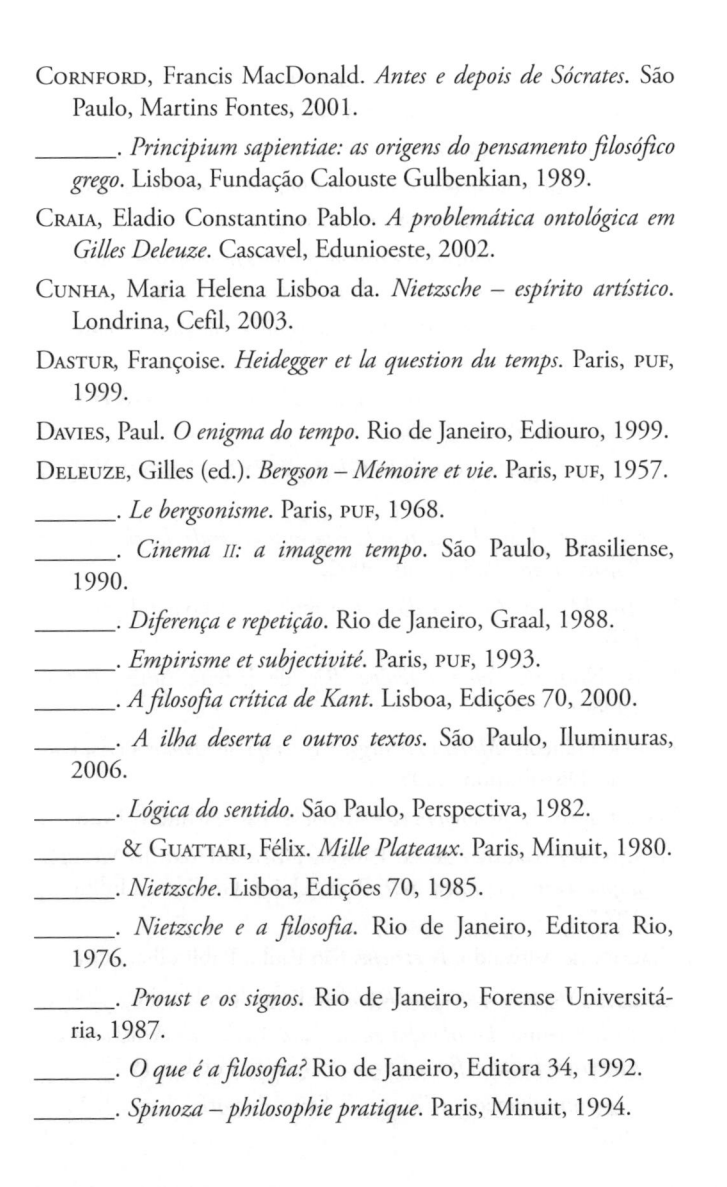

Demócrito. *L'atomisme ancien – Fragments et témoignages*. Maurice Solovine (ed.). Paris, Pocket, 1993.

Dodds, E. R. *Os gregos e o irracional*. Lisboa, Gradiva, 1988.

Dubois, Jacques Marcel. *Le temps et l'instant selon Aristote (Physic. IV, 10-14)*. Paris, Desclée/De Brouwer, 1967.

Duhem, Pierre. *Le système du monde: histoire des doctrines cosmologiques de Platon à Copernic*. Paris, Hermann, 1988.

Dupréel, Eugène. *Les sophistes (Protagoras / Gorgias / Prodicus / Hippias)*. Neuchatel, Griffon, 1980.

Einstein, Albert & Infeld, Léopold. *L'évolution des idées en physique*. Paris, Payot, 1978.

_____. *La signification de la Relativité*. Paris, Gauthier-Villars, 1960.

Eisenstaedt, Jean. *Einstein et la relativité générale: les chemins de l'espace-temps*. Paris, CNRS, 2002.

Eliade, Mircea. *O mito do eterno retorno*. Lisboa, Edições 70, 1985.

Elias, Norbert. *Sobre o tempo*. Rio de Janeiro, Jorge Zahar, 1998.

Fédier, François. *Martin Heidegger: le temps, le monde*. Paris, Lettrage Distribution, 2005.

Fink, Eugen. *La philosophie de Nietzsche*. Paris, Minuit, 1986.

Gandillac, Maurice de & Pautrat, Bernard (eds.). *Nietzsche aujourd'hui? (1: Intensités)*. Paris, Union Générale d'Éditions, 1973.

Giacoia Jr., Oswaldo. *Nietzsche*. São Paulo, Publifolha, 2000.

_____. *Nietzsche como psicólogo*. São Leopoldo, Unisinos, 2001.

Gilson, Étienne. *La filosofia en la Edad Media: desde los orígenes patrísticos hasta el fin del siglo XIV*. Madri, Gredos, 1985.

_____. *Introduction à l'étude de Saint Augustin*. Paris, J. Vrin, 1987.

_____. *Jean Duns Scot*. Paris, J. Vrin, 1952.

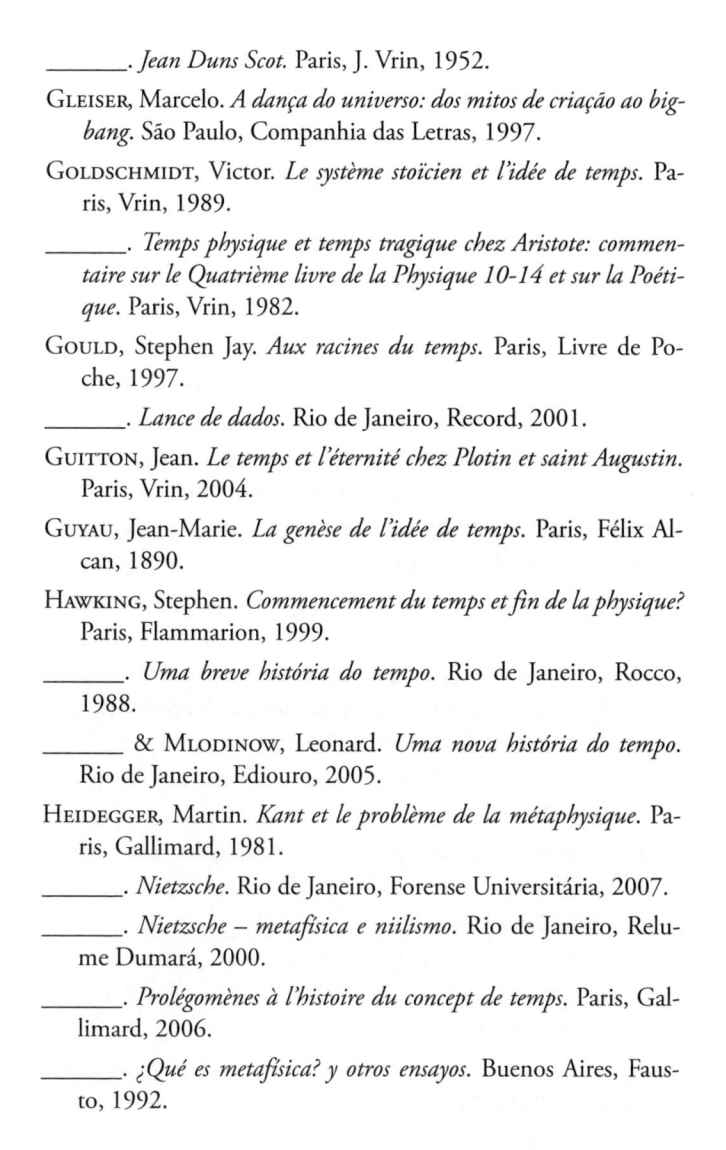

GLEISER, Marcelo. *A dança do universo: dos mitos de criação ao bigbang*. São Paulo, Companhia das Letras, 1997.

GOLDSCHMIDT, Victor. *Le système stoïcien et l'idée de temps*. Paris, Vrin, 1989.

_____. *Temps physique et temps tragique chez Aristote: commentaire sur le Quatrième livre de la Physique 10-14 et sur la Poétique*. Paris, Vrin, 1982.

GOULD, Stephen Jay. *Aux racines du temps*. Paris, Livre de Poche, 1997.

_____. *Lance de dados*. Rio de Janeiro, Record, 2001.

GUITTON, Jean. *Le temps et l'éternité chez Plotin et saint Augustin*. Paris, Vrin, 2004.

GUYAU, Jean-Marie. *La genèse de l'idée de temps*. Paris, Félix Alcan, 1890.

HAWKING, Stephen. *Commencement du temps et fin de la physique?* Paris, Flammarion, 1999.

_____. *Uma breve história do tempo*. Rio de Janeiro, Rocco, 1988.

_____ & MLODINOW, Leonard. *Uma nova história do tempo*. Rio de Janeiro, Ediouro, 2005.

HEIDEGGER, Martin. *Kant et le problème de la métaphysique*. Paris, Gallimard, 1981.

_____. *Nietzsche*. Rio de Janeiro, Forense Universitária, 2007.

_____. *Nietzsche – metafísica e niilismo*. Rio de Janeiro, Relume Dumará, 2000.

_____. *Prolégomènes à l'histoire du concept de temps*. Paris, Gallimard, 2006.

_____. *¿Qué es metafísica? y otros ensayos*. Buenos Aires, Fausto, 1992.

_____. *Ser y tiempo*. Trad. Jorge Eduardo Rivera. Madri, Trotta, 2003.

HUME, David. *Investigações sobre o entendimento humano e sobre os princípios da moral*. São Paulo, UNESP, 2004.

HUSSERL, Edmund. *Leçons pour une phénoménologie de la conscience intime du temps*. Paris, PUF, 2002.

JACOB, André (ed.). *Encyclopédie philosophique universelle*. Volume 1: *L'univers philosophique*. Volume 2: *Les notions philosophiques* (Partes 1 e 2). Paris, PUF, 1989.

JACOB, François. *O jogo dos possíveis*. Lisboa, Gradiva, 1989.

JANKÉLEVITCH, Vladimir. *Henri Bergson*. Paris, PUF, 1989.

JAQUET, Chantal. *Sub specie aeternitatis: étude des concepts de temps, durée et éternité chez Spinoza*. Paris, Kimé, 1998.

KANT, Immanuel. *Crítica da razão pura*. Lisboa, Fundação Calouste Gulbenkian, 2001.

_____. *La critique de la raison pure*. J. Tissot (ed.). Paris, Ladrange, 1845.

KAPLAN, Francis. *L'irréalité du temps et de l'espace: réflexions philosophiques sur ce que nous disent la science et la psychologie sur le temps et l'espace*. Paris, Cerf, 2004.

KIERKEGAARD, Sören. *L'eternité dans le temps*. Paris, Bergers & Mages, 2006.

KLEIN, Étienne. *Les tactiques de Chronos*. Paris, Flammarion, 2003.

_____. *Le temps*. Paris, Flammarion, 1995.

_____. *Le temps existe-t-il?* Paris, Le Pommier, 2002.

KLOSSOWSKI, Pierre. *Nietzsche et le cercle vicieux*. Paris, Mercure de France, 1991.

KOJÈVE, Alexandre. *Essai d'une histoire raisonnée de la philosophie païenne*. Paris, Gallimard, 1997.

_____. *L'idée du déterminisme dans la physique classique et dans la physique contemporaine*. Paris, Générale Française, 1990.

Koyré, Alexandre. *Do mundo fechado ao universo infinito*. Lisboa, Gradiva, [19-].

_____. *Études newtoniennes*. Paris, Gallimard, 1968.

_____. *Introducción a la lectura de Platón*. Madri, Alianza, 1966.

Laércio, Diógenes. *Vidas e doutrinas dos filósofos ilustres*. Brasília, UnB, 1988.

Lalande, André. *Vocabulaire technique et critique de la philosophie*. Paris, PUF, 1988.

Lefeuvre, Michel. *La réhabilitation du temps: Bergson et les sciences d'aujourd'hui*. Paris, L'Harmattan, 2005.

Lins, Daniel; Gadelha, Sílvio & Veras, Alexandre (eds.). *Nietzsche e Deleuze: intensidade e paixão*. Rio de Janeiro, Relume Dumará, 2000.

Lotz, Johannes B. *Martin Heidegger et Thomas d'Aquin: Homme – Temps – Être*. Paris, PUF, 1988.

Lotze, Hermann. *Métaphysique*. Paris, Firmin-Didot, 1883.

Merleau-Ponty, Maurice. *Phénoménologie de la perception*. Paris, Gallimard, 1987.

Monod, Jacques. *O acaso e a necessidade*. Petrópolis, Vozes, 1989.

Montinari, Mazzino. *La "Volonté de Puissance" n'existe pas*. Paris/Tel-Aviv, Éditions de l'Éclat, 1997.

Mora, José Ferrater. *Diccionário de filosofia*. Buenos Aires, Sudamericana, 1964.

Nietzsche, Friedrich. *Assim falou Zaratustra*. São Paulo, Círculo do Livro, [19-].

_____. *Le livre du philosophe*. Paris, Flammarion, 1991.

_____. *La naissance de la tragédie*. Paris, Gallimard, 1995.

_____. *Oeuvres philosophiques complètes*. Giorgio Colli & Mazzino Montinari (eds.). Paris, Gallimard, 1982.

_____. *Os Pensadores*. São Paulo, Abril Cultural, 1978.

_____. *La volonté de puissance*. Friedrich Würzbach (ed.). Paris, Gallimard, 1995.

_____. *La voluntad de poderio*. Madri, Edaf, 1986.

PELBART, Peter Pál. *O tempo não-reconciliado: imagens de tempo em Deleuze*. São Paulo, Perspectiva, 2007.

PENROSE, Roger & HAWKING, Stephen. *La nature de l'espace et du temps*. Paris, Gallimard, 2003.

PETERS, F. E. *Termos filosóficos gregos: um léxico histórico*. Lisboa, Fundação Calouste Gulbenkian, 1977.

PLATÃO. *Obras completas*. Madri, Aguilar, 1990.

PLOTINO. *Les ennéades*. Trad. M.-N. Bouillet. Paris, L. Hachette, 1859.

POINCARÉ, Henri. *O valor da ciência*. Rio de Janeiro, Contraponto, 1998.

PRIGOGINE, Ilya. *As leis do caos*. São Paulo, Unesp, 2002.

_____. *Les lois du chaos*. Paris, Flammarion, 1997.

_____. *O nascimento do tempo*. Lisboa, Edições 70, 1990.

_____ & STENGERS, Isabelle. *Entre o tempo e a eternidade*. São Paulo, Companhia das Letras, 1992.

_____. *O fim das certezas: tempo, caos e as leis da natureza*. São Paulo, Unesp, 1996.

_____. *A nova aliança – A metamorfose da ciência*. Brasília, UnB, 1984.

REICH, Wilhelm. *O éter, Deus e o Diabo*. São Paulo, Martins Fontes, 2003.

RENOUVIER, Charles. *Les dilemmes de la métaphysique pure*. Paris, PUF, 1991.

Ricoeur, Paul. *Tempo e narrativa*. Campinas, Papirus, 1995.

Rigal, J. L. (direção). *Le temps et la pensée physique contemporaine*. Paris, Dunod, 1968.

Robin, Léon. *La pensée hellénique – Des origines à Épicure*. Paris, puf, 1967.

Rosset, Clément. *Alegria – A força maior*. Rio de Janeiro, Relume Dumará, 2000.

Safranski, Rüdiger. *Heidegger, um mestre da Alemanha entre o bem e o mal*. São Paulo, Geração Editorial, 2000.

Santos, Volnei Edson dos (ed.). *O trágico e seus rastros*. Londrina, Eduel, 2002.

Schopenhauer, Arthur. *Le monde comme volonté et comme representation*. Paris, puf, 1996.

_____. *Sobre o ofício do escritor*. São Paulo, Martins Fontes, 2003.

Schöpke, Regina. *Por uma filosofia da diferença: Gilles Deleuze, o pensador nômade*. São Paulo/Rio de Janeiro, Edusp/Contraponto, 2004.

Shakespeare, William. *Oeuvres complètes*. Paris, Gallimard, 1959.

Spir, African. (1837-1890) *Pensée et realité: essai d'une réforme de la philosophie critique*. Trad. Auguste Penjon. Paris/Lille, Félix Alcan/Tallandier, 1896.

Toben, Bob & Wolf, Fred Alan. *Espaço-tempo e além*. São Paulo, Cultrix, 2004.

Ulpiano, Cláudio. *O pensamento de Deleuze ou A grande aventura do espírito*. Tese de doutorado inédita. Campinas, ifch/Unicamp, 1998.

Vieillard-Baron, Jean-Louis. *Bergson: la durée et la nature*. Paris, puf, 2004.

Vlastos, Gregory. *O universo de Platão*. Brasília, UnB, 1987.

VOILQUIN, Jean (ed.). *Les penseurs grecs avant Socrate: De Thalès de Milet à Prodicos.* Paris, GF-Flammarion, 1995.

WAHL, Jean. *Tratado de metafísica.* Cidade do México, Fondo de Cultura Económica, 1986.

WHITROW, Gerald. *O que é tempo? – Uma visão clássica sobre a natureza do tempo.* Rio de Janeiro, Jorge Zahar, 2005.

_____. *O tempo na história: concepções do tempo da pré-história aos nossos dias.* Rio de Janeiro, Jorge Zahar, 1993.

*Úrsula, Natasha,
Slobodovo, Godzila,
Godofredo, Mahler, Kiko,
Faísca, Natália, Valquíria,
Kirk e Susana.*

1ª edição Setembro de 2009 | **Diagramação** Megaart Design | **Fonte** Rotis/Agaramond
Papel Offset 70 g/m² | **Impressão e acabamento** Imprensa da Fé